작은 아씨들

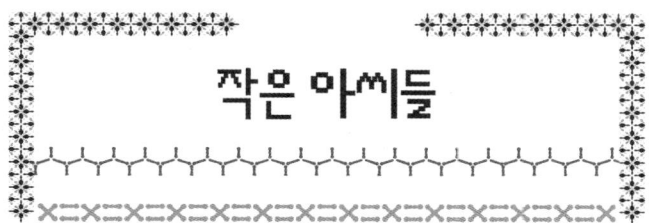

루이자 메이 올컷
최지현 옮김

arte

Contents

1	순례자 놀이	8
2	메리 크리스마스	29
3	로런스가의 소년	50
4	각자의 짐	71
5	이웃 사귀기	95
6	베스, 아름다운 궁전에 가다	117
7	굴욕의 계곡에 떨어진 에이미	131
8	조, 악마 아폴리온을 만나다	145
9	메그, 허영의 시장에 가다	166
10	픽윅 클럽과 우편함	198
11	낯선 실험	220
12	로런스 캠프	241
13	상상의 성	279
14	조의 첫걸음	297
15	전보	315

16	편지	331
17	작은 성인, 베스	348
18	암울한 시간	362
19	에이미의 유언장	377
20	비밀	393
21	로리의 장난, 조의 중재	406
22	기쁨의 초원	429
23	해결사, 마치 할머니	442

‡ 일러두기
1   이 책은 Louisa May Alcott, *Little Women* (New York: W. W. Norton & Company, Inc., 2004)을 옮긴 것이다.
2   번역의 대본인 Norton Critical Edition에 수록된 초판본(1868~69)을 기준으로 삼았으나, 일부 오탈자 정정 등 단순 수정 사항은 이후 개정된 판본(1880~81)을 반영했다.
3   인명, 지명 등 외국어의 우리말 표기는 국립국어원 외래어표기법을 따르되, 일부 예외를 두었다.
4   주석은 모두 옮긴이의 것이다.

가거라, 나의 작은 책이여. 가서
기꺼이 너를 반기는 모든 이에게 보여주어라.
네 가슴속에 감추고 있던 너만의 비밀을.
그리하여 그들이 축복받기를
순례의 길을 가기를
너나 나보다 더 나은 순례자가 되기를 기원하라.
그들에게 '자비' 양에 대해 말해주어라.
그는 일찍이 순례를 시작하였으니.
그래, 어린 여자아이들이 그를 닮아
다가올 세상을 배우고 현명해지리니.
경쾌한 발걸음의 어린 여인들이
성인들이 걸은 길을 좇아 신을 따라가리라.

— 존 버니언[1]

---

1 존 버니언 《천로역정(The Pilgrim's Progress)》(1684) 2부에서 인용, 각색한 것.

1

순례자 놀이

"선물도 없이 어떻게 크리스마스를 보내란 말이야." 조가 깔개에 길게 누운 채 투덜거렸다.

"가난한 건 정말 지긋지긋해!" 낡은 옷을 내려다보며 메그가 한숨을 쉬었다.

"어떤 여자애들은 예쁜 것들을 많이 갖고 있는데 어떤 아이들은 아무것도 없다니 불공평해." 에이미가 속상한 듯 코를 훌쩍이며 한마디 보탰다.

"그래도 우리에겐 엄마 아빠가 계시잖아. 이렇게 서로에게 자매도 있고." 구석 자리에 앉은 베스가 괜찮다는 표정으로 말했다.

벽난로 불빛에 비친 어린 네 자매의 얼굴이 베스의 기분 좋은 말에 환해지는가 싶더니 조의 슬픈 말에 이내 어두워졌다.

"아빠가 안 계시잖아. 앞으로 한동안은 안 계실 거고." 조가 '어쩌면 영영'이라고는 덧붙이지 않았지만 네 사람 모두 전쟁이 벌어지는 저 먼 곳에 있는 아버지를 생각하며 마음속으로는 그 말을 떠올렸다.[2]

잠시 침묵이 이어지더니 곧 메그가 분위기를 바꿔 말했다.

"엄마가 이번 크리스마스를 선물 없이 보내자고 하신 이유가 뭔지 알아? 이번 겨울이 누구에게나 힘든 시간이 될 거라 그러신 거야. 사람들은 군대에서 그렇게 고생하는데 우리는 크리스마스를 즐기자고 돈이나 쓰면 안 된다고 생각하신 거지. 우리가 큰일은 못 하더라도 작은 희생 정도는 할 수 있으니까. 그리고 또 기꺼이 해야 하고. 그런데 쉬운 일은 아닐 것 같아." 메그는 갖고 싶은 온갖 예쁜 것들을 떠올리며 아쉬운 듯 고개를 저었다.

"하지만 난 우리가 적게 쓴다고 해서 무슨 소용이 있을까 싶은데. 우리가 가진 건 고작 일 달러인데 그걸 보낸다고 군대에 그렇게 보탬이 될 거 같지도 않거든. 엄마나 너희한테서는 아무것도 받을 수 없다니 서운하지만, 난 내 선물로 《운디네와 진트람》[3]을 사고 싶어. 정말 너무나 오랫동안 갖고 싶었던 책이거든." 책벌레 조가 말

---

[2] 소설의 배경은 미국 남북전쟁(1861~65) 시기로, 작품이 시작되는 때는 1861년 12월이다.

[3] 독일 작가 프리드리히 드 라 모테 푸케(1777~1843)의 작품. 〈운디네(Undine)〉(1811)는 물의 요정에 관한 동화, 〈진트람(Sintram und seine Gefährten)〉(1815)은 알브레히트 뒤러의 판화 〈기사, 죽음, 그리고 악마〉(1513)에서 영감을 받은 우화이다. 조는 아마도 미국판인 《운디네 및 진트람과 그의 친구들》(1845)을 말하는 것 같다.

했다.

"난 새 악보를 살 계획이었어." 베스는 벽난로 솔과 뜨거운 주전자를 잡는 헝겊에게나 들릴 정도로 조그맣게 한숨을 쉬며 말했다.

"난 드로잉용 파버 연필을 한 상자 살 거야. 꼭 필요하거든." 에이미가 결심한 듯 말했다.

"엄마는 우리가 가진 돈에 대해서는 아무 말씀도 하지 않으셨어. 또 우리가 돈 때문에 모두 포기하는 것도 원하지 않으실 거야. 우리, 갖고 싶은 걸 사고 조금은 기분을 내는 건 어때? 우리 모두 열심히 살아왔으니 그럴 자격이 있다고 난 생각해." 조는 남자들이 하는 것처럼 구두 굽을 살피며 호소했다.

"그건 그래. 집에서 푹 쉬고 싶은 날에도 난 거의 하루 종일 그지긋지긋한 아이들을 가르치고 있으니까." 메그가 다시 투덜거리는 어투로 말했다.

"내가 하는 고생에 비하면 언니는 절반도 안 돼. 어찌나 예민하고 신경질적인지 사람을 줄곧 종종거리게 만드는 노인네랑 몇 시간을 같이 있으면 어떨 것 같아? 매사 만족하는 법이란 없고 사람을 어찌나 들들 볶아대는지 창밖으로 뛰어내리거나 한 대 치고 싶게 만든다니까." 조가 말했다.

"그렇게 힘든 일은 아니지만 설거지나 정리 정돈은 정말 세상에서 최악이야. 미칠 것 같아. 손이 뻣뻣해져서 피아노 연습을 할 수가 없어." 베스는 한숨을 쉬며 거칠어진 손을 내려다봤다. 이번에는 누구나 들을 수 있는 한숨 소리였다.

"언니들이 나만큼 힘들어? 언니들은 못된 애들이랑 학교에 안 가도 되잖아. 학교 공부를 이해하지 못하면 괴롭히고 내가 입은 옷을 비웃는다고. 부자가 아니면 아빠를 '목욕'하고 코가 못생겨도 놀려." 에이미가 소리쳤다.

"목욕이 아니라 '모욕'이겠지. 욕한다는 뜻이라면." 조가 큰 소리로 웃으며 일러주었다.

"내가 무슨 말을 하는지는 나도 잘 알아. 그리고 그렇게까지 '비웃음할' 건 없잖아. 언니는 좋은 말을 하는 법을 배워야겠고, '어휘력'도 좀 키워." 에이미가 점잖게 받아쳤다.

"얘들아, 서로 으르렁대지 말자. 우리가 어릴 대 아빠가 잃었다던 그 돈이 있으면 얼마나 좋을까, 조? 아, 이런! 걱정거리가 없다면 얼마나 행복할까!" 형편이 좋던 때를 기억하고 있는 메그가 말했다.

"전에는 언니가 킹 씨네 애들보다도 우리가 행복하다고 했잖아. 돈이 있어도 걔들은 늘 싸우고 짜증 낸다고 말이야."

"맞아, 그랬지, 베스. 그래, 우리가 훨씬 행복해. 비록 일을 해야 하긴 하지만 그래도 우리는 우리끼리 즐겁게 놀잖아. 조의 말에 따르면, 우리는 끝내주게 재미있는 패거리지."

"조 언니는 그렇게 천박한 말을 쓴다니까!" 깔개 위에 길게 뻗어 있는 인물을 향해 나무라는 표정을 지어 보이며 에이미가 말했다. 조는 벌떡 일어나 앉더니 주머니에 손을 집어넣고는 휘파람을 불기 시작했다.

"조 언니, 그러지 마. 남자애들이나 하는 짓이야."

"그래서 하는 거야."

"숙녀답지 못한 애들은 질색이야."

"난 가식적으로 점잖은 체하는 여자애들이 싫은데."

"작은 둥지 속 새들은 사이좋게 지내지."[4] 중재자 베스가 우스운 표정을 지으며 읊조리자 날카롭게 언성을 높이던 두 사람은 함께 소리 내어 웃었고 그 순간 서로를 향한 '으르렁거림'도 멈췄다.

"그런데 너희 둘은 혼이 좀 나야 해." 메그가 특유의 맏딸 분위기로 설교를 하기 시작했다. "남자애들이나 하는 장난은 이제 그만두고 좀 얌전해질 때도 됐잖아, 조세핀. 꼬마일 때는 별로 중요하지 않았을지 모르지만 이제 넌 키도 그만큼이나 컸고 머리도 올리잖아. 다 큰 아가씨라는 점 명심해."

"싫어! 머리를 올리면 숙녀라니. 그럼 스무 살이 될 때까지 양 갈래로 묶고 다닐래." 조가 머리그물을 잡아 벗기자 풍성한 적갈색 머리칼이 흘러내렸다. "내가 어른이 돼서 '마치 양'으로 불리고, 긴 드

---

4 아이작 와츠의 노래집 《아이들을 위한 신성한 도덕적 노래들》(1715) 중 〈형제자매 사이의 사랑〉의 가사 인용.

레스를 입고 과꽃처럼 단정하게 앉아 있어야 한다니, 생각만 해도 끔찍하다. 여자로 사는 건 정말 별로야. 난 남자애들이 하는 놀이나 일, 생활 방식이 좋아. 여자라서 할 수 없는 것들 때문에 얼마나 괴로운지 실망스러울 지경이야. 지금도 그래. 가서 아빠와 함께 전쟁에 참가하고 싶어 미치겠거든. 그런데 내가 할 수 있는 일이라고는 고작 집에 앉아 뜨개질이나 하는 거지. 굼뜬 노인네처럼!" 조가 파란 군용 양말 한 짝을 흔들자 뜨개바늘이 캐스터네츠처럼 달그락거렸다. 그 바람에 뜨개실 뭉치가 떨어져 저만큼 굴러갔다.

"가엾은 조 언니! 안됐지만 어쩔 수 없지. 남자 같은 이름을 갖고 우리 자매들에게 남자 형제 노릇 하는 것으로 만족해야지." 베스가 자신의 무릎을 베고 있는 조의 헝클어진 머릿결을 쓰다듬으며 말했다. 세상의 모든 설거지와 먼지 청소도 어쩌지 못한 부드러운 손길이었다.

메그가 설교를 이어나갔다. "에이미 너는 말이야, 너무 까다롭고 고지식해. 지금은 그냥 좀 웃긴다 할 정도이지만 신경 쓰지 않고 내버려두면 어리석은 허영덩어리로 자랄 거야. 우아한 체 애쓰지 않을 때 너의 착한 행동과 세련된 말투가 좋아. 네 어처구니없는 말은 조가 쓰는 품위 없는 말만큼이나 나빠."

"조 언니가 말괄량이고 에이미가 허영덩어리면 나는 뭐야?" 베스는 설교를 들을 준비를 하고 물었다.

"베스, 넌 그냥 베스야. 그 무엇도 아닌." 메그가 따뜻하게 대답했고, 누구도 그 말에 반박하지 못했다. 이 '소심한 아가씨'는 온 가족이 가장 사랑하는 이였으니까.

젊은 독자들은 작품 속 인물들이 '어떻게 생겼는지' 알고 싶을 것이므로 이제부터 희미한 불빛 속에 앉아 뜨개질을 하고 있는 네 자매의 모습을 간략하게 그려보도록 하겠다. 창밖에는 12월의 눈이 조용히 쌓여가고, 집 안 벽난로에는 장작이 탁탁 소리를 내며 활활 타고 있었다. 양탄자는 빛이 바래고 가구는 아주 소박하지만 아늑한 방의 벽에는 좋은 그림이 한두 점 걸려 있었다. 빈 공간은 책으로 가득했으며 창가에는 국화와 크리스마스로즈가 피어 있었다. 평화로운 집 안 구석구석 즐거운 분위기가 가득했다.

네 자매 중 첫째인 마거릿은 열여섯 살이었다. 통통하고 살결이 하얀 마거릿은 두 눈이 커다랗고 입매가 사랑스러웠다. 숱이 많은 부드러운 갈색 머리칼에 손마저 하얬는데 그래서인지 자신의 외모에 대해 다소 자신이 넘쳤다. 열다섯 살인 조는 키가 껑충했고 말랐으며 피부는 햇볕에 그을어 까무잡잡했는데 긴 팔다리를 어찌할 줄 모르고 거추장스러워하는 것이 마치 한 마리 수망아지 같았다. 조의 입은 단호했고 코는 익살스러웠으며 모든 것을 보는 듯한 매서운 회색 눈은 화가 나서 이글거리다가 재미있어하다가 생각에 잠기기도 했다. 길고 숱이 많은 머리칼은 조가 가진 유일한 아름다움이었지만 항상 성가시다는 듯 머리그물로 묶어두었다. 어깨는 둥글고 손과 발이 큰 조는 헐렁한 옷을 입고 다녔는데 여인으로 급성장하는 소녀의 모습을 불편하게 여기며 좋아하지 않았기 때문이다. 다들 베스라고 부르는 엘리자베스는 장밋빛의 부드러운 머리칼과 반짝이는 눈을 가진 열세 살 소녀였다. 부끄러움이 많고 목소리에는 자신감이 없었는데 평화로운 표정은 좀처럼 동요하지 않았다. 아버지는 베스를 '고요 속 공주님'이라고 불렀다. 그 이름은 자신만의 행복한 세계에 살면서 믿고 사랑하는 몇몇 사람만 용기 내어 만나는 베스에게 너무나도 딱 들어맞았다. 가장 막내인 에이미는 적어도 자신의 주장에 의하면 가장 중요한 사람이었다 적당히 하얀 피부에 푸른 눈을 가진 에이미는 곱슬곱슬한 금발이 어깨까지 내려와 있었고 창백하고 호리호리했다. 에이미는 항상 숙녀다운 몸가짐으로 행동하는 것을 잊지 않았다. 네 자매의 성격이 어떤지는 이 책을 계속해서 읽다 보면 알게 될 것이다.

시계가 6시를 알리자 베스는 벽난로 앞을 쓸고 실내화 한 켤레를 가져다 놓았다. 실내화를 따뜻하게 해둘 생각이었다. 집으로 오고 있는 어머니를 맞이할 생각에 들뜬 자매들은 낡은 실내화를 보는 순간 좋은 생각이 떠오르기 시작했다. 메그는 잔소리를 멈추고 램프에 불을 밝혔다. 에이미는 누가 시키지도 않았는데 안락의자에서 일어났고 조는 얼마나 피곤한지도 잊고 일어나 앉아 실내화를 불 앞으로 당겨두었다.

"너무 낡았는걸. 새 실내화가 있어야겠어."

"내가 가진 돈으로 사드려야겠다 생각하고 있었어." 베스가 말했다.

"안 돼, 내가 살 거야!" 에이미가 소리쳤다.

"내가 첫째야." 메그가 설교를 시작하려는데 조가 메그의 말을 자르며 단호하게 말했다.

"아빠가 안 계신 지금은 내가 우리 집의 남자야. 내가 실내화를 사놓겠어. 아빠가 당신이 안 계신 동안 엄마를 각별히 잘 보살펴드리라고 나한테 당부하셨거든."

"그러면 이렇게 하는 건 어떨까? 각자 엄마께 크리스마스 선물을 드리자. 우리 선물은 관두고." 베스가 말했다.

"베스 너다운 생각이다! 뭘 드리지?" 조가 감탄하며 외쳤다.

다들 한동안 진지하게 생각에 잠겼다. 마침내 메그가 자신의 예쁜 손을 보고 떠올랐다는 듯이 선언했다. "좋은 장갑을 한 켤레 사드릴래."

"난 신발. 신발은 군용 신발이 최고지." 조가 큰 소리로 말했다.

"손수건은 어떨까. 가장자리 전부 다 감친 걸로." 베스가 말했다.

"난 자그마한 콜로뉴 하나 사드릴래. 엄마는 향수를 좋아하시니까. 많이 비싸지도 않을 거야. 돈이 조금은 남아 나도 뭐 하나쯤은

살 수 있을걸." 에이미도 덧붙였다.

"선물을 어떻게 드리지?" 메그가 물었다.

"테이블에 선물을 올려두고 엄마를 모시고 와서 선물 상자를 열어보시게 하는 거지. 우리 생일마다 어떻게 했었는지 다들 기억 안 나?" 조가 말했다.

"생일에 왕관을 쓰고 의자에 앉아서 언니들이 나한테 걸어오는 걸 보고 있으면 정말이지 너무나 무서웠어. 언니들이 선물을 주고 뽀뽀해주는 건 좋았지만 다들 지켜보는 가운데 선물 상자를 여는 건 긴장됐거든." 차와 먹을 빵을 구우면서 얼굴도 함께 굽기라도 하는 듯 베스의 얼굴이 달아올랐다.

"엄마 앞에서는 우리가 우리 선물만 준비하는 척하고 깜짝 놀라게 해드리자. 내일 오후에는 선물을 사러 나가야 해, 언니. 크리스마스 밤에 연극을 하려면 할 일이 무척 많아." 조가 뒷짐을 지고 코를 높이 쳐들고 잰걸음으로 이리저리 왔다 갔다 하며 말했다.

"이번만 하고 이제 연극은 하지 않을래. 그런 거 하기엔 난 이제 너무 나이가 많아." 말은 그렇게 했지만 사실 메그는 그 어느 때보다도 '변장 놀이'에 흥분한 어린아이였다.

"안 돼, 언니. 금색 종이로 만든 보석을 하고 머리를 길게 늘어뜨리고 하얀 드레스를 질질 끌면서 다닐 사람은 언니뿐이야. 우리 중 최고의 배우잖아. 언니가 그만두면 우리 연극도 모두 끝이야." 조가 말을 이었다. "오늘 밤 마지막으로 연습을 해야 해. 에이미, 이리 와서 기절하는 장면을 해봐. 너 그 장면에서 부지깽이처럼 뻣뻣하더라."

"어쩔 수 없어. 누가 기절하는 걸 한 번도 본 적이 없는걸. 그리고 언니가 하는 것처럼 철퍼덕 쓰러지다가 온통 시퍼렇게 멍이 들고 싶지는 않아. 살짝 쓰러져도 되면 그렇게 할래. 그게 안 된다면 우아하게 의자로 쓰러질 거야. 휴고가 권총을 들이대면서 나한테 온다 해도 어쩔 수 없어." 연기에는 별로 재능이 없지만 작품에서 악당이 나타나면 비명을 지르는 역할에 딱 어울리는 작은 체구라는 이유로 선택된 에이미가 반박했다.

"이렇게 해봐. 이렇게 두 손을 깍지 끼고 비틀거리면서 걸어가는 거야. 그러고는 미친 듯이 소리쳐. '로드리고! 살려줘요! 제발요!'" 조가 저만치로 걸어가며 멜로드라마 주인공같이 소리를 질렀는데 그건 정말로 소름 끼쳤다.

에이미가 그 뒤를 따랐다. 하지만 에이미가 내민 두 손은 뻣뻣했고 온몸은 마치 기계처럼 움직였다. 특히 "오우!" 하고 외치는 소리는 두려움과 비통함에서라기보다는 바늘에 찔려서 나오는 비명 같았다. 조는 절망적이라는 듯 신음 소리를 냈고 메그는 대놓고 깔깔대며 웃었다. 베스는 그 재미난 장면을 보다가 그만 빵을 태우고 말았다.

"소용없겠다! 그 장면에서 최선을 다해 연기하고, 관객들이 웃더라도 내 탓은 하지 마. 자, 메그 언니, 이제 언니 차례야."

모든 것은 순조롭게 진행됐다. 돈 페드로가 세상에 저항하는 두 장 분량의 연설을 단 한 번도 쉬지 않고 해냈고, 마녀 하가르는 두꺼비가 펄펄 끓고 있는 솥을 향해 무시무시한 주문을 외웠다. 로드리고는 자신의 몸을 묶고 있던 쇠사슬을 대담하게 산산조각 뜯어냈고, 휴고는 격렬하게 "아! 아!" 소리 지르며 후회와 비통함의 고통 속에서 죽어갔다.

"지금까지 연습했던 것 중 최고야." 죽음을 맞이했던 악당 메그가 일어나 앉아 팔꿈치를 문지르며 말했다.

"어떻게 이렇게 멋지게 대본을 쓰고 또 연기도 하는지 정말 모르겠어, 조 언니. 언니는 완전히 셰익스피어야!" 베스가 감탄을 터트렸다. 베스는 자매들이 모든 분야에서 대단히 천재적인 재능을 지녔다고 굳게 믿고 있었다.

"그렇지는 않아." 조가 겸손하게 말했다. "물론 〈마녀의 저주, 오페라풍의 비극〉5이 좋은 작품이라고는 생각해. 하지만 〈맥베스〉도 한번 해보고 싶어. 뱅코를 위한 비밀 문 장치만 있다면 말이야. 늘 왕을 살해하는 장면을 해보고 싶었거든. '내 눈앞에 보이는 것이 정

---

5 이 연극의 내용은 올컷 자매의 청소년극 〈노르나, 마녀의 저주〉(1893)에서 가져온 것으로 보인다.

녕 단검인가?'" 조는 언젠가 본 유명 비극 배우가 하던 대로 두 눈을 부라리며 허공을 향해 손을 움켜쥐었다.

"안 돼, 그건 빵 구울 때 쓰는 포크야. 그게 왜 빵 위에 있지 않고 엄마 신발 위에 있는 거니. 베스가 연극에 흠뻑 빠졌구나!" 메그가 소리쳤고 연극 연습은 언제나처럼 웃음소리와 함께 끝이 났다.

"뭐가 그렇게 재미있는 거니, 딸들." 문간에서 유쾌한 목소리가 들리자 지금까지 배우와 관객이던 자매들이 일제히 돌아서서 어머니를 맞이했다. 강건하고 전형적인 어머니의 풍채를 지닌 여인은 '뭘 도와줄까' 하는 즐거운 표정을 짓고 있었다. 특별히 빼어난 외모는 아니었지만 아이들에게 엄마는 항상 아름답게 보이는 법이어서 자매들은 회색 망토와 촌스러운 보닛 모자가 세상에서 가장 멋진 여인을 망친다고 생각했다.

"자, 애들아, 오늘 어떻게 보냈니? 엄마는 내일 써야 할 상자들을 준비해놓느라 정말 눈코 뜰 새 없이 바빠서 저녁 시간에 맞춰 올 수 없었단다. 누구 찾아온 사람은 없었니, 베스? 감기는 어떠니, 메그? 조, 피곤해 죽을 것 같은 얼굴이구나. 이리 와서 뽀뽀해줘, 우리 막내."

엄마로서 마땅히 궁금한 질문을 쏟아내면서 마치 부인은 젖은 옷을 벗고 따뜻하게 데워진 실내화를 신고 안락의자에 앉았다. 그리고 온종일 바빴던 하루 중 가장 행복한 시간을 즐길 준비를 하며 에이미를 무릎에 당겨 앉혔다. 자매들은 어머니를 안락하게 해드리려고 재빨리 움직이며 저마다 할 일을 하기 시작했다. 메그는 티테이블을 정리했다. 조는 장작을 가져오고 의자를 정리했는데 건드리는 것마다 떨어트리고 뒤집어엎고 달가닥거렸다. 베스는 거실과 부엌 사이를 조용히, 분주하게 종종거리며 왔다 갔다 했다. 그동안 에이미는 두 손을 포개고 앉아서는 언니들에게 이것저것 지시했다.

모두 식탁에 모여 앉자 마치 부인은 특별히 행복한 표정으로 말했다. "저녁 식사 후에 너희에게 줄 게 있어."

네 자매의 얼굴에 밝은 미소가 한 줄기 빛처럼 짧게 스쳤다. 베스가 손에 따뜻한 비스킷을 쥐고 있던 것도 잊고 손뼉을 쳤고 조가 냅킨을 위로 던지며 소리쳤다. "편지야, 편지! 만세! 만세! 만세!"

"그래, 반가운 편지가 왔어. 아빠는 잘 계신대. 추운 계절을 잘 지내게 될 것 같다고, 우리가 걱정한 만큼은 아니라고 하시는구나. 크리스마스 잘 보내라고 신신당부하시면서 너희에게 특별히 따로 소식을 전하셨어." 마치 부인은 보물이라도 들어 있는 듯 주머니를 쓰다듬으며 말했다.

"빨리 좀 먹자! 에이미, 음식 앞에서 그 작은 손가락 가지고 깨작대지 좀 마." 조가 외쳤다. 조는 편지를 보려고 서두르느라 차를 마시다 사레가 들리고, 빵도 떨어뜨렸는데, 그것도 하필 버터 바른 면이 카펫 위로 떨어지고 말았다.

베스는 저녁을 그만 먹고 그늘이 드리워진 자신의 구석 자리로 기어가 다른 사람들이 준비될 때까지 기다리며 다가올 기쁨에 흠뻑 젖어 있었다.

"아빠는 정말 훌륭하신 것 같아. 군인이 되기엔 나이도 많고 체력도 그만큼 강하지 않으신데 군목으로 가셨잖아." 메그가 진심을 담아 말했다.

"나도 군악대나, '종군 상인'인가 뭐라더라? 아니면 간호 장교나 그런 걸로 가서 아빠 곁에서 돕고 싶었는데." 조가 아쉬운 듯 탄식을 터트렸다.

"막사 안에서 자야지, 온갖 맛도 없는 음식을 먹어야지, 물도 양철 컵으로 마셔야지, 정말 불편할 거야." 에이미가 한숨을 쉬었다.

"엄마, 아빠는 언제 오실까요?" 그렇게 묻는 베스의 목소리가 살짝 떨렸다.

"어디가 아프지 않은 이상 몇 달 동안은 못 돌아오실 거야. 가능한 한 오래 그곳에 계시면서 성실하게 임무를 수행하실 계획일 텐데 더 빨리 돌아오라고 할 순 없지. 자, 이리 와서 편지를 읽어보자."

모두가 벽난로로 모여들었다. 어머니가 큰 의자에 앉자 베스는 어머니 발치에, 메그와 에이미는 의자 팔걸이에 걸터앉았다. 조는 혹시라도 편지에 감동을 받아 감정이 드러나게 될 경우 아무에게도 들키지 않도록 의자 등받이에 기대어 섰다.

힘든 시절이었던 만큼 감동적이지 않은 편지는 드물었다. 특히 아버지들이 집으로 보낸 편지라면 더욱 그랬다. 마치가 자매들의 아버지가 보낸 편지에는 역경을 견디고 있다거나 위험에 직면해 있다거나 향수를 극복하고 있다는 이야기는 거의 없었다. 병영 생활이나 행군, 군 관련 소식을 생생하게 묘사해놓은 유쾌하고 희망 가득한 편지였다. 그저 편지 끝에 가서야 집에 있는 어린 딸들에 대한 부성애와 그리움이 절절하게 넘쳐흘렀다.

"우리 딸들에게 내 모든 마음과 사랑이 담긴 입맞춤을 전하오. 낮에는 아이들을 그리워하고 밤이면 그들을 위해 기도하고 있다고 전해주시오. 매 순간 아이들의 사랑 속에서 최고의 위안을 얻고 있다는 말도 잊지 마시오. 아이들을 다시 만나기까지 일 년이라는 시간은 아주 길 테지만 기다리는 동안 자신의 일에 매진하여 그 힘든 시간들을 헛되이 흘려보내지 말아야 할 것이오. 아이들이 내가 당부한 것들을 잘 기억하리라 믿소. 당신에게 사랑스러운 딸들일 것이며 각자의 본분에 충실할 것이며 가슴속 적과 용감히 맞서 싸울 것이며 그리하여 자신들을 훌륭하게 이겨낼 것이오. 그래서 내가 돌아가는 날 나는 우리 작은 아씨들을 그 어느 때보다도 사랑하고 자랑스럽게 여길 것이오."

이 부분에 이르자 다들 코를 훌쩍였다. 조는 커다란 눈물방울이 코끝에서 떨어지는데도 부끄러워하지 않았다. 에이미는 곱슬머리가 헝클어지는 것도 아랑곳하지 않고 어머니 어깨에 얼굴을 묻은 채 훌쩍였다. "난 지금까지 정말 이기적이었어! 하지만 이제부터 착한 아이가 되기 위해 진짜로 노력할게요. 아빠가 오셔서 실망하시지 않도록 할게요."

"우리 다 같이 노력하자! 난 외모에만 신경을 쓰고 일하는 걸 싫어했어. 하지만 이제 되도록 그러지 않을 거야." 메그가 소리 높여 말했다.

"아빠가 날 '작은 아씨'라고 부르니 그렇게 되도록 노력할래. 제멋대로 거칠게 굴지도 않을 거야. 어디 다른 데 가려 하지 않고 지금 이곳에서 내가 해야 할 일을 하겠어." 조는 그렇게 말하면서도 집에서 성질을 부리지 않는 건 남쪽 전쟁터로 가서 적 한두 명을 상대하는 것보다 훨씬 힘든 일이라 생각했다.

베스는 아무 말도 하지 않고 파란 군용 양말 한 짝으로 눈물을 닦고는 성심을 다해 뜨개질을 시작했다. 바로 눈앞에 놓인 그 의무를 다하기 위해서는 단 한 순간도 흘려보낼 수 없었다. 그리고 그 어리고 고요한 영혼은 시간이 흘러 아버지가 돌아오실 행복한 날에 아버지가 만족하실 만큼 이루어놓겠다고 결심했다.

조의 말에 이어 마치 부인이 쾌활한 목소리로 침묵을 깼다. "너희 어릴 때 하던 《천로역정》 놀이[6] 기억하니? 내 가방을 너희 등에

---

6 존 버니언 《천로역정》(1678, 1684)을 바탕으로 한 마치 가족의 놀이. 올컷 가족의 놀이

짐짝처럼 묶어달라고 했지. 거기에 모자, 지팡이, 종이 뭉치를 쥐여 주면 너희는 온 집을 떠돌아다녔어. '멸망의 도시' 지하실부터 '천상의 도시' 옥상까지 순례자처럼 다녔지. 옥상에는 너희가 갖고 싶은 갖가지 예쁜 것들을 모아놓고서는 말이야. 그 어떤 놀이보다도 좋아했는데."

"정말 재미있었어요. 특히 사자 곁을 지나 아폴리온과 싸우고 악령들이 있는 계곡을 지나갈 때가 가장 재미있었는데." 조가 말했다.

"난 짐이 떨어져서 계단을 굴러 내려가는 부분이 좋았어." 메그가 말했다.

"난 꽃이랑 정자가 있는 옥상에 예쁜 것들을 갖다 놓고 다 함께 나가 햇볕을 받으며 기쁨의 노래를 부를 때가 가장 좋았어."

베스는 그 즐겁던 기억이 되살아나기라도 한 듯 미소를 지으며 말했다.

"난 기억이 잘 나진 않는데, 지하실과 그 어두운 입구가 무서웠

이기도 했다. 1부는 주인공 크리스천이 짐을 지고 '멸망의 도시'를 떠나기 위해 집을 나서 '천상의 도시'로 가는 도중에 다양한 우화적 도시를 여행하는 이야기다. '낙담의 늪'에서는 '도움'이라는 인물이 구해주고, '좁은 문'에서는 '선의'를 만나고, 사자들이 지키는 '아름다운 궁전'을 지나 '겸손의 골짜기'에서는 용처럼 생긴 괴물 아폴리온을 만난다. '죽음의 계곡'에서는 악령(호브고블린)들의 공격을 받고, '기쁨의 산'을 지나 세 천사의 안내로 크리스천은 마침내 '천상의 도시'에 이른다. 2부에서는 아내 크리스티나와 아이들과 함께 구원의 길을 나서서 비슷한 역경을 만나지만 '담대한 이' 같은 인물로부터 도움을 받는다.

다는 거랑, 옥상에 올라가면 케이크랑 우유를 먹어서 좋았던 건 기억나. 이렇게 나이를 많이 먹지 않았다면 다시 해보고 싶은데." 에이미는 열두 살이 되자 어린아이들이나 하는 놀이는 관두겠다는 말을 하기 시작했다.

"얘들아, 이건 나이와는 상관없어. 우리는 늘 이렇게든 저렇게든 그 놀이를 하고 있는 셈이니까. 짐 꾸러미는 여기 있고 가야 할 길도 우리 앞에 놓여 있어. 선함과 행복함에 대한 갈망이 수많은 역경과 실수를 헤치고 평화에 이를 수 있도록 우리를 이끌어줄 거야. 그것이 바로 진정한 '천상의 도시'이지. 자, 우리 어린 순례자들아, 다시 시작해볼까? 놀이가 아니라 실제로 말이다. 아빠가 돌아오시기 전에 어디까지 갈 수 있는지 한번 보자꾸나."

"정말요, 엄마? 우리 짐은 어디에 있어요?" 곧이곧대로 받아들이는 꼬마 아가씨 에이미가 물었다.

"베스를 제외하고 너희 모두 지금 안고 있는 각자의 짐에 대해서 말했어. 베스는 짐이 없다고 생각하면 되련아." 어머니가 말했다.

"아니요, 있어요. 제 짐은 설거지와 청소예요. 그리고 좋은 피아노가 있는 애들을 시샘하는 마음, 그리고 사람들을 두려워하는 마음이에요."

베스가 털어놓는 자신의 짐 이야기는 웃겨서 웃음이 터질 법했지만, 누구도 웃지 않았다. 그러면 베스에게 굉장히 큰 상처가 될 것이기 때문이었다.

"자, 이제 시작하자." 메그가 신중하게 말했다. "이건 우리가 선한 사람이 되려고 노력하는 것과 같은 거야. 《천로역정》 이야기가 도움이 될 거야. 우리가 선해지고 싶다 하더라도 그건 어려운 과정이고 목표를 잊을 수도 있어. 그리고 최선을 다하지 않을 때도 있을 테니까."

"오늘 밤 우리는 '낙담의 늪'에 빠져 있었어. 그런데 엄마가 오셔서 우리를 꺼내주셨지. 책에서 '도움'이 했던 것처럼. 우리도 주인공 크리스천처럼 우리만의 지침이 있어야 해. 어떡하면 좋지?" 자신의 임무를 완수해나가는 지루한 과정에 조금이나마 낭만적인 상상을 기대할 수 있다는 기쁨에 들떠 조가 물었다.

"크리스마스 아침에 베개 밑을 보렴. 지침이 될 책이 있을 거야." 마치 부인이 대답했다.

마치가 여인들이 새로운 계획에 대해 이야기 나누는 동안 하인인 해나 할머니가 테이블을 정리하고 작은 반짇고리 네 개를 꺼내왔다. 잰 바느질로 네 자매는 마치 할머니에게 드릴 시트를 만들기 시작했다. 바느질은 재미없었지만 오늘 밤만은 그 누구도 불평하지 않았다. 긴 솔기를 네 부분으로 나누자는 조의 의견을 받아들여 넷으로 나눈 후 각각 유럽, 아시아, 아프리카, 아메리카로 부르며 바느질을 해나갔다. 그러자 자매들의 솜씨가 더 좋아졌고 특히 여러 나라들에 대해 이야기를 나누며 바느질을 할 때는 더욱 훌륭해졌다.

9시가 되자 다들 바느질을 멈추고 평소와 다름없이 잠자리에 들기 전에 노래를 불렀다. 낡은 피아노를 가지고 베스만큼 훌륭하게 연주하는 사람은 없었다. 베스는 누런 건반을 부드럽게 두드려 자매들이 부르는 단순한 노래에 아름답게 반주를 해냈다. 플루트 같은 음색을 지닌 메그는 어머니와 함께 이 작은 합창단을 이끌었다. 에이미는 귀뚜라미 울음소리처럼 노래했다. 조의 소리는 아무렇게나 공중을 휘젓고 다녔는데 쉰 소리와 떨리는 목소리가 늘 엉뚱한 박자에 튀어나와 가장 중요한 부분을 망쳤다. 자매들은 "반딱반딱 짜근 별……" 하고 노래를 부르던 시절부터 늘 자기 전에 노래를 해왔고 이것은 집안의 전통이 되었다. 어머니가 타고난 가수였기 때문이다. 아침에 가장 먼저 들을 수 있는 소리는 종달새처럼 노래를 부르며 집 안 이곳저곳을 다니는 어머니의 노랫소리였고, 밤에 잠들기 전 마지막으로 듣게 되는 소리 역시 어머니의 명랑한 노랫소리였다. 네 자매들에게 그 자장가가 필요 없을 나이란 결코 찾아오지 않을 것 같았다.

2

메리 크리스마스

크리스마스 날 희뿌연 새벽에 조가 가장 먼저 잠이 깼다. 벽난로에는 아무 양말도 없었다. 순간 조는 오래전 자신의 작은 양말이 선물로 꽉 차서 떨어져 있던 날만큼 실망스러웠다. 그리고 문득 어머니가 했던 약속이 떠올라 손을 베개 밑으로 밀어 넣어 잡히는 것을 꺼냈다. 진홍색 표지의 작은 책이었다. 조는 그 책을 잘 알았다. 역사상 가장 훌륭한 삶에 대한 아름답고도 오래된 이야기였다. 조는 그 책이야말로 긴 여정에 나선 순례자에게 필요한 진정한 지침서라고 느꼈다.[7] 조는 "언니, 메리 크리스마스" 하고 인사하며 메그를 깨우고서는 베개 밑에 뭐가 있는지 보라고 말했다. 조의 것과 같은 그림이 있는 초록색 표지의 책이 나왔다. 어머니가 쓴 짧은 글도 있었는데 그 글 덕에 두 사람의 눈에는 선물이 더욱 값지게 보였다. 잠시

---

[7] 선물 받은 책은 《신약성서》로 보이지만 어떤 이들은 《천로역정》으로 보기도 한다.

후 베스와 에이미가 일어나 베개 밑을 뒤졌고 역시 작은 책들을 찾아냈다. 하나는 회색, 하나는 파란색이었다. 자매들이 함께 앉아 책을 보며 이야기하는 동안 동녘 하늘이 불그스레해지며 아침이 밝아왔다.

메그는 허영심은 조금 있지만 상냥하고 독실했는데 그런 성격은 무의식적으로 동생들에게 영향을 미쳤다. 특히 조가 메그를 무척 좋아하고 따랐는데 그건 메그가 동생들에게 충고하는 방식이 매우 다정하기 때문이었다.

"얘들아." 메그가 바로 옆에서 고개를 숙이고 있는 조와 방 저쪽에서 수면 모자를 쓰고 있는 어린 두 동생을 보며 진지한 목소리로 말했다. "엄마는 우리가 이 책을 읽고 그 내용을 귀하게 여기며 마음에 깊이 새기기를 바라셔. 그러니 당장 읽기 시작해야 해. 예전에는 충실하게 읽었지. 그런데 아빠가 전장에 가시고 전쟁 때문에 우리가 불안해진 이후로는 많은 일들에 게을렀어. 물론 각자 하고 싶은 대로 해도 돼. 하지만 나는 책을 테이블 위에 두고 매일 아침 잠에서 깨자마자 조금씩 읽을래. 그렇게 책을 읽으면 그날 하루 내내 내게 좋은 영향을 미치고 도움이 될 테니까."

그리고 메그는 새 책을 펼치고 읽기 시작했다. 조 역시 한쪽 팔을 뻗어 메그의 어깨를 감싸 안고는 뺨을 맞대더니 책을 읽기 시작했다. 언제나 변화무쌍한 조의 얼굴에서 좀처럼 보기 힘든 고요한 표정이었다.

"메그 언니는 정말 훌륭해! 이리 와, 에이미, 언니들이랑 같이 책 읽자. 어려운 단어는 내가 가르쳐줄게. 우리가 이해 못 하는 건 언니들이 설명해줄 거야." 예쁜 책과 언니들이 보여주는 본보기에 감동받은 베스가 속삭였다.

"내 책이 파란색이라서 마음에 들어." 에이미가 말했다. 이윽고 방 안은 아주 고요해졌고 부드럽게 책장 넘기는 소리만 간간이 들렸다. 겨울 햇살이 스며들어와 크리스마스 인사라도 하는 듯 자매들의 반짝이는 머리칼과 진지한 얼굴을 비춰주었다.

"엄마는 어디 가셨지?" 삼십 분쯤 후 메그는 어머니에게 선물에 대해 감사 인사를 하려고 조와 함께 내려가고 있었다.

"오직 신만이 알고 계시죠. 어떤 가난한 자가 구걸을 하러 왔는데 그 사람 이야기를 듣더니 부인께서 뭐가 필요한지 알아봐야겠다며 곧장 나가셨죠. 먹는 거며, 마실 거, 옷에다 땔감까지 그렇게 남에게 퍼주기 좋아하는 분도 없을 거예요." 해나가 대답했다. 해나는 메그가 태어난 이후 죽 마치 가족과 함께 살아왔기 때문에 하인이라기보다는 친구에 더 가까웠다.

"엄마가 곧 돌아오실 것 같으니까 케이크도 굽고 이것저것 준비하자." 적당한 때 꺼낼 수 있게 바구니 안에 담아 소파 아래에 둔 선물을 살펴보며 메그가 말했다. "그런데 에이미의 콜로뉴병은 어디 있지?" 작은 향수병이 보이지 않자 메그가 이어서 물었다.

"에이미가 좀 전에 리본 묶는댔나 쪽지를 쓴댔나 그런다고 꺼내서 갖고 갔어." 조가 새 군용 실내화를 길들이려고 춤을 추며 방 여기저기를 돌면서 대답했다.

"내가 만든 손수건 정말 예쁘지 않아? 해나가 빨아서 다림질해 줬어. 그리고 이건 내가 수놓은 거야." 베스가 좀 삐뚤빼뚤하지만 무척이나 공을 들인 글자 자수를 뿌듯한 표정으로 바라봤다.

"이것 좀 봐! 'M. 마치'라고 엄마 이름을 수놓은 게 아니라 '엄마'라고 수를 놨구나. 너무 웃긴데!" 조가 손수건을 한 장 집어 들며 소리쳤다.

"이게 맞지 않아? 난 이렇게 하는 게 더 낫다고 생각했는데. 메그 언니 이름도 엄마랑 똑같이 'M. M.'이잖아. 이 손수건을 엄마 말고 다른 사람은 쓰지 못하게 하고 싶었어." 베스가 난처한 얼굴로 대답했다.

"괜찮아, 베스. 아주 예쁜 생각이야. 합리적이기도 하고. 누구든 헷갈리면 안 되지. 분명히 엄마도 기뻐하실 거야." 메그가 조에게는 얼굴을 찡그리고, 베스에게는 미소 띤 얼굴을 지어 보였다.

"엄마 오신다. 바구니 숨겨. 얼른!" 문 닫히는 소리가 들리고 복도에서 발걸음 소리가 들리자 조가 소리쳤다.

하지만 황급하게 들어온 건 에이미였다. 에이미는 기다리고 있는 언니들을 보더니 다소 당황한 표정이 되었다.

"어디 갔었니, 그리고 뒤에 숨긴 건 뭐야?" 메그는 모자 달린 망토 차림을 보고 게으른 에이미가 그렇게 이른 시간에 나갔다 왔다는 걸 알아채고는 놀라서 물었다.

"웃지 마, 조 언니! 아무도 모르게 하고 싶었는데. 작은 콜로뉴를 큰 병으로 바꾸고 싶었어. 큰 걸로 바꾸느라 용돈도 하나도 안 남기고 다 썼어. 더 이상 이기적인 아이가 안 되려고 무지 노력 중이라고."

그렇게 말하면서 에이미는 값싼 콜로뉴와 바꾼 멋진 향수병을 내밀었다. 자신을 이겨내려는 에이미의 노력이 어찌나 진지하고 겸손해 보이는지 메그는 그 자리에서 에이미를 꼭 안아줬고 조는 에이미를 "최고"라고 치켜세웠다. 베스는 창가로 달려가 가장 예쁜 장미 한 송이를 갖고 와서는 우아한 향수병에 장식을 해줬다.

"오늘 아침 착한 사람이 되는 것에 대해서 책을 읽고 이야기하고 나니 내 선물이 너무 부끄러워지는 거야. 그래서 일어나자마자 달려 나가 선물을 바꿨지. 이제는 내 선물이 가장 멋진 거 같아서 너무 기뻐."

그때 또 한 번 대문이 쾅 닫히는 소리가 나자 자매들은 선물 바구니를 소파 아래로 밀어 넣고 아침 식사를 먹으러 식탁으로 모였다.

"메리 크리스마스, 엄마! 모두들 메리 크리스마스! 선물로 주신

책 고맙습니다. 벌써 조금 읽었고요, 매일 조금씩 읽어나갈 생각이에요." 다들 합창이라도 하듯 외쳤다.

"메리 크리스마스, 사랑하는 딸들! 당장 읽기 시작했다니 기쁘구나. 계속해서 꾸준히 읽어나가길 바란다. 그런데 자리에 앉기 전에 할 말이 있어. 우리 집에서 멀지 않은 곳에 가난한 여인과 새로 태어난 아기가 있단다. 불이 없어서 여섯 아이들은 한 침대에 오밀조밀 모여 추위를 피하고 있고 집에는 먹을 것이 없어. 첫째 아들이 내게 오더니 배고프고 추워서 죽을 것 같다고 말하더구나. 얘들아, 우리가 먹을 아침을 크리스마스 선물로 그 가족에게 주는 건 어떻겠니?"

거의 한 시간을 기다렸던 터라 자매들은 모두 여느 때보다 더 많이 배가 고팠다. 다들 잠깐 동안 아무 말도 하지 않았다. 하지만 아주 잠깐이었다. 조가 급하게 소리쳤기 때문이다.

"우리가 식사를 시작하기 전에 엄마가 오셔서 다행이에요!"

"가엾은 아이들에게 가져다줄 것들을 가서 좀 챙길까요?" 베스가 열성적으로 물었다.

"난 크림이랑 머핀을 갖고 갈래." 에이미가 자신이 가장 좋아하는 것을 용감하게 포기하며 말했다.

메그는 벌써 메밀을 싸고 커다란 접시에 빵을 담고 있었다.

"너희가 내 부탁을 들어줄 거라 생각했다." 마치 부인은 흡족하게 미소를 지으며 말했다. "다 함께 가서 나를 도와주렴. 돌아와서 아침으로 빵과 우유를 먹자꾸나. 저녁 식사 때 좀더 먹으면 되지."

그들은 곧 준비를 마치고 다 함께 출발했다. 다행히 이른 시간이었고 뒷골목으로 갔기에 그 기이한 행렬을 보고 웃을 사람이 거의 없었다.

그곳은 제대로 된 가구 하나 없이 열악하고 비참한 방이었다. 창문들은 깨져 있고 불씨 하나 보이지 않았으며 이불은 다 해져 너덜너덜했다. 아파서 누운 엄마 곁에는 갓난아기가 앙앙 울어대고 있었고 방 한쪽에는 굶주림으로 헬쑥한 아이들이 몸을 녹이기 위해 낡은 이불을 덮고 서로를 꼭 껴안고 있었다. 자매들이 들어서자 동그래지던 아이들의 눈과 파르스름한 입술에 떠오르던 미소라니!

"아아, 신이시여, 세상에! 이곳에 오시다니 저들은 천사임에 틀림없군요!" 가엾은 여인이 기뻐 울먹였다.

"모자를 쓰고 장갑을 낀 웃기는 천사랍니다." 조의 말에 모두가 다 같이 웃음을 터트렸다.

잠시 후 그곳은 정말로 착한 정령들이 내려와 일하고 있는 것만 같았다. 땔감을 가지고 온 해나가 불을 피우고 낡은 모자 몇 개와 자신의 숄로 깨진 유리창을 틀어막았다. 마치 부인은 아이들의 엄마에게 차와 귀리죽을 주며 앞으로도 계속 도와주겠다는 약속으로 위로했다. 그리고 마치 자기 아이라도 되는 듯 조심조심 아기에게 옷을 입혔다. 그사이 자매들은 음식 준비를 하고 아이들을 둘러앉힌 후 배고픈 새들에게 먹이를 주듯 음식을 먹였다. 웃고 재잘거리면서도 우스꽝스럽게 들리는 독일어 섞인 영어를 이해하려고 애썼다.

"다스 이스트 굿!" "디 엥엘킨더!"[8] 가엾은 가족들은 연신 외치며 꽁꽁 얼어 보랏빛으로 변한 손을 따뜻한 불 앞에서 녹이며 음식을 먹었다. 전에는 한 번도 천사라고 불려본 적이 없는 자매들은 몹시 기분이 좋았는데, 날 때부터 '산초'[9]로 여겨진 조는 특히 더 그랬다. 조금도 먹지 못했지만 자매들에게 아주 행복한 아침 식사였다. 가엾은 가족을 충분히 위로해준 다음 마치 가족은 그 집을 나섰다. 크리스마스 아침에 자신이 먹을 아침 식사를 몽땅 다른 사람에게 내어주고 자신들은 정작 빵과 우유만 먹게 돼서 배가 고프지만 이 도시에서 이 네 소녀만큼 행복한 사람은 없으리라.

"너 자신보다 이웃을 사랑하라는 말씀을 실천한 거잖아. 괜찮은걸." 어머니가 가엾은 훔멜 가족에게 줄 옷가지를 모으러 위층에 가 있는 동안 어머니에게 드릴 선물을 챙기며 메그가 말했다.

아주 화려하지는 않았지만 작은 선물 꾸러미에는 자매들의 사랑이 듬뿍 담겨 있었다. 키 큰 꽃병에 빨간 장미와 하얀 국화, 그리

---

8 독일어. 각각 "좋아요!(Das ist gut!)" "천사 같은 아이들이야!(Die Engel-kinder!)"라는 뜻.

9 세르반테스 《돈 키호테(Don Quixote)》(1604, 1614)의 등장인물 산초 판사. 물질적이고 현실적이면서 독특한 유머를 지녔다.

고 덩굴을 꽂아 테이블 가운데 올려두었더니 꽤 우아한 분위기를 풍겼다.

"엄마가 오셔! 베스, 연주 시작해! 문 열어, 에이미! 엄마를 위해 만세 세 번!" 조가 여기저기 쫓아다니며 소리쳤고, 그동안 메그는 어머니를 테이블에서 가장 좋은 자리로 안내하러 갔다.

베스가 신나는 행진곡을 연주하고 에이미가 문을 활짝 열었다. 메그는 예를 갖춰 어머니를 자리로 모셨다.

놀란 한편으로 감동을 받은 마치 부인은 휘둥그레진 눈으로 미소를 띤 채 테이블에 놓인 선물을 열어보고 선물에 딸린 짧은 편지들을 읽었다. 부인은 곧바로 실내화를 신고 새 손수건에 에이미가 준 콜로뉴를 뿌려 주머니에 넣었다. 장미를 가슴에 꽂고 장갑을 끼더니 "꼭 맞아"라고 말했다.

한동안 그들은 서로 소리 내어 웃고 입맞춤을 나누고 선물에 대해 이야기를 나눴다. 화려하지 않지만 사랑이 넘치는 마치가의 크리스마스 가족 파티는 그 후로도 오랫동안 기억될 만큼 즐겁고 행복한 시간이 되었다. 그러고 나서 그들은 모두 각자 일을 시작했다.

이웃에 자선을 베풀고 어머니에게 선물을 드리느라 오전을 다 보냈기 때문에 오후에는 저녁에 있을 파티 준비에 열중해야 했다. 극장에 자주 가기엔 아직 너무 어렸고, 공연을 보는 데 여유 있게 돈을 쓸 만큼 부자도 아닌 자매들은 기지를 발휘해 필요한 건 뭐든 만들어냈다. 필요는 발명의 어머니 아니던가. 그들이 만들어낸 것들은 정말 기발했다. 두꺼운 판지로 만든 기타, 구식 버터 그릇에 은박지를 덮어 만든 골동품 램프, 어느 피클 공장에서 가지고 온 반짝이는 주석 스팽글을 낡은 천에 달아 만든 멋진 예복, 저장 단지 뚜껑을 다이아몬드 모양의 조각으로 잘라내 덮어 만든 갑옷까지. 가구들은 뒤죽박죽이 되곤 했고, 큰 방은 자매들이 천진난만하게 왁자지껄 떠드는 단골 무대였다.

남자는 들어올 수 없었기 때문에 조가 남자 역을 마음껏 할 수 있었다. 조는 적갈색 가죽 장화를 신고 대단히 만족했다. 그 장화는 어느 남자 배우를 아는 한 여인을 아는 친구가 준 장화였다. 그 장화와 낡은 펜싱 칼, 그리고 어떤 화가가 그림 그릴 때 입었던 길게 절개가 들어간 더블릿[10]은 조가 가장 아끼는 보물이었는데 모든 장면에 다 등장했다. 극단 규모가 작았기 때문에 주요 배우 둘이 각자 몇 사람의 역할을 해야 했다. 서너 명의 다른 배역을 연구하고, 이 의상 저 의상 후다닥 갈아입고, 무대 주변을 살피는 등 그들의 노고는 가히 칭찬받아 마땅했다. 연극은 기억력을 향상하는 훌륭한 훈련이었고 아무런 해가 없는 오락거리였으며 자칫 게으르고 무료하며 무익하게 보낼 수 있는 많은 시간을 알차게 보낼 수 있게 해주는 놀이였다.

10 14~17세기에 유럽 남성들이 입던 짧고 꼭 끼는 상의.

크리스마스 밤, 여남은 소녀들이 파란색과 노란색의 친츠 면직물 커튼 앞 침대 특별석에 모여 앉아 있었다. 기대감으로 가장 들뜬 순간이었다. 커튼 뒤로 부스럭거리고 소곤거리는 소리가 끊임없이 들리고 램프 연기도 조금 피어올랐다. 흥분되는 순간이면 예민해지는 경향이 있는 에이미가 이따금 킥킥 웃는 소리도 들렸다. 이윽고 종이 울리고 커튼이 젖혀지면서 〈오페라풍의 비극〉이 시작됐다.

한 장짜리 연극 광고 전단지에 소개해놓은 '어득어득한 숲'은 관목 몇 그루가 담긴 항아리와 바닥에 깔린 초록색 모직 천, 그리고 한쪽에 만들어놓은 동굴로 표현했다. 또 이 동굴은 책상으로 동굴 벽을, 그 위에 빨래 건조대를 얹어 동굴 천장을 만들고 그 안에는 불이 활활 타고 있는 작은 화로를 넣어두었다. 늙은 마녀가 화로에 올린 검은 냄비 위로 몸을 숙이고 있었다. 무대가 어두워서 화로에서 나오는 빛이 좋은 효과를 내줬는데 특히 마녀가 뚜껑을 열 때 피어오른 진짜 연기는 대단했다. 처음의 흥분을 가라앉혀야 하는 순간이 왔다. 챙이 처진 모자를 쓰고 이상하게 생긴 망토를 입고 장화를 신은 검은 수염의 악당 휴고가 나타난 것이다. 옆구리에 차고 있던 칼에서 철커덩철커덩 소리가 났다. 그는 매우 불안한 듯 이리저리 걸어 다니더니 이마를 탁 치며 몹시 고통스러운 듯 소리를 질렀다. 그러고는 로드리고에 대한 증오와 사라를 향한 사랑, 그리고 로드리고를 죽이고 사라의 사랑을 얻겠다는 의지를 노래했다. 감정이

휘몰아칠 때면 이따금 소리를 치기도 했는데 휴고의 걸걸한 목소리는 아주 인상적이었다. 그가 숨을 쉬기 위해 대사를 멈추자 관객들은 박수갈채를 보냈다. 그는 관객의 찬사에 아주 익숙하다는 듯 고개를 숙여 보이고 동굴로 몰래 다가가 하가르에게 앞으로 나오라고 명령했다. "네 이놈! 이리로 나오너라!"

얼굴에 회색 말갈기를 늘어뜨린 메그가 빨간색과 검은색이 섞인 예복을 입고 신비한 무늬가 새겨진 망토를 두르고 지팡이를 쥐고 나타났다. 휴고는 사라가 자신을 사랑하도록 만드는 묘약과 로드리고를 파괴하는 묘약을 만들라고 요구했다. 하가르는 아름답고 극적인 멜로디 속에서 두 가지 약 모두 만들어주겠다 약속하고 이어서 사랑의 약을 가지고 올 정령을 불렀다.

여기로, 이곳으로, 당신의 집으로부터
표연한 정령이여, 명하노니 이리로 오너라!
장미꽃에서 태어나고 이슬을 먹고 자란
당신은 주문과 묘약을 만들 수 있는가?
나를 이곳으로 데리고 와라 요정의 속도로
내게 필요한 것은 향기 나는 묘약
달콤하고 재빠르고 강하게 만들라
정령이여, 내 노래에 당장 답하라!

부드러운 음악 소리가 들려오더니 동굴 뒤에서 눈처럼 하얀 옷을 입은 작은 사람이 나타났다. 반짝이는 날개를 하고 금빛 머리에는 장미로 된 화관을 쓰고 있었다. 그 사람은 지팡이를 흔들며 노래를 불렀다.

    내가 여기 왔노라
        저 멀리 은빛 달 속
    표연한 나의 집으로부터
        마법의 주문을 걸어라
    아, 주문을 잘 쓰지 않으면
    그 힘은 곧 사라지고 말 것이니!

정령은 금빛으로 빛나는 작은 병을 마녀의 발치에 떨어트리고는 사라졌다. 하가르가 또 한 번 주문을 외자 다른 정령이 나타났다. 이번에는 예쁘지 않은 정령이었다. 쿵 소리와 함께 못생기고 까맣고 조그만 악령이 나타나 낮고 거친 목소리로 대답을 하더니 검은 병 하나를 휴고에게 던져주고는 깔깔깔 비웃으며 사라졌다. 휴고는 높고 불안정한 목소리로 고맙다고 말하고 장화 속에 마법의 약을 넣고 떠났다. 휴고가 떠나고 나자 하가르는 관객들에게 그간의 일을 설명했다. 휴고가 과거에 자신의 친구들을 살해했기 때문에 휴고를 저주했고 그의 계획을 좌절시킬 작정이며 그에게 복수할 생각이라고 했다. 그리고 커튼이 내려왔다. 관객들은 쉬는 동안 사탕을 먹으며 연극이 얼마나 좋았는지 이야기를 나눴다.

망치질 소리가 한참 난 뒤에야 커튼이 다시 걷혔다. 무대를 만드는 목수가 무엇을 준비하고 있었는지 확인한 순간 그 누구도 연극이 지연된 것을 불평하지 않았다. 놀랍도록 훌륭한 무대가 눈앞에 펼쳐졌다. 천장까지 솟은 탑 중간쯤에 창문이 하나 있었고 그 안에는 불 켜진 램프 하나가 놓여 있었다. 하얀 커튼 뒤로 푸른색과 은색이 섞인 아름다운 드레스를 입은 사라가 나타났다. 로드리고를 기다리는 중이었다. 깃털로 장식한 모자를 쓰고 붉은 망토를 입고 갈색 머리채를 늘어트린[11] 로드리고는 멋진 남자의 결정체였다. 기타와 장화는 당연했다. 로드리고는 탑 아래에서 무릎을 꿇고 감미로운 목소리로 세레나데를 불렀다. 사라는 응답했고 노래로 대화를 주고받은 후 내려가겠다고 했다. 대단한 장면이 이어질 차례였다. 로드리고가 줄사다리를 꺼냈다. 다섯 계단으로 이루어진 줄사다리의 한쪽 끝을 던져 올리고는 사라에게 내려오라고 청했다. 사라는 수줍어하며 격자창에서 내려와서는 한쪽 손을 로드리고의 어깨에 올리고 우아하게 뛰어내리려고 하는 순간, 아뿔싸!

---

11   16~17세기에 유럽 남자들 사이에서 유행한 머리 모양. 머리를 땋아서 심장이 있는 왼쪽 어깨에 늘어트려 연인에 대한 애정을 보여줌.

사라는 자신의 치마가 길다는 사실을 잊었던 것이다. 사라의 치맛자락이 창문에 끼었고 탑이 기우뚱 앞으로 기울더니 우당탕 소리를 내며 쓰러졌다. 결국 불행한 두 연인은 폐허 속에 묻히고 말았으니!

그런 상황이면 흔히 듣게 되는 만국 공통의 비명 소리가 터져 나왔다. 무너진 탑 더미 속에서 적갈색 장화가 거칠게 버둥거리는가 싶더니 금색 머리가 삐죽 올라와서는 "이럴 줄 알았어! 내가 그럴 거라고 했잖아!" 하고 소리쳤다. 그 순간 상당히 침착하게 잔인한 아비 돈 페드로가 달려 들어오더니 서둘러서 딸을 옆으로 끌고 나갔고—

돈 페드로는 "웃지 마! 아무렇지 않은 듯 연기해!"라고 다잡으며 로드리고에게 일어나라고 명령하고는 분노와 경멸을 담은 목소리로 왕국으로부터 그를 추방했다. 탑이 자신을 덮치면서 무너진 탓에 분명히 흔들렸을 법도 하지만 로드리고는 전혀 동요되지 않고 늙은 신사에 당당히 맞섰다. 로드리고의 이러한 굴하지 않는 모습은 사라의 마음에 불을 지폈다. 사라 역시 자신의 아비에게 맞섰다. 아비는 로드리고와 사라 두 사람 모두 성의 가장 깊은 지하 감옥으로 보내라고 명했다. 키가 작고 땅딸한 충복이 쇠사슬을 갖고 와서 두 사람을 데리고 나갔는데 그는 아주 많이 겁에 질린 것 같아 보였고 해야 할 대사를 잊은 게 분명했다.

3막의 배경은 성안이었다. 감옥에서 연인을 꺼내주고 휴고를 처단하기 위해 하가르가 나타났다. 하가르는 휴고가 오는 소리를 듣고 숨는다. 휴고를 본 하가르가 포도주가 담긴 두 개의 잔에 묘약을 나눠 넣고 작고 소심한 하인에게 명령한다. "지하 감옥에 있는 죄수들에게 이것을 가져다주고 내가 곧 간다고 전해라." 하인은 휴고를 옆으로 데리고 가 무언가를 말하고 하가르는 포도주 잔을 약이 들어 있지 않은 잔으로 바꿔치기한다. 하인 페르디난도는 독이 들지 않은 잔들을 가지고 가고 하가르는 로드리고에게로 갈 예정이었던 독이 든 잔을 다시 제자리로 가져다 놓는다. 오랜 시간 이어진 대화에 갈증이 심해진 휴고는 독이 든 포도주를 마시고 이성을 잃는다. 한동안 두 손을 움켜쥐고 발을 쿵쿵대며 괴로워하더니 결국 쓰러져 죽고 만다. 그 사이 하가르는 자신이 한 일을 아름다운 멜로디의 노래로 휴고에게 알려준다.

진정 흥미진진한 장면이었다. 길고 숱 많은 머리가 갑자기 넘어지면서 악당이 죽는 장면의 효과가 다소 손상됐다고 생각할 사람이 있을지도 모르겠지만. 관객들의 박수 소리에 하가르를 이끌고 막 앞으로 나온 휴고는 관객들에게 예를 갖추어 화답했다. 그 장면에서 하가르가 부른 노래는 연극에 삽입된 그 어떤 노래보다도 훌륭하다는 칭송을 받았다.

4막은 사라에게서 버림받았다는 사실을 알고 절망에 빠진 로드리고가 칼로 자살하려는 장면이 펼쳐졌다. 단검으로 자신의 심장을 막 찌르려는 순간 창문 아래에서 아름다운 노랫소리가 들려온다. 사라는 로드리고를 진심으로 사랑하고 있으나 위험에 빠졌으며 로드리고가 의지만 있다면 사라를 구할 수 있다는 노래였다. 온 힘을 다해 쇠사슬을 끊어낸 로드리고는 누군가가 던진 열쇠로 문을 열고 사랑하는 여인을 구하기 위해 달려 나간다.

5막은 사라와 돈 페드로 사이에 격렬한 언쟁이 벌어지는 장면으로 시작한다. 돈 페드로는 사라를 수녀원으로 보내려 하지만 사라는 말을 들으려 하지 않는다. 사라가 아버지를 설득하기 위해 간절하게 애원하다 기절하려는 순간 로드리고가 달려 들어와 사라에게 청혼한다. 돈 페드로는 그를 거절한다. 로드리고가 부자가 아니기 때문이다. 그들은 격정적으로 손짓 발짓을 해가며 소리를 질러댔지만 합의에 이르지 못한다. 로드리고가 기진맥진한 사라를 데리고 가려고 할 때 소심한 하인이 불가사의하게 사라져버린 하가르에게서 온 편지 한 통과 가방을 가지고 들어온다. 편지에는 숨겨진 재산을 젊은 한 쌍에게 물려준다는 내용과 돈 페드로가 두 사람을 행복하게 해주지 않으면 끔찍한 죽음에 이를 것이라는 내용이 적혀 있다. 가방을 여니 주석으로 된 동전이 무대 위로 쏟아져 내리고 이내 바닥은 반짝이는 동전으로 뒤덮인다. 쏟아진 돈을 보고 나니 가혹하던 아비의 마음이 누그러들기 시작한다. 그는 한마디도 더 보태지 않고 두 사람의 사랑을 인정한다. 다 같이 기쁨의 노래를 부르기 시작하고 가장 낭만적으로 돈 페드로의 축복을 받기 위해 무릎을 꿇은 두 사람 위로 커튼이 내려온다.

우레와 같은 박수가 쏟아지는가 싶었는데 예상하지 못한 일이 일어났다. '특별석'이 마련된 간이 침대가 갑자기 접히면서 아수라장이 됐고 열광하던 관중석은 찬물을 끼얹은 듯했다. 로드리고와 돈 페드로가 관객들을 구조하기 위해 달려왔고 다행히 아무도 다친 사람 없이 자리가 정리됐다. 하지만 한동안 다들 웃느라 아무 말도 할 수가 없었다. 해나가 와서 "마치 부인이 연극이 좋았다고 칭찬하셨어요. 얼른 내려오셔서 저녁 드시랍니다"라고 말할 때까지도 자매들의 흥분은 좀처럼 가라앉지 않았다.

그것은 이 배우들마저 놀라 넘어갈 만한 광경이었다. 식탁을 본 자매들은 서로를 바라보며 깜짝 놀라 열광했다. 어머니가 자매들을 위해 음식을 준비할 거라는 예상은 했지만 이렇게 좋은 음식은 태어나서 본 적이 없었다. 아이스크림이, 그것도 분홍색과 하얀색으로 두 접시나 있었고, 케이크, 과일, 사람의 마음을 미치게 만드는 봉봉 사탕에다 식탁 가운데에는 온실에서 키운 꽃으로 만든 커다란 꽃다발 네 개까지!

그 장면을 본 네 사람은 숨이 멎을 듯했다. 그들은 처음에는 식탁을 보다가, 그다음에는 이 상황을 상당히 즐기고 있는 것 같은 어머니를 바라봤다.

"요정이라도 다녀갔나?" 에이미가 물었다.

"산타클로스일 거야." 베스가 말했다.

"엄마가 준비하신 거지." 회색 수염과 하얀 눈썹을 달고 있음에도 메그의 미소는 따뜻했다.

"마치 할머니가 문득 기분이 좋아져서 저녁을 보내주셨구나." 조가 퍼뜩 떠오른 듯 외쳤다.

"모두 틀렸어. 로런스 씨가 보내신 거란다." 마치 부인이 대답했다.

"그 로런스 집안 소년의 할아버지가요! 무슨 생각으로 그런 일을 하신 거죠? 우리는 그분을 알지도 못하는데." 메그가 탄성을 터트렸다.

"해나가 그 집 하인 중 한 사람에게 아침에 있었던 일을 이야기했나 봐. 로런스 씨는 좀 특이한 노인이긴 하지만 그 이야기에 흥미를 느끼셨고, 몇 년 전에 로런스 씨와 너희 외할아버지가 알고 지내시기도 했거든. 그분이 오늘 오후에 정중하게 글을 써서 보내셨더구나. 오늘 일에 대해 경의를 표하고 싶어서 너희에게 자신의 마음을 담은 작은 선물을 보낼 테니 허락해줬으면 좋겠다고. 거절할 수가 없었어. 게다가 아침에는 빵과 우유로만 식사를 했으니 저녁에는 마음껏 먹고 크리스마스 파티라도 해야 하잖아."

"아마 그 남자애가 생각해낸 일일 거예요. 분명해요! 참 괜찮은 애 같아서 알고 지내면 좋겠다 생각했거든요. 그 애도 우리랑 알고 지내고 싶어 하는데 수줍어하는 것 같더라고요. 서로 지나칠 때가 있는데 메그 언니가 어찌나 단정하신지 말도 못 붙이게 해요." 조가 말하는 사이 식탁 위로 접시들이 돌아가고, 여기저기서 와! 아! 하는 만족의 감탄사와 함께 아이스크림이 눈앞에서 사라져가고 있었다.

"너희 집 옆 그 큰 집에 사는 사람들 말이지?" 소녀 중 누군가가 물었다. "우리 어머니가 로런스 할아버지를 알고 계신데 그분은 자부심이 아주 강하고 이웃들과는 어울리고 싶어 하지 않는다고 하셨어. 손주는 말을 타거나 가정교사와 산책하는 게 아니라면 집 안에만 있게 하고 공부도 엄청 많이 시킨대. 우리 집 파티에 오라고 한 적 있는데 오지 않았어. 어머니는 그 애가 아주 착하다고 하셨지만 그 애는 우리 같은 여자애들이랑은 절대 말하지 않아."

"언젠가 우리 집 고양이가 도망간 적이 있는데 그 애가 돌려줬어. 그래서 울타리 너머로 이야기를 나눈 적이 있지. 크리켓 경기랑 뭐 그런 것들에 대해서 이야기를 잘 하고 있었거든. 그런데 메그 언니가 오는 걸 보더니 그냥 가버리는 거야. 언젠가는 그 애랑 친구가 될 거야. 그 애는 좀 재미있게 살 필요가 있어. 정말." 조가 단호하게 말했다.

"그 애의 예의 바른 태도가 마음에 들더구나. 어린 신사 같았어. 적당한 기회가 와서 네가 그 아이랑 친구가 된다면 반대하지 않으

마. 저 꽃다발은 그 아이가 직접 갖고 온 거란다. 위층에서 너희가 무슨 일을 하고 있었는지 알았다면 들어오라고 할 걸 그랬구나. 떠들썩하게 노는 소리를 듣고 돌아가는 그 아이의 모습이 무척 아쉬워하는 듯 보였거든. 그렇게 놀아본 적이 분명히 한 번도 없는 것 같았어."

"들어오라고 하지 않으신 게 다행이에요, 엄마!" 조가 장화를 보며 웃었다. "하지만 언제 한번 그 아이가 볼 수 있도록 연극을 해야겠어. 어쩌면 그 애가 연극을 도울 수도 있고. 재미있을 거 같지 않아?"

"이렇게 예쁜 꽃다발은 한 번도 받아본 적이 없어! 정말 예쁘다!" 메그가 꽃다발을 이리저리 살펴보며 행복한 듯 말했다.

"그것들도 물론 사랑스럽지. 하지만 나는 베스가 준 장미가 더 예쁘구나." 마치 부인이 자신의 허리띠에 꽂아둔 반쯤 죽어가는 작은 꽃다발의 향기를 맡으며 말했다.

베스가 엄마에게 다가가 앉으며 가만히 속삭였다. "아빠께 제 꽃다발을 가져다드리면 좋겠어요. 아빠가 우리처럼 행복한 크리스마스를 보내지 못해서 속상해요."

3

로런스가의 소년

"조! 조! 어디 있니?" 메그가 다락방 계단 아래에서 외쳤다.

"여기 있어!" 계단 위에서 허스키한 목소리가 들렸다. 메그가 계단을 달려서 올라가보니 조는 햇살이 쏟아지는 창가, 다리 세 개짜리 낡은 소파에 온몸을 이불로 감고 앉아 사과를 우물우물 먹으며 《레드클리프의 상속인》[12]을 읽으며 울고 있었다. 그곳은 조가 가장 좋아하는 은신처였다. 조는 종종 그곳에 빨간 사과 대여섯 개와 재미있는 책을 가지고 갔다. 그리고 다락방에 살면서 조를 조금도 무서워하지 않는 생쥐를 친구로 삼아 조용히 노는 것을 좋아했다. 메그가 나타나자 생쥐 '스크래블'은 구멍으로 휙 사라졌다. 조는 뺨에 흐르던 눈물을 훔쳐내고 무슨 일인지 메그가 이야기하길 기다렸다.

---

12 《Heir of Redclyffe》(1853). 19세기에 인기를 끈 영국 소설.

"이것 봐! 가디너 부인이 내일 밤에 우리를 초대하는 초대장이 야!" 메그는 고급 종이를 흔들더니 소녀답게 들떠 초대장을 읽어 내려갔다.

"'올해 마지막 밤 가디너가의 작은 무도회에 마치 양과 조세핀 양이 와주시면 더없는 영광이겠습니다.' 엄마가 가도 된다고 하셨어. 자, 우리 뭘 입고 갈까?"

"그런 질문을 왜 해. 포플린 옷을 입게 될 거라는 걸 알잖아. 우리가 또 달리 입을 게 있어?" 조가 입 한가득 사과를 우물거리며 말했다.

"실크 옷이 있다면 얼마나 좋을까!" 메그가 한숨을 쉬었다. "내가 열여덟 살이 되면 실크 옷을 사주신다고 엄마가 말씀하셨어. 이 년을 더 기다려야 하다니. 영원처럼 느껴져."

"우리 포플린 옷은 분명 실크처럼 보여. 그리그 그 정도면 우리에겐 충분하고. 게다가 언니 옷은 새 옷처럼 좋잖아. 내 옷은 태운 자국도 있고, 찢어먹은 데도 있는데 깜박했네. 그렇다고 내가 어떡하겠어? 태운 자국이 보기 흉하지만 없앨 수도 없고."

"등이 안 보이게 되도록 가만히 앉아 있으면 되지. 앞부분은 괜찮잖아. 머리에 맬 새 리본이 있으면 좋겠는데. 엄가가 작은 진주 핀을 빌려주시겠지? 새로 산 구두가 예뻐서 다행이야. 장갑도 예쁘고. 물론 내가 원하는 만큼은 아니지만."

"내 장갑은 레모네이드를 엎질러 엉망인데, 새로 살 수는 없으니 장갑 없이 그냥 가지, 뭐." 조는 절대 옷 때문에 속상해하는 법이 없었다.

"장갑은 꼭 있어야 해. 네가 장갑 없이 가면 난 안 갈 거야." 메그가 단호하게 말했다. "장갑은 그 무엇보다 중요하단 말이야. 장갑이 없으면 춤을 출 수가 없어. 네가 춤을 못 추면 난 너무나 창피할 거야."

"그럼 난 그냥 가만히 있을래. 그렇게 떼로 춤추는 거 난 별로 관심 없어. 빙글빙글 도는 건 별로야. 훨훨 날아다니고 경중경중 신나게 뛰어다니는 게 좋아."

"엄마께 새 장갑을 사달라고 할 순 없겠지. 너무 비싸고, 게다가 넌 조심성도 없잖아. 네가 지난번 거 더럽혔을 때 엄마가 이번 겨울엔 안 사줄 거라 말씀하셨잖아. 어떻게 얼룩을 지울 수 없을까?" 메그가 근심스럽게 물었다.

"장갑을 구겨서 손에 쥐고 있으면 되지. 그러면 아무도 얼룩진 걸 모를 거야. 그러면 돼. 아니다! 이러면 어때? 우리 둘이 언니 장갑을 한쪽씩 끼고 내 장갑은 한쪽씩 손에 쥐고 가는 거야. 어때?"

"네 손이 내 손보다 크니까 내 장갑이 아주 끔찍하게 늘어날 텐데." 메그에게 장갑은 매우 민감한 문제였다.

"그럼 장갑 없이 갈래. 사람들이 뭐라고 하든 난 상관없어." 조는 책을 집어 들며 큰 소리로 말했다.

"한쪽씩 끼자, 네 말대로 한쪽씩 껴! 그 대신 얼룩만 묻히지 말아줘. 그리고 얌전하게 행동하고. 뒷짐 지지도 말고 뚫어져라 쳐다보지도 마. '크리스토퍼 콜럼버스!'라고 외치지도 말고. 알겠니?"

"걱정 마. 할 수만 있다면 진짜 조신하게 굴고 갈썽 부리지도 않을게. 이제 가서 초대장에 답장해드려. 난 이 굉장한 이야기를 마저 읽을 거야."

그래서 메그는 "감사히 초대에 응한다"고 하고, 드레스를 살피고, 쾌활하게 노래를 부르며 진짜 레이스로 된 프릴을 수선했다. 그동안 조는 책을 마저 읽고 사과 네 개를 해치우고 스크래블과 함께 뛰어놀기 게임을 했다.

그해 마지막 날, 거실은 텅 비었다. 네 자매 중 셋째와 넷째는 옷 입히는 하인 역할을 하고 첫째와 둘째는 지극히 중요한 '파티에 갈 준비'에 열중하고 있었기 때문이다. 그저 몸단장하는 것뿐인데도 자매들은 웃고 떠들며 수없이 계단을 오르락내리락했고, 그 와중에 한번은 온 집 안에 머리칼 타는 냄새가 진동하기도 했다. 메그가 얼굴 옆으로 곱슬머리 몇 가닥이 내려오게 하고 싶어 해서 조가 메그의 머리카락을 종이로 감싸서 뜨거운 집게로 꽂아 고정해놓았다.

"왜 저렇게 연기가 나는 거지?" 베스가 침대에 걸터앉아 물었다.

"머리에서 수분기가 마르니까." 조가 대답했다.

"진짜 이상한 냄새야! 꼭 깃털 타는 냄새 같아." 에이미가 거만한 분위기로 자신의 예쁜 곱슬머리를 쓰다듬으며 말했다.

"자, 이제 내가 종이를 떼어내면 굽슬굽슬하게 머리가 말려 있을 거야." 조가 집게들을 내려놓으며 말했다.

조가 종이를 떼어냈지만 굽슬굽슬한 머리칼은 보이지 않았다. 그 대신 머리털 뭉치가 종이와 함께 떨어져 나왔다. 겁에 질린 미용사가 자글자글 불에 탄 머리카락 한 뭉치를 자신의 희생양 앞 책상에 내려놓았다.

"어머! 어머! 도대체 어떻게 된 거야? 망했어! 파티에 못 가! 내 머리! 아, 내 머리!" 메그가 이마 위로 들쭉날쭉하게 꼬불꼬불 타버린 머리카락을 절망적인 눈길로 바라보며 울부짖었다.

"내가 그렇지, 뭐! 아예 나한테 맡기질 말았어야 해. 내가 뭐든 망친다는 거 잘 알잖아. 정말정말 미안해. 집게가 너무 뜨거워서 머리가 탔나 봐." 가엾은 조가 까맣게 탄 머리칼을 보며 후회의 눈물을 흘렸다.

"아주 망한 건 아니야. 약간 그을렸을 뿐이잖아. 리본을 매고 리본 끝이 이마에 살짝 내려오도록 해봐. 최신 유행 같아 보일걸. 그렇게 한 여자들을 많이 봤어." 에이미가 위로하며 말했다.

"괜히 예뻐지려고 하다 잘됐지, 뭐. 그냥 내버려둘걸." 메그가 신경질을 내며 소리쳤다.

"내 생각도 그래. 부드럽고 예뻤는데. 하지만 머리는 곧 다시 자랄 거야." 베스가 다가와 털 깎인 양에게 입을 맞추며 위로해주었다.

천신만고 끝에 메그는 준비를 마쳤다. 온 가족이 합심해 노력한 끝에 조도 머리를 올리고 옷을 차려입었다. 두 사람은 소박한 옷을 입었음에도 아주 훌륭하게 보였다. 메그는 은빛이 도는 담갈색 옷에 푸른색 벨벳 머리그물로 머리를 묶고 레이스 프릴을 단 다음 진주 핀을 꽂았다. 조는 신사복에나 있는 빳빳한 리넨 깃의 고동색 옷을 입었다. 장식이라고는 하얀색 국화 한두 송이가 다였다. 두 사람은 깨끗하고 가벼운 장갑을 한 짝씩 끼고 더러운 장갑을 한 짝씩 손에 들었다. 다들 '손쉽고 탁월한' 결론이라고 말했다. 메그의 굽 높은 구두는 꽉 끼어서 발이 아팠지만 내색하지 않았고 조가 머리에 꽂은 열아홉 개 핀은 당장 머리를 찌를 듯해서 아주 불편해 보였다. 하지만 어쩌랴, 우리에게 우아함 아니면 죽음을 달라.

"즐겁게 보내고 오렴, 메그, 조." 두 사람이 얌전하게 길을 나서자 마치 부인이 말했다. "저녁 너무 많이 먹지 말고. 11시쯤에 해나를 보낼 테니 그때 돌아오렴." 두 사람 뒤에서 대문이 철컥 닫혔는데 창문에서 외치는 소리가 들렸다.

"얘들아, 잠시만! 손수건은 챙겼니?"

"네, 그럼요. 끝내주게 좋은 걸로 챙겼죠. 언니는 손수건에 콜로뉴도 뿌렸는걸요." 조가 소리쳤다. 그리고 걸어가는 동안 웃으면서 말했다. "엄마는 지진이 나서 도망갈 때도 손수건 챙겼는지 물어보실 거야."

"엄마의 귀족적 취향이지. 당연한 거고. 진짜 숙녀라면 늘 단정하게 장화를 신고 장갑을 끼고 손수건을 갖춰야지." 역시 적잖게 자신만의 소소한 '귀족적 취향'이 있는 메그가 대답했다.

"조, 이제부터 등 뒤에 불탄 자국 보이지 않도록 하는 거 잊으면 안 돼. 내 장식 띠는 괜찮아? 머리 엄청 이상해 보이지 않아?" 메그가 가디너 부인의 옷 방 거울 앞에서 한참 매무새를 다듬고 나서는 돌아서며 물었다.

"나 아무래도 까먹을 것 같아. 내가 이상한 짓을 하면 윙크해줘. 알았지?" 조가 돌아서면서 재빨리 깃을 세우고 머리를 급하게 쓸어 넘겼다.

"안 돼. 윙크는 숙녀답지 못한 짓이야. 조금이라도 이상하면 내가 눈썹을 치켜올릴게. 네가 제대로 행동하면 고개를 끄덕이고. 자, 어깨 펴고. 성큼성큼 걷지 말고 보폭을 좁게 걸어. 그리고 누구에게 소개받더라도 악수하면 안 돼. 숙녀의 예의가 아니야."

"언니는 그 이상한 예절들을 도대체 어떻게 알게 된 거야? 난 절대 못 해. 그런데 저 음악 신나지 않아?"

무도회 장소로 내려가는 동안 두 사람은 조금 주눅이 들었다. 두 사람은 파티에 가본 경험이 거의 없었고 이 모임이 아무리 격식

없이 편안하다 하더라도 그들에게는 큰 행사였기 때문이다. 우아한 가디너 부인이 두 사람을 친절하게 맞아 자신의 여섯 딸 중 맏이에게 안내했다. 메그는 샐리를 알고 있었기 때문에 두 사람은 금방 편한 사이가 됐다. 하지만 소녀들의 일이나 소녀들 사이에서 도는 소문에 대해서는 잘 모르는 조는 등을 조심스레 벽에다 대고 우두커니 서 있었다. 마치 꽃밭에 들어간 수망아지처럼 어색했다. 방 저쪽에는 대여섯 명의 남자들이 스케이트에 관해 유쾌하게 대화를 나누고 있었다. 조는 그쪽으로 가서 남자들과 함께 이야기를 하고 싶은 마음이 간절했다. 스케이트는 조 인생에서 손꼽히는 즐거움 중 하나였기 때문이다. 자신의 바람을 메그에게 신호로 보냈지만 메그가 어찌나 무섭게 눈썹을 치켜올리는지 조는 감히 가지 못했다. 조에게 와서 말을 걸어주는 사람은 아무도 없었다. 하나둘씩 사람들이 줄어들더니 결국 혼자 남게 됐지만 조는 돌아다니면서 즐길 수가 없었다. 등에 있는 불탄 자국이 보일까 봐 그랬다. 조는 좀 쓸쓸한 얼굴로 사람들을 응시했고, 곧 무도회가 시작됐다. 당장 누군가 메그에게 춤을 청했다. 꼭 끼는 구두는 여기저기 활발하게 춤을 추고 다녔기에 그 구두의 주인이 얼굴 가득 미소를 띤 채로 고통스러워하고 있으리라고는 그 누구도 짐작하지 못했다. 조는 덩치가 큰 빨간 머리의 청년이 자기 곁으로 다가오는 것을 보고 그가 춤을 신청할까 두려워 커튼이 드리워진 빈 공간으로 숨어들었다. 밖을 내다 보며 혼자 조용히 즐기고 싶은 마음에서였다. 그런데 불행하게도 그곳에는 또 다른 수줍음 많은 청년이 이미 피신해 있었다. 커튼을 젖히는 순간 조는 '로런스가의 소년'과 얼굴을 맞닥트리고 말았다.

"이런, 아무도 없는 줄 알았어요!" 조는 들어올 때처럼 재빠르게 뒤로 물러날 준비를 하며 더듬거렸다.

청년은 좀 놀란 것 같아 보였지만 웃으며 유쾌하게 말했다. "신경 쓰지 마세요. 원하시면 여기 있어도 돼요."

"방해가 안 될까요?"

"전혀요. 모르는 사람들도 많고 제가 처음엔 낯을 좀 가려서 여기로 들어왔어요."

"저도 마찬가지예요. 괜찮으시면 같이 있어요."

청년은 다시 앉더니 자신의 장화를 물끄러미 봤다. 조는 상대가 불편하지 않도록 예의를 갖추려고 애쓰며 말문을 열었다.

"전에 우리 본 적 있지 않아요? 우리 집 근처에 살죠, 맞죠?"

"옆집에 살죠." 청년은 고개를 들더니 저도 모르게 거리낌 없이 웃고 말았다. 예전에 자신이 고양이를 데려다준 날 크리켓에 대해 수다를 떨었을 때를 생각하면 지금 조의 단정한 태도가 어딘가 우스꽝스러웠기 때문이다.

그 모습에 조도 편안해져서 함께 소리 내어 웃었다. 그리고 진심 어린 마음으로 말했다.

"보내주신 크리스마스 선물 덕에 우리 가족이 즐거운 시간을 보냈어요."

"할아버지가 보내신 거예요."

"하지만 당신이 생각해낸 거잖아요. 맞죠?"

"고양이는 잘 지내나요, 마치 양?" 조와의 대화가 재미있어서 까만 눈동자가 반짝였지만 소년은 짐짓 진지하려 애쓰며 물었다.

"아주 잘 지내요. 물어봐줘서 고마워요, 로런스 군. 그런데 마치 양이라고 부르지 마요. 그냥 조라고 해요." 젊은 숙녀가 대답했다.

"저는 로런스 군이 아니라 그냥 로리고요."

"로리 로런스, 특이한 이름이네."

"내 이름은 '시어도어'인데 마음에 안 들어. 친구들이 줄여서 '도라'라고 부르거든. 그래서 내가 로리라고 부르라고 했지."

"나도 내 이름이 싫어. 너무 감상적이야! 다들 조라고만 하고, 조세핀이라고는 좀 안 불렀으면 좋겠어. 그런데 어떻게 친구들이 도라라고 안 부르게 만든 거야?"

"때려줬지."

"그렇다고 마치 할머니를 때려줄 순 없으니 난 그냥 견뎌야겠네." 조는 한숨을 쉬며 체념했다.

"춤추는 거 좋아하지 않아, 조?" 로리는 조라는 이름이 잘 어울린다고 생각하는 듯 보였다.

"공간이 아주 넓고 모두가 활기차게 움직인다면 그럭저럭 좋아해. 하지만 이런 장소에서 난 누군가의 발을 밟거나 뭔가 끔찍한 짓을 해서 사람들을 화나게 할 게 분명해. 엉뚱한 사고를 치지 않도록 멀리 떨어져서 메그 언니가 무도회를 무사히 즐길 수 있게 해줘야지. 그런데 넌 춤 안 춰?"

"가끔은 추지. 사실 난 몇 년 동안 외국에 나가 있었거든. 그래서 이곳 일들을 잘 몰라."

"외국이라고!" 조가 소리쳤다. "아, 외국에서 있었던 이야기 좀 해줘. 난 사람들이 여행한 이야기 듣는 걸 무척 좋아해."

로리는 어디서부터 이야기를 시작해야 할지 난감했다. 하지만 조가 이것저것 열심히 질문을 하자 브베[13]의 학교 이야기를 꺼내놓기 시작했다. 그곳 남학생들은 절대 모자를 쓸 수 없고, 호수에는 보트가 무리 지어 떠다니며, 휴일이면 선생님들과 함께 스위스 여기저기를 도보 여행 하기도 했다는 이야기들이었다.

"나도 가보고 싶어!" 조가 부러워서 큰 소리로 말했다. "파리에는 가봤니?"

"지난겨울을 파리에서 보냈지."

"프랑스어 할 수 있어?"

"브베에서는 프랑스어 말고 다른 언어는 못 써."

---

13   레만 호수에 접한 스위스 소도시.

"그럼 몇 마디 해봐! 난 프랑스어를 읽을 수는 있는데 말로는 못해."

"켈 농 아 세트 죈느 드무아젤 앙 레 팡투플 졸리?"[14]

"정말 잘한다! 그러니까…… 네가 방금 한 말은 '예쁜 신발을 신은 젊은 아가씨는 누구입니까' 맞지?"

"위, 마드무아젤."[15]

"우리 언니 마거릿이야. 너도 알잖아! 우리 언니 예쁘지?"

"응, 너희 언니를 보면 독일 여자애들이 떠올라. 생기발랄하면서도 조용해. 그리고 춤추는 모습이 아가씨 같아."

로리가 소년의 시각으로 언니를 칭찬하자 조는 좋아서 좀 우쭐해졌다. 그리고 그대로 기억해뒀다가 언니에게 전해줘야겠다고 생각했다. 몰래 밖을 내다보면서 사람들의 흉을 보기도 하고 수다도 떠는 동안 두 사람은 마치 오랫동안 서로 알고 지낸 사이 같은 기분이 들었다. 조의 남자 같은 행동 때문에 로리는 즐겁고 편안해졌고 덕분에 더 이상 수줍어하지 않게 됐다. 조 역시 이야기하는 동안 옷 따위는 잊게 됐고 그 누구도 자신을 향해 눈썹을 치켜올리지 않아서 다시 즐거워졌다. 조는 '로런스가의 소년'이 그 어느 때보다도 좋아져서 몇 번이고 자세히 봤다. 자매들에게 설명해주기 위해서였다.

14 Quel nom a cette jeune demoiselle en les pantoufles jolis?

15 Oui, mademoiselle(네, 아가씨).

그들에게는 남자 형제가 없었고 남자 사촌도 거의 없었기에 남자애들은 거의 미지의 생명체였다.

'검은 곱슬머리에 갈색 피부, 커다랗고 까만 눈, 잘생긴 코, 가지런한 이, 작은 손과 발, 나만큼 키가 크고 남자애치고는 아주 예의 바르네. 전체적으로 유쾌하고. 그런데 몇 살일까?'

혀끝에서 맴돌던 이 질문이 막 나오려던 순간 조는 스스로 잘 참아냈다. 그리고 평소와는 달리 애써 요령껏 완곡한 방법을 찾았다.

"그럼 대학에 곧 가겠구나? 네가 책에 완전히 꽂혀 있는 걸 봤어, 아니, 그러니까 내 말은 공부를 열심히 하고 있었다고." 조는 무심코 입 밖으로 튀어나온 '꽂혀 있다'라는 말에 얼굴을 붉혔다.

로리는 미소를 띠었다. 놀란 것 같지는 않았다. 그리고 어깨를 으쓱하며 대답했다.

"일 년이나 이 년 후에. 아무튼 열일곱 살 전에는 안 가려고."

"너 겨우 열다섯 살이야?" 조는 키가 훌쩍한 로리를 보며 말했다. 그가 열일곱 살일 거라고 생각했기 때문이다.

"다음 달에 열여섯 살이 돼."

"나도 대학에 가면 좋겠다. 넌 대학교에 안 가고 싶은 모양이네."

"가기 싫어! 단조로운 일상이 반복되거나 야단법석, 둘 중 하나야. 이 나라의 젊은이들처럼 살고 싶지 않아."

"그럼 어떻게 살고 싶은데?"

"이탈리아로 가서 살고 싶어. 그곳에서 니 마음대로 즐기고 싶어."

조는 그가 말하는 '마음대로'라는 게 어떤 건지 몹시 물어보고 싶었지만 그가 이맛살을 찌푸리며 검은 눈썹을 음찔거리자 조금 위협적으로 보여서 주제를 바꾸기로 했다. 조는 발로 박자를 맞추면서 물었다. "저건 폴카 음악이잖아. 멋진데. 가서 춰보지그래?"

"너도 같이 간다면." 로리가 프랑스식으로 이상하게 살짝 고개를 숙이며 대답했다.

"그럴 수 없어. 메그 언니한테 안 그러겠다 약속했거든. 왜냐하면—" 조는 거기서 말을 멈췄다. 말을 해야 할지 웃어야 할지, 이러지도 저러지도 못하는 난감한 표정이었다.

"왜냐하면?" 로리가 호기심에 차서 물었다.

"말하지 않는다고 약속할 수 있어?"

"절대!"

"그게, 난 원래 불 앞에 잘 서 있거든. 나쁜 버릇이지. 그래서 옷을 잘 태워먹어. 이 옷도 그슬렸어. 수선을 달끔하게 했는데 그래도 자국은 보여. 그래서 메그 언니가 아무도 보지 못하게 가만히 서 있으라고 했어. 웃고 싶으면 웃어도 돼. 웃기다는 거 나도 아니까."

하지만 로리는 웃지 않고 그저 잠깐 고개를 숙였다. 그러고는 로리가 보여준 표정에 조는 어리둥절했다. 로리가 매우 다정하게 말했다.

"그런 건 신경 쓰지 마. 어떡할 건지 말해줄게. 저쪽으로 가면 긴 복도가 있는데 그곳에서 당당하게 춤출 수 있어. 아무도 우리를 못 봐. 가자."

조는 로리에게 고마워하며 기쁜 마음으로 함께 갔다. 로리가 끼고 있는 멋진 진주색 장갑을 보니 자신의 장갑이 두 쪽 모두 깨끗했으면 얼마나 좋았을까 하는 생각이 들었다. 복도는 비어 있었고 두 사람은 당당하게 폴카를 췄다. 로리는 춤을 잘 췄고 조에게 독일식 스텝[16]을 가르쳐주기도 했는데 몸을 흔들고 뛰어오르는 동작들이 많아 조는 즐거웠다. 음악이 끝나자 두 사람은 계단에 앉아 숨을 골랐다. 로리가 하이델베르크의 학생 축제에 대해 한창 설명을 하고 있는데 메그가 나타났다. 메그는 조를 찾는 중이었다. 메그가 손짓을 했고, 조는 마지못해 메그를 따라 옆방으로 갔다. 방에 들어가니 메그가 파리한 얼굴로 소파에 앉아 발을 주무르고 있었다.

"발목을 삐끗한 것 같아. 바보 같은 저 높은 구두가 꺾이면서 발목을 접질렀어. 너무 아파서 서 있을 수도 없어. 집에 어떻게 가야 할지 모르겠네." 메그가 고통으로 몸을 앞뒤로 흔들며 말했다.

"내 그 빌어먹을 신발 때문에 발을 다칠 줄 알았어. 어, 미안. 그런데 어떡하지? 마차를 부르든가 아니면 밤새 여기 있든가 하는 것

16 독일식 코티용 춤을 말함.

말고는 딱히 떠오르는 게 없는데." 조는 메그가 아파하는 발목을 살살 어루만지며 말했다.

"마차를 부를 수 없는 게 마차 삯이 비싸서만은 아니야. 한 대도 구하지 못할걸. 대부분은 자기 마차를 타고 오고, 마구간까지는 너무 먼 데다 보낼 사람도 없고."

"내가 갈게."

"절대 안 돼! 10시가 넘었고 바깥은 너무 어두워서 위험해. 그리고 빈방이 없어서 이 집에 묵을 수도 없어. 샐리가 자고 가라고 여자애들 몇몇을 초대했거든. 해나가 올 때까지 쉬다가 그다음에 방법을 찾아봐야지."

"로리한테 부탁해볼게. 로리가 갈 거야." 조는 그 생각이 떠올라 얼마나 다행인지 모르겠다는 표정으로 말했다.

"제발, 안 돼! 다른 사람한테는 말하지도 말고 부탁도 하지 마. 내 덧신 좀 갖다주고 이 구두는 다른 것들이랑 함께 치워둬. 더 이상 춤은 못 춰. 저녁 식사가 끝나는 대로 해나가 오는지 보고 있다가 오면 바로 말해줘."

"지금 사람들이 저녁 식사 하러 나가고 있어. 난 언니랑 여기 있을게. 그게 낫겠어."

"아니, 그러지 말고, 얼른 가서 커피 좀 갖다줘. 난 너무 힘들어서 꼼짝을 못 하겠어."

메그는 덧신을 잘 감추고 비스듬히 기대어 앉았고 조는 허둥지둥 식당으로 향했다. 식당으로 가는 길에 도자기 찬장이 있는 방으로 들어가기도 했고 가디너 씨가 혼자 휴식을 취하고 있는 방의 문을 열기도 했다. 식당에 도착한 조는 곧장 테이블로 돌진해 커피를 찾았다. 그런데 커피를 손에 넣자마자 그만 엎질러버려서 조의 드레스는 앞이나 뒤나 똑같이 엉망이 되었다.

"아, 세상에. 난 왜 이 모양일까!" 메그의 장갑으로 드레스를 문질러 닦아내며 조가 소리쳤다.

"내가 도와줄까?" 다정한 목소리가 들려 돌아봤더니 로리가 한 손에는 커피가 든 잔을 들고, 다른 한 손에는 얼음 접시를 들고 서 있었다.

"메그 언니에게 뭘 좀 갖다주려고 하던 참이었어. 언니가 몹시 지쳐 있거든. 그런데 누가 날 치고 지나가는 바람에 이 모양이 됐지 뭐야." 조는 난감한 표정으로 얼룩진 치마와 커피 색깔이 된 장갑을 번갈아 봤다.

"정말 안됐네! 이걸 갖다줄 사람을 찾고 있었어. 너희 언니에게 갖다줘도 될까?"

"아, 고마워! 언니가 어디에 있는지 알려줄게. 그런데 그걸 내가 가져가고 싶지는 않아. 또 사고를 칠 것 같거든."

조는 길을 안내했다. 로리는 숙녀들을 시중드는 일이 익숙하다는 듯 작은 테이블을 꺼내고 조에게 줄 커피와 얼음을 더 준비해서 따라나섰다. 로리의 태도가 어찌나 친절한지 까다로운 메그마저도 로리를 "착한 소년"이라고 말했다. 세 사람은 간식을 먹으며 격언[17]에 대한 이야기를 나누는 등 즐거운 시간을 보냈다. 방을 잘못 찾아 들어온 두세 명의 젊은이들과 함께 '버즈'라는 조용한 게임을 한창 하고 있는데 해나가 나타났다. 메그는 발이 아프다는 사실을 잊고 벌떡 일어서다가 그만 자신도 모르게 고통의 비명을 지르며 조를 꽉 붙들고 말았다.

"쉿! 아무 말도 하지 마." 메그가 조에게 속삭였다. 그리고 큰 소리로 말했다. "아무것도 아니야. 발을 살짝 삐끗했을 뿐이야. 그게 다야." 그리고 물건들을 챙겨 집에 갈 채비를 하기 위해 절뚝거리며 위층으로 올라갔다.

해나가 나무라자 메그는 울기 시작했다. 조는 어찌할 바를 몰라 하다가 직접 나서서 해결해봐야겠다고 결심하고 몰래 밖으로 나갔다. 이리저리 뛰어다니다가 하인 한 사람과 마주쳐 마차를 한 대 불러줄 수 있는지 물었지만 마침 그는 이 주변 상황을 아무것도 모르는 고용된 급사였다. 조가 다시 도움을 줄 사람을 찾아 두리번거리는데 로리가 다가왔다. 아까 조가 하는 말을 들은 로리는 할아버지의 마차가 마침 자신을 태우러 왔는데 같이 타고 가자고 제안했다.

---

17   사탕이나 과자를 싼 종이에 쓰인 교훈적인 말이나 시적인 글귀를 말함.

"집에 가기엔 너무 이른데. 우리 때문에 벌써 가려는 거야?" 그 제안에 조는 안도했지만 받아들이기가 망설여졌다.

"난 늘 일찍 집에 가. 정말이야. 집에 데려다줄 수 있게 해줘. 게다가 가는 길이잖아. 그리고 사람들이 그러는데 비도 온대."

더 이상 왈가왈부할 것이 없었다. 조는 메그에게 있었던 불운한 일을 로리에게 모두 이야기하며 고맙게 제안을 받아들이기로 했다. 그리고 두 사람을 데려오기 위해 달려 올라갔다. 해나는 고양이만큼이나 비를 싫어했기 때문에 군소리 없이 결정을 받아들였다. 세 사람은 지붕이 있는 화려한 마차에 올라탔다. 축제처럼 신나고 우아한 기분이 되었다. 메그가 발을 올려둘 수 있도록 로리는 칸막이 자리로 갔고 두 자매는 마음 편히 파티에 대해 이야기 나눴다.

"난 끝내주게 재미있었어. 언니는 어땠어?" 조는 머리를 풀어 편하게 놓았다.

"나도 재미있었어. 발이 아프기 전까지는. 샐리의 친구 애니 모팻이란 애랑 친해졌거든. 그 애가 언제 샐리랑 함께 자기 집에 와서 일주일 같이 지내자고 했어. 오페라 극단이 오는 봄에 초대할 거래. 엄마가 허락만 해주신다면 정말 완벽할 것 같아." 메그는 생각만으로도 신난다는 듯 말했다.

"언니, 내가 도망쳤던 그 빨간 머리 남자랑 춤추는 거 봤어. 그 남자 괜찮았어?"

"아, 아주 좋았어! 그리고 그 남자 머리는 빨간색이 아니라 적갈색이야. 매우 예의 바른 사람이었어. 그 사람이랑 레도바[18]를 신나게 췄지."

"그런데 그 사람 새 스텝을 밟을 때 모습이 딱 메뚜기 같았어. 로리랑 내가 참아보려 했는데 도저히 웃음을 참을 수 없었어. 우리 웃는 소리 들었어?"

"아니, 못 들었어. 그런데 그거 굉장히 무례한 짓이야. 넌 대체 내내 뭘 한 거야, 그곳에 숨어서?"

조는 그사이 벌어진 일들을 이야기했고 이야기가 끝나갈 무렵 집에 도착했다. 자매는 로리에게 여러 번 고맙다는 인사를 하고 헤어졌다. 그리고 아무도 깨우지 않길 바라며 살금살금 집으로 다가갔다. 그런데 문을 삐걱 여는 순간 두 개의 수면 모자가 불쑥 나타나더니 졸음이 잔뜩 묻은 목소리로 간절하게 외쳤다.

"파티 얘기 해줘! 파티 얘기 해줘!"

메그는 "예의 없는 행동"이라고 했지만 조는 무도회장에서 동생들을 위해 사탕 몇 개를 챙겨 왔다. 조가 동생들에게 그 사탕을 나눠주며 파티에서 가장 긴장됐던 순간을 이야기해줬더니 동생들은 곧 잠잠해졌다.

"파티가 끝난 후 이렇게 개인 마차를 타고 집으로 돌아와 가운

---

18 체코 지역에서 유래한 빠른 박자의 춤. 유럽 전역에서 인기를 끌었다.

을 입고 하인의 시중을 받으니 진정한 숙녀가 된 기분이다." 조가 메그의 발에 아르니카 연고[19]를 발라주고 붕대를 감은 다음 머리를 빗겨주자 메그가 말했다.

"우리는 머리칼을 태워먹기도 하고, 옷도 낡았고, 장갑은 한 사람이 한 짝밖에 못 끼는 형편이지. 게다가 꽉 끼는 구두 때문에 발목을 접질려도 꾸역꾸역 신을 만큼 바보 같기도 해. 그런데도 다른 누구보다도 즐거웠어. 진정한 숙녀들이라고 해서 우리보다 더 즐거웠을 것 같진 않아." 내 생각에도 조의 말이 타당한 것 같다.

---

19 아르니카 식물에서 추출한 외상용 약물.

4

각자의 짐

"아, 이런, 우리의 힘든 일상은 계속되는구나. 너무 힘들어." 파티 다음 날 아침 메그가 한숨을 쉬며 말했다. 이제 휴일도 다 끝났기 때문이다. 떠들썩하도록 즐겁게 한 주를 보냈지만, 그렇다 하더라도 좋아하지 않는 일을 흔쾌히 하고 싶어지지는 않았다.

"매일매일 크리스마스나 새해 첫날이면 좋겠다. 그러면 좋을 것 같지 않아?" 조가 우울한 얼굴로 하품을 하며 말했다.

"그렇게 즐거우면 안 되는 거였어. 하지만 예쁜 꽃다발이 놓인 식탁에서 맛있는 저녁을 먹고, 파티에 가고, 마차를 타고 집으로 오고, 책을 읽으며 쉬고, 그러면서도 일을 하지 않는다면 너무 좋을 것 같아. 다른 사람이 된 것 같았어. 그렇게 사는 애들이 늘 부러워. 나도 호화롭게 살았으면." 메그가 허름한 드레스 두 벌을 앞에 놓고 어떤 게 덜 허름할까 고민하며 말했다.

"글쎄, 우리 그럴 형편이 아니잖아. 그러니 괜히 투덜대지 말고 우리가 맡은 짐을 지고 엄마처럼 씩씩하게 걸어가자. 마치 할머니는 나한텐 바다의 노인[20]처럼 여간해서는 쫓아버릴 수 없는 사람이지만 불평하지 않고 모시는 법을 배우면 언젠가는 그 짐이 내게서 사라지거나 아니면 신경 쓰이지 않을 정도로 가벼워질 거야."

그 생각을 하는 순간 상상력이 자극된 조는 금방 기분이 좋아졌다. 하지만 메그는 기분이 좋지 않았다. 네 명의 버릇없는 아이들로 이루어진 자신의 짐이 그 어느 때보다도 무겁게 느껴졌기 때문이다. 평소처럼 파란색 리본을 목에 두르고 머리를 매만져서 예쁘게 꾸밀 마음도 들지 않았다.

"그 지긋지긋한 꼬맹이들 말고는 봐줄 사람도 없는데 예쁘게 꾸미는 게 무슨 소용이 있겠어? 내가 예쁘든 말든 누가 상관하겠냐고." 메그가 서랍을 휙 닫으며 중얼거렸다. "재미있는 일이라고는 손톱만큼도 없이 하루 종일 죽어라 일만 해야 할 텐데. 난 가난해서 다른 애들처럼 인생을 즐기지도 못하다가 흉측하게 늙어갈 거야. 정말 부끄러워!"

메그는 몹시 언짢은 얼굴을 하고 내려가서는 내내 울적한 표정으로 아침 식사를 했다. 메그뿐 아니라 다들 기분이 좋지 않았고, 투덜거릴 기세였다. 두통이 생긴 베스는 어미 고양이와 세 마리 새

20 《천일야화》에서 신드바드의 등에 여러 날 동안 달라붙어 있던 노인.

끼 고양이를 데리고 소파에 누워 쉬었다. 문제가 제대로 풀리지 않은 데다 지우개도 찾지 못한 에이미는 잔뜩 짜증이 나 있었다. 조는 휘파람을 불며 요란스럽게 나갈 준비를 하는 참이었다. 마치 부인은 당장 보내야 할 편지를 아직 마치지 못해 마저 쓰느라 정신이 없었고, 해나는 늦게까지 깨어 있는 건 체질에 맞지 않는다며 툴툴거렸다.

"이렇게 엉망인 가족은 처음 본다니까!" 잉크스탠드를 엎어트린 후장화 끈을 둘 다 끊어먹고 결국은 모자까지 깔고 앉고는 분노가 폭발한 조가 소리쳤다.

"그중에 언니가 가장 엉망이거든!" 모두 틀리게 계산된 덧셈을 석판 위로 떨어진 눈물로 지우며 에이미가 대꾸했다.

"베스, 이 진절머리 나는 고양이들을 지하실에 가두지 않으면 내가 모두 물에 빠트려버릴 거야." 메그는 등에 기어 올라온 새끼 고양이가 손이 닿지 않는 곳에 딱 달라붙어 갸르릉거리자 떼어버리려고 이리저리 몸을 흔들며 화가 나서 소리쳤다.

조는 깔깔거리고 웃고, 메그는 베스를 꾸짖고, 베스는 메그에게 애원했다. 에이미는 9 곱하기 12가 계산이 안 되자 징징거렸다.

"얘들아, 얘들아, 잠시만 조용히 좀 해봐! 아침 우편으로 이 편지를 반드시 보내야 하는데 너희들 떠드는 소리에 집중을 할 수가 없구나." 마치 부인이 세 번째로 잘못된 문장에 선을 그어 지우며 소리쳤다.

한순간 조용해지는가 싶었는데 해나가 성큼성큼 들어와 뜨거운 파이 두 개를 테이블에 두고는 다시 성큼성큼 나가면서 잠깐의 소강 상태는 깨졌다. 이 파이는 마치가의 전통 같은 것이었다. 자매들은 이 파이를 '손난로'라고 불렀는데 달리 손난로를 할 것이 없는 데다 추운 아침에 파이에 손을 대고 있으면 따뜻하게 녹여주었기 때문이다. 해나는 아무리 바쁘고 심통이 나더라도 파이 만드는 것을 절대 잊지 않았다. 자매들이 나서는 길은 너무 멀고 황량했기 때문이다. 가난한 자매들은 점심 도시락도 없었고 3시 넘어서야 집에 오곤 했다.

"고양이들을 꼭 끌어안고 두통을 이겨내봐, 베시. 다녀오겠습니다, 엄마. 오늘 아침 우리는 한 쌍의 악동들이지만 집에 올 때는 평소처럼 천사가 돼서 올게요. 자, 언니, 가자!" 순례자들이라면 이렇게 길을 떠나지 않았을 거라 느끼며 터벅터벅 나섰다. 두 사람은 모퉁이를 돌기 전에 항상 뒤를 돌아봤다. 어머니가 늘 창가에 서서 미소를 띤 채 고개를 끄덕이며 손을 흔들어주었기 때문이다. 어찌 된 일인지 어머니의 그 모습을 보지 못하면 그날 하루를 잘 헤쳐나갈 수 없을 것 같았다. 그들의 기분이야 어찌 됐건 어머니의 그 자애로운 얼굴을 마지막으로 보면 왠지 햇살 같은 사랑이 느껴졌기 때문이다.

"엄마가 우리에게 손 키스 대신에 주먹을 흔들어 보인다고 해도 당연한 거야. 우리처럼 배은망덕한 망나니들도 없을 테니까." 양심의 가책을 느낀 조가 매서운 바람을 뚫고 눈길을 걸어가며 큰 소리로 말했다.

"그런 끔찍한 표현은 하지 마, 조." 메그가 세상이 지긋지긋해진 수녀처럼 베일로 온몸을 친친 감싼 채로 말했다.

"난 센 단어가 좋아. 뜻이 분명하니까." 날아갈 듯 머리에서 훌쩍 솟아오른 모자를 잡아채며 대답했다.

"네가 널 어떻게 부르든 상관 안 하겠는데 나는 악동도 아니고 망나니도 아니야. 그렇게 불리고 싶지 않아."

"오늘 아침 엉망으로 굴고 짜증 낸 건 분명 언니거든. 호사스러운 것을 누릴 수가 없다고 말이야. 불쌍한 우리 언니, 내가 큰돈 벌어올 때까지 기다려. 아이스크림도 실컷 먹고 굽 높은 구두도 신고 꽃다발에 마차에 빨간 머리 남자랑 춤도 추고, 다 하게 해줄게."

"조, 말도 안 되는 소리 그만해!" 조의 허무맹랑한 소리에 메그가 크게 웃었지만 자기도 모르게 기분이 풀렸다.

"내가 있어서 언니는 행운이라는 거 알아둬. 나마저 언니처럼 세상 우울하게 축 처져 있어봐. 어떻겠어? 활기차게 지내야지. 고맙게도 난 우울할 때면 재미난 걸 찾아내서 기운을 차리거든. 더 이상 우울해하지 말고 집에 올 땐 즐거운 얼굴로 와야 해. 알았지?"

조가 기운 내라는 듯 언니의 어깨를 툭툭 쳤다. 그리고 두 사람은 작고 따뜻한 파이를 손에 들고 자신의 일을 하기 위해 각자의 길로 발걸음을 옮겼다. 겨울 날씨는 매섭고 일은 고되며 매일같이 재미있게 놀고 싶은 마음은 충족되지 않았지만 유쾌함을 잃지 않으려 애썼다.

마치 씨가 불우한 친구를 도우려다가 자신의 재산을 잃었을 때, 메그와 조는 자기들도 조금이나마 도움이 되고 싶다며 뭐든 할 수 있게 허락해달라고 애원했다. 마치 씨 부부는 그러라고 허락은 했지만 힘과 근면함과 독립심을 기르기에는 너무 일러서 아무것도 시작할 수 없을 거라 생각했다. 그러나 두 사람은 진심을 가지고 일을 시작했고 모든 역경을 딛고 마침내 성공하기에 이르렀다. 마거릿은 보모로 일할 수 있는 자리를 찾게 됐다. 월급은 적었지만 부자가 된 듯했다. 스스로 말한 대로 '호화롭게 살고 싶어' 하는 메그에게 가난은 큰 역경이었다. 집이 힘들지 않던 때, 편안함과 즐거움으로 가득하고 부족함이란 것을 모르던 시간을 모두 기억하는 메그는 가난을 견디기가 힘들다는 것을 다른 누구보다도 잘 알게 됐다. 다른 사람을 부러워하는 마음이나 집안 형편에 대한 불만을 가지지 않으려 애썼지만 어린 소녀가 예쁜 물건들과 유쾌한 친구들, 칭찬과 행복한 생활을 갈망하는 것은 너무나 자연스러운 일이었다. 킹 씨 집에서 메그는 자신이 갖고 싶은 것을 매일 봤다. 아이들의 누나들이 나가고 나면 우아한 무도회 드레스와 꽃다발을 흘끗거렸다. 극장이나 음악회, 썰매 타기 파티 같은 온갖 놀이에 대한 소식들을 생생하게 들었고, 자신에게는 너무나 귀한 것들인데 그들에게는 별 것 아니라는 듯 흥청망청 돈을 쓰는 모습을 보기도 했다. 가엾은 메그는 좀처럼 불평하는 일이 없었지만 가끔 세상이 불공평하다는 생각이 들기 시작했고 그럴수록 타인을 향해 씁쓸한 감정이 생겨났다. 왜냐하면 메그는 그때까지도 자신이 얼마나 큰 축복 속에서 살았는지, 그리고 그 축복 속에서 얼마나 행복했는지 잘 알지 못했기 때문이다.

조는 우연히 마치 할머니의 마음에 들게 되었다. 마치 할머니는 다리가 불편해서 활동적인 사람의 시중이 필요하던 참이었다. 아이가 없던 노부인은 곤란에 처하게 되자 그들 자매 중 한 명을 입양하고 싶다고 조카인 마치 부부에게 제안했지만 마치 부부가 그 제안을 정중히 사양해서 몹시 기분이 상하고 말았다. 친구들은 마치 부부에게 부자 친척의 유언장에 이름을 올릴 기회를 잃었다고 말했지만 세상 물정 모르고 돈에도 관심이 없는 마치 부부는 이렇게 말했다.

"억만금을 준다고 해도 내 딸들을 포기할 수는 없어요. 돈이 많든 적든 우리는 함께할 거고 그 속에서 서로 행복을 찾을 테니까요."

노부인은 한동안 마치 가족과 말을 섞지 않았다. 그런데 우연하게도 한 친구의 집에서 조를 만났는데 조의 우스운 얼굴과 무뚝뚝한 행동 속 무언가가 노부인의 마음을 건드렸다. 노부인은 조에게 와서 친구가 되어주지 않겠냐고 제안했다. 조는 그 제안이 전혀 마음에 들지 않았지만 더 괜찮은 일자리가 나타나지 않아 받아들이기로 했다. 그런데 놀랍게도 조는 화를 잘 내는 그 친척과 너무 잘 지냈다. 물론 종종 둘 사이에 폭풍 같은 전쟁이 벌어지곤 했다. 그럴 때면 조는 씩씩거리며 집으로 돌아와 더 이상 견딜 수 없다고 선언했지만 마치 할머니는 재빨리 수습하고 조가 거절할 수 없는 긴급한 상황을 구실로 사람을 보내 조를 데려오곤 했다. 조도 마음속으로는 그 성미 고약한 노부인이 마음에 들었기 때문에 매번 돌아갈 수 있었다.

내 생각에 조의 마음을 끈 마치 할머니 집의 진짜 매력은 훌륭한 책으로 가득한 넓은 서재가 아니었나 싶다. 그곳은 마치 할아버지가 죽은 후 먼지와 거미줄에 뒤덮여 있었다. 조는 친절한 노신사를 기억했다. 그는 조가 커다란 사전으로 철길이나 다리를 만들도록 허락해주었고 라틴어 책 속의 이상한 그림에 대해 이야기해주었으며 길에서 우연히 조를 만날 때마다 생강 빵 카드를 사주기도 했었다. 어둑어둑하고 먼지가 잔뜩 낀 서재의 높은 서가 위에는 흉상들이 나란히 서서 아래를 내려다보고 있었다. 안락의자와 지구본도 있었다. 그러나 무엇보다도 가장 좋은 것은 여기저기 마음껏 거

닐며 책을 볼 수 있다는 사실이었다. 그 사실 하나로 서재라는 공간은 조에게 축복의 공간이 되었다. 마치 할머니가 낮잠을 자거나 지인들과 바쁠 때면 조는 서둘러 이 고요한 공간으로 갔다. 그곳에서 안락의자에 푹 파묻혀 몸을 말고 시, 소설, 역사, 여행기, 그림에 관한 책들을 책벌레가 먹어치우듯 닥치는 대로 읽었다. 하지만 모든 행복이 그렇듯 조의 행복 역시 그리 오래가지 않았다. 이야기가 가장 핵심에 이르렀을 때, 가장 달콤한 시 구절을 읽을 때, 여행자가 가장 위험한 순간에 처했을 때면 할머니는 날카로운 목소리로 "조시-핀! 조시-핀!" 하고 불러댔다. 그러면 조는 천국을 떠나 실을 감거나 푸들을 씻기거나 벨샴의 에세이를 함께 읽어야 했다.

　조에게는 대단히 훌륭한 무언가를 하고 싶은 야망이 있었다. 그것이 무엇인지는 조 역시 아직 깨닫지 못하고 있었지만 시간이 모든 것을 말해줄 터였다. 한편 조는 원하는 만큼 책을 읽고 말을 타고 들판을 달릴 수 없다는 사실이 가장 고통스러웠다. 급한 성격, 날카로운 말투, 이랬다저랬다 하는 변덕 때문에 늘 곤경에 처했고, 그래서 조의 삶은 웃기기도 하고 불쌍하기도 한 기복의 연속이었다. 그런데 마치 할머니 댁에서 조가 혹독하게 단련한 것은 마침 필요한 것들이었다. 끝도 없이 계속되는 '조시-핀!' 소리는 다소 괴로웠지만 스스로를 위해 뭔가를 하고 있다는 생각으로 조는 행복했다.

　베스는 지나치게 수줍음이 많아 학교에 갈 수 없었다. 학교에 다니려고 시도는 했으나 너무 힘들어 포기하고 아버지와 함께 집에서 공부를 했다. 아버지가 멀리 떠나고 어머니는 군인 원조 협회에 헌신해야 할 때도 베스는 혼자서 충실하게 공부를 이어갔고 스스로 할 수 있는 한 최선을 다했다. 베스는 주부처럼 알뜰한 면모가 있는 아이여서 해나를 도와 집을 깨끗하게 정돈하고 밖에서 일하는 사람들이 안락하게 지낼 수 있도록 했다. 가족들의 사랑 외에는 다른 어떤 보상도 바라지 않았다. 하루하루가 길고 호젓했지만 외로워하지도, 게을러지지도 않았다. 베스의 작은 세상에는 상상의 친구들이 살고 있는 데다가 베스는 천성적으로 부지런한 일꾼이었기 때문이다. 매일 아침 챙겨서 옷을 입혀줘야 하는 인형도 여섯 있었다. 베스는 아직 아이였고, 여전히 그 인형 친구들을 사랑했다. 모두 버려진 것들을 가져왔기 때문에 온전하거나 예쁜 인형은 하나도 없었다. 언니들이 자라 우상처럼 아끼던 인형들이 필요 없어지면 베스에게 넘겨주었다. 에이미는 낡고 못생긴 건 뭐든 거들떠보지도 않았지만 베스는 바로 그 이유 때문에 인형들을 더없는 정성으로 보살폈다. 낡고 해진 인형들을 수선해줄 병원을 열기도 했다. 천으로 된 생명체에게 핀 하나 꽂지 않았고, 거친 말을 하거나 주먹으로 때리는 일도 결코 없었다. 무시한다고 해서 낡아빠진 인형들이 마음에 상처를 입는 것도 아닐 텐데 베스는 무한한 애정으로 모든 인형을 먹이고 입히고 돌보고 어루만져줬다. 조가 갖고 놀던 인형 하나가 너덜녀덜해져 잠동사니 더미에 버려졌다. 주인 덕에 아주 거친 인생을 살아왔던 인형은 결국 그 음울한 구빈원에서 베스 손에 구조되어 집으로 오게 됐다. 인형 머리 윗부분이 없는 것을 보고 베스는 작고 예쁜 모자를 묶어줬고, 사라져버린 두 팔과 다리도 담요로 감아 감춰주었다. 이 만성 병약자에게는 최고로 좋은 침대도 제공했다. 이 인형에게 쏟아붓는 정성을 누군가 봤다면 웃을지도 모르겠지만 마음으로는 감동을 받았을 것이다. 베스는 작은 꽃다발도 가져다주고 책도 읽어주고 신선한 공기를 마시라고 외투 속에 넣고 밖으로 데리고 나가기도 했다. 잠자리에 들 때는 자장가를 불러주고 그 지저분한 얼굴에 입맞춤도 해주며 부드럽게 속삭였다. "잘 자, 가엾은 우리 아가."

베스에게도 다른 사람처럼 단점이 있었다. 천사가 아니라 인간 소녀였기에, 조의 표현에 의하면 종종 '훌쩍훌쩍 훌쩍였다'. 음악 수업을 받을 수도 없고 좋은 피아노도 없었기 때문이다. 베스는 음악을 끔찍하게 사랑해서 피아노를 배우려고 아주 많이 노력했다. 띵띵거리는 소리가 나는 낡은 피아노 앞에 앉아 무척 열심히 연습을 했는데 그 모습을 보면 누구라도 나서서 베스를 도와주면 좋을 것 같기도 했다. (그렇다고 그 누구가 마치 할머니라는 뜻은 아니다.) 하지만 그 누구도 베스를 돕지 않았고, 베스가 조율도 되지 않은 피아노 앞에 홀로 앉아 누런 건반 위에 눈물을 뚝뚝 떨구기도 한다는 걸 아무도 몰랐다. 베스는 언제나 작은 종달새처럼 노래했고 엄마와 자매들을 위해 지치지 않고 연주했다. 그리고 매일 희망에 찬 목소리로 스스로에게 말했다. "착하게 살면 언젠가는 나의 음악을 하게 될 거야."

세상에는 베스 같은 아이가 많이 있다. 누가 찾지 않으면 조용히 수줍게 구석 자리에 앉아 있다가 자신이 필요할 때면 기꺼이 남을 위해 일하는 사람 말이다. 그런데 사람들은 난롯가에서 작은 귀뚜라미 울음소리가 사라지고 나서야 그 희생을 알게 된다.[21] 햇살처럼 밝고 상냥한 모습이 사라지고 침묵과 그림자만 남았을 때 그제야 부재를 알아차리는 것처럼.

누군가 에이미에게 인생 최고의 시련이 뭐냐고 묻는다면 에이미는 조금도 지체 없이 '내 코'라고 대답할 것이다. 에이미가 아기일 때 조가 실수로 석탄 운반통에 에이미를 떨어트린 일이 있었다. 에이미는 그 일 때문에 자기 코가 망가졌다고 우겼다. 에이미의 코는 가엾은 페트레아[22]의 코처럼 크지도 빨갛지도 않았다. 그냥 좀 납작할 뿐이었다. 아무리 집어 올린다고 해도 귀족적인 코끝이 될 수 있을 것 같지는 않았다. 에이미 말고는 그 코에 대해서 이렇다 저렇다 말

---

21 찰스 디킨스 〈난롯가의 귀뚜라미(The Cricket on the Hearth)〉(1845)의 인유.

22 스웨덴 작가 프레드리카 브레머 《집(The Home or Family Cares and Family Joys)》에 나오는 코가 큰 인물.

하는 사람이 아무도 없었고, 코는 최선을 다해 자라고 있었지만 에이미는 그리스 사람의 오뚝한 코처럼 되기엔 한참 부족하다고 느꼈다. 그래서 그런 자신을 위로하기 위해 종이에 예쁜 코를 그려댔다.

언니들이 부르는 대로 '꼬마 라파엘로'는 그림에 분명히 재능이 있었다. 에이미는 꽃을 보고 그리거나 요정을 꾸며내거나 이야기를 삽화로 그릴 때 가장 행복해했다. 선생님들은 에이미가 덧셈 공부를 하지 않고 석판에 동물을 잔뜩 그려놓거나 지도책의 빈 페이지에 지도를 따라 그려놓는다고 꾸지람을 했다. 에이미가 책 사이에 끼워놓았던 우스꽝스러운 캐리커처 그림들은 가장 운 없는 타이밍에 펄럭이며 쏟아지기 일쑤였다. 그렇지만 에이미는 수업 시간을 그럭저럭 잘 넘겼고 여러 면에서 모범이 되어 질책을 모면할 줄도 알았다. 에이미는 성격이 좋고 크게 노력하지 않고도 사람을 유쾌하게 하는 행복한 능력이 있었기에 친구들 사이에서 인기가 좋았다. 약간 점잔을 빼는 태도는 아이들 사이에서 크게 존경받았고 성적도 좋았다. 그림 외에도, 열두 곡조를 연주할 수 있었고 코바늘뜨기도 잘했으며 프랑스어 단어들을 삼 분의 이 이상 틀리지 않고 발음할 수 있었다. 또 '아빠가 부자일 때 우리는 이런저런 것들을 했어'라며 애처롭게 말하기도 했는데 그 이야기는 매우 감동적이었고, 에이미의 꾸물거리듯 늘여서 말하는 버릇을 소녀들은 '완벽하게 우아하다'고 생각했다.

다들 에이미를 애지중지했기 때문에 응석받이로 자라는 것도 당연했다. 허영심과 이기심도 있었다. 그런데 그 허영심을 다소 뭉개는 것이 있었다. 사촌의 옷을 받아 입어야 했던 것이다. 플로런스의 엄마는 감각이라고는 눈곱만치도 없는 사람이었다. 에이미는 파란색이 아닌 빨간색 보닛을 쓰고 어울리지 않는 드레스를 입고 지나치게 장식이 많은 앞치마를 해야 하는 것 때문에 무척이나 괴로웠다. 전부 다 품질도 좋은 데다 잘 만들어졌고 해진 곳도 거의 없었지만 예술적 감각이 충만한 에이미의 눈으로는 봤을 때는 그 모든 것이 너무도 고통스러웠다. 특히 이번 겨울, 학교에 입고 갈 드레스가 아무런 장식도 없이 노란색 점들만 있는 칙칙한 자줏빛이라는 사실에 에이미는 더욱 괴로웠다.

에이미는 눈물을 글썽이며 메그에게 말했다. "그나마 위안이 되는 건 우리 엄마가 마리아 파크스의 어머니와는 다르다는 거야. 그 애 어머니는 마리아가 말을 안 듣고 못되게 굴 때마다 치맛단을 접어 올리시지. 세상에, 정말 끔찍해. 가끔 그 애 치맛단이 무릎까지 올라와서 학교에 올 수가 없거든. 이런 끔찍한 상황을 떠올리면 차라리 내 납작코와 노란 불꽃이 마구 박힌 자줏빛 드레스가 더 나아."

메그는 에이미가 비밀까지 털어놓는 친구이자 선생님이었다. 묘하게 상반되는 매력 때문인지 조는 베스의 친한 친구였다. 수줍음 많은 아이 베스는 오직 조에게만 자신의 생각을 이야기했고 매사 덤벙거리는 언니에게 무의식적으로 다른 가족보다 더 많은 영향을 행사했다. 메그와 조는 서로에게 더없이 중요한 존재였고 각자 동생을 하나씩 맡아 자신만의 방식으로 보살폈다. 둘은 스스로 말하듯 '엄마 놀이'를 하며, 아직 어리지만 여자다운 모성 본능으로 동생들을 버려진 인형 보살피듯 알뜰히 챙겼다.

"누구 재미난 이야기 할 거 없니? 하루 종일 너무 우울하게 지냈더니 뭐든 좀 재미난 일이 있으면 좋겠어." 그날 저녁 다 함께 모여 앉아 바느질을 하는데 메그가 말했다.

"오늘 할머니 댁에서 이상한 일이 있었어. 그거 말도 못 하게 재미있었거든. 이야기해줄 테니 들어봐." 이야기하기를 무지하게 좋아하는 조가 시작했다. "난 그 끝도 없이 이어지는 빌샴 책을 읽어드렸어. 평소처럼 단조로운 목소리로 말이야. 할머니가 잠이 들기에 난 내가 읽고 싶은 책을 꺼내서 할머니가 깰 때까지 미친 듯이 읽어 내려갔지. 그런데 사실은 나도 졸렸거든. 할머니가 채 고개를 떨구시기 전에 내가 입을 딱 벌리고 하품을 했어. 그랬더니 할머니가 책 한 권을 단번에 통째로 삼킬 만큼 그렇게 크게 입을 벌려서 뭘 어쩌려는 거냐고 물으시더라.

'통째로 먹을 수 있으면 좋겠네요. 다시는 꼴도 보기 싫거든요.' 건방지게 보이지 않으려고 애쓰면서 말했어.

그러자 할머니는 내가 어떤 잘못을 저질렀는지 일장 연설을 하셨지. 그러고는 당신이 잠깐 '생각을 하고' 있을 테니 나더러 앉아서 내 잘못에 대해 돌아보라고 하시더라. 그런데 할머니는 좀처럼 '생각'에서 빠져나오지 못하시거든. 그래서 할머니 모자가 큼지막한 달리아 꽃송이처럼 까딱까딱거리기 시작하는 것을 확인하고 난 후 주머니에서 《웨이크필드의 목사》[23]를 꺼내 읽어 내려갔어. 한 눈으로는 목사님을, 다른 한 눈으로는 할머니를 보면서 말이야. 그런데 책 속 인물들이 모두 물속으로 곤두박질친 부분을 읽을 때 난 그만 깍빡하고 큰 소리로 웃고 말았어. 웃음소리에 할머니가 잠에서 깨셨는데 낮잠을 자고 나서인지 기분이 한결 좋아져서는 나에게 그 책을 좀 읽어달라고 하셨어. 읽어볼 가치가 있고 교훈이 있는 벨샴보다 그 바보 같은 책이 뭐가 그렇게 좋은 건지 보여달라고 하면서. 최선을 다해 읽어드렸더니 할머니가 그 책을 마음에 들어하시는 것 같았어.

'도대체 무슨 말인지 하나도 이해를 못 하겠구나. 다시 처음으로 들어가서 읽어봐라, 얘야' 하고 말씀하시더라고.

난 처음으로 돌아가서 프림로즈 가족 이야기를 최선을 다해 재미있게 읽었어. 그리고 고약한 짓이지만 아주 긴장되는 순간에 책

---

[23] 올리버 골드스미스 《웨이크필드의 목사(The Vicar of Wakefield)》(1766)는 시골 목사 프림로즈 가족이 가난에 처해 고군분투하는 이야기를 다룬다.

읽기를 멈추고 고분고분 여쭤봤어. '혹시 피곤하신 건 아니세요? 이제 그만 읽을까요?'

할머니가 손에서 떨어트렸던 뜨개질감을 집어 들고는 안경 너머로 날카롭게 나를 쏘아보며 특유의 짧은 어투로 말씀하셨어.

'그 장은 마저 읽어야지. 그리고 버릇없이 굴지 마라.'"

"재미있다고 말씀하셨어?" 메그가 물었다.

"그럴 리가. 안 하셨지! 하지만 그 오래된 벨샴 이야기는 잠시 읽지 않아도 된다고 하셨어. 오늘 오후에 장갑을 가지러 돌아갔더니, 글쎄, 할머니가 《웨이크필드의 목사》에 푹 빠져서는 내가 웃는 소리도 못 들으시지 뭐야. 집에 돌아오는 기분 좋은 시간이라 복도에서 춤까지 췄는데도. 마음만 먹으면 얼마든 즐거운 인생을 사실 텐데. 할머니가 돈이 많긴 하지만 그다지 부럽진 않아. 결국 보면 부자들도 가난한 사람들만큼이나 걱정을 가지고 있는 것 같거든." 조가 말했다.

"그러고 보니 생각난다." 이번에는 메그였다. "나도 해줄 이야기가 있어. 조가 한 이야기처럼 재미있지는 않지만 집으로 돌아오면서 한참을 생각했어. 킹 씨네에 갔더니 식구들이 오늘 모두 허둥지둥 정신이 없어 보이는 거야. 큰형이 뭔가 끔찍한 일을 저질러서 아빠가 멀리 보냈다고 한 아이가 알려줬어. 킹 부인이 우는 소리가 들렸고 킹 씨는 쩌렁쩌렁한 목소리로 이야기를 하고 계셨어. 그레이스와 엘런이 내 곁을 지나가면서 고개를 돌리더라고. 아이들의 눈이 얼마나 빨간지 못 본 체했지. 물론 아무것도 묻지 않았어. 그들이 안됐더라. 그리고 우리 집에 못된 짓을 하고 온 집안을 망신시키는 난폭한 남자 형제가 없어서 다행이라는 생각이 들더라고."

"내 생각엔 학교에서 망신을 당하는 일이 못된 남자 형제들 때문에 겪는 일보다 훨씬 더 '괴로움을 입는' 일인 거 같아." 에이미는 마치 인생의 경험치가 굉장히 깊은 것 같은 얼굴로 고개를 절레절레 저으며 말했다. "수지 퍼킨스가 오늘 빨간 홍옥수 반지를 끼고 학교에 왔어. 그 반지가 너무 갖고 싶어서 할 수만 있다면 그 아이가 되고 싶을 정도였어. 그런데 수지가 석판에 데이비스 선생님의 얼굴을 그렸어. 괴물 같은 코에 혹을 달고 있는 모습인데 말풍선에는 '아가씨들, 내가 지켜보고 있어!'라고 적어놓기까지 했어. 우리는 그 그림을 보고 다 같이 깔깔거리고 웃었지. 그런데 갑자기 선생님이 정말로 우리를 지켜보는 거 같더니 수지더러 석판을 갖고 나오라고 하는 거야. 수지는 놀라서 '마비를 입은' 거 같았지만 앞으로 나갔어. 그런데, 아, 선생님이 어떻게 했을 거 같아? 선생님이 수지 귀를 잡았어. 귀를! 얼마나 끔찍했을지 상상해봐! 그렇게 귀를 잡고는 수지를 암송 연단으로 끌고 가더니 삼십 분 동안 거기 서 있게 했어. 모두가 볼 수 있도록 석판을 들고 말이야."

"아이들이 그 그림을 보고 웃지 않았어?" 소동이라고 하면 언제든 즐길 준비가 되어 있는 조가 물었다.

"웃었냐고? 아무도 안 웃었지! 다들 쥐 죽은 듯 조용히 앉아 있었고 수지는 엉엉 울었어. 그 순간 수지가 조금도 브럽지 않더라. 홍옥수 반지 백만 개가 있다 하더라도 그런 상황이라면 행복하지 않을 테니까. 난 절대, 결코 그런 고뇌로 가득한 치욕은 극복할 수 없을 거야." 에이미는 자신의 도덕성에 대한 자랑스러움과 어렵고 긴 표현을 단숨에 성공적으로 말했다는 뿌듯함 속에서 바느질을 이어갔다.

"오늘 아침에 내가 좋아하는 걸 봤어. 저녁 식사 시간에 말해야지 생각했는데 깜빡했어." 베스는 뒤죽박죽인 조의 반짇고리를 정리하며 말했다. "해나 심부름으로 굴을 사러 나갔다가 생선 가게에서 로런스 씨를 봤어. 하지만 로런스 씨는 나를 못 보셨어. 나는 생선 통 뒤에 있었고 로런스 씨는 생선 가게 주인 커터 씨와 바쁘게 뭔가 하고 있었거든. 그때 한 가엾은 여인이 양동이와 물걸레를 들고 들어오더니 커터 씨에게 청소를 할 테니 생선을 좀 줄 수 없겠냐고 물었어. 하루 종일 일을 제대로 못 해서 아이들에게 줄 저녁거리가 없다면서. 커터 씨는 바빴고, '안 돼요' 하더라고. 그게 좀 쌀쌀맞았어. 그분이 허기지고 안타까운 얼굴로 돌아서서 나가려는데 로런스 씨가 자신의 지팡이 구부러진 끝으로 커다란 생선 한 마리를 끌어 올리더니 그분에게 내미는 거야. 그분은 한편으로는 놀라고 한편으로는 기뻐하면서 생선을 당장 두 팔로 받아 들더니 로런스 씨에게 고맙다는 인사를 하고 또 했어. 로런스 씨는 '가서 아이들에게 요리해 주시오'라고 했고 그분은 서둘러 나갔어. 정말 행복해했어! 로런스 씨 참 좋은 분 같지 않아? 그 여자분이 커다랗고 미끌거리는 생선을 끌어안은 채로 천국에 로런스 씨의 침대가 가장 좋은 자리에 있을 거라고 말하는 모습이 어찌나 재미있던지."

다들 베스의 이야기를 듣고 한바탕 웃고는 어머니에게도 이야기를 하나 해달라고 부탁을 했다. 마치 부인은 잠시 생각하더니 진지한 목소리로 말했다.

"오늘 방에 앉아 파란 플란넬 재킷을 마름질하는데 너희 아빠가 너무 걱정이 되는 거야. 너희 아빠에게 무슨 일이라도 생기면 우리는 얼마나 외롭고 속수무책일지 생각을 했어. 현명한 처사가 아닌 걸 알면서도 계속해서 걱정을 하고 있었지. 그런데 한 노인이 들어와서는 몇 가지 옷을 주문했어. 노인은 내 곁에 앉았고 나는 그분과 이야기를 하기 시작했어. 가난하고 지치고 걱정이 많아 보였거든.

'아드님을 군대에 보내셨나요?' 내가 여쭸어. 그분이 갖고 온 쪽지가 나에게 주는 것이 아니었거든.

'그래요, 부인. 넷을 보냈죠. 그런데 둘은 죽고, 하나는 포로가 됐어요. 남은 아들 하나에게 가는 중이라오. 많이 아파서 워싱턴 병원에 있거든요.' 노인은 조용히 대답했어.

'나라를 위해 많은 일을 하셨군요, 선생님.' 그 순간 이제 동정이 아니라 존경심이 느껴졌지.

'당연히 해야 할 일이지요, 부인. 만약 내가 쓸모가 있었다면 내가 직접 갔겠지요. 내가 갈 수 없기 때문에 기꺼이 아들들을 보낸 거지요.'

노인은 아주 흔쾌하게 말했어. 매우 진지해 보였고, 자신의 모든 것을 내주어서 기쁜 듯했어. 그 모습에 나 자신이 부끄러워졌어. 노인은 아들 넷이나 보내고도 불평 한마디 없는데 난 고작 한 남자를 보내놓고 그렇게 걱정을 하고 있었으니 말이다. 내 딸들은 안전하게 집에 있지만 그 노인은 마지막 남은 아들이 타향 먼 곳에서 기다리고 있는 데다 어쩌면 작별 인사를 하게 될지도 모른다니! 난 갑자기 부자가 된 것 같은 기분이 들었어. 내가 받은 축복을 생각하니 너무도 행복하고 감사한 마음이 됐지. 그래서 노인에게 꾸러미를 잘 만들어드리고 여비도 좀 드리고 훌륭한 가르침에 진정으로 감사드렸단다."

"또 다른 이야기 해주세요, 엄마. 이 이야기처럼 교훈이 있는 이야기요. 너무 훈계조의 이야기가 아니고, 진짜 있었던 일이면 듣고 나서 곱씹어보게 되는 게 좋아요." 잠시 침묵이 흐른 뒤 조가 말했다.

마치 부인이 미소를 띠고 당장 이야기를 시작했다. 이 어린 청중에게 수년 동안 이야기를 해온 마치 부인은 어떻게 그 청중들을 즐겹게 해줄지 알고 있었다.

"옛날에 소녀 넷이 살고 있었어. 먹을 것, 마실 것, 입을 것, 어느 것 하나 부족함 없이 넉넉하게 살면서 편안하고 즐거움이 넘쳤지. 친구들, 부모님 모두 다정했고 그들을 끔찍하게 사랑했어. 그런데 그들은 무엇에도 만족하지 않았지." (이 대목에서 듣고 있던 자매들은 은밀한 눈길로 서로를 훔쳐보더니 부지런히 바느질을 하기 시작했다.) "이 소녀들은 좋은 사람이 되고 싶어서 수많은 결심을 했지. 하지만 그 결심들을 지키지 못하고 끊임없이 말했어. '이게 있었더라면' '저것만 할 수 있다면'. 자신들이 이미 얼마나 많이 갖고 있는지, 자신들이 얼마나 많은 것들을 할 수 있는지는 까마득히 잊고 말이야. 그래서 소녀들은 한 노파에게 어떤 주문을 걸면 자신들이 행복해질 수 있는지 물었지. 그러자 노파가 대답했어. '현재에 만족하지 못할 때는 자신이 받은 축복에 대해 생각해보고 감사하는 마음을 가지거라.'" (이 대목에서 조가 뭔가 말하려는 듯 고개를 번쩍 들었다가 아직 이야기가 다 끝나지 않았다는 걸 알고 마음을 바꿨다.)

"분별력 있는 아이들이었기 때문에 노파의 말대로 해보기로 했어. 그리고 자신들의 삶이 얼마나 풍요로운지 금세 깨닫고는 깜짝 놀랐어. 첫째 아이는 돈이 많은 부자라고 해서 부끄러움과 슬픔이 없을 수 없다는 걸 알게 됐고, 둘째 아이는 비록 가난할지라도 젊음과 건강과 훌륭한 정신이 있다면 짜증 많고 연약하며 자신의 안락함을 즐길 줄 모르는 어느 노인보다 훨씬 행복하다는 사실을 깨달았으며, 셋째는 저녁 식사 준비를 돕는 것이 즐거운 일은 아니지만 먹을거리를 구걸하는 것보다는 훨씬 행복한 일이라는 사실을 알게 됐어. 그리고 넷째는 홍옥수 반지가 좋은 행실만 한 가치가 있는 건 아니라는 것을 알게 됐고. 그렇게 해서 네 소녀들은 이제 불평하지 않고 이미 받은 축복에 감사하기로 했지. 그리고 그런 축복을 받을 만한 사람이 되도록 노력하기로 했어. 그러지 않으면 축복이 늘어나기는커녕 통째로 사라질 테니까. 난 그 아이들이 노파의 충고를 받아들인 걸 절대 후회하거나 실망하지 않을 거라 믿어."

"에이, 엄마. 우리 이야기를 빗대서 그대로 해주시다니 너무해요. 그건 뭔가를 제시하신 게 아니라 설교를 하신 거잖아요." 메그가 소리쳤다.

"난 이런 식의 설교가 좋아. 아빠가 설교해주시던 방식이잖아." 베스가 조의 바늘겨레에 바늘을 꽂으면서 사려 깊게 말했다.

"난 다른 사람들처럼 불평하지 않을 거야. 이제부턴 좀더 조심스러운 사람이 될래. 수지가 겪은 일을 보고 깊이 깨달았거든." 에이미가 도덕적인 태도로 말했다.

"우리에게 필요한 교훈이었어요. 잊지 않을게요. 만약 우리가 잊으면《톰 아저씨의 오두막집》에 나오는 클로이처럼 '애들아, 너희가 받은 축복을 생각해! 은혜를 생각해봐!' 하고 이야기해주세요." 언제나 그렇듯 사소한 설교에서도 잊지 않고 재미를 찾아내며 조가 말했다. 물론 그 교훈들을 마음 깊이 새기는 것도 잊지 않았다.

5

이웃 사귀기

"도대체 뭘 하려고 그러니, 조?" 눈이 내리는 어느 오후 메그가 조에게 물었다. 자루같이 낡은 옷을 입고 두건을 쓰고 고무장화를 신은 조가 한 손에는 빗자루를, 다른 한 손에는 삽을 들고 복도를 쿵쿵 걸어오고 있었다.

"운동하려고." 조는 장난기 가득한 눈을 반짝이며 대답했다.

"오늘 아침에 한 산책 두 번이면 충분한 거 같은데! 밖은 춥고 날씨도 흐려. 충고하는데 나처럼 그냥 불이나 쬐면서 따뜻하고 뽀송뽀송하게 있어." 메그가 추위에 진저리를 치며 말했다.

"그 충고 거절할게. 하루 종일 가만히 있을 순 없어. 내가 무슨 고양이도 아니고. 불 옆에서 꾸벅꾸벅 조는 거 딱 질색이야. 난 모험이 좋아. 뭔가 찾아볼래."

메그는 벽난로로 돌아가 발에 불을 쬐면서 《아이반호》[24]를 읽었고 조는 대단히 기운차게 눈길을 쓸기 시작했다. 눈이 가벼워서 조는 정원 주변의 오솔길을 빗자루로 금방 다 쓸어냈다. 해가 나면 아픈 인형들에게 바람을 쐬어주기 위해 걸어 나올 베스를 위해서였다. 정원을 사이에 두고 마치네 집과 로런스 씨네 집이 나란히 서 있었다. 두 집이 있는 그곳은 도시의 외곽이었다. 수풀과 잔디가 펼쳐져 있고, 커다란 정원들에 길은 한산해 시골 같은 곳이었다. 낮은 울타리가 두 집의 사유지를 나누고 있었는데 한쪽은 오래된 갈색 집이었다. 다소 휑뎅그렁하고 초라해 보이는 그 집은 덩굴로 뒤덮여 여름이면 벽이 보이지 않을 정도였고 집 주변은 꽃으로 둘러싸였다. 다른 한 집은 위엄이 느껴지는 석조 저택이었다. 커다란 마차 차고와 잘 가꾸어진 뜰, 온실, 그리고 화려한 커튼 사이로 보이는 멋진 물건들만 봐도 그곳이 얼마나 안락하고 호사스러운지 한눈에 알 수 있었다. 그러나 그 집은 쓸쓸하고 생기가 느껴지지 않았다. 잔디에서 뛰어노는 아이도 없었고 창밖을 내다보는 미소 띤 엄마의 얼굴도 없었다. 노신사와 그의 손자 말고는 드나드는 사람이 거의 없었다.

조가 펼친 상상의 나래 속에서 이 훌륭한 집은 일종의 마법에 빠진 궁전이었다. 휘황찬란함과 기쁨으로 가득하지만 누리는 사람은

---

24 《Ivanhoe》(1819). 스코틀랜드 작가 월터 스콧이 쓴 역사 소설.

아무도 없었다. 조는 오랫동안 그 집에 숨겨진 화려함을 보고 싶었고 '로런스 소년'에 대해서도 알고 싶었다. 그 소년은 어떻게 시작할지 방법만 안다면 누구에게든 자신을 알리고 싶어 하는 것 같았다. 무도회 이후 조는 그 소년에 대해 알고 싶은 마음이 한결 강해져서 그와 친구가 될 만한 갖가지 방법을 궁리했다. 그런데 어쩐 일인지 최근 들어 소년이 전혀 보이지 않아 조는 그가 어디 멀리 가버렸나 보다 생각했다. 그러던 어느 날 위층 창문에서 가무잡잡한 얼굴 하나가 정원에서 베스와 에이미가 눈싸움하는 모습을 부러운 듯 내려다보고 있는 것을 발견했다.

"저 아이는 함께 재미있게 놀 친구가 필요한 거야." 조는 혼잣말을 했다. "할아버지는 손자에게 뭐가 필요한지도 모르고 혼자 꽁꽁 가둬두고 있어. 저 아이에겐 함께 놀 쾌활한 사람들이 필요해. 젊고 활기찬 애들이면 더 좋겠지. 언젠가 저 집에 가서 노신사께 말씀드려야겠어."

무모한 일을 하기 좋아하고 기이한 행동으로 늘 메그를 아연실색케 하는 조는 자신이 해낸 생각에 즐거워졌다. 노신사에게 가서 말해보겠다는 계획을 잊지 않고 있던 조는 눈이 내리던 그 오후에 결국 실행에 옮겨보기로 결심했다. 로런스 씨가 마차를 몰고 나가는 게 보였다. 조는 신이 나서 눈을 헤치고 울타리까지 가서는 로런스 씨 집을 살펴봤다. 온통 조용했다. 아래층 창문의 커튼은 모두 내려져 있었고 하인들도 보이지 않았다. 위층 창문으로 가냘픈 손에 머리를 기대고 있는 검은 곱슬머리가 보였다.

'저기 있다. 가엾어라! 이 우울한 날에 혼자 아파 누워 있다니! 안 됐어! 눈뭉치를 던져서 밖을 내다보게 해야겠다. 그리고 친절하게 한마디라도 해줘야지.' 조는 생각했다.

조가 부드러운 눈을 한 줌 뭉쳐서 던지자 바로 검은 곱슬머리가 고개를 돌렸다. 무기력한 얼굴이 이내 사라지고 커다란 두 눈이 밝아지면서 입가에 미소가 번졌다. 조가 고개를 끄덕이며 웃었다. 그리고 인사라도 하듯 빗자루를 흔들어 보이며 소리쳤다.

"잘 지냈어? 어디 아파?"

로리가 창문을 열었다. 그리고 까마귀같이 쉰 목소리로 말했다.

"감기에 심하게 걸렸거든. 하지만 많이 나았어. 고마워. 일주일 동안 집 안에만 있었어."

"그랬구나. 안됐다. 뭐 하고 놀아?"

"아무것도 안 해. 여긴 무덤 속처럼 따분해."

"책은 안 읽어?"

"많이는 안 읽어. 못 읽게 하거든."

"읽어줄 사람도 없어?"

"할아버지가 가끔 읽어주셔. 그런데 할아버지는 내 책이 재미없으신 거 같아. 그렇다고 매번 브룩 선생님에게 읽어달라 하기는 싫어."

"그럼 병문안 올 사람은?"

"딱히 보고 싶은 사람이 없어. 남자애들은 소란만 일으켜. 골치 아파."

"책 읽어주고 같이 놀아줄 괜찮은 여자애는 없어? 여자애들은 조용하고 병원 놀이를 좋아해."

"아는 여자애가 없어."

"나 알잖아." 조가 웃음이 터졌다가 멈췄다.

"그렇네! 우리 집에 올래?" 로리가 소리쳤다.

"난 조용하지도, 착하지도 않지만 갈게. 우리 엄마가 허락하시면. 가서 엄마께 여쭤볼게. 착한 아이답게 창문 닫고 내가 올 때까지 기다려."

조는 빗자루를 어깨에 걸머지고 다들 자신에게 뭐라고 할지 궁금해하면서 집으로 힘차게 걸어갔다. 친구가 생긴다는 생각에 로리는 가슴이 두근거렸다. 마치 부인의 말대로 그는 '어린 신사'였으므로 손님에게 예를 다하기 위해 집 안 여기저기를 돌아다니며 준비했다. 곱슬머리를 빗질하고, 옷깃이 빳빳한 옷으로 갈아입고, 하인이 여럿 있는데도 정돈되어 있지 않은 방을 손수 정리했다. 이윽고 요란하게 벨 소리가 울리더니 '로리 씨'를 찾는 또랑또랑한 목소리가 들렸다. 깜짝 놀란 표정의 하인이 달려오더니 젊은 아가씨가 왔다고 알려주었다.

"좋아, 들어오시라고 해. 조 아가씨야." 로리는 조를 맞기 위해 작은 응접실로 가면서 말했다. 조는 한 손에는 뚜껑을 덮은 접시를, 다른 한 손에는 베스의 아기 고양이 세 마리를 안고 밝고 편안한 모습으로 나타났다.

"나 왔어. 짐이 좀 많아." 조가 활기차게 말했다. "엄마가 안부 전하시면서 내가 뭐든 도움이 되면 좋겠다고 하셨어. 메그 언니는 자기가 만든 블랑망제 젤리를 갖고 가라고 했어. 언니가 그 젤리를 아주 잘 만들거든. 베스는 자기 고양이들이 위로가 될 거라고 했어. 네가 고양이를 보고 소리 지를지도 모른다 생각했지만 거절할 수 없었어. 베스가 너무 간절하게 뭐라도 하길 원했거든."

베스가 보내온 그 기발한 위문품들은 정말 유용했다. 새끼 고양이들을 보면서 웃는 동안 로리는 수줍음을 잊고 금방 조와 친해진 것이다.

"너무 예뻐서 못 먹겠는걸." 조가 접시 뚜껑을 열고 블랑망제 젤리를 보여주자 로리는 기쁨의 미소를 지으며 말했다. 젤리는 에이미가 키우는 제라늄의 진홍색 꽃잎과 초록색 이파리를 엮어 두른 장식으로 에워싸여 있었다.

"별거 아니야. 다들 친절한 마음을 보여주고 싶어 했을 뿐이야. 뒀다가 나중에 차와 함께 내오라고 해. 그냥 간단하게 먹으면 돼. 부드러워서 목이 부었어도 삼킬 때 아프지 않을 거야. 그런데 방이 참 아늑하네."

"잘 정리하면 그럴 수도 있지. 그런데 하인들이 게을러서 말이야. 어떻게 하면 정신 차리게 할 수 있을지 모르겠어. 걱정이야."

"내가 당장 해결해줄게. 벽난로에 먼지부터 털어야겠다. 음 ― 그리고 벽난로 선반 위에 있는 것들을 잘 정리해서 세워두고, 음 ― 그리고 책은 여기에, 병들은 거기에. 소파는 불빛을 등지도록 돌리고, 베개는 두들겨서 좀 부풀게 하고. 자, 이제 다 됐어."

조의 말대로 정말 다 돼 있었다. 조가 웃고 이야기하면서 부지런히 물건을 정리하고 나자 방은 꽤 다른 분위기가 났다. 로리는 아무 말도 못 하고 존경하는 마음으로 조를 지켜보기만 했다. 조가 소파로 오라고 손짓했고 로리는 더없이 만족스럽다는 듯 숨을 내쉬며 소파에 앉아 고마운 마음을 전했다.

"넌 정말 친절한 아이야! 그래, 바로 내가 원하던 대로야. 큰 의자에 앉아봐. 내 친구를 즐겁게 해주고 싶어."

"아니야, 내가 널 즐겁게 해주려고 왔는걸. 책 읽어줄까?" 조는 자신을 유혹하는 책들을 향해 애정 어린 눈길을 보냈다.

"고마워. 그런데 난 이미 다 읽었어. 괜찮다면 너와 이야기를 하고 싶어." 로리가 대답했다.

"물론 괜찮지. 네가 내버려두면 난 하루 종일이라도 이야기할 수도 있어. 베스는 내가 좀체 수다를 끝낼 줄을 모른다고 하거든."

"그 발그스름한 아이 말하는 거지? 하루 종일 집에 있다가 가끔 작은 바구니를 갖고 밖으로 나오는 아이." 로리가 관심을 보이며 물었다.

"맞아. 그게 내 동생 베스야. 말도 못 하게 착한 아이지."

"그 예쁜 사람은 메그이고, 곱슬머리는 에이미. 맞아?"

"어떻게 그렇게 다 알아?"

로리는 얼굴이 붉어졌지만 솔직하게 말했다. "그게, 종종 너희가 서로 부르는 소리를 듣거든. 여기 위에 혼자 이렇게 있으면 너희 집을 내려다보지 않을 수가 없어. 너희는 언제나 즐겁게 지내고 있는 것 같거든. 무례했다면 용서를 빌게. 그런데 가끔 너희는 꽃이 놓인 창문의 커튼을 치는 것을 잊더라. 그렇게 커튼이 열린 채로 램프에 불이 켜지면 마치 그림을 보는 것 같아. 그리고 너희가 어머니와 함께 식탁에 둘러앉으면 너희 어머니 얼굴이 정면으로 보여. 꽃 뒤에 있는 어머니 얼굴이 너무 다정해서 그 모습을 지켜보지 않을 수가 없어. 알다시피 난 어머니가 안 계시니까." 로리는 자기도 모르게 입술이 약간 씰룩거리는 것을 감추려고 괜히 난롯불을 쑤셔댔다.

로리의 눈 속에 깃든 외로움과 허전함이 조의 따뜻한 마음속으로 그대로 와서 박혔다. 조는 세상에 말도 안 되는 일은 없다고 배웠고 열다섯 살 여느 아이처럼 순수하고 천진했다. 로리는 아프고 외로웠다. 조는 자신이 얼마나 사랑과 행복이 넘치는지 되새기고 그 사랑을 기꺼이 로리와 나누어야겠다 생각했다. 조의 까무잡잡한 얼굴에는 다정함이 듬뿍 담겼고 날카롭던 목소리에는 평소와는 다른 상냥함이 묻어났다.

"절대 그 커튼을 내리지 않을 테니 보고 싶은 만큼 실컷 봐. 그런데 그렇게 몰래 보지 말고 우리 집에 놀러 와서 직접 보는 건 어때? 우리 엄마는 아주 대단하셔. 네게 어마어마하게 잘해주실걸. 내가 부탁하면 베스는 노래를 부르고 에이미는 춤을 출 거야. 메그 언니와 내가 우스꽝스러운 연극 소품을 보여주면 넌 다마 웃음이 터질걸. 우리 다 함께 재미있게 보낼 수 있을 거야. 그런데 할아버지께서 허락해주실까?"

"너희 어머니께서 부탁하시면 아마 허락하실 거야. 그렇게 안 보이지만 매우 친절한 분이셔. 내가 원하는 건 다 하게 해주셔. 단지 내가 낯선 사람들에게 폐가 될까 봐 걱정하시는 거지." 로리는 점점 더 밝아지고 있었다.

"우린 낯선 사람이 아니라 이웃이야. 폐가 될까 걱정하지 않아도 돼. 우린 정말 너랑 친해지고 싶어. 너랑 친해지고 싶어서 내가 그동안 얼마나 노력했는데. 우리가 이곳에서 아주 오래 산 건 아니지만 너 빼고 모든 이웃들과 다 알고 지낸단 말이야."

"우리 할아버지는 책에 파묻혀 사셔서 밖에서 무슨 일이 일어나는지 별로 신경을 안 쓰시지. 가정교사인 브룩 선생님도 이곳에 사시는 게 아니기 때문에 함께 있어줄 사람이 내 곁엔 아무도 없어. 그래서 그냥 밖에 나가지도 않고 집에서만 그럭저럭 지내는 거야."

"너무 안됐다. 이젠 그렇게 움츠려만 있지 말고 오라는 곳은 어디든 다 가봐. 그러면 친구도 많이 사귈 거고 가고 싶은 곳도 생길 거야. 부끄러운 건 신경 쓰지 마. 계속하다 보면 부끄러운 것도 오래가지 않을 거야."

로리의 얼굴이 다시 붉어졌지만 부끄러워한다고 말해서 기분이 상한 건 아니었다. 조에게서 선의를 충분히 느낄 수 있었기 때문이다. 조의 말투가 무뚝뚝하다고 해서 그 마음이 친절하지 않은 건 아니었다.

"학교는 좋아?" 잠시 둘 다 말이 없다가 로리가 주제를 바꾸며 질문했다. 로리는 난롯불을 응시하고, 기분이 좋아진 조는 주변을 둘러보고 있었다. "난 학교에 안 가. 직장인, 정확히는 직장 여성이지. 친척 할머니 시중드는 일을 해. 사랑스럽기도 하지만 성미가 좀 고약하기도 한 노인네야."

로리는 또 질문을 하려고 입을 떼다가 다른 사람의 일에 너무 많이 궁금해하는 건 예의가 아니라고 했던 것이 생각나 입을 다물었는데 그 모습이 좀 어색해 보였다. 조는 로리의 깍듯한 예의범절이 마음에 들었다. 마치 할머니 이야기에 웃어도 상관이 없었기 때문에 까다로운 노부인과 노부인이 기르는 뚱뚱한 푸들, 스페인어로 말하는 앵무새 폴, 그리고 자신이 책을 실컷 읽을 수 있는 서재에 대해 생생하게 들려주었다. 로리는 조가 해주는 이야기에 흠뻑 빠졌다. 조는 언젠가 마치 할머니에게 구애하러 왔던 단정한 노신사에 대한 이야기도 해줬다. 그 노신사가 아주 멋들어지게 구애를 하고 있는데 폴이 그의 가발을 잡아당기는 바람에 노신사가 기절초풍했다는 이야기에 로리는 웃느라 뒤로 나뒹굴며 눈물까지 흘렸다. 하인 하나는 무슨 일인가 싶어 빼꼼 고개를 들이밀고 보기도 했다.

"아! 정말 재미있다. 계속해봐, 어서." 로리가 너무 웃어서 빨갛게 달아오른 얼굴을 소파 쿠션에서 들며 말했다.

성공으로 의기양양해진 조가 로리 요청대로 계속해서 이야기를 이어갔다. 자기 집에서 하는 연극과 앞으로의 계획, 아버지에 대한 바람과 걱정, 자매들이 사는 작은 세상에서 벌어지는 재미있는 사건들에 대해 모두 이야기했다. 그러다가 두 사람은 책에 대해 이야기하기 시작했다. 로리가 자기만큼 책을 좋아하며 심지어 자기보다 훨씬 더 많이 책을 읽었다는 사실을 알고 조는 무척이나 기뻤다.

"책 좋아하면 내려가서 우리 집에 있는 책들 구경해. 할아버지가 나가고 안 계시니 두려워할 필요 없어." 로리가 일어서며 말했다.

"난 아무것도 두렵지 않아." 조가 고개를 들며 대답했다.

"그럴 거 같아!" 로리가 동경하는 눈빛으로 조를 바라보며 외쳤다. 하지만 속으로는 할아버지가 기분이 별로일 때 마주치면 조도 어쩔 수 없으리라고 생각했다.

집은 전체적으로 여름 같은 분위기였다. 로리는 이 방, 저 방, 조를 데리고 다니면서 상상력을 자극할 수 있는 것이라면 뭐든 살펴볼 수 있도록 해줬다. 마침내 서재에 다다르자 조는 특별히 기쁠 때 늘 그러듯 손뼉을 치며 성큼성큼 걸어갔다. 책으로 가득한 서가가 줄지어 서 있었는데 그림과 조각상 들, 그리고 동전과 골동품 들로 가득한 작은 장식장이 특히 눈길을 끌었다. 커다란 안락의자와 이상하게 생긴 탁자들, 청동 조각상들, 그중에서도 최고는 독특한 문양의 타일을 바른 커다란 벽난로였다.

"정말 대단하다!" 조가 벨벳 의자 깊숙이 털썩 앉으며 한숨 쉬었다. 그리고 몹시 만족한 듯 주위를 둘러봤다. "시어도어 로런스, 넌 세상에서 가장 행복한 아이야." 감명받은 조가 덧붙였다.

"책을 먹고 사는 사람은 없어." 맞은편 테이블에 걸터앉은 로리가 고개를 저으며 말했다.

로리가 뭔가 더 말하려는데 벨이 울렸다. 조가 벌떡 일어나며 놀라 소리쳤다. "어머, 어떡해! 너희 할아버지야!"

"그게 어때서? 넌 아무것도 두려워하지 않잖아." 짓궂은 표정을 지으며 로리가 대꾸했다.

"너희 할아버지가 조금은 두려운 것 같아. 그런데 내가 왜 그래야 하는지 모르겠네. 엄마가 가도 된다고 허락하셨고 네가 더 나빠진 것도 아닌데." 조는 마음을 가다듬었지만 시선은 여전히 문을 향한 채였다.

"난 훨씬 더 좋아졌지. 정말 고맙게 생각해. 오히려 나랑 이야기하느라 네가 피곤하진 않은지 걱정이야. 너무나 재미있어서 도저히 이야기가 멈추도록 둘 수가 없었어." 로리가 감사의 마음을 전했다.

"도련님, 의사 선생님이 진료 왔습니다." 하인이 들어와 알려주었다.

"잠깐 자리를 비워도 될까? 진료를 받아야 할 거 같아." 로리가 말했다.

"물론 괜찮아. 난 여기서 충분히 즐거우니까." 조가 대답했다.

로리가 의사를 만나러 가고 나자 로리의 손님은 혼자서도 재미있게 시간을 보냈다. 조는 노신사를 그린 고급스러운 초상화 앞에 섰다. 다시 문이 열렸지만 조는 돌아보지 않고 단호하게 말했다. "이제 보니 내가 두려워할 건 없을 것 같은데. 입매는 엄하지만 눈빛은 친절해 보여. 그리고 의지가 아주 강해 보이는 인상이야. 우리 할아버지만큼 잘생기지는 않았지만 마음에 들어."

"고맙군요, 아가씨." 뒤에서 걸걸한 목소리가 들렸다. 그곳에는 기겁하게도 로런스 씨가 서 있었다.

가엾은 조의 얼굴은 더 이상 빨개질 수 없을 정도로 빨개졌다. 그리고 자신이 무슨 말을 했는지 떠올린 순간 심장은 미친 듯 뛰었다. 아주 잠깐 이대로 도망가버릴까 하는 무모한 생각에 사로잡혔으나 그러지 않기로 했다. 그건 비겁한 짓이었고 자매들이 비웃을 터였다. 조는 도망가지 않고 그 자리에서 최선을 다해 난처한 상황을 빠져나오기로 결심했다. 다시 보니 숱이 많은 회색 눈썹 아래 진짜 살아 있는 눈은 그림 속 눈보다 훨씬 더 친절해 보였다. 두 눈에서 반짝이는 장난기를 본 순간 두려움이 훨씬 줄어들었다. 노신사는 그 끔찍한 침묵을 깨고 한층 더 걸걸한 목소리로 불쑥 말을 꺼냈다. "그래서 넌 내가 두렵지 않다는 거냐?"

"그렇게 무섭진 않아요."

"내가 네 할아버지보다는 잘생기지 않았고?"

"네, 맞아요."

"의지가 강한 사람이고, 그렇지?"

"그렇게 보인다고 했을 뿐이에요."

"그럼에도 불구하고 내가 마음에 들고?"

"네."

그 대답을 들은 노신사는 흡족해져서 짧게 너털웃음을 웃고는 조의 손을 잡고 악수를 했다. 그리고 손가락을 조의 턱 아래에 대고는 얼굴을 들어 올리고 찬찬히 살펴봤다. 그리고 다시 내려놓더니 고개를 끄덕이며 말했다. "네 할아버지의 얼굴은 닮지 않았지만 정기를 물려받았구나. 할아버지는 훌륭한 분이었지. 게다가 매우 용감하고 정직하셨어. 내가 그분 친구라는 게 자랑스러웠지."

"고맙습니다." 그 대답이 딱 마음에 든 조는 그제야 마음이 편안해졌다.

"그런데 내 손자와 무엇을 한 거냐?" 다음 질문이 날카롭게 날아왔다.

"그냥 친구가 되려고요." 조는 어떻게 이곳에 오게 됐는지 말했다.

"로리에게 위로가 필요하다고 생각한다, 그거니?"

"네, 할아버지. 로리는 좀 외로운 것 같아요. 젊은 사람들이 로리에게 좋은 영향을 줄 거예요. 우리는 여자애들이지만 할 수 있다면 기꺼이 도울게요. 할아버지께서 보내신 멋진 크리스마스 선물에 보답하고 싶어요." 조가 열정적으로 말했다.

"쯧쯧, 그건 로리가 한 일이야. 그런데 그 가엾은 여인은 어떻게 됐니?"

"잘돼가고 있어요, 할아버지." 조는 훔멜 가족에 대해 단숨에 전부 다 이야기했다. 어머니는 그들보다 부자인 친구들의 관심을 끌어 그 가족을 돕고 있었다.

"딱 제 아버지처럼 하는구나. 언제 적당할 때 가서 너희 어머니도 만나봐야겠다. 어머니에게 그렇게 전하려무나. 차 마실 시간이구나. 로리 때문에 우리 집은 좀 이른 시간에 마신단다. 내려가서 계속해서 친구가 되어보자꾸나."

"제가 가도 괜찮으시다면요, 할아버지."

"괜찮지 않으면 가자고 청하지 않았지." 로런스 씨는 옛날 방식으로 예를 차리며 팔을 조에게 내밀었다.

'메그 언니가 이걸 보면 뭐라고 할까?' 조는 로런스 씨의 팔짱을 끼고 걸어가면서 나중에 집에 가서 이 모습을 자매들에게 이야기할 생각에 눈에 웃음기가 반짝였다.

"이런! 저 친구가 도대체 왜 저기서 오는 거냐?" 계단을 내려오다가 자신의 가공할 할아버지와 팔짱을 끼고 오고 있는 조의 모습에 깜짝 놀라 그 자리에 우뚝 서버린 로리를 보며 노신사가 말했다.

"할아버지, 여기 계신 줄 몰랐어요." 로리가 말했다. 조가 의기양양한 눈길을 로리에게 보냈다.

"그런 거 같구나. 계단을 그렇게 시끄럽게 내려오는 걸 보니 말이다. 자, 차 마시러 가자. 신사처럼 행동하는 거 잊지 말고." 그러고는 어루만지듯 로리의 머리카락을 슬쩍 잡아당기고는 걸어갔다. 로리가 걸어가는 두 사람의 뒤에서 우스꽝스러운 행동을 하는 바람에 조는 하마터면 웃음을 터트릴 뻔했다.

노신사는 차를 넉 잔이나 마시는 동안 그다지 말을 하지 않고 오래된 친구처럼 수다를 떠는 젊은 두 사람을 지켜봤다. 노신사는 손자의 변화된 모습을 놓치지 않았다. 손자의 얼굴에 혈색이 돌아 생명력이 느껴졌고, 행동에는 활기가 느껴졌으며, 웃음에는 순수한 즐거움이 묻어났다.

'조의 말이 옳구나. 로리는 외로웠던 거야. 이 자매들이라면 로리에게 뭔가를 해줄 수 있겠어.' 로런스 씨는 두 사람을 보고, 떠드는 소리를 들으면서 생각했다. 로런스 씨는 조가 좋았다. 그 특이하고 퉁명스러운 방식이 로런스 씨 마음에 들었다. 게다가 조는 마치 로리였던 적이 있는 것처럼 로리를 거의 완벽하게 이해하는 듯했다.

로런스가 사람들이 조가 말하듯 '고지식하고 지루한 사람'들이었다면 절대 어울리지 못했을 것이다. 그런 사람들과 함께 있으면 조는 쑥스럽고 어색해지기 때문이다. 로런스가 사람들이 자유롭고 편한 사람들이라는 것을 알게 됐고, 조 역시 그런 사람이었기 때문에 좋은 인상을 남긴 것이다. 차를 다 마신 후 조가 가겠다고 하자 로리가 보여주고 싶은 게 있다고 말했다. 그리고 조를 위해 불을 밝혀놓은 온실로 안내했다. 그곳은 마치 동화 속 세상 같았다. 조는 양쪽 담을 따라 활짝 핀 꽃들을 보며 걸었다. 불빛은 부드러웠고 축축한 공기는 달콤했으며 머리 위로는 담쟁이와 나뭇가지들이 드리워져 있었다. 새로 사귄 친구가 두 손 가득 아름다운 꽃을 꺾어서 끈으로 묶더니 조가 좋아하는 행복한 얼굴로 말했다. "이 꽃을 어머니에게 전해드려. 어머니가 보내주신 약이 무척 도움이 됐다고 인사도 전해줘."

커다란 응접실 안 난롯불 앞에 로런스 씨가 서 있었다. 하지만 조의 관심은 온통 뚜껑이 열린 채 놓여 있는 그랜드피아노에 집중됐다.

"피아노 연주하니?" 조가 존경하는 얼굴로 로리를 돌아보며 물었다.

"가끔." 로리가 겸손하게 대답했다.

"지금 연주해줘. 네가 연주하는 걸 듣고 싶어. 베스에게도 말해주게."

"네가 먼저 쳐봐."

"어떻게 치는지 몰라. 피아노에 소질이 없거든. 하지만 음악은 무지하게 좋아해."

로리가 피아노를 치는 동안 조는 헬리오트로프와 월계화에 우아하게 코를 묻은 채 연주를 들었다. '로런스 소년'을 향한 존경과 경의의 마음이 더한층 깊어졌다. 로리는 피아노를 아주 잘 치면서도 전혀 젠체하지 않았기 때문이다. 베스가 로리의 연주를 들으면 좋았겠다는 생각을 했지만 로리에게 그 말을 하지는 않았다. 계속해서 칭찬만 했더니 로리는 부끄러워 몸 둘 바를 몰라했기 때문이다. 그때 할아버지가 와서 손자를 구해주었다. "됐다, 그만하면 됐어, 젊은 아가씨. 사탕도 너무 많이 주면 좋지 않아. 로리의 피아노 실력이 나쁘지는 않지만 나는 로리가 보다 중요한 일을 하길 바란다. 가려고? 와줘서 정말 고맙다. 다음에도 또 오려무나, 조. 어머니에게도 안부 전해드려. 안녕히 가세요, 조 의사 선생님."

로런스 씨는 상냥하게 조와 악수를 나눴다. 그런데 그의 얼굴이 어딘지 모르게 불편해 보였다. 복도로 나왔을 때 조는 자신이 뭔가 잘못 말했는지 로리에게 물었다. 로리는 고개를 저으며 말했다.

"아니, 나 때문에 그러시는 거야. 내가 피아노 연주하는 걸 안 좋아하시거든."

"왜? 왜 싫어하셔?"

"다음에 이야기해줄게. 내가 못 가니 존이 집까지 바래다줄 거야."

"그럴 필요 없어. 어린 여자애도 아니고 엎어지면 코 닿을 거리인데, 뭐. 건강 관리 잘해. 알았지?"

"또 올 거지?"

"다 나은 후에 우리 집에 온다고 약속하면."

"약속할게."

"잘 자, 로리."

"잘 가, 조. 조심해서 가."

로리의 집에서 있었던 일들을 모두 들은 후에 조의 가족들은 다함께 로리의 집을 방문하고 싶어졌다. 다들 하나같이 울타리 너머 저택에서 아주 매력적인 뭔가를 발견한 것이다. 마치 부인은 아버지를 아직 잊지 않은 노신사와 함께 아버지에 대한 이야기를 나누고 싶었고, 메그는 온실 속을 걷고 싶었다. 베스는 그랜드피아노가 쳐 보고 싶어서 한숨을 쉬었고, 에이미는 뛰어난 그림과 조각상 들이 무척 보고 싶었다.

"엄마, 로런스 씨는 왜 로리에게 피아노를 못 치게 했을까요?" 호기심이 많은 조가 물었다.

"나도 잘은 모르겠지만 아드님 때문인 것 같아. 로리의 아버지는 음악가인 이탈리아 여인과 결혼을 했는데, 자부심이 아주 강한 노인은 그게 마음에 안 들었던 거야. 그 여인은 착하고 사랑스럽고 음악적인 면에서도 뛰어났지만 노인은 여인을 좋아하지 않아서 결혼 후엔 아들을 만나지도 않았지. 로리가 아주 어릴 때 두 사람 모두 죽었고 결국 할아버지인 노인이 로리를 집으로 데리고 온 거야. 내 생각엔 이탈리아에서 태어난 로리가 몸이 약해서 혹시라도 손자를 잃게 될까 봐 그렇게 항상 조바심 내는 것 같아. 그런데 로리는 자연히 어머니에게서 음악에 대한 사랑을 물려받았어. 어머니를 닮은 거지. 노인은 로리가 음악가가 되고 싶어 할까 봐 두려운 거야. 어찌 됐든 로리의 피아노 실력은 자신이 싫어했던 며느리를 떠올리게 하거든. 그래서 조의 말대로 인상을 찡그린 거지."

"세상에, 너무 낭만적이야!" 메그가 소리쳤다.

"어리석어요." 조가 말했다. "로리가 음악가가 되길 원하면 음악가가 되게 내버려두면 되지. 그리고 대학에 가기 싫다고 하면 굳이 보내서 괴롭힐 이유도 없잖아요."

"그래서 로리의 눈이 환상적인 검은색인 데다 예의도 발랐구나. 이탈리아 사람들은 항상 멋지거든." 다소 감상적인 데가 있는 메그가 말했다.

"로리 눈은 어떻게 알고 예의가 바른 건 어떻게 알아? 이야기도 제대로 안 해봤으면서." 감상적인 데라고는 전혀 없는 조가 물었다.

"무도회에서 봤잖아. 그리고 네가 말하는 것만 들어도 어떻게 행동하는지 알지. 엄마가 보내준 약에 대해서 감사 인사하는 것도 어쩜 그렇게 멋지니."

"블랑망제 젤리 말이지."

"이런, 멍청하기는. 너를 말하는 거지."

"나라고?" 조는 그런 생각은 꿈에서도 해본 적 없다는 듯 눈을 동그랗게 떴다.

"이런 여자애는 처음 봐! 자기를 칭찬하는 말을 듣고도 모른다니." 그런 일에 대해서라면 모든 걸 다 아는 아가씨인 양 메그가 말했다.

"말도 안 돼. 그런 바보 같은 소리로 내 즐거움을 망치지 말아주면 고맙겠어. 로리는 착한 아이고 난 그 애를 좋아해. 칭찬같이 쓸데없는 걸로 감상적이 되고 싶지 않아. 우리 모두 로리한테 잘해주자.

그 애는 엄마가 없잖아. 그리고 엄마, 로리가 언제 우리 집에 놀러 와도 되죠?"

"그럼, 조. 네 친구라면 언제나 환영이다. 그리고 메그, 아이들은 가능한 한 오래 어린아이로 지내는 게 좋다는 점 명심해."

"난 어린아이라고 불리긴 싫은데. 아직 십 대도 아니지만." 에이미가 말했다. "베스 언니는 어때?"

"우리가 했던 《천로역정》 놀이를 생각하고 있었어." 혼자 생각에 잠겨 있던 베스가 말했다. "착해지기로 결심하고 '늪'에서 나와 '쪽문'을 지나 갖은 노력 끝에 가파른 언덕을 올라가지. 그럼 그곳에는 아마 멋진 것들로 가득한 집이 있을 거야. 우리의 '아름다운 궁전' 말이야."

"먼저 사자들부터 지나쳐야겠지." 조는 베스의 그런 생각이 흥미로웠다.

6

베스, 아름다운 궁전에 가다

모두가 그 저택에 들어가는 데는 시간이 좀 걸렸지만 그곳은 실로 그들의 '아름다운 궁전'이었다. 특히 베스는 사자들을 지나가기가 무척 힘들었는데 그중에서도 노신사 로런스 씨가 가장 큰 사자였다. 로런스 씨의 초대를 받아 마치 가족이 저택에 방문했을 때 노신사가 자매들에게 재미나고 친절하게 말을 건네고 그들의 어머니와는 과거 일들에 대해 담소를 나누는 것을 본 후 그 누구도 그를 두려워하지 않게 되었다. 단, 소심한 베스는 예외여서 로런스 씨가 어렵게만 느껴졌다. 또 다른 사자는 마치가의 자매들은 가난하고 로리는 부자라는 사실이었다. 로리에게서 호의를 받고도 제대로 보답할 수 없을 때 자매들은 부끄러웠다. 하지만 오래 지나지 않아 오히려 로리가 자매들을 은인으로 여긴다는 사실을 알게 됐다. 로리는 마치 부인의 엄마 같은 따뜻한 환대와 자매들의 유쾌한 모습, 마치 가족의 소박한 집에서 느끼는 편안함에 얼마나 고마워하는지 이루 다 표현할 수 없다고 생각했다. 그래서 자매들은 곧 자존심이라든지, 또 누구의 친절이 더 큰지, 그런 것은 생각하지 않게 됐고 결국 부담 없이 서로의 마음을 나누게 됐다.

두 집안 사이에 온갖 즐거운 일이 생겼다. 새로운 우정은 봄날에 돋아나는 새싹처럼 무럭무럭 자라났다. 모두가 로리를 좋아했고 로리는 가정교사에게 "마치가의 자매들은 하나같이 훌륭한 소녀들"이라고 넌지시 알려줬다. 그들의 생활 한가운데로 외로운 소년을 데리고 온 자매들은 젊은이다운 열정과 따뜻한 마음으로 소중히 아껴주었다. 소년은 순수한 소녀들과 지내면서 새로운 뭔가를 느꼈다. 어머니나 여자 형제가 없었기 때문에 그들이 끼친 영향을 아주 빨리 느낄 수 있었다. 자매들이 부지런하고 활기차게 생활하는 것을 보자 로리는 지금까지 나태했던 자신의 모습이 부끄럽게 느껴졌다. 로리는 이제 책이 지겨워졌고 그 대신 사람들에게서 흥미를 느꼈다. 결국 그 불똥이 브룩 선생님에게 튀는 결과가 벌어졌는데, 로리가 늘 꾀를 부리고 마치가로 달아나버렸기 때문이다.

"괜찮네. 좀 쉬게 두지, 뭐. 공부는 나중에 하면 되니까." 노신사가 말했다. "옆집에 사는 착한 아이가 로리는 지나치게 열심히 공부를 하고 있으니 또래와 어울려 즐겁게 놀고 운동할 필요가 있다고 하더군. 그 아이 말이 맞는 것 같아. 내가 할머니라도 되는 듯이 그 아이를 응석받이로 기르고 있었어. 로리가 행복하기만 하다면 하고 싶은 대로 내버려두자고. 여자들만 있는 곳이니 나쁜 장난을 칠 수도 없겠지. 그리고 우리가 로리에게 해주는 것보다 마치 부인이 훨씬 잘 보살펴주고 있을 거야."

그들이 얼마나 행복한 시간을 가졌는지, 들어보면 알 것이다! 연극과 장면 재현 놀이도 하고 썰매나 스케이트도 탔다. 낡은 응접실에서 즐거운 저녁 시간을 보내기도 하고 이따금 저택에서 즐거운 파티를 벌이기도 했다. 메그는 원할 때면 언제든 온실에서 산책을 하며 꽃향기에 취할 수 있었고 조는 새 책을 탐독한 후 날카로운 비평으로 노신사를 자극하기도 했다. 에이미는 그림을 모사한 후 마음껏 그 아름다움을 즐겼고, 로리는 더없이 즐겁게 장원의 영주 역할을 했다.

하지만 베스는 달랐다. 그랜드피아노를 몹시도 쳐보고 싶었지만 메그가 말한 '축복 내린 저택'으로 가볼 용기를 낼 수가 없었다. 조와 함께 한 번 간 적이 있었다. 그런데 베스의 수줍음 타는 성격을 모르는 노신사가 그 숱 많은 눈썹을 치켜올리고 뚫어져라 바라보면서 큰 목소리로 "얘야!"라고 말하는 바람에 베스는 잔뜩 겁을 먹고 말았다. 나중에 엄마에게 말하기를, 베스는 '바닥에서 달달 소리가 날 정도로' 두 다리를 떨다가 달아났다. 그리고 아무리 피아노를 좋아하더라도 다시는 그 집에 가지 않겠다고 선언했다. 아무리 설득하고 달래봐도 베스는 자신의 두려움을 극복할 수 없었다. 우연하게 그 사실을 듣게 된 로런스 씨는 직접 해결에 나서기로 했다. 어느 날 자매들의 집에 잠시 들른 로런스 씨는 화제를 자연스럽게 음악 쪽으로 이끌어 자신이 본 훌륭한 가수 이야기며 좋은 오르간 소리 등 재미있는 이야기들로 베스의 관심을 끌었다. 그 이야기를 듣는 동안 구석 자리에만 앉아 있을 수 없던 베스는 무언가에 홀린 듯 로런스 씨 곁으로 차츰차츰 다가가더니 결국 그가 앉은 의자 뒤로 가 동그란 눈을 커다랗게 뜨고 그 이야기를 듣고 서 있었다. 평소와는 다른 자신의 행동에 베스의 두 뺨은 상기됐다. 로런스 씨는 베스에게 조금도 관심을 보이지 않고 로리의 수업과 선생님에 대해 계속해서 이야기를 이어갔다. 그리고 잠시 후 마치 방금 막 떠올랐다는 듯 마치 부인에게 말했다.

"로리가 요즘 피아노 연습을 게을리하는군요. 나로서는 다행이지요. 로리가 부쩍 피아노에 빠지고 있었거든요. 하지만 피아노는 연주를 좀 해줘야 해요. 따님들 중에 이따금씩 우리 집에 와서 피아노 연습을 해줄 사람이 없을까요? 안 쓰고 내버려두면 피아노 음정이 맞지 않잖아요. 안 그런가요, 부인?"

베스가 한 걸음 앞으로 걸어 나갔다. 베스는 두 손을 꼭 맞잡고 손뼉을 치고 싶은 걸 간신히 참았다. 그 훌륭한 피아노 앞에 앉아 연주를 한다고 생각하니 숨이 멎을 듯했다. 마치 부인이 뭐라고 말하기도 전에 로런스 씨는 고개를 살짝 까딱하며 미소를 지었다.

"따님이 우리 집에 오더라도 누군가와 마주칠 일은 없을 겁니다. 언제든 오고 싶을 때 오면 됩니다. 난 끝에 있는 서재에 틀어박혀 있을 테니까요. 로리는 대부분 시간을 밖에 나가 있고 하인들은 9시 이후에는 응접실 근처에도 가지 않지요."

그리고 로런스 씨는 가려는 듯 자리에서 일어섰다. 마지막 말을 들은 후 더 이상 망설일 것도 없어진 베스가 결심을 했다. "어린 아가씨들에게 내 말을 꼭 전해주세요. 하지만 따님들이 관심 없더라도 어쩔 수 없겠죠." 그때 자그마한 손이 로런스 씨의 손안으로 쏙 미끄러져 들어왔다. 그리고 베스가 고마움이 가득한 얼굴로 로런스 씨를 올려다보며 쑥스러운 듯, 그러나 간절하게 말했다.

"아, 할아버지. 저 관심 있어요, 정말, 정말 많이요!"

"네가 그 음악을 좋아한다는 아이냐?" 이번에는 '애야!'라고 해서 깜짝 놀라게 하지 않고 매우 상냥하게 내려다보며 물었다.

"저는 베스예요. 음악을 너무 사랑해요. 제가 피아노 치는 걸 정말 아무도 듣지 않는다면 제가 갈게요. 제가 방해가 되지 않는다면요." 베스는 혹시 무례한 건 아닐까 두려워 다지막 말을 덧붙였다. 그러면서 이렇게 말하고 있는 자신의 용감함에 놀라 몸을 떨었다.

"전혀 아니란다. 우리 집은 하루 중 절반은 비어 있어. 그러니 와서 원하는 만큼 두드리고 가거라. 네가 그래준다면 정말 고마울 거다."

"정말 친절하세요, 할아버지."

로런스 씨의 다정한 얼굴을 올려다보는 베스의 얼굴이 장미꽃처럼 붉어졌다. 하지만 베스는 더 이상 로런스 씨가 두렵지 않았다. 오히려 그가 준 귀한 선물에 대해 어떻게 고맙다고 말해야 할지 몰라 그 큰 손을 꼭 잡았다. 노신사는 베스의 이마에 내려온 머리카락을 부드럽게 쓸어 넘겨주더니 몸을 앞으로 숙여 볼에 입을 맞추며 아무도 들을 수 없을 만큼 작은 목소리로 말했다.

"예전에 네 눈을 쏙 빼닮은 눈을 가진 아이를 알았지. 신의 축복이 있기를, 베스. 잘 있으시오, 마치 부인." 그리고 로런스 씨는 서둘러 떠났다.

베스는 어머니와 함께 기쁨을 나눈 다음 인형 가족들에게 영광스러운 소식을 알리기 위해 달려 올라갔다. 자매들이 집에 없었기 때문이다. 그날 밤 베스가 얼마나 행복하게 노래했는지 모른다. 베스가 자고 있는 에이미 얼굴에 손가락 피아노를 쳐서 깨우는 바람에 다 함께 실컷 웃기도 했다. 다음 날 노신사와 어린 신사가 모두 집에서 나가는 걸 확인한 후 베스는 두어 번 망설인 끝에 저택 옆문으로 들어갔다. 베스는 생쥐처럼 살금살금 자신의 우상이 놓여 있는 응접실로 향했다. 무심코 건반을 눌렀더니 아름다우면서 부드러운 소리가 건반 위로 흘렀다. 주위를 두리번거리느라 몇 번을 멈추며 떨리는 손가락으로 마침내 그 멋진 악기를 연주하기 시작했다. 그 순간 두려움도, 베스 자신도 잊혔다. 음악이 주는 형언할 수 없는 기쁨 말고는 무엇도 생각할 수 없었다. 그것은 마치 사랑하는 친구의 목소리 같았다.

베스는 해나가 저녁 먹으러 집으로 가자고 데리러 올 때까지 피아노를 쳤다. 집으로 돌아와서 식탁 앞에 앉았지만 입맛도 없고 그저 행복에 흠뻑 빠진 채 모두를 향해 미소만 지었다.

그날 이후, 갈색 후드의 베스는 거의 매일 울타리를 넘어 다녔고, 커다란 응접실은 보이지 않게 오고 가는 아름다운 선율의 정령이 출몰하는 곳이 됐다. 베스는 로런스 씨가 가끔 서재 문을 열고 자신이 좋아하는 옛 선율에 귀 기울이고 있다는 사실을 몰랐다. 또 로리가 하인들이 오가는 것을 막으려고 복도에 서 있는 것도 보지 못했다. 그리고 선반에 있던 연습 책과 새 악보들이 특별히 베스를 위해 갖다놓은 것이라고는 상상도 하지 못했다. 로런스 씨가 집에 들러서 베스에게 음악에 대해 이야기할 때도 그저 자신에게 도움이 되는 것들을 들려주는 걸 보니 참 친절한 분이구나 생각할 뿐이었다. 베스는 마음껏 즐겼다. 가끔씩은 간절히 소망하는 것들이 이루어지는 행운을 누릴 수도 있다는 사실을 알게 됐다. 어쩌면 이 모든 행운은 베스가 받은 축복에 감사할 줄 알았기 때문에 더 크게 주어진 것일지도 모르겠다. 어쨌든 베스는 행운이든 축복이든 누릴 자격이 있었다.

"엄마, 로런스 씨께 실내화를 한 켤레 만들어드릴래요. 저한테 해 주시는 게 많은데 어떻게 보답해드려야 할지 모르겠어요. 그래도 되죠?" 로런스 씨의 그 중대한 방문이 있은 지 몇 주 후 베스가 물었다.

"그래, 그러려무나. 아주 좋아하실 거야. 감사 인사로서 더없이 좋은 선물이구나. 언니들이 도와줄 거야. 재료는 엄마가 댈게." 마치 부인은 베스의 요청에 허락하는 것이 특별히 더 즐거웠다. 베스는 자신을 위해서 뭔가를 부탁하는 일이 좀처럼 없는 아이이기 때문이었다.

베스는 메그, 조와 함께 여러 번 심각하게 논의한 끝에 무늬를 결정하고 재료를 사 와서 실내화를 만들기 시작했다. 짙은 자주색 바탕에 무게가 느껴지면서도 화사한 팬지 꽃송이들이 있는 천을 보고 다들 입을 모아 예쁘다고 했다. 베스는 아침저녁으로 실내화 만들기에 매달렸다. 종종 어려운 부분에 이르러서는 멈추기도 했지만 바느질에 있어서는 워낙 손이 빨라 금방 실내화를 완성했다. 그리고 짤막하게 쓴 쪽지와 함께 실내화를 로리에게 전달하여 노신사가 아침에 일어나기 전에 서재 탁자 위에 몰래 갖다 놓도록 했다.

이 흥분의 순간이 끝나고 베스는 어떤 일이 일어날지 기다렸다. 그날이 다 지나고 다음 날이 되어도 아무런 응답이 없자 자신이 혹시 까다로운 친구의 심기를 건드린 건 아닌지 두려워지기 시작했다.

그날 오후, 베스는 심부름도 할 겸 인형 조애나에게 바람도 쏘일 겸 밖으로 나갔다. 돌아오는 길, 집 근처에 왔을 때 거실 창문에서 머리 셋, 아니, 머리 넷이 들락거리는 게 보였다. 그리고 손 몇 개가 베스를 향해 마구 손짓을 했고 다들 들뜬 목소리로 소리쳤다.

"로런스 할아버지가 편지를 보내셨어. 얼른 와서 읽어봐!"

"아, 베스 언니! 할아버지가 언니한테—" 에이미가 꼴사납게 손짓을 하고 소리를 질러대다가 말허리가 잘리고 말았다. 조가 창문을 쾅 닫아버렸기 때문이다.

베스는 다들 긴장해서 새처럼 떠들고 있는 집으로 허둥지둥 들어갔다. 문간에서 자매들이 베스의 손을 잡고 의기양양하게 거실로 데리고 들어갔다. 모두가 한곳을 손으로 가리키며 다 같이 말했다. "저기 봐! 저것 보라고!" 자매들이 가리키는 곳을 본 베스는 기쁨과 놀라움으로 얼굴이 하얗게 변해버렸다. 그곳에는 캐비닛형 피아노[25] 한 대가 서 있었던 것이다. 반짝반짝 윤이 나는 뚜껑에는 "엘리자베스 마치 양"에게 보내는 편지 한 통이 놓여 있었다.

"나한테?" 베스는 조를 붙들고 숨을 몰아쉬었다. 이 모든 것이 도무지 믿기지 않는 일이라 쓰러질 것만 같았다.

"응, 모두 너한테 온 거야, 세상에! 할아버지 정말 멋지지 않니?

---

25 키가 높은 옛날식 피아노의 한 형태.

세상에서 가장 멋진 할아버지인 것 같아. 편지 속에 열쇠가 있어. 우린 편지 안 뜯어봤어. 할아버지가 뭐라고 쓰셨는지 궁금해 죽을 지경이지만." 조가 베스를 끌어안고는 소리쳤다. 그리고 편지를 건넸다.

"언니가 읽어줘. 난 못 읽겠어. 너무 긴장돼. 아, 정말 행복해!" 선물에 굉장히 흥분한 베스가 조의 앞치마에 얼굴을 묻었다.

편지를 펼친 조가 소리 내어 웃기 시작했다. 첫 문장 때문이었다.

"'마치 양에게
친애하는 아가씨―'"

"정말 좋은 말 같아! 누가 나한테도 저렇게 써줬으면!" 옛날식 인사말이 아주 우아하다고 생각하는 에이미가 말했다.

"'평생 동안 많은 실내화를 신어봤지만 베스 양이 준 실내화만큼 나에게 꼭 맞는 건 없었소.'" 조가 계속해서 읽어 내려갔다. "'마음의 평화[26]는 내가 가장 좋아하는 꽃이오. 이 실내화를 보면서 실내화를 만들어준 상냥한 친구를 떠올릴 것이오. 실내화에 보답을 하고 싶소. 지금은 곁에 없는 어린 손녀가 갖고 있던 걸 보내니 받아

26 팬지.

주리라 믿소. 마음을 담은 감사와 소망을 보내오.

당신에게 늘 고마워하는 친구이자 당신의 보잘것없는 충복,

제임스 로런스 드림'"

"베스, 이건 정말 영광이야. 자랑스러워해도 된다고. 정말이야! 로리가 말해줬는데 로런스 씨가 죽은 손녀를 얼마나 사랑했는지 모른대. 그래서 그 손녀의 물건들이라면 작은 것까지 소중하게 보관하고 있었던 거지. 생각해봐. 할아버지가 사랑하는 손녀의 피아노를 준 거라고! 크고 파란 눈과 음악에 대한 사랑 덕분이야." 지금까지 그 어느 때보다도 흥분한 듯 떨고 있는 베스를 다독거리며 조가 말했다.

"이 앙증맞은 초 받침대 좀 봐. 초록색 실크는 어떻고. 가운데에는 황금빛 장미가 주름졌네. 예쁜 악보 받침대랑 의자까지. 모두 다 갖춰져 있어." 메그가 피아노 뚜껑을 열며 피아노가 얼마나 아름다운지 하나하나 나열했다.

"'당신의 보잘것없는 충복, 제임스 로런스.' 난 할아버지가 언니한테 써준 그 말밖에 생각이 안 나. 친구들에게 말해줘야겠어. 다들 굉장하다고 생각할 거야." 편지에 깊이 감명받은 에이미가 말했다.

"얼른 쳐봐요, 아가씨. 그 앙증맞은 피아노 소리 한번 들어보게." 마치 가족의 기쁨과 슬픔을 늘 함께한 해나가 말했다.

베스는 피아노에 앉아 연주를 시작했다. 다들 지금까지 들어본 소리 중 단연 최고라고 말했다. 피아노는 최근에 조율을 한 듯 한 음 한 음, 음색이 정교했다. 하지만 피아노 소리가 아무리 완벽하다 하더라도 음악의 진정한 아름다움은 연주자의 행복한 마음에서 비롯될 것이다. 피아노에 기대어 연주를 즐기고 있는 마치 가족들도 행복했지만, 그래도 그 순간 가장 행복한 사람은 반짝이는 페달을 밟으며 아름다운 손길로 검고 하얀 건반을 누르는 베스였다.

"가서 할아버지께 고맙다고 인사드려야 할 거 같은데." 조는 농담 삼아 말하면서도 베스가 정말로 갈 거라고는 꿈에도 생각지 못했다.

"응, 그러려고. 지금 당장 가야겠어. 생각을 하다 보면 두려워질 것 같아." 베스는 정원을 걸어가 울타리를 넘어 로런스 씨 댁의 문으로 들어갔다. 온 가족은 베스의 그 모습을 보면서 깜짝 놀랐다.

"세상에, 지금까지 이런 일은 본 적이 없어. 해가 서쪽에서 뜨겠네! 피아노 때문에 베스 아가씨가 돌아버린 거 아니야? 제정신이라면 저렇게 갈 리가 없는데." 해나가 로런스 씨 집으로 가는 베스에게서 눈을 떼지 못한 채 목청을 높였고, 자매들은 그 기적 같은 일에 아무 말도 못 하고 있었다.

베스가 로런스 씨 집에서 무슨 일을 했는지 봤다면 그들은 아마 훨씬 더 놀랐을 것이다. 집에 들어간 베스는 생각할 겨를도 없이 서재 문을 두드렸다. "들어와요!" 안에서 걸걸한 목소리가 들리자 베스는 안으로 들어가 로런스 씨 앞에 가서 섰다. 로런스 씨는 깜짝 놀란 듯 보였다. 베스는 손을 내밀며 살짝 떨리는 목소리로 말했다. "저, 고맙다는 인사를 ―" 하지만 베스는 마저 말하지 못했다. 로런스 씨가 너무 다정한 눈으로 보고 있어서 할 말을 잊고 말았다. 그때 로런스 씨가 사랑하던 손녀를 잃었다는 사실이 생각나 두 팔로 로런스 씨의 목을 안고 볼에 입을 맞췄다.

그 순간 갑자기 지붕이 무너졌다고 해도 로런스 씨는 그토록 놀라지 않았을 것이다. 하지만 그 입맞춤이 좋았다. 아, 세상에, 로런스 씨는 베스의 입맞춤이 말할 수 없이 좋았다. 믿음이 느껴지는 그 작은 입맞춤에 크게 감동받은 로런스 씨는 기분이 좋아졌고 모든 신경질이 일순간 사라졌다. 그리고 베스를 무릎에 앉히고 그의 주름진 뺨을 베스의 분홍빛 뺨에 갖다 댔다. 마치 어린 손녀가 다시 돌아온 기분이었다. 베스는 그 순간부터 로런스 씨를 두려워하지 않게 됐다. 그리고 마치 어릴 적부터 알던 할아버지처럼 무릎에 앉은 채로 편안하게 이야기를 나누기 시작했다. 사랑은 두려움을 떨쳐내고 감사하는 마음은 자존심을 정복할 수 있는 법이다. 베스가 집으로 돌아갈 때 로런스 씨는 마치가 대문까지 데려다주었다. 로런스 씨는 진심을 담아 베스와 악수를 나누고 모자에 살짝 손을 얹어 인사를 하고 돌아서 갔다. 그 뒷모습이 의풍당당한 군인처럼 늠

름했다.

자매들은 두 사람이 헤어지는 모습을 지켜봤다. 조는 매우 만족스러운 나머지 춤을 추었고 에이미는 놀라서 하마터면 창문에서 떨어질 뻔했고 메그는 두 손을 높이 들고 소리쳤다. "아, 세상이 끝나려나 봐!"

7

굴욕의 계곡에 떨어진 에이미

"로리는 완벽한 키클롭스[27]야. 그렇지 않아?" 어느 날, 말에 탄 로리가 채찍을 휘두르며 요란스레 지나가는 것을 보며 에이미가 말했다.

"저 애는 분명히 눈이 두 개 다 있는데 어떻게 그런 말을 해? 심지어 두 눈 다 아주 예쁘기까지 한데." 친구를 모욕하는 말을 듣고 화가 난 조가 큰 소리로 말했다.

"난 로리의 눈에 대해 한마디도 안 했어. 말을 잘 탄다고 칭찬했는데 왜 언니가 불같이 화를 내는지 알 수가 없네."

"아, 이런! 이 바보가 켄타우로스[28]를 키클롭스라고 말했네." 조가 웃음을 터뜨리며 소리쳤다.

27 그리스 신화에 나오는 외눈박이 거인족.
28 그리스 신화에 나오는 반인반마 종족.

"그렇게 무례하게 굴 필요는 없잖아. 데이비스 선생님이 말씀하시는 것처럼 그건 그냥 '실언'[29]일 뿐인데." 에이미가 수업 시간에 배운 단어로 조의 말을 반박했다. "로리가 저 말에 쓰는 돈 반의반의 반만큼이라도 내게 있으면 얼마나 좋을까." 에이미는 혼잣말처럼 덧붙였지만 사실은 언니들이 듣기를 바랐다.

"왜?" 조는 에이미가 두 번째 말실수를 할 때 또 한 번 웃으며 나가버렸기 때문에 이번에는 메그가 다정하게 물었다.

"돈이 많이 필요해. 어마어마하게 빚이 많거든. 내 차례가 지났기 때문에 한 달 동안은 헌 옷 판 돈도 못 가지잖아."

"빚이 있다니, 에이미, 무슨 말이지?" 메그는 진지한 표정이 됐다.

"그게, 절인 라임 최소한 열두 개를 내가 빚지고 있거든. 그런데 돈이 생길 때까지는 갚을 수가 없어. 엄마는 외상으로 물건 사는 건 절대 못 하게 하시잖아."

"좀 자세하게 말해봐. 라임이 지금 유행인 거니? 옛날엔 고무 조각을 바늘로 찔러 공을 만드는 게 유행이었는데." 메그는 애써 태연함을 유지했지만 에이미는 심각하고 진지해 보였다.

"그게, 여자애들은 늘 라임을 사. 시시해 보이고 싶지 않으면 애들처럼 라임을 사야 해. 요즘은 라임이 최고야. 다들 수업 시간에 라

---

[29] 라틴어 '실언(lapsus linguae)'을 잘못 말한 것. 에이미는 학교에서 배운 어려운 단어나 라틴어 표현 등을 곧잘 쓰지만 자주 틀린다.

임을 책상 속에 넣어놓고 몰래 빨아먹거든. 그리고 쉬는 시간에는 연필이나 구슬 반지, 종이 인형 같은 것과 라임을 교환하기도 하고. 좋아하는 애한테는 라임을 주고, 싫어하는 애가 있으면 그 애 앞에서 라임을 먹으면서 한 번도 못 먹게 하지. 그리고 친구들끼리 서로 번갈아가면서 사주기도 하거든. 난 친구들에게서 많이 받았는데 아직 사주지를 못했어. 모두 빚이라 갚아야 한단 말이야."

"얼마면 빚진 걸 다 갚을 수 있어?" 메그가 지갑을 꺼내며 물었다.

"이십오 센트면 갚고도 남아. 좀 남으면 언니 라임 사줄게. 언니는 라임 싫어해?"

"그다지 좋아하지 않아. 내 거 사면 너 먹어. 자, 여기 돈. 많지 않으니 아껴서 써야 해."

"고마워, 언니! 용돈을 받는다는 건 정말 멋진 일이야. 실컷 사 먹어야겠다. 이번 주에는 라임 맛을 못 봤거든. 친구들에게 갚아주지도 못하면서 내가 받아먹는 게 어쩐지 좀 찝찝해서. 먹고 싶어 죽는 줄 알았어."

다음 날 에이미는 학교에 조금 늦었다. 하지만 책상 서랍 깊숙이 촉촉한 갈색 종이 뭉치를 넣어두기 전에 애들에게 자랑하고 싶은 유혹을 뿌리칠 수가 없었다. 라임에 대한 자부심을 어찌할 수 없던 것이다. 에이미 마치가 맛있는 라임 스물네 개(한 개는 오는 길에 에이미가 먹어버렸다)를 가지고 왔으며 곧 나누어줄 것이라는 소문이 삽시간에 에이미 '무리' 사이에 퍼졌고 친구들의 관심이 에이미에게로 쏠리기 시작했다. 케이티 브라운은 그 자리에서 다음번 파티에 에이미를 초대했고, 메리 킹슬리는 에이미에게 쉬는 시간까지 자기 시계를 빌려주겠다고 우겼으며, 입바른 소리를 잘하는 제니 스노는 여태까지 에이미가 라임이 없는 상황에 대해 야비하게 떠들고 다녔으면서 즉각 화해 분위기로 전환하더니 어려운 수학 문제의 답을 알려주겠다고 제안했다. 하지만 에이미는 "코가 낮은데도 다른 사람의 라임 냄새는 잘도 맡고, 그렇게 잘난 체하면서 자존심도 없이 라임을 달라고 하는 사람이 있다"고 하던 스노의 신랄한 말을 잊지 않고 있었다. 그래서 에이미는 즉시 기를 팍 죽이는 쪽지를 보내 '스노 양'의 소망을 뭉개버렸다. "그렇게 갑작스럽게 예의 차릴 필요 없어. 너한테는 안 줄 테니까."

그날 아침 학교를 방문한 어느 유명 인사가 에이미가 그린 지도를 칭찬해주는 일이 일어났다. 그 일로 에이미의 적 스노 양은 영혼에 상처를 입었고 마치 양은 득의양양 젠체하게 됐다. 하지만 지나친 자만심은 추락을 불러오는 법. 복수심에 불타는 제니가 재앙 같은 성공으로 판을 바꿔놓고 말았다. 손님이 의례적이고 진부한 찬사를 남발한 후 인사를 하고 가자마자 제니는 중요한 질문을 하는 척 데이비스 선생님에게 다가가서는 에이미 마치가 책상 속에 절인 라임을 숨기고 있다고 귀띔했다.

데이비스 선생님은 라임을 금지 품목으로 정해놓았고 규칙을 깨고 처음으로 발각되는 사람은 모두가 보는 앞에서 매질을 하겠다고 말한 바 있었다. 이 참을성 많은 남자는 길고도 폭풍 같은 전쟁 끝에 껌을 추방하는 데 성공한 전적이 있었고, 소설과 신문을 압수해 불태웠으며, 쪽지 돌리기, 이상한 표정 짓기, 별명 부르기, 캐리커처 그리기를 모두 금지했다. 천방지축 쉰 명의 소녀들 사이에서 질서를 잡기 위해 할 수 있는 것은 모두 다 한 셈이다. 소년들을 다루기 위해서는 인간의 인내심이 필요하다면, 아이고 맙소사, 소녀들을 다루기 위해서는 끊임없이 그 이상이 요구된다. 폭군의 기질이 있는 데다가 가르치는 데에는 블림버 박사[30]만큼이나 소질이 없는 예민한 신사에게는 특히 더 그랬다. 데이비스 선생님은 그리스어, 라틴어, 대수학, 과학 등에 대해 상당히 능통했기에 유능한 선생님으로 불렸으나 예의범절, 도덕성, 감성, 본보기에서는 그렇지 못했다. 그것이 바로 에이미로서는 가장 불행한 지점이었고, 제니는 그 지점을 간파했던 것이다. 그날 아침 데이비스 선생님이 마신 커피가 너무 진했고, 동풍이 불어 신경통이 도진 데다가 학생들은 그가 기대하고 있는 신뢰를 주지 않았다. 그래서 설령 우아하지 않을지라도 학생들의 언어로 표현한다면 '그는 마녀만큼 신경질적이었고 곰처럼

---

[30] 찰스 디킨스 《돔비와 아들(Dombey and Son)》(1847~48)에 나오는 강압적이고 실력 없는 교사.

사나웠다'. 그리고 '라임'이라는 단어는 화약에 불을 붙인 격이었다. 그는 누런 얼굴이 붉어지더니 있는 힘껏 책상을 쳤다. 그 바람에 제니는 잽싸게 자기 자리로 뛰어갔다.

"여러분, 주목. 조용히!"

선생님의 단호한 지시에 소란이 멈췄다. 오십 쌍의 푸른 눈, 검은 눈, 회색 눈, 갈색 눈이 고분고분 선생님의 끔찍한 표정에 고정됐다.

"마치 양, 앞으로 나옵니다."

에이미가 지시에 따르기 위해 일어섰다. 겉으로는 침착한 체했지만 아무도 알 수 없는 두려움이 에이미를 짓눌렀다. 책상 속 라임이 양심에 찔렸다.

"책상 서랍 안에 있는 라임을 갖고 오세요." 자리에서 나가려는데 예상하지 못한 지시가 떨어졌다.

"전부 다 갖고 나가진 마." 대단히 침착한 옆자리의 꼬마 숙녀가 속삭였다.

에이미는 서둘러 절반만 꺼내서 데이비스 선생님 앞에 내려놓았다. 그래도 인간의 심장을 가진 사람이라면 그 맛있는 향기를 맡으면 화가 누그러질 거라 생각했다. 하지만 불행하게도 데이비스 선생님은 최신 유행의 그 절인 라임 냄새를 특히 싫어했고, 냄새를 맡은 후 역겨움 때문에 분노가 더 끓어올랐다.

"이게 전부입니까?"

"아니요." 에이미가 더듬거렸다.

"나머지를 갖고 오세요. 당장." 에이미는 절망적인 눈길로 자신의 무리를 한 번 쳐다보고는 선생님의 말에 따랐다.

"이제 정말 없나요?"

"거짓말하지 않아요, 선생님."

"좋아요. 이제 이 구역질 나는 것들을 두 개씩 가져가서 창문 밖으로 던지세요."

그 순간 동시에 한숨 소리가 터져 나왔다. 마지막 희망이 사라졌으며 이제 그 간절한 입술들에는 절인 라임을 나눠 먹는 기쁨을 강탈당하고 말았다는 작은 분노가 치밀었다. 수치심과 분노로 온몸이 빨개진 에이미는 죽을 것 같은 기분으로 열두 번을 왔다 갔다 했고 창밖으로 라임을 던질 때마다 그 운명의 한 쌍을 바라보며 생각했다. 정말 과육이 통통하구나, 맛있겠다! 차마 놓지 못하는 에이미의 손에서 라임 한 쌍이 던져진 후 길에서 환호성이 터지면 소녀들의 고통이 깊어졌다. 그것은 자신들이 즐겼어야 할 라임을 아일랜드 아이들, 그 불구대천의 원수들이 기뻐 날뛰며 즐기게 될 거라는 뜻이었기 때문이다. 이건, 이건 정말 너무했어. 다들 분노의 눈길 혹은 애원의 눈길로 냉혹한 데이비스 선생님을 바라보는데 라임을 특히 열정적으로 사랑하는 한 아이는 결국 울음을 터뜨리고 말았다.

에이미가 마지막으로 창문에서 라임을 던지고 오자 데이비스 선생님은 불길하게 "에헴" 목청을 가다듬더니 더없이 인상적인 태도로 말했다.

"여러분, 지난주에 내가 한 말을 잘 기억하고 있을 겁니다. 이런 일이 일어나게 돼서 매우 유감입니다만 내가 만든 규칙이 깨지는 것을 나는 절대 용납하지 않을 겁니다. 또한 나는 약속을 절대 어기지 않습니다. 마치 양, 손을 내미세요."

에이미는 깜짝 놀라 두 손을 뒤로하고 애원하는 얼굴로 선생님을 쳐다봤다. 입 밖에 내지도 못하는 말보다는 더 나은 방법이었다. 에이미는 사실 '데이비스 영감탱이'(당연히도 이렇게 불렸다)가 아끼는 학생이었고, 이건 내 개인적인 의견이지만 만약 그 순간 한 학생의 입에서 자기도 모르게 분노와 비난의 우우 하는 야유가 무심코 새어 나오지 않았더라면 선생님은 자신의 말을 거두었을지도 모른다. 그 야유는 아주 희미했지만 화를 잘 내는 남자의 신경을 자극했고 결국 죄인의 운명을 결정짓고 말았다.

"손 내미세요, 마치 양!" 에이미가 던진 무언의 호소에 대한 답이었다. 자존심이 강한 에이미는 울거나 애원할 생각 없이 이를 앙다물고 반항하듯 고개를 뒤로 돌렸다. 그리고 작은 손바닥 위로 떨어지는 매를 움찔하지도 않고 견뎠다. 그 매는 몇 대 되지도 않고 강도가 세지도 않았지만 그렇다고 에이미에게 달라지는 것은 없었다. 난생처음 매를 맞은 에이미의 두 눈은 수치심과 깊은 절망으로 가득했다.

"쉬는 시간까지 교단에 서 있도록 하세요." 데이비스 선생님은 한번 시작한 이상 빈틈없이 마무리하리라 결심했다.

끔찍한 일이었다. 자기 자리로 돌아가 자신을 가엾어하는 친구들의 얼굴을 보거나 소수이긴 하지만 몇몇 원수 같은 아이들을 만족시켜주는 일도 분명 충분히 고통스러운 일이었다. 그런데 이제 막 수치를 겪은 정신으로 반 전체를 마주하는 일은 거의 불가능해 보였다. 아주 잠깐 그 자리에서 쓰러지거나 대성통곡을 할 수도 있을 것 같았다. 하지만 그다지 옳은 일이 아니라는 생각에 이르자 몹시 씁쓸해졌다. 그 씁쓸함에 제니 스노까지 떠올리자 씩씩하게 견딜 수 있을 것 같았다. 불명예의 자리에 오른 에이미는 친구들의 얼굴이 동동 떠 있는 바다 같은 교실 위 난로 연소 통에 시선을 고정한 채 하얗게 질린 얼굴로 미동도 않고 서 있었다. 아이들은 가엾은 친구를 앞에 세워두고 공부하기란 아주 어렵다는 것을 알게 됐다.

십오 분이 흐르는 동안 자존심 세고 예민한 소녀는 결코 잊지 못할 수치와 고통 속에 서 있었다. 다른 사람들에게는 그저 우습거나 사소한 일일지도 모르겠으나 에이미로서는 견디기 힘든 경험이었다. 지금까지 십이 년을 살아오는 동안 오직 사랑단 받아왔지 그런 매질은 당해본 적이 없었기 때문이다. 문득 '집에 가서 다 말해야 하겠지. 그러면 언니들은 나에게 아주 실망할 거야!'라는 생각이 떠오르자 손의 통증도 마음의 고통도 느껴지지 않았다.

십오 분이 한 시간 같았지만 어쨌든 그 시간은 끝이 났다. 에이미는 "쉬는 시간이다!"라는 말이 그렇게 반가운 적이 없었다.

"이제 가도 됩니다. 마치 양." 데이비스 선생님은 보기에도, 그리고 실제로도 마음이 불편했다.

선생님은 에이미가 보낸 그 원망의 표정을 잊지 못했다. 에이미는 한마디도 없이 곁방으로 가 자기 물건들을 낚아채듯 챙기고는 학교를 떠났다. 마치 '다시는 오지 않겠다'고 스스로에게 다짐이라도 하듯 몹시 화가 난 모습이었다. 에이미는 슬픔에 잠겨 집으로 돌아왔다. 언니들이 집으로 돌아오고 잠시 후 분노의 성토장이 펼쳐졌다. 마치 부인은 이렇다 저렇다 말을 많이 하지는 않았지만 걱정 가득한 얼굴로 상처 입은 어린 딸을 따뜻하게 위로해주었다. 메그는 눈물을 흘리며 상처 입은 손에 글리세린을 듬뿍 발라줬고 베스는 이 정도 슬픔에는 자신이 아끼는 새끼 고양이들도 위로가 될 수 없으리라고 느꼈다. 조는 데이비스 선생님을 당장 잡아가야 한다며 분노했다. 해나는 '악당'이 눈앞에 있기라도 한 듯 주먹을 날리더니 저녁 식사를 준비하는 동안 마치 감자가 그 선생님이라도 되는 듯 절굿공이로 쾅쾅 으깼다.

에이미가 집에 가버린 것을 친구들 말고는 아무도 눈치채지 못했다. 하지만 매의 눈을 가진 학생들은 오후가 되자 데이비스 선생님이 꽤 너그러워졌으면서 동시에 유난히 예민해졌음을 알아챘다. 학교가 끝나기 직전 조가 단호한 얼굴로 학교에 나타났다. 교탁 앞으로 성큼성큼 걸어간 조는 어머니가 써준 편지를 전달하고 에이미의 물건들을 챙겨 나왔다. 그리고 마치 그곳에서 묻은 먼지를 털어내려는 듯[31] 문 앞에 놓인 매트에 장화를 조심스레 문질러 흙을 닦아냈다.

"좋아, 학교를 잠깐 쉬어도 좋아. 하지만 매일 조금씩이라도 베스와 함께 공부를 하면 좋겠구나." 그날 저녁 마치 부인이 말했다. "나는 신체에 대한 체벌에 동의하지 않아. 특히 여자아이들의 경우에는 더욱 그렇고. 나는 데이비스 선생님의 교육 방식이 마음에 들지 않는구나. 그리고 네가 어울리는 친구들도 도움이 되지 않는 것 같고. 너를 어디 다른 곳에 보내기 전에 아빠의 의견을 듣고 싶구나."

"좋아요! 이참에 애들이 다 떠나고 그 낡은 학교가 망했으면 좋겠어요. 내다 버린 그 맛있는 라임을 생각하면 정말 화가 나요." 에이미는 순교자라도 되는 양 탄식했다.

"네가 라임을 잃어버린 것은 안타깝지 않아. 넌 규칙을 어겼고 선생님 말씀을 따르지 않은 데 대해서는 벌을 받아 마땅해." 오로

---

31 《신약성서》 마태오복음 10:14 "누구든지 너희를 받아들이지 않고 너희 말도 듣지 않거든, 그 집이나 그 고을을 떠날 때에 너희 발의 먼지를 털어버려라" 참조.

지 위로와 공감만을 기대하고 있던 어린아이에게 그것은 꽤나 가혹한 대답이었다.

"그럼 엄마는 내가 반 친구들 앞에서 창피를 당해도 괜찮다는 말씀이세요?" 에이미가 소리쳤다.

"나라면 잘못을 그런 식으로 고치려 하지는 않았을 거다." 어머니가 대답했다. "그런데 그런 체벌이 온화한 방식보다 안 좋다고도 말을 못 하겠어. 에이미, 넌 요즘 점점 자만하는 데다가 잘난 체하는 경향이 있어. 지금이 그런 점들을 고칠 적당한 때인 것 같구나. 넌 재능도 있고 장점이 많은 아이야. 하지만 그걸 나열하고 싶진 않구나. 너의 자만심이 그 좋은 점들을 다 망칠 것 같아서 말이다. 진정한 재능이나 장점은 언제든 드러나게 돼 있어. 그렇다 하더라도 재능과 장점은 누군가를 만족하게 해야 그 가치가 있고, 그 가치를 돋보이게 하는 것은 겸손이란다. 그런 면에서 모든 재능 중에서 가장 매력적인 건 겸손이야."

"동감이에요." 한쪽 구석에서 조와 함께 체스를 하고 있던 로리가 큰 소리로 말했다. "음악에 정말 뛰어난 재능이 있는 한 여자애를 알거든요. 그런데 그 애는 자기가 재능이 있다는 사실을 몰라요. 자신이 혼자 있을 때 작곡하는 것들이 얼마나 아름다운지 상상도 못 하더라고요. 누가 그 사실을 이야기해줘도 그 아이는 믿지 않을 거예요."

"내가 그 착한 애를 알면 얼마나 좋을까? 어쩌면 그 애가 나를 도와줄지도 모르니까. 난 너무 바보 같아." 로리 옆에 서서 열심히 듣고 있던 베스가 말했다.

"네가 아는 애야. 그 애가 그 누구보다도 너를 잘 돕고 있는걸." 로리가 검고 명랑한 두 눈에 장난기를 가득 담고 베스를 바라보며 대답했다. 베스는 갑자기 얼굴을 붉히며 소파 쿠션에 얼굴을 묻었다. 예상하지 못한 사실을 퍼뜩 깨닫고는 당황한 것이다.

조는 자신의 동생 베스를 칭찬해준 데 대한 보답으로 로리가 체스에서 이기도록 해줬다. 베스는 칭찬을 들은 후 부끄러운지 피아노를 치려고 하지 않아 로리가 대신 최선을 다해야 했다. 흥겹게 노래를 부르고 재미있는 유머로 마치가 사람들을 즐겁게 했다. 로리는 마치 가족에게는 자신의 우울한 면을 좀처럼 보여주지 않았다. 로리가 돌아가고 나자 저녁 내내 생각에 잠겨 있던 에이미가 갑자기 뭔가 새로운 생각이 떠오른 듯 물었다.

"로리는 뛰어난 사람이에요?"

"그렇지. 로리는 훌륭한 교육을 받았고 재능도 닳아. 너무 응석받이로 자라지 않는다면 근사한 사람이 될 거야." 어머니가 대답했다.

"그러면서도 로리는 자만하지 않죠. 그렇죠?" 에이미가 물었다.

"조금도 그러지 않지. 그래서 인기가 있는 거고 우리 모두 좋아하는 거지."

"알았어요. 모든 면에서 뛰어나고 품위가 있으면서도 자랑하거나 뽐내지 않는 게 좋은 거네요." 에이미가 깊이 생각에 잠겨 말했다.

"장점들은 그 사람의 겸허한 행동과 말에서 항상 볼 수 있고 느낄 수 있는 거야. 일일이 늘어놓을 필요가 없지." 마치 부인이 말했다.

"사람들에게 보여주려고 한꺼번에 갖고 있는 모든 모자를 다 쓰고, 드레스를 다 입고, 리본을 다 매는 거랑 뭐가 다르겠어?" 조가 덧붙여 말했다. 진지하던 이야기가 조의 한마디에 웃음으로 끝을 맺을 수 있었다.

8

조, 악마 아폴리온을 만나다

"언니들, 어디 가려고?" 어느 토요일 오후, 언니들의 방에 들어가던 에이미는 두 언니가 외출 준비 중임을 알게 됐다. 뭔가 비밀스러운 분위기가 에이미의 호기심을 자극했다.

"신경 쓰지 마. 꼬마가 나설 일이 아니야." 조가 날을 세워 대답했다.

어릴 적 우리의 감정을 상하게 하는 것이 있다면 바로 저런 말을 듣는 것이다. '애야, 저리 가' 같은 말로 금지하는 것은 우리의 기분을 더욱 나쁘게 한다. 에이미는 이 모욕에 턱을 바짝 치켜들고 비밀을 알아내겠다고 결심했다. 한 시간쯤 조르면 가능하리라 생각하고 자신의 말이라면 절대 거절하지 않는 메그를 향해 돌아서며 구슬리듯 말했다. "나한테 말해줘! 나도 데리고 가야 해. 베스 언니는 인형들이랑 놀고 난 할 게 하나도 없단 말이야. 너무너무 심심해."

"안 돼, 에이미. 넌 초대받지 않았잖아." 메그가 말하자 조가 참지 못하고 끼어들었다. "언니, 더 이상 말하지 마. 그러다 다 망치겠다. 에이미, 넌 못 가. 그러니까 아기처럼 징징대지 마."

"로리랑 어디 가려는 거지. 나도 다 알아. 어젯밤에 소파에서 둘이서 속닥속닥대고 웃다가 내가 들어가니까 멈췄잖아. 둘이서 어디 가는 거지?"

"그래, 맞아. 그러니까 조용히 하고 그만 성가시게 굴어."

에이미는 입을 다물었다. 그때 메그가 지갑에 부채를 넣는 모습이 에이미의 눈에 들어왔다.

"알았다, 알았어! 〈일곱 개의 성〉 보러 극장에 가는 거지!" 에이미가 소리쳤다. 그리고 결심한 듯 덧붙였다. "나도 갈래. 엄마가 나도 그거 봐도 된다고 하셨어. 헌 옷 판 돈도 있어. 치사하게 말도 안 해주고."

"잠깐만 내 말 좀 들어봐. 그래야 착한 아이지." 메그가 달래듯 말했다. "엄마는 이번 주에는 네가 가지 말았으면 하셔. 조명이 너무 밝아서 네 눈에는 무리일 거야. 다음 주에 베스랑 해나랑 가서 재미있게 보고 와."

"언니랑 로리랑 같이 보는 게 몇 배는 더 재미있단 말이야. 제발 같이 가게 해줘. 감기 때문에 너무 오래 집에만 있었더니 지겨워 죽겠어. 메그 언니, 제발! 얌전하게 굴게." 에이미는 최대한 불쌍한 표정을 지으며 애원했다.

"데리고 가자. 꽁꽁 잘 싸매고 가면 엄마도 걱정하지 않으실 거야." 메그가 말했다.

"에이미가 가면 난 안 가. 내가 안 가면 로리도 가고 싶어 하지 않을걸. 로리가 우리 둘을 초대했는데 에이미까지 달고 가면 그건 너무 무례한 짓이야. 초대받지 않은 곳에 끼는 건 에이미로서도 좋지 않은 일이고." 조가 신경질을 내며 말했다. 즐겁게 놀고 싶을 때 까다로운 아이를 돌보느라 괜히 고생하고 싶지 않았다.

조의 어조와 태도에 성질이 잔뜩 난 에이미는 장화를 신기 시작했다. 그리고 최대한 화를 돋우며 말했다.

"갈래. 메그 언니가 가도 된다고 했어. 내 푯값은 내가 내면 로리도 아무 상관 없잖아."

"넌 우리랑 같이 앉을 수가 없어. 우리 좌석은 모두 예약이 돼 있거든. 그런데 넌 혼자 앉으면 안 되니 로리가 자기 자리를 너에게 양보하겠지. 그러면 우리 계획이 모두 어그러지잖아. 그게 아니라면 로리가 네가 앉을 자리를 마련해주겠지. 그건 정말 예의에 어긋나는 일이야. 그러니 한 발짝도 움직이지 말고 그냥 집에 있어." 서두르다가 손가락을 찔린 조는 그 어느 때보다도 화가 나서 에이미를 꾸짖었다.

에이미는 한쪽 장화를 신은 채로 바닥에 앉아서 울기 시작했다.

메그가 에이미를 설득하려는데 아래층에서 로리가 부르는 소리가 들렸다. 메그와 조는 울고 있는 동생을 내버려둔 채 서둘러 아래층으로 내려갔다. 에이미는 어른스럽게 행동하다가도 종종 버릇없는 아이처럼 굴었다. 세 사람이 막 떠나려는데 에이미가 난간으로 내려다보며 협박조로 소리쳤다. "조 마치! 이 일을 후회하게 될 거야! 어떻게 되는지 두고 봐."

"그러든지 말든지!" 조가 문을 쾅 닫으며 대꾸했다.

세 사람은 아주 행복한 시간을 보냈다. 〈다이아몬드 호숫가 일곱 개의 성〉은 굉장히 뛰어나고 근사한 연극이었다. 그런데 우스꽝스러운 빨간 꼬마 도깨비, 활기찬 요정, 멋진 왕자 공주가 나온 그 연극을 보면서 한껏 즐거웠는데도 조는 마음 한구석이 왠지 씁쓸했다. 아름다운 여왕의 금발 곱슬머리를 보니 에이미가 떠올랐고 장면과 장면 사이에는 에이미가 어떻게 자신을 '후회하게' 할까 궁금해지기도 했다. 조와 에이미는 지금껏 함께 살아오면서 사소한 다툼을 수도 없이 했다. 두 사람 모두 성격이 급한 데다가 화가 나면 거칠어지는 경향이 있었다. 에이미는 조를 놀리고 조는 에이미를 귀찮게 하다가는 결국 폭발하고, 그러다가 두 사람 모두 나중에는 그 일에 대해 몹시 부끄러워하곤 했다. 조는 언니임에도 불구하고 자제력이 부족했기에, 자신을 끊임없이 난처하게 하는 불같은 성격을 억누르기 위해 각고의 노력을 했다. 조의 분노는 절대 오래가지 않앉고 자신의 잘못을 겸손하게 고백하고 진심으로 뉘우친 후 더 나아지도록 노력했다. 그래서 자매들은 일부러 조의 화를 돋우고 싶어 하기도 했다. 화내고 난 다음의 조는 그렇게 천사 같을 수 없었기 때문이다. 가엾은 조는 착해지기 위해 필사적으로 노력했지만 그의 성미는 언제든 불을 지피고 조를 무너트릴 준비가 되어 있었다. 몇 년간의 끈기 있는 노력으로 조금이라도 그 성미를 누그러뜨릴 수 있었으니 그나마 다행이었다.

연극 관람을 마치고 두 사람이 집으로 돌아오니 에이미는 거실에서 책을 읽고 있었다. 두 사람이 들어올 때 에이디는 토라진 체 앉아서는 책만 들여다보며 질문 하나 하지 않았다. 베스가 대신 질문을 해서 연극에 대한 훌륭한 설명을 듣지 못했다면 에이미의 호기심이 분노를 지배했을지도 모르겠다. 조는 가진 것 중 가장 좋은 모자를 벗어두려고 위층으로 올라가다가 옷장 쪽을 쳐다봤다. 지난번 싸웠을 때 에이미는 조의 맨 위 서랍을 꺼내 바닥에 엎어놓는 것으로 마음을 진정시킨 전적이 있었기 때문이다. 하지만 전부 제자리에 있었다. 서둘러 옷장과 가방, 상자 등을 일일이 훑어본 조는 에이미가 자신의 잘못을 용서하고 잊었다 결론 내렸다.

하지만 조의 착각이었다. 다음 날 조가 발견한 것으로 대소동이 벌어지고 말았다. 오후 늦게 메그와 베스, 에이미가 함께 앉아 있는데 조가 방으로 뛰어 들어왔다. 조는 몹시 흥분한 채로 숨을 헐떡이며 물었다. "누가 내 책 가져갔어?"

메그와 베스가 동시에 "아니"라고 대답하고는 놀라서 쳐다봤다. 에이미는 난롯불만 쑤셔대며 아무 말도 하지 않았다. 에이미의 얼굴이 붉어지는 것을 본 조는 당장 에이미에게로 다가갔다.

"에이미, 네가 가져갔지!"

"아니야, 내가 안 갖고 갔어."

"그럼 어디 있는지는 알겠구나!"

"아니, 몰라."

"거짓말!" 조는 소리를 치고 에이미의 어깨를 잡고 에이미보다 더 배짱 두둑한 아이도 겁에 질릴 만큼 무섭게 노려봤다.

"아니야, 내가 안 갖고 갔어. 지금 어디 있는지도 몰라. 그리고 관심도 없고."

"뭔가 알고 있긴 있구나. 당장 말하는 게 좋을 거야. 안 그럼 가만 안 둬." 그러고는 에이미의 어깨를 살짝 흔들었다.

"마음대로 해봐. 어차피 그 냄새나는 옛날이야기는 다시는 못 볼 테니." 이번에는 에이미가 흥분해서 소리쳤다.

"왜? 왜 못 봐?"

"내가 태워버렸으니까."

"뭐라고! 내가 얼마나 아끼는 건데. 열심히 써서 아빠가 오시기 전에 다 마칠 생각이었는데! 정말 태워버렸어?" 조의 두 손이 에이미를 신경질적으로 꽉 움켜쥐고 있는 동안 두 눈에는 이글이글 불이 붙고 얼굴이 하얗게 질려가고 있었다.

"그래, 내가 했어! 어제 그렇게 못되게 군 것에 대해 대가를 치르게 될 거라고 내가 말했잖아. 그래서 내가—" 에이미는 더 이상 말을 이을 수가 없었다. 화가 머리끝까지 난 조가 이가 부딪칠 정도로 에이미를 마구 흔들어댔기 때문이다. 조는 슬픔과 분노 속에서 울며 말했다.

"못된 계집애! 나쁜 계집애! 어떻게 그 이야기를 다시 쓰라고! 죽을 때까지 절대 널 용서하지 않을 거야."

메그는 달려가 에이미를 구해냈고 베스는 조를 달랬다. 하지만 조는 거의 제정신이 아니었다. 결별의 뜻으로 에이미의 뺨을 후려친 조는 방에서 나가더니 다락방에 있는 낡은 소파로 달려갔다. 거기서 홀로 싸움을 끝냈다.

아래층의 전쟁은 정리가 됐다. 집으로 돌아온 마치 부인은 그사이 있었던 이야기를 듣더니 곧바로 조에게 한 일이 얼마나 잘못된 일인지 에이미가 깨닫도록 했다. 조가 쓰고 있던 책은 조에게는 자긍심이었고 가족들에게는 그야말로 미래를 약속해줄 희망의 싹이었다. 겨우 여섯 편의 짧은 동화였지만 조는 끈기 있게 그 작품을 써왔다. 책으로 출판할 수 있을 만큼 좋은 작품으로 완성되기를 바라며 온 정성을 다해 썼다. 조는 조심스레 그 원고들을 새 책에 옮겨 적은 후 오래된 원고는 없애버렸는데, 에이미의 모닥불이 몇 년간 정성 들인 그 작품을 삼켜버린 것이다. 다른 사람에게는 별것 아니겠지만 조에게는 끔찍한 참사였고 절대 회복할 수 없는 큰 상처로 느껴졌다. 베스는 새끼 고양이가 죽기라도 한 듯 슬퍼했고 메그는 그토록 예뻐한 동생이지만 에이미를 두둔하지 않았다. 마치 부인 역시 심각하고도 슬퍼 보였다. 에이미는 그제야 잘못에 대해 지금 용서를 구하지 않으면 더 이상 아무도 자신을 사랑하지 않으리라는 생각에 이르렀고, 그 누구보다도 자신의 행동을 후회하기 시작했다.

차 마시는 시간을 알리는 벨이 울리자 조가 모습을 드러냈다. 도저히 다가갈 수 없이 침울해 보였지만 에이미는 모든 용기를 짜내 말했다. 더없이 온순한 목소리였다.

"조 언니, 용서해줘. 정말, 정말 미안해."

"절대 널 용서하지 않을 거야." 조는 완고하게 답했다. 그리고 그 순간부터 에이미를 완전히 무시했다.

심각하다는 건 알지만 그 누구도 그 문제에 대해 말하지 못했다. 마치 부인조차도 마찬가지였는데, 조가 그런 분위기라면 그 어떤 말도 소용없다는 사실을 모두가 경험을 통해 알고 있었기 때문이다. 어떤 작은 사건이 일어나거나 조 자신의 너그러움이 화를 누그러뜨리고 상처를 치유할 때까지 기다리는 것이 가장 현명했다. 행복하지 않은 저녁이었다. 어머니가 브레머, 스콧, 에지워스[32]를 큰 소리로 읽는 동안 다들 평소와 다름없이 바느질을 하고 있었지만 뭔가 부족했고 평화롭고 단란한 가정이 술렁이고 있다는 것이 느껴졌다. 노래하는 시간이 왔을 때 이 사실이 가장 크게 와닿았다. 베스는 말없이 피아노만 치고, 조는 입을 다문 채 바위처럼 서 있고, 에이미는 노래할 상황이 아니었다. 그래서 메그와 어머니 두 사람만 노래를 불렀다. 두 사람은 종달새처럼 활기차게 노래하려고 노력했지만 그들의 플루트 같은 목소리가 평소처럼 화음이 어우러지지 않았고, 음도 맞지 않았다.

조에게 잘 자라는 입맞춤을 하면서 마치 부인은 상냥하게 속삭였다.

"조, 하루해가 저물도록 화를 품고 있는 건 좋지 않아. 서로 용서하고 서로 돕고 살아야지. 내일은 다시 새롭게 시작하자."

조는 엄마 가슴에 얼굴을 묻고 슬픔과 분노가 다 날아갈 때까지 엉엉 울고 싶었다. 하지만 남자들이라면 눈물은 흘리지 않을 터였고, 진정으로 용서를 하기에는 상처가 너무 깊었다. 조는 눈을 세게 깜빡이고 머리를 내젓고는 무뚝뚝하게 말했다. 에이미가 듣고 있기

---

32 19세기의 인기 소설가들. 프레드리카 브레머(1801~65)는 가정소설과 페미니즘 소설을 쓴 스웨덴 작가, 월터 스콧 경(1771~1832)은 스코틀랜드 작가, 마리아 에지워스(1767~1849)는 어린이를 위한 교훈적인 이야기와 아일랜드인의 삶을 다룬 글을 쓴 아일랜드 소설가이다.

때문이었다.

"정말 지독한 짓이었어요. 그 애는 용서받을 자격이 없어요."

그렇게 말한 후 침대로 뚜벅뚜벅 걸어갔고 그날 밤은 즐거운 대화도, 속내를 털어놓는 수다도 없었다.

에이미는 먼저 사과를 했는데도 거절당한 것에 못내 마음이 상해 구차하게 굴지 말걸 후회하기 시작했다. 그러고는 얼마간 우쭐해서 잘난 체했는데 그 모습이 조의 화를 더욱 돋웠다. 조는 여전히 천둥을 품은 구름 같은 기분이었고 하루 종일 제대로 되는 일이 없었다. 몹시 추운 아침에 귀한 파이를 도랑에 떨어트렸고 마치 할머니는 괜히 안절부절못하고 짜증을 냈다. 집에 돌아와보니 메그는 생각에 잠겨 있었고 베스는 슬픔에 빠져 있었다. 에이미는 착하게 살겠다고 하면서도 막상 다른 사람들이 도덕적인 일을 권하면 하려 하지 않는 사람들에 대해 계속해서 말했다.

"다들 꼴도 보기 싫어. 로리한테 스케이트나 타러 가자고 해야겠어. 그 애는 늘 친절하고 유쾌하니 내 기분도 좋아질 거야." 조는 혼잣말을 하며 나갔다.

에이미는 스케이트 날이 부딪히는 소리를 듣고 창밖을 내다봤다. 그리고 참지 못하고 소리쳤다.

"어! 다음에 데리고 가겠다고 조 언니가 약속했는데. 이제 얼음이 곧 녹을 거란 말이야. 하지만 저렇게 삐쳐 있는 언니에게 나를 데리고 가라고 말해봤자겠지."

"그런 말 하지 마. 네가 잘못한 거야. 조가 그렇게 아끼는 책을 네가 그렇게 했으니 용서하기 어려운 건 당연해. 하지만 이제는 용서해주지 않을까 싶은데. 기회를 잘 봐서 사과를 하면 조가 용서해줄지도 모르지." 메그가 말했다. "쫓아가봐. 조가 로리랑 있으면서 기분이 좋아질 때까지는 아무 말 하지 말고 있어. 그러다가 틈을 봐서 뽀뽀를 해주거나 뭔가 예쁜 짓을 해봐. 그럼 분명히 조가 마음으로 용서를 해줄 거야."

"좋아, 그래볼게."

에이미는 그 충고가 딱 마음에 들었다. 에이미는 허둥지둥 준비를 하고 이제 막 언덕 너머로 사라진 두 사람 뒤를 쫓아 달려갔다.

강까지는 그다지 멀지 않았지만 도착하고 보니 두 사람은 준비가 다 끝나 있었다. 조는 에이미가 오는 것을 봤지만 외면했다. 로리는 강기슭을 따라 얼음 소리를 들으며 조심조심 스케이트를 타느라 에이미를 보지 못했다. 따뜻한 날씨에 추위가 누그러지고 있어서 얼음을 잘 살펴야 했기 때문이다.

"우리 둘이 얼음을 지치기 전에 내가 먼저 한 바퀴 돌면서 괜찮은지 살펴볼게." 에이미는 로리가 출발하면서 말하는 것을 들었다. 로리는 털 장식이 달린 외투와 모자를 써서 러시아 젊은이처럼 보였다.

조는 스케이트를 타고 미끄러져 나가면서 에이미가 뒤에서 스케이트를 신느라 숨을 헐떡이며 발을 쿵쿵거리고 손가락을 호호 불어대는 소리를 들었다. 하지만 절대 돌아보지 않았다. 강을 따라 갈지자로 천천히 가는 동안 에이미가 낑낑대고 있는 게 왠지 고소하면서도 한편으로는 씁쓸하고 불편한 감정이 생겼다. 조는 분노를 스스로 키워 자신의 것으로 만들어가고 있었다. 악마의 생각과 감정은 당장 내다 버리지 않으면 늘 그렇게 사람을 잠식하는 법이다. 로리가 돌아오면서 소리쳤다.

"강기슭으로만 타자. 강 가운데는 안전하지 않아."

조는 로리의 말을 들었지만 에이미는 스케이트를 신느라 그 말을 전혀 듣지 못했다. 조는 어깨 너머로 힐끗 돌아봤다. 그때 조의 마음속 작은 악마가 귀에 속삭였다.

'에이미가 듣든 말든 무슨 상관이야. 자기가 알아서 하게 냅둬.'

로리는 모퉁이를 돌아 사라졌고 조도 모퉁이를 막 돌려던 참이었다. 한참 뒤쪽의 에이미가 강 한가운데 얇은 얼음 쪽으로 달리기 시작했다. 한순간 조는 낯선 감정에 휩싸여 멈춰 섰다. 그러고는 다시 계속 가려고 하는데 뭔가가 잡아끄는 느낌에 뒤로 돌아섰다. 그때였다. 갑자기 얼음이 쩍 갈라지는 소리와 함께 에이미가 두 손을 번쩍 들며 아래로 빠지고 물이 사방으로 튀는 게 보였다. 외마디 비명에 조의 심장이 두려움으로 얼어붙었다. 조는 로리를 부르려고 했지만 어찌 된 일인지 목소리가 나오지 않았다. 앞으로 달려가려 했지만 두 다리에 힘이 다 빠져버린 것 같았다. 순간적으로 조는 미동도 않고 선 채 공포에 사로잡힌 얼굴로 검은 물 위에 떠 있는 파란색 작은 후드를 쳐다보고만 있었다. 뭔가 조의 옆을 쌩하고 지나가는가 싶더니 큰 소리로 외치는 로리의 목소리가 들렸다.

"가로장을 갖고 와. 얼른, 서둘러!"

조는 자신이 어떻게 그 모든 일을 할 수 있었는지 모른다. 그 뒤로 몇 분간 조는 무엇에 씐 듯이 로리가 시키는 대로 했다. 로리는 침착함을 잃지 않고 납작하게 엎드린 채로 자신의 팔과 하키 채로 에이미를 위로 떠받치고 있었다. 조가 울타리에서 빼서 끌고 간 가로장으로 두 사람은 함께 에이미를 밖으로 끌어낼 수 있었다. 에이미는 다친 곳은 없지만 겁에 질려 있었다.

"이제 에이미를 데리고 가능한 한 빨리 집까지 가야 해. 내가 이 망할 스케이트를 벗기는 동안 넌 우리 옷으로 에이미를 여러 겹 감싸줘." 로리가 자신의 외투를 벗어 에이미를 감싸며 스케이트 끈을 잡아당겼다. 여태껏 스케이트 끈이 그렇게 엉켜 있던 적이 있었나 싶었다.

두 사람은 옷에서 물이 뚝뚝 떨어지고 추위에 온몸을 덜덜 떨며 엉엉 우는 에이미를 데리고 집으로 왔다. 그리고 참으로 흥미진진한 시간이 다 지나가고 에이미는 뜨거운 난롯불 앞에 담요를 둘둘

감은 채로 잠이 들어버렸다. 그 소란스러운 시간 동안 조는 거의 말이 없었다. 하지만 하얗게 질린 얼굴로 옷도 제대로 벗지 못한 채로 정신없이 여기저기 쫓아다녔다. 치마는 찢어지고 두 손은 얼음과 가로장과 벗겨지지 않는 버클 때문에 찢어지고 멍들어 있었다. 에이미가 편안한 얼굴로 잠이 들자 집은 조용해졌다, 마치 부인이 침대 옆에 앉아 조를 부르더니 손에 난 상처를 붕대로 묶어주기 시작했다.

"에이미는 정말 괜찮을까요?" 조가 속삭이며 물었다. 하마터면 자신의 눈앞에서 겉보기에만 두터운 위험한 얼음 밑으로 영원히 쓸려가버릴 뻔한 금발 머리를 보며 깊이 자책하는 듯했다.

"괜찮고말고. 에이미는 다치지도 않았고 감기조차 걸리지 않았는걸. 옷으로 감싸주고 집으로 얼른 데리고 온 건 아주 현명한 처사였다." 어머니는 밝게 대답했다.

"로리가 다 했어요. 전 에이미를 그냥 내버려둔걸요. 만약에 에이미가 죽었다면 모두 제 잘못이에요." 조는 침대 옆에 털썩 주저앉아 회한의 눈물을 흘리며 강가에서 있었던 일들을 이야기했다. 자신의 무정함을 통렬하게 후회하며 어쩌면 벌어졌을지도 모를 무거운 벌을 면해주신 데 감사하며 흐느껴 울었다.

"모든 게 제 못된 성질머리 때문이에요! 고치려고 노력하는데도 점점 나빠져요. 아, 엄마! 어쩌면 좋죠? 어떡할까요?" 가엾은 조는 절망감에 빠져 울었다.

"항상 경계하고 기도하렴. 노력하는 일에 지치던 절대 안 된다. 네 단점을 고치는 일이 불가능하다고 생각해서도 안 되고." 마치 부인은 헝클어진 머리를 자신의 어깨로 당기며 눈물로 젖은 뺨에 부드럽게 입맞춰주었다. 그러자 조는 더 서럽게 울었다.

"엄마는 몰라요. 제 성격이 얼마나 나쁜지 엄마는 짐작도 못 하실 거예요! 화가 나면 뭐든 할 수 있을 것 같아요. 저는 잔인해져서 누구를 다치게 하고, 또 그걸 즐길지도 몰라요. 언젠가 뭔가 끔찍한 일을 해서 내 인생을 망치고 모두가 나를 미워하게 될까 봐 두려워요. 아, 엄마! 도와주세요. 제발요!"

"그래, 조. 내가 도와줄게. 그렇게 서럽게 울지 마라. 그 대신 오늘을 기억하고 네 모든 영혼을 걸고 결심해. 두 번 다시 이런 일이 일어나지 않도록 하겠다고. 조, 사람들은 모두 유혹을 느껴. 어떤 이들은 네가 느끼는 것보다 훨씬 더 큰 유혹을 느낀단다. 그리고 그 유혹을 이겨내는 데 각자의 인생을 다 바치기도 하지. 넌 네 성격이 세상에서 가장 나쁘다고 생각하겠지만 사실은 나도 예전엔 그랬단다."

"엄마가요? 그럴 리가요. 엄마가 화내시는 걸 본 적이 없어요!" 조는 깜짝 놀라 자책감마저 잠시 잊었다.

"나는 사십 년 동안 성격을 고치려고 노력해오고 있고 이제 겨우 감정 조절 하는 데 성공한 정도란다. 평생 매일같이 화가 나지만, 조, 나는 화가 나는 걸 내색하지 않는 법을 배웠단다. 이제는 화가 나는 걸 느끼지 않는 법을 배우고 싶어. 그러려면 또 사십 년이 걸리겠지."

자신이 그토록 사랑하는 어머니의 얼굴에 나타난 인내와 겸손이 조에게는 그 어떤 명강의나 날카로운 질책보다 훌륭한 교훈이 됐다. 어머니가 공감을 해주고 자신감을 주자 조는 금방 마음이 편해졌다. 어머니도 자신과 같은 단점을 가졌으며 그것을 고치기 위해 노력했음을 알게 되자 자신의 문제를 견디는 것이 훨씬 수월하게 느껴지고 어떻게 하면 고칠 수 있을지 좀 알 것 같았다. 물론 열다섯 살 소녀에게 항상 경계하고 기도하기에 사십 년은 다소 긴 시간 같아 보이긴 했지만.

"엄마, 가끔 입술을 꼭 다물고 방에서 나갈 때, 마치 할머니가 꾸짖거나 사람들이 엄마를 성가시게 할 때, 그때 화가 나신 거예요?" 조는 어머니가 그 어느 때보다 가깝고 친근하게 느껴졌다.

"맞아. 막 입 밖으로 튀어나오려는 말을 참는 법을 배웠지. 내 의지와는 상관없이 그 말들이 터져 나오려는 게 느껴지면 잠깐 나가서 나약하고 심술궂은 나 자신에게 시간을 준단다." 마치 부인은 미소 띤 얼굴로 한숨을 쉬며 헝클어진 조의 머리를 매만져 단정하게 해주었다.

"조용히 참는 법을 어떻게 배웠어요? 조용히 참지 못해서 저는 늘 문제거든요. 나도 모르게 못된 말들이 튀어나오고, 못된 말을 많이 하는 동안 사태가 더 나빠져요. 그러다 결국 사람들의 마음에 상처를 주는 걸 즐기면서 끔찍한 말들을 하죠. 어떻게 하는지 알려주세요, 엄마, 제발요."

"우리 어머니가 나를 도우셨지—"

"엄마가 우리에게 해주시는 것처럼요." 조가 중간에 끼어들어 말하고는 감사의 입맞춤을 했다.

"그런데 내가 너보다 조금 더 나이가 들었을 즈음 어머니가 돌아가셨고 몇 년간 혼자서 아등바등 싸워나갔어. 너무 자존심이 강해서 다른 사람에게 내 약점을 털어놓을 수 없었거든. 정말 힘들게 지냈단다. 제대로 하지 못했을 때는 쓰디쓴 실패의 눈물도 많이 흘렸지. 하지만 그렇게 노력해도 나아지는 기미가 보이지 않았어. 그때 너희 아빠가 나타난 거야. 너희 아빠 덕에 착해지는 게 어려운 일이 아니라는 걸 알고 난 너무 기뻤어. 그리고 시간이 흘러 내 곁엔 딸 넷이 함께하게 됐어. 그런데 우리는 가난했고 결국 과거의 문제가 다시 나타났지. 나는 참을성을 타고난 것이 아니라 내 아이들이 원하는 걸 해주지 못하는 상황을 견디기가 무척이나 힘들었어."

"가엾은 엄마! 그때는 누가 도와주셨어요?"

"너희 아빠란다, 조. 아빠는 인내심을 잃는 법이 없었지. 의심도, 불평도 하지 않으셨어. 언제나 희망을 잃지 않고, 열심히 일하시고, 기꺼이 때를 기다리셨기에 그렇지 못한 사람은 아빠 앞에서 부끄러

위한단다. 아빠는 나를 도와주고 편안하게 해줬어. 그리고 내 딸들에게 가르쳐야 할 모든 덕목을 실천하도록 노력해야 한다고 했어. 내가 딸들의 본보기니까. 나를 위해서 노력할 때보다 너희를 위해서 하니 훨씬 쉬웠어. 내가 모진 말을 할 때 너희가 놀란 얼굴을 하면 그건 그 어떤 말보다 나에게 큰 꾸지람이 됐지. 난 너희에게 본보기가 되는 사람이 되고자 노력했고, 너희에게서 사랑과 존경, 그리고 믿음을 받으면 그것이 내 노력에 대한 최고의 보상이었단다."

"아, 엄마! 제가 엄마 반만큼이나 좋은 사람이면 더 바랄 게 없겠어요." 엄마의 말에 깊이 감동받은 조가 소리쳤다.

"조, 난 네가 그보다 훨씬 더 잘할 거라 믿어. 그러기 위해서는 아빠가 말씀하신 네 '마음의 적'을 계속해서 경계해야 해. 그것이 네 인생을 망치지는 않더라도 적어도 너를 슬픔으로 몰아넣을 테니까. 넌 이미 경고를 받았다는 사실을 명심해. 온 마음과 영혼을 다해 화를 잘 내는 성격을 고치도록 노력하렴. 오늘 겪은 것보다 훨씬 더 큰 슬픔과 후회를 겪기 전에."

"노력할게요, 엄마. 정말 할 거예요. 하지만 엄마가 도와주셔야 해요. 끊임없이 일깨워주시고 갑자기 화를 내지 못하도록 해주세요. 아빠가 가끔 손가락을 입술에 갖다 대시고는 상냥하지만 진지한 얼굴로 엄마를 보고 계신 걸 봤어요. 그럼 엄마는 늘 입술을 꼭 다물고 나가셨죠. 그렇게 아빠가 일깨워주시는 건가요?" 조가 조용히 물었다.

"맞아. 엄마가 아빠에게 도와달라고 했고, 아빠는 그 부탁을 잊지 않았지. 그렇게 아빠는 아주 작은 몸짓과 상냥한 표정으로 엄마가 모진 말을 하지 않도록 도와줬단다."

그렇게 말하는 엄마의 두 눈에 눈물이 고이고 입술이 떨리는 것이 보였다. 조는 자신이 너무 많이 말한 것은 아닌가 싶은 불안함에 조심스럽게 물었다. "제가 엄마를 지켜보고 있던 걸 이야기해서 기분 나쁘세요? 버릇없이 굴려던 건 아니에요. 제가 생각하고 있는 걸 모두 엄마에게 이야기하는 지금 이 순간이 너무 편하고 행복해요."

"조, 엄마에게는 그 어떤 걸 이야기해도 된단다. 내 딸들이 나를 신뢰한다고 느끼고, 내가 내 딸들을 얼마나 사랑하는지 알면 한없이 행복하고 자부심이 넘치거든."

"저 때문에 엄마가 상심하신 줄 알았어요."

"전혀 아니야. 아빠 이야기를 하다 보니 내가 너희 아빠를 얼마나 보고 싶어 하는지, 얼마나 의지하고 있었는지 서삼 느낄 수 있었어. 우리 딸들을 안전하게 잘 지키고 있어야겠다는 다짐도 하게 됐고."

"하지만 엄마가 아빠께 가시라고 하셨잖아요. 그리고 아빠가 가실 때 울지도 않으셨고, 지금은 불평도 않으시고 심지어 도움이 필요한 것처럼 보이지도 않아요." 조가 의아한 듯 물었다.

"나는 내가 사랑하는 조국에 최선을 다하고자 아빠가 가실 때까지 눈물을 참고 있었어. 우리의 의무를 다하면 결국에는 분명히 더 행복해질 텐데 왜 내가 불평을 하겠니? 내가 도움이 필요한 것처럼 보이지 않는다면 그건 아빠보다도 더 좋은 친구 덕분일 게다. 그 친구는 늘 엄마를 편안하게 해주고 지지해주거든. 조, 네 인생의 고민과 유혹은 이제 시작이고 어쩌면 앞으로 더 많이 맞닥뜨리게 될지도 몰라. 하지만 땅 위의 아버지의 사랑을 느끼듯 하느님 아버지의 힘과 사랑이 함께하고 있다는 걸 안다면 넌 그 모든 것을 극복할 수 있어. 그분을 더 사랑하고 더 믿을수록 그분을 더 가까이서 느낄 수 있고, 인간의 힘과 지혜에 덜 의지할 수 있을 거야. 그분의 사랑과 보살핌은 절대 지치거나 변하지 않고 너로부터 거두어들여지지도 않을 것이고 네가 죽는 그날까지 평화와 행복과 힘의 원천이 될 거야. 온 마음을 다해 이 말을 믿고 엄마에게 오는 것처럼 자유롭게 믿음을 가지고 신께 가서 너의 사소한 걱정과 희망, 죄와 슬픔을 털어놓으렴."

조는 대답 대신 엄마를 꼭 끌어안았다. 이어진 침묵 속에서 지금까지 했던 그 어떤 기도보다도 진심을 담아 기도했다. 그 슬프면서도 행복한 시간 속에서 조는 후회와 절망의 씁쓸함뿐 아니라 극기와 자제의 달콤함도 배웠다. 그리고 어머니 손에 이끌려 모든 아이들을 환영하는 그분께 한 걸음 더 다가갈 수 있었다. 그분이 품은 사랑은 그 어떤 아버지의 사랑보다도 강하고 그 어떤 어머니의 사랑보다도 온화했다.

잠을 자던 에이미가 뒤척이며 한숨을 쉬었다. 조는 당장 자신의 잘못을 고치고 싶어 견딜 수 없다는 듯 이전에는 한 번도 지어본 적 없는 표정으로 고개를 들었다.

"하루해가 다 저물도록 화를 품은 채 에이미를 용서하지 않았는데, 오늘 로리가 없었다면 너무 늦어 기회를 놓칠 뻔했어요! 어쩜 난 이렇게 못됐을까요?" 조는 몸을 숙여 동생을 굽어보며 들릴락 말락 한 소리로 말했다. 그리고 베개 위에 흩어져 있는 젖은 머리카락을 쓰다듬었다.

마치 조의 말을 듣기라도 한듯 에이미는 눈을 뜨더니 미소를 지으며 두 팔을 뻗었다. 순간 조의 마음이 저릿했다. 두 사람은 아무 말도 하지 않고 서로 꽉 껴안았다. 사이에 겹겹의 담요가 있었는데도. 따뜻한 입맞춤 한 번으로 모든 것은 용서되고 잊혔다.

9

메그, 허영의 시장에 가다

"킹 씨네 아이들이 지금 모두 홍역을 앓다니, 난 세상에서 가장 운이 좋은 것 같아." 4월의 어느 날 메그가 방에서 동생들에게 둘러싸여 '외국 여행용' 트렁크를 싸며 말했다.

"약속을 잊지 않고 초대해주다니 애니 모팻은 정말 착하네. 이 주 동안 정말 재미있겠다." 조가 말했다. 그 긴 팔로 치마를 개고 있는 모습이 마치 풍차처럼 보였다.

"날씨는 또 어떻고. 날씨가 좋아서 다행이야." 베스가 목에 묶는 리본과 머리에 묶는 리본을 자기가 가진 가장 좋은 상자에 차곡차곡 정리하면서 덧붙였다. 그 상자는 이렇게 근사한 일이 있는 언니를 위해 기꺼이 빌려줄 참이었다.

"나도 이렇게 좋은 것들을 입고 즐겁게 지내다 오고 싶어." 에이미가 언니의 드레스용 허리 받침 쿠션을 예쁘게 꾸미느라 입에 핀을 잔뜩 물고 말했다.

"너희도 모두 가면 좋을 텐데. 너희가 못 가는 대신 돌아오면 재미있는 이야기 잔뜩 해줄게. 다들 이렇게 좋은 것들을 빌려주면서 친절하게 준비를 도와주는데 그 정도는 당연히 해야지." 메그가 지극히 단순한 옷차림을 하고 방을 두리번거렸다. 하지만 자매들의 눈에는 거의 완벽해 보였다.

"엄마가 보물 상자에서 뭘 주셨어?" 삼나무 상자를 열 때 그 자리에 없었던 에이미가 물었다. 삼나무 상자에는 마치 부인이 적절한 시기가 오면 딸들에게 물려주려고 예전에 잘살 때 모아뒀던 귀한 물건들을 보관하고 있었다.

"실크 스타킹 한 켤레랑 예쁜 무늬가 새겨진 부채, 푸른색의 멋진 장식 띠를 주셨어. 보라색 실크를 갖고 싶었지만 수선할 시간이 없어서 원래 갖고 있던 낡은 탈러턴[33] 드레스로 만족하려고."

"새로 만든 내 모슬린 스커트보다는 괜찮을걸. 장식 띠가 언니 드레스에 예쁘게 잘 어울릴 거야. 내 산호 팔찌를 망가뜨리지 말았어야 했는데. 언니가 그걸 하면 좋았을 텐데." 뭐든 흔쾌히 주거나 빌려주는 조가 말했다. 하지만 조의 물건들은 보통 너무 많이 망가져서 더 이상 쓸 수 없는 경우가 대부분이었다.

"보물 상자 속에 아름다운 구식 진주 세트가 있었어. 하지만 엄

---

33 얇은 모슬린.

마는 어린 소녀에게는 진짜 꽃이 가장 예쁜 장식이라고 말씀하셨어. 로리는 내가 원하는 건 무슨 꽃이든 보내주겠다고 약속했고." 메그가 말했다. "자, 한번 보자. 산책할 때 입을 회색 옷도 있고. 베스, 모자의 깃털 좀 말아줘. 그리고 일요일에 입을 포플린 드레스도 있고, 작은 파티용 드레스에, 이건 봄에 입기엔 좀 무거워 보이지 않니? 보라색 실크 드레스가 좋았을 텐데. 아, 이런!"

"신경 쓰지 마. 큰 파티에 입을 탈러턴 드레스가 있잖아. 그리고 언니는 하얀색 옷을 입으면 늘 천사처럼 보여." 영혼이 행복해질 듯한 장식품 가게에 대해 골똘히 생각하며 에이미가 말했다.

"이건 목이 깊게 파이지도 않았고 치마가 바닥에 충분히 끌리지도 않아. 목도 좀더 파이고 치마도 충분히 길어야 하는데. 하지만 실내에서 입을 푸른 드레스는 괜찮아. 새로 수선하고 장식도 달아서 새로 산 기분이야. 내 실크 색백[34]은 약간 유행이 지났고 보닛 모자는 샐리의 모자와는 많이 달라. 이런 말 안 하려고 했지만 양산이 끔찍할 정도로 실망이야. 엄마께 하얀 손잡이의 검은색 양산을 사 달라고 말씀드렸는데 엄마가 그만 깜빡 잊고 못생기고 누르스름한 손잡이가 달린 초록색 양산을 사 오셨지 뭐야. 단단하고 깔끔해서 불평을 하면 안 될 거 같지만 그래도 애니의 실크 양산을 보면 부끄러울 것 같아. 심지어 그 양산은 끝이 금으로 돼 있거든." 메그는 아

---

34 로코코 시대에 유행한 뒤에 주름 잡힌 드레스.

주 못마땅한 얼굴로 작은 양산을 살펴보며 말했다.

"그럼 바꿔." 조가 조언했다.

"내 물건 사느라 그렇게 고생하셨는데 어린애처럼 굴어서 엄마 마음을 다치게 하고 싶지 않아. 그런 무의미한 생각에 골몰하고 싶지도 않고. 실크 스타킹이랑 멋진 장갑 두 켤레면 충분히 위로가 돼. 조, 네 장갑을 빌려주다니 정말 고마워. 새 장갑 두 켤레가 있으니 부자가 된 듯하고 한결 우아해진 기분이야. 쓰던 건 잘 세탁해서 평상시에 쓰려고." 메그는 장갑 상자를 다시 한 번 슬쩍 봤다.

"애니 모팻의 수면 모자에 파란색 리본이랑 분홍색 리본이 있던데. 내 모자에 좀 달아줄까?" 베스가 해나의 손을 거쳐서 눈처럼 깨끗해진 하얀 모슬린 천을 갖고 왔다.

"아니, 그러지 마. 아무 장식도 없이 평범한 잠옷에 유행하는 모자는 어울리지 않아. 가난한 사람이 부자 흉내 내면 안 되지." 조가 단호하게 말했다.

"내 옷에 진짜 레이스를 달고 모자에 리본을 다는 행복을 누릴 때가 오긴 올까?" 메그가 조바심을 내며 말했다.

"요 전날 언니는 애니 모팻의 집에 갈 수만 있다면 완벽하게 행복할 거라고 말했잖아." 베스가 특유의 조용한 목소리로 말했다.

"그랬지! 그러니까, 난 지금 행복해. 안달하지 않아. 하지만 사람이란 더 많이 얻을수록 더 많이 원하게 되나 봐. 안 그러니? 자, 이제 모든 준비는 끝났고 엄마께 맡겨뒀던 무도회 드레스만 남았어." 메그는 활기찬 목소리로 말했다. 그리고 반쯤 찬 트렁크를 한 번 봤다가 여러 번 다림질하고 수선을 한 하얀 탈러턴 드레스로 눈길을 옮겼다. 메그는 짐짓 중요한 척하며 그 탈러턴 드레스를 '무도회 드레스'라고 했다.

다음 날은 화창했다. 메그는 이 주간의 새롭고 즐거운 일정을 향해 당당하게 출발했다. 마치 부인은 메그가 다녀와서 자신의 생활에 불만을 가지게 될까 두려워 애니 모팻의 집에 방문하는 것이 마뜩잖았지만 마지못해 허락해주었다. 메그가 간절하게 졸라대는 데다가 샐리가 메그를 잘 보살피겠다고 약속했고, 또 겨우내 열심히 일했으니 좀 쉬다 와도 좋을 듯했다. 그렇게 해서 엄마는 한발 양보하고, 메그는 사교계 생활을 처음으로 맛보게 됐다.

유행을 좇는 모팻가의 모습을 본 소박한 메그는 처음에 다소 위축됐다. 집은 화려했고 사람들은 더할 나위 없이 우아했다. 하지만 모팻가 사람들이 경박하긴 해도 워낙 친절해서 메그는 금방 편안해졌다. 왠지 몰라도 메그의 눈에 그들이 교양이 있거나 지적으로 보이진 않았다. 화려하게 겉치레를 하고 있지만 지극히 평범한 사람들임을 금방 알 수 있었다. 호화롭게 생활하면서 고급스러운 마차를 타고, 매일같이 가진 것 중 가장 좋은 옷만 골라 입고, 오로지 놀기만 하는 생활은 확실히 편했다. 메그에게 딱 맞았다. 메그는 이내 그곳 사람들의 말투와 행동 방식을 따라 하기 시작했다. 약간 젠체하거나 우아한 체하면서 프랑스어를 섞어서 말하고, 머리를 곱슬곱슬하게 하고, 드레스를 줄여 입고, 패션에 대해 아는 대로 떠들었다. 애니 모팻이 가진 예쁜 것들을 보면 볼수록 그 애가 부러웠고 자신이 부자가 아닌 현실에 한숨이 나왔다. 이제 자신의 집은 횅뎅그렁하고 암울하게만 느껴졌고 자신의 일은 전에 없이 더 힘들어 보였다. 아무리 새 장갑과 실크 스타킹이 있어도 자신은 아주 빈곤하며 상처가 많은 사람인 것 같았다.

하지만 메그에게는 불평하고 있을 시간이 없었다. 세 명의 소녀들은 '즐거운 시간'을 보내느라 바빴기 때문이다. 그들은 하루 종일 쇼핑을 하거나 산책을 했다. 말을 타거나 남의 집을 방문하기도 했고 저녁에는 극장에 가서 연극이나 오페라를 보든지 아니면 집에서 신나게 놀았다. 애니는 친구가 많았고 어떻게 하면 친구들을 즐겁게 할지도 알았다. 애니의 언니들은 몹시 훌륭한 숙녀들이었다. 그 중에 하나는 이미 약혼자가 있었는데, 메그가 보기에는 굉장히 흥미롭고 로맨틱한 일이었다. 모팻 씨는 뚱뚱하고 유쾌한 노신사였고 메그의 아버지와 아는 사이였다. 뚱뚱하고 유쾌한 모팻 부인도 딸만큼이나 메그를 좋아하게 됐다. 다들 '데이지'[35]라고 부르며 메그를 귀여워했는데, 하도 많이 불러서 '데이지!' 하던 메그가 돌아보

---

35 마거릿의 애칭.

게 될 정도였다.

'작은 파티'가 열리는 저녁이 되자 메그는 포플린 옷이 전혀 괜찮지 않다는 것을 알게 됐다. 얇고 하늘하늘한 드레스를 입은 다른 아이들은 아주 근사해 보였다. 구김 하나 없이 매끈한 새 드레스를 입은 샐리 옆에 탈러턴 드레스를 입고 서니 더없이 낡고 후줄근하고 초라해 보였다. 탈러턴 옷을 흘깃 본 아이들이 서로 눈빛을 주고받는 것을 보고 메그의 두 볼이 빨갛게 달아오르기 시작했다. 메그는 온화했지만 자존심이 매우 강했다. 아무도 드레스에 대해 말하지는 않았다. 하지만 샐리는 메그에게 머리를 해주겠다고 나섰고 애니는 장식 띠를 묶어주겠다고 했다. 약혼한 언니 벨은 메그의 팔이 뽀얗다고 칭찬했다. 그들은 친절했지만 메그는 그들이 자신의 가난을 동정하고 있다는 것을 느낄 수 있었다. 화려하게 꾸민 소녀들이 웃고 떠들며 나비처럼 사뿐사뿐 여기저기 돌아다니는데 혼자서 서 있으니 마음이 몹시 무거웠다. 씁쓸한 감정이 점점 더 심해져가는데 하인이 꽃이 든 상자를 갖고 들어왔다. 메그가 뭔가 말하기도 전에 애니가 뚜껑을 열었고 다들 상자 속에 든 아름다운 장미, 히스, 양치식물을 보고는 환호성을 질렀다.

"당연히 벨 언니한테 온 거겠지. 조지는 언니에게 늘 뭔가를 보내거든. 이건 특히 더 황홀해." 애니가 꽃향기를 깊이 맡으며 소리쳤다.

"이건 마치 양에게 보내는 거라고 남자분이 말했어요. 여기 쪽지가 있어요." 하인이 끼어들어 말하고는 메그에게 쪽지를 건넸다.

"뭐라고! 누가 보낸 거야? 연인이 있는 줄은 몰랐잖아." 소녀들이 깜짝 놀라 소리치더니 궁금해서 못 견디겠다는 듯 메그 곁으로 몰려들었다.

"쪽지는 엄마가 보내신 거고, 꽃은 로리가 보낸 거야." 메그는 무심하게 말했지만 로리가 자신을 잊지 않았다는 사실이 너무 고마웠다.

"아, 정말!" 애니가 재미있다는 표정으로 말했다. 메그는 자신의 질투와 허영심과 잘못된 자존심을 꾸짖는 부적이라도 되는 듯 쪽지를 주머니에 넣었다. 사랑이 담긴 글을 읽으니 기분이 좋아졌고 아름다운 꽃을 보니 기운이 났다.

다시 행복해진 메그는 자신을 위해 양치식물과 장미를 몇 송이 빼두고 나머지 꽃들로 재빨리 화사한 꽃다발을 만들어 친구들의 가슴이나 머리, 혹은 치마에 예쁘게 달아줬다. 그러자 애니의 언니인 클라라가 메그는 "자기가 본 가장 사랑스러운 아이"라고 말했다. 친구들은 메그의 작은 노력으로 아주 매혹적으로 변했고, 어찌된 일인지 그 친절한 행동으로 메그의 우울한 기분도 사라졌다. 모두들 모팻 부인에게 자신들의 모습을 보여주려고 몰려가고 나자 메그는 자신의 물결치는 머리에 양치식물을, 드레스에는 장미를 꽂고 거울 앞에 섰다. 거울 속 메그는 반짝이는 눈을 하고 행복한 표정을 짓고 있었고 더 이상 그렇게 초라해 보이지 않았다.

그날 저녁 메그는 실컷 춤을 추면서 매우 즐거운 시간을 보냈다. 모두가 아주 친절했고, 특히 메그는 세 번이나 칭찬을 들었다. 애니가 메그에게 노래를 시켰는데 누군가 메그의 목소리가 상당히 빼어나다고 말했다. 메이저 링컨은 "저 처음 보는 소녀는 눈이 참 아름다운데. 누구야?" 하고 물었다. 그리고 모팻 씨는 계속해서 메그에게 춤을 추자고 청했는데 왜냐하면 메그가 "마치 몸속에 용수철이라도 있는 듯이 사뿐사뿐 춤을 추기 때문"이라고 했다. 그러니 대체적으로 상당히 좋은 시간이었다. 누군가의 대화를 엿듣고 심란해지기 전까지는 말이다. 메그가 온실에 앉아 파트너가 얼음을 가져오기를 기다리고 있는데 꽃이 피어 있는 벽의 건너편에서 말소리가 들렸다.

"그 애는 몇 살인데?"

"열여섯이나 열일곱 살일걸요." 다른 목소리가 대답했다.

"그 딸들 중에 한 명에게는 대단한 일이 될 거예요. 안 그래요? 샐리가 그러는데 최근에 그들이 무척 가까워졌다고 하더라고요. 그 노인이 그 집 자매들에게 흠뻑 빠졌다던데요."

"마치 부인이 계획을 짠 거지. 내 장담해. 좀 이르지만 착착 일을 진행할 거야. 딸은 아직 생각지도 못하는 것 같고." 모팻 부인이 말했다.

"그 아이가 자기 엄마에 대해서 거짓말을 하던걸요. 마치 자기가 미리 알았던 것처럼 말예요. 꽃이 왔을 때 얼굴이 붉어지는 거 봤어요? 그 모습이 예쁘장하던데. 가엾은 것! 화려하게 차려입으면 꽤 괜찮을 텐데. 그 아이에게 목요일에 입을 드레스를 빌려주겠다고 하면 기분이 상할까요?" 다른 목소리가 물었다.

"자존심이 강한 아이지만 싫어하지는 않을 거야. 가진 거라곤 그 촌스러운 탈러턴 드레스가 다니까. 오늘 밤 어쩌면 그 옷이 찢어질지도 몰라. 그럼 제대로 된 드레스를 빌려주기 좋은 구실이 되겠지."

"두고 봐요. 그 애를 위한 선물로 그 로런스를 초대해야겠어요. 그리고 무슨 일이 일어날지 지켜보면 재미있을 거예요."

그때 파트너가 나타났다. 메그는 얼굴이 새빨개져 있었고 마음이 동요된 듯 보였다. 메그의 강한 자존심이 그때는 아주 유용했다. 우연히 엿들은 대화 때문에 느끼는 굴욕과 분노, 혐오의 마음을 숨기는 데 도움이 됐기 때문이다. 순수한 데다 의심이라고는 할 줄 몰랐던 메그는 사람들이 하는 뒷말들을 그대로 받아들이지 않을 수 없었다. 잊으려고 해봤지만 잊을 수 없었다. "마치 부인이 계획을 짠 거지" "그 아이가 자기 엄마에 대해서 거짓말을 하던걸요" "촌스러운 탈러턴 드레스" 같은 말들이 계속해서 머리에 떠올랐다. 울음이 터질 것 같았다. 집으로 달려가 이 문제를 털어놓고 어떻게 하면 좋을지 묻고 싶었다. 하지만 그렇게 할 수는 없었으므로 그 대신 유쾌해 보이도록 최선을 다했다. 그 노력은 너무나 성공적이라 다소 흥분한 듯 보이기까지 했기 때문에 메그가 얼마나 힘들게 애쓰고 있는지 아무도 눈치채지 못했다. 파티가 끝나자 메그는 살 것 같았다. 침대에 조용히 누워 두통이 나도록 생각하고, 묻고, 분통을 터트렸다. 결국 눈물이 흘러 뜨거워진 뺨을 식혀주었다. 선의로 한 말이라 하더라도 바보 같은 그 말들은 메그에게 새로운 세계를 열어 보였고, 이전 세계의 평화를 무너트렸다. 지금까지 메그는 아이처럼 마냥 행복하게 살아왔었다. 로리와의 순수한 우정은 메그가 엿들은 그 어리석은 말들로 오염됐고 어머니에 대한 믿음도 모팻 부인 때문에 흔들렸다. 자기를 기준으로 타인을 판단하는 모팻 부인이 메그 때문에 어머니가 속물적인 계획을 꾸미고 있다고 했던 것이다. 가난한 집 딸에게 어울리는 수수한 옷에 만족해야 한다고 분별력 있는 결론을 내렸건만, 그 결론도 초라한 드레스가 하늘 아래 최고의 재앙인 듯 유난을 떨어대는 친구들의 불필요한 동정심 때문에 약해지고 말았다.

뜬눈으로 뒤척이며 밤을 새운 가엾은 메그는 아침이 되자 무거운 눈으로 일어났다. 친구들을 향한 분노 절반, 나서서 솔직하게 말하고 모든 것을 바로잡지 않은 자신에 대한 부끄러움 절반으로 불행했다. 그날 아침은 모두가 빈둥거리며 늘어져 있다가 정오 무렵이 되어서야 다들 기운을 차리고 소모사 자수를 시작했다. 메그는 친구들의 행동에 뭔가가 있음을 단박에 알아차렸다. 자신을 보다 존중해주고 자신의 말에 보다 진정으로 관심을 가졌으며 눈에 띄게 호기심 가득한 눈으로 자신을 바라봤다. 이 모든 것에 놀라고 기분이 우쭐해진 메그는 벨 양이 뭔가를 쓰다가 고개를 들고 감상적인 어조로 말하는 것을 듣고서야 그 이유를 알게 됐다.

"얘, 데이지. 네 친구 로런스 씨에게 목요일에 오라고 초대장을 보냈어. 우리가 그를 좀 알고 싶기도 하고, 그게 너에 대한 예의인 것 같아서."

메그는 순간 얼굴이 확 달아올랐지만 그들을 놀려주고 싶은 짓궂은 장난기가 발동해 점잔을 빼며 대답했다.

"아, 정말 친절하세요. 그런데 그분은 아마 못 오실 거예요."

"아니, 왜?" 벨 양이 물었다.

"너무 연로하시거든요."

"그게 무슨 말이니? 그 애가 대체 몇 살인데!" 클라라 양이 큰 소리로 물었다.

"대충 일흔 살은 됐을걸요." 메그는 즐거움으로 반짝이는 눈빛을 감추기 위해 바늘땀을 세며 말했다.

"이런 장난꾸러기! 우리는 젊은 남자를 말하는 거지." 벨 양이 웃으면서 말했다.

"젊은 남자는 없어요. 로리는 이제 겨우 소년인걸요."

소위 연인이라는 사람을 그렇게 묘사하자 자매들은 이상하다는 듯 서로 바라봤다. 그 모습에 메그가 소리 내어 웃었다.

"너랑 비슷한 나이 아냐?" 낸이 물었다.

"내 동생 조와 같은 또래예요. 난 8월에 열일곱 살이 돼요." 메그가 고개를 홱 젖히며 말했다.

"너한테 꽃도 보내고, 정말 좋은 분이야. 그렇지?" 애니가 아무것도 모르는 척 말했다.

"그래, 좋은 친구지. 로리는 우리 자매 모두에게 종종 그렇게 해. 로런스 씨 집에는 꽃이 가득하거든. 우리 집 식구들 모두 두 사람을 좋아해. 우리 어머니랑 로런스 씨는 친구 사이야. 그래서 두 집안 아이들이 같이 노는 건 자연스러운 일이고." 메그는 그들이 더 이상 아무 말도 않기를 바랐다.

"데이지가 아직 아무것도 모르네." 클라라 양이 벨에게 고개를 한 번 까딱하며 말했다.

"완전히 순수 그 자체인데." 벨 양이 어깨를 으쓱했다.

"우리 딸들에게 필요한 걸 사려고 나갈 참인데, 어린 숙녀들은 뭐 필요한 거 없니?" 레이스 달린 실크 옷을 입은 모팻 부인이 코끼리처럼 육중하게 느릿느릿 들어오면서 물었다.

"아니요, 없어요, 부인." 샐리가 대답했다. "목요일에 입으려고 분홍색 실크 옷을 사 갖고 왔어요. 아무것도 필요 없어요."

"저도—" 메그가 말을 하려다 말았다. 필요한 것들이 있긴 있지만 가질 수 없다는 사실이 떠올랐다.

"넌 뭘 입을 거야?" 샐리가 물었다.

"지난번에 입은 하얀 드레스를 다시 입을 거야. 안타깝게도 어젯밤에 찢어졌는데 제대로 수선을 할 수 있을지 모르겠지만 말이야." 메그는 아무렇지 않게 말하려고 애를 썼지만 몹시 불편했다.

"사람을 보내서 한 벌 더 갖고 오게 하지그래?" 주의력이라고는 없는 샐리가 말했다.

"다른 드레스가 없어." 메그가 아주 힘들게 그 말을 했지만 샐리는 전혀 눈치채지 못하고는 악의 없이 놀라며 소리쳤다.

"드레스가 그것뿐이라고? 세상에, 정말 웃기—" 샐리는 말을 마저 하지 못했다. 벨이 샐리를 향해 고개를 저으며 상냥한 목소리로 끼어들었기 때문이다.

"그게 무슨 상관이야? 밖에 나가지도 않는데 드레스를 많이 가지고 있으면 무슨 소용이 있어? 그리고 열두 벌이 있다 하더라도 집에 사람 보낼 필요 없어, 데이지. 내가 푸른색 예쁜 실크 드레스를 따로 빼놨어. 나한텐 이제 작아졌거든. 네가 그 드레스를 입어주면 좋겠어. 그래줄 거지, 응?"

"너무 친절하세요. 하지만 괜찮으시다면 전 제가 입던 드레스도 상관없어요. 나 같은 어린 소녀에겐 그 옷이면 충분해요." 메그가 말했다.

"내 손으로 너를 멋지게 꾸밀 수 있게 해줘. 정말 그렇게 해보고 싶어서 그래. 여기저기 조금만 꾸미면 넌 정말 아름다울 거야. 다 될 때까지 아무도 못 보게 할게. 그리고 신데렐라와 대모님처럼 무도회에 짠 나타나는 거야." 벨이 설득했다.

그렇게 친절한 제안을 메그는 더 이상 거절할 수가 없었고 잘 꾸민 후 자신이 '정말 아름다울지' 보고 싶은 욕망 때문에 벨의 제안을 받아들였다. 모팻 가족을 향해 느꼈던 불편한 감정도 모두 잊혔다.

목요일 저녁, 벨은 하인과 함께 메그를 데리고 방으로 들어가 문을 잠근 후 메그를 앉히고는 아름다운 아가씨로 변모시켰다. 메그의 머리를 굽슬굽슬하게 꾸미고 향기 나는 분으로 두 팔과 목을 문질러 윤을 내고, 입술을 더 붉게 만들기 위해 산호빛 연고를 발랐다. 메그가 싫다고 하지 않았다면 호텐스는 붉은색을 '숩송'[36] 더 바르고 싶어 했다. 두 사람이 입혀준 하늘색 드레스는 꽉 죄어서 제대로 숨을 쉴 수가 없을 정도였고 가슴도 너무 깊이 파여서 얌전한 메그는 거울에 비친 자신의 모습을 보고 얼굴을 붉혔다. 은으로 세공한 팔찌, 목걸이, 브로치를 달았고, 호텐스는 잘 보이지 않게 분홍색

---

36 프랑스어. soupçon(아주 조금).

실크로 매어 귀걸이까지 달아주었다. 가슴에는 월계화 봉오리 한 무더기를 얹고 메그를 설득해 하얗고 예쁜 어깨에 '뤼슈'[37]를 올렸다. 푸른색 실크로 된 굽 높은 구두를 신는 순간 메그의 가슴에 남아 있던 마지막 소원까지 이루게 됐다. 레이스 달린 손수건과 깃 달린 부채, 은색 손잡이 꽃다발로 메그의 치장은 마무리됐다. 벨 양은 새 옷을 입힌 인형을 보듯 만족스러운 눈길로 어린 소녀를 찬찬히 살펴봤다.

"마드무아젤, 샤르망트, 트레 졸리.[38] 안 그래요?" 호텐스가 황홀한 듯 손뼉을 치며 소리쳤다.

"가서 사람들에게 보여주자." 벨 양이 메그를 데리고 사람들이 기다리고 있는 방으로 갔다.

메그는 굽슬굽슬한 머리를 늘어뜨린 채 긴 치마를 바닥에 끌고 귀걸이를 달랑거리며 벨 양의 뒤를 따라 들어갔다. 걸을 때마다 옷에서 바스락거리는 소리가 났고 가슴이 콩닥거렸다. 거울에 비친 자신의 모습이 그야말로 '정말 아름다웠'기에 마치 이제부터 진정한 '재미'가 시작될 듯한 기분이 들었다. 친구들이 열광적으로 찬사의 말들을 쏟아냈다. 한참 동안 메그는 남의 깃털로 뽐내며 즐긴 이솝 우화 속 까마귀처럼 서 있었고 다른 친구들은 까치 떼처럼 재잘

37 프랑스어. ruche. 드레스 깃이나 소매 끝 등에 붙이는 주름 장식 끈.
38 프랑스어. Madmoiselle, charmante, très jolie(아가씨, 매혹적이에요, 아주 예뻐요).

재잘 수다를 떨었다.

"낸, 내가 드레스를 입을 동안 치마랑 프렌치 힐[39]을 잘 다루도록 연습시켜. 그러지 않으면 걸려 넘어질 거야. 은으로 된 나비 장식은 하얀 바브[40] 한가운데에 꽂아두고, 긴 머리칼은 머리 왼쪽으로 감아올려. 클라라, 아무도 내가 만든 아름다운 작품 망치면 안 돼." 자신의 성공에 꽤나 기분이 좋아진 벨은 서둘러 나가면서 말했다.

"못 내려갈 거 같아. 온몸이 뻣뻣하고 이상한 기분이야. 옷은 반만 걸친 거 같고." 종이 울리고 모팻 부인이 보낸 하인이 젊은 아가씨들은 당장 오시라는 말을 전하자 메그가 샐리에게 말했다.

"너 같지는 않지만 지금 아주 예뻐. 네 옆에 있으니 난 시시한걸. 벨 언니 솜씨는 알아줘야 해. 너 꽤 프랑스 느낌이야, 정말로. 꽃은 그냥 달아둬. 그렇게 조심하지 않아도 돼. 넘어지지 않도록 조심하고." 메그가 자신보다 더 예쁘다는 사실에 개의치 않으려 애쓰며 샐리가 대답했다.

마거릿은 주의 사항들을 명심하면서 무사히 계단을 내려가 모팻 부부와 일찍 도착한 몇몇 손님들이 모여 있는 응접실로 기품 있게 걸어갔다. 좋은 옷은 어떤 부류의 사람들의 시선을 사로잡고 그들의 존경심을 확보하는 매력이 있음을 곧 깨달았다. 전에는 메그에

39 아랫부분으로 갈수록 가늘어지는 굽의 신발.
40 머리 장식이나 보닛에 매다는 끈 장식.

게 관심이 없던 젊은 여인들이 갑자기 매우 다정해졌고, 지난번 파티에서는 그냥 쳐다만 보던 신사들은 이번에는 자신을 소개하겠다며 나서기까지 했다. 멍청하지만 기분 좋은 말들이 온갖 예의범절을 갖추고 쏟아졌다. 소파에 앉아 파티를 조목조목 지적하는 게 일인 노부인들이 메그를 향해 관심을 보이며 누구냐고 질문을 했다. 메그는 모팻 부인이 노부인 중 한 사람에게 이렇게 대답하는 것을 들었다.

"데이지 마치라고요, 아버지가 육군 대령인데, 명문가이지만, 아시다시피, 그 댁 가세가 기울었죠. 로런스가와 몹시 친밀하고요. 어찌나 사랑스러운지 몰라요. 우리 네드가 저 아이에게 푹 빠져 있답니다."

"이런 세상에!" 그 노부인이 돋보기를 쓰더니 메그를 다시 한 번 더 살펴봤다. 메그는 그 이야기를 전혀 못 들은 체했지만 모팻 부인의 허풍에 약간 충격을 받았다.

'이상한 기분'은 사라지지 않았지만 메그는 훌륭한 여인의 모습을 연기하는 중이라고 상상했다. 드레스가 꽉 끼어서 옆구리가 아팠고, 치마는 계속해서 밟혔으며, 귀걸이가 떨어져 나가서 잃어버리거나 부서지지는 않을까 끊임없이 두렵긴 했지만 그럭저럭 잘해나가고 있었다. 메그는 부채질을 하면서 재치 있어 보이려고 애쓰는 젊은 남자들의 시시한 농담에 소리 내어 웃고 있었다. 그런데 메그가 웃음을 딱 멈추고는 몹시 혼란스러운 표정이 됐다. 바로 정면에 로리가 있었다. 로리 역시 역력히 놀라서는 메그를 뚫어져라 바라보고 있었다. 비난하는 표정 같기도 했다. 로리는 고개 숙여 인사하고 미소를 지었지만 그의 정직한 두 눈에서 얼굴을 붉히게 만드는 뭔가가 보였다. 메그는 그냥 자신의 옷을 입을 걸 그랬다는 생각이 들었다. 게다가 벨이 애니를 쿡 찌르더니 자신과 로리를 번갈아 보는 것을 보니 메그의 마음은 더욱 복잡해졌다. 그러면서도 로리가 전에 없이 소년처럼 수줍어하는 모습을 보니 행복했다.

'멍청이들 같으니. 저런 사람들 말에 휘둘리다니! 이젠 신경 쓰지 않고 내 방식대로 할래.' 메그는 서둘러 걸어가 친구의 손을 잡고 악수했다.

"이렇게 와주다니, 너무 기뻐. 안 오면 어쩌나 걱정했거든." 메그가 한껏 어른인 체하며 말했다.

"조가 가보고 메그가 어떤지 말해달라고 해서 온 거예요." 로리는 메그의 엄마 같은 말투에 슬며시 미소가 떠올랐지만 메그에게 시선은 주지 않았다.

"조에게 뭐라고 말할 거야?" 메그는 자신에 대한 로리의 의견이 알고 싶어 견딜 수가 없었다. 로리가 불편하기는 처음이었다.

"우선 메그를 못 알아봤다고 말할 거예요. 완전히 어른 같고, 전혀 메그 같지 않아요. 메그가 걱정돼요." 로리가 장갑의 단추를 만지작거리며 말했다.

"정말 말도 안 돼! 여기 친구들이 재미 삼아 나를 이렇게 입혀준 거야. 나도 꽤 마음에 들고. 조라면 예쁘다고 나를 빤히 쳐다보지 않을까?" 메그는 로리가 자신이 더 예뻐졌다고 생각하는지 아닌지 몹시 듣고 싶었다.

"맞아요. 빤히 볼 거예요." 로리가 진지하게 대답했다.

"그래서 넌 내가 별로인 거니?" 메그가 물었다.

"나는 별로예요." 퉁명스러운 대답이었다.

"왜 별로야?" 목소리가 불안했다.

로리는 메그의 곱슬곱슬 지진 머리와 아무것도 걸치지 않고 다 드러낸 어깨, 화려하게 장식한 드레스를 흘깃 보았다. 평소의 정중함이라고는 조금도 보이지 않는 로리의 표정이 대답보다도 훨씬 더 메그를 부끄럽게 했다.

"난 요란하게 꾸며대는 거 좋아하지 않아요."

자신보다 어린 남자에게서 듣기에는 좀 지나친 말이었다. 메그는 토라져서 걸어가며 말했다.

"정말 너처럼 무례한 애는 처음 봐."

잔뜩 신경질이 난 메그는 조용한 창가로 가 서서 꽉 끼는 드레스 때문에 의도치 않게 붉어진 뺨을 식혔다. 그렇게 서 있는데 메이저 링컨이 지나쳐 갔고 잠시 후 그가 자기 어머니에게 하는 말이 들려왔다.

"그 애들이 그 여자애를 놀리고 있다고요. 엄마가 그 아이를 보셔야 하는데. 완전히 망쳐놨다니까요. 오늘 밤에 그 아이는 그저 인형일 뿐이라고요."

"아, 이런!" 메그가 한숨을 쉬었다. "내가 좀더 분별력 있게 처신했어야 하는데. 아무리 초라해도 내 옷을 입었어야 했어. 그럼 다른 사람들에게서 나쁜 소리를 듣지 않았을 텐데. 그리고 이렇게 나 자신이 부끄럽고 불편하게 느껴지지 않았을 거야."

메그는 이마를 차가운 유리창에 대고 커튼에 몸을 반쯤 숨기고 섰다. 가장 좋아하는 왈츠가 시작됐지만 춤출 기분이 아니었다. 그때 누군가 메그의 어깨를 톡톡 쳐서 돌아보니 로리가 뉘우치는 표정을 하고 서 있었다. 로리는 허리를 굽혀 정중하게 인사하고는 손을 내밀었다.

"부디 저의 무례를 용서해주세요. 가서 저랑 춤추실까요?"

"나랑 추고 싶지 않을 텐데." 메그는 기분이 상한 것처럼 보이려고 애썼지만 완전히 실패했다.

"전혀 그렇지 않아요. 정말 같이 추고 싶어요. 어서요. 저 춤 잘 춰요. 드레스는 별로지만 메그가 멋진 사람인 거 알아요." 그리고 말로는 자신의 존경심을 표현할 수 없다는 듯이 두 손을 흔들었다.

한결 마음이 누그러진 메그는 춤을 시작할 적당한 시기를 기다리며 함께 서 있는 동안 미소를 지으며 속삭였다.

"내 치마 조심해. 잘못하면 걸려서 넘어져. 내 인생의 오점이야. 이런 걸 입다니, 바보 같아."

"발목에 빙 둘러서 핀으로 고정해봐요. 그럼 훨씬 괜찮을 거예요." 로리가 작고 파란 부츠를 내려다보며 말했다. 로리의 말대로 하니 괜찮은 모양이 됐다.

두 사람은 빠르면서도 우아하게 춤을 추며 나아갔다. 집에서 연습을 해봤기 때문에 호흡이 잘 맞았다. 유쾌한 한 쌍의 젊은이가 흥겹게 빙글빙글 도는 모습은 보기만 해도 즐거웠다 가벼운 입씨름을 하고 나자 두 사람은 한층 더 다정해진 느낌이었다.

"로리, 부탁이 있는데 들어줄 거지?" 메그가 숨이 차서 헐떡이는 자신에게 부채질을 해주고 있는 로리를 향해 말했다. 메그는 그 이유를 인정하지 않았지만 정말이지 너무 금방 숨이 찼다.

"물론이죠!" 로리가 조금도 주저하지 않고 대답했다.

"집에 가서 우리 가족들에게 오늘 밤 내 드레스에 대해서 말하지 말아줘. 가족들은 이 상황을 이해 못 할 거고, 엄마는 걱정하실 거야."

'그럼 왜 그랬던 거예요?' 하고 로리의 두 눈이 빤히 묻고 있어서 메그는 서둘러 덧붙였다.

"직접 가족들에게 모든 것을 설명하고 내가 얼마나 어리석었는지 엄마에게 고백할 거야. 내가 직접 할 테니 넌 아무 말 하지 말아 줘. 알았지?"

"말하지 않겠다고 약속할게요. 그런데 다들 물어보시면 어떻게 말할까요?"

"그냥 내가 좋아 보였다고 해줘. 내가 즐겁게 지내고 있다고."

"좋아 보였다고 할게요. 그건 사실이니까요. 그런데 즐겁게 지낸다는 말은 못 할 거 같아요. 즐겁게 지내고 있는 것 같지는 않거든요. 안 그래요?" 이렇게 말하는 로리의 표정에 메그는 어쩔 수 없이 속삭이듯 대답해야 했다.

"지금은 즐겁지 않지. 그렇다고 내가 끔찍하게 지낸다고는 생각하지 마. 그냥 좀 즐기고 싶었는데 이런 식으로는 불가능하다는 걸 알게 됐을 뿐이야. 이제 좀 지겨워지고 있기도 하고."

"네드 모팻이 이쪽으로 오네요. 왜 오는 걸까요?" 젊은 집주인 때문에 이제 파티가 더 이상 즐겁지 않아졌다는 듯 로리가 검은 눈썹을 찌푸리며 말했다.

"세 번이나 춤을 추자고 요청을 했는데 그 때문인 거 같아. 아, 지겨워!" 귀찮아 죽겠다는 듯 말하는 메그의 모습에 로리는 매우 즐거워했다.

로리는 저녁 식사 시간까지 메그에게 말을 걸지 않았다. 저녁 식사 자리에서 메그는 '얼간이 형제'처럼 구는 네드와 그의 친구 피셔

와 함께 샴페인을 마시고 있었다. 로리는 마치가 자매들을 남자 형제처럼 지켜줄 일종의 권리가 주어진 듯 느꼈고, 필요하면 언제든 그들을 위해 싸울 준비가 되어 있었다.

"그렇게 많이 마시다간 내일 아침 머리가 깨질 듯 아플걸요. 나라면 그렇게 마시지 않을 거예요, 메그. 어머니도 좋아하지 않으실 거고요." 네드가 메그의 잔을 채우려고 돌아서고 피셔가 메그의 부채를 주우려 몸을 숙였을 때 로리는 메그가 앉은 의자에 기대어 속삭였다.

"오늘 밤 난 메그가 아니야. 온갖 미친 짓을 하는 '인형'일 뿐이야. 내일이 되면 '요란하게 꾸며대는 거' 집어치우고 필사적으로 다시 착해질 거라고." 메그는 꾸며낸 웃음을 살짝 띠며 말했다.

"그럼 내일이 어서 오길 바랄게요." 메그의 변한 모습에 기분이 나빠진 로리는 낮은 목소리로 말하고는 자리를 떴다.

메그는 다른 소녀들이 하듯 춤추고 시시덕거리고 수다 떨고 킥킥거렸다. 저녁 식사 후에는 독일식 코티용 춤을 추기 시작했는데 추는 내내 실수 연발이었고 긴 치맛자락 때문에 파트너는 하마터면 넘어질 뻔했다. 천방지축인 메그를 더 이상 그냥 보고 있을 수만은 없던 로리는 한마디 해야겠다고 생각했다. 하지만 메그가 계속해서 로리를 피해 다녔기 때문에 도무지 그럴 수가 없었다. 마침내 작별 인사를 하기 위해 로리가 메그에게 갔다.

"내가 한 말 잊지 마!" 벌써 머리가 깨질 듯 아파오기 시작한 메그가 미소를 지으려고 애쓰며 말했다.

"실랑스 아 라 모르."[41] 연극 대사처럼 한껏 과장해 읊조리며 로리는 떠났다.

이 연극의 한 장면 같은 두 사람의 모습이 애니의 호기심을 자극했지만 메그는 너무 피곤해서 그걸 가지고 수다를 떨 기운이 없었다. 메그는 마치 가면무도회라도 다녀온 듯한 기분으로 자러 갔다. 기대한 만큼 즐겁게 보내지도 못한 것 같았다. 이튿날은 하루 종일 아팠고, 드디어 토요일, 이 주일간 즐겁게 보내느라 다소 기력을 소진한 느낌은 있었지만 충분히 호강한 기분이 되어 집으로 돌아왔다.

"아무 말 하지 않고 있어도 괜찮고 여러 사람들과 함께 있느라 늘 예의를 갖추지 않아도 돼서 너무 좋아. 화려하지 않더라도 집은 정말 좋은 곳이야." 일요일 저녁 메그는 어머니와 조 곁에 앉으며 말했다. 그리고 평온한 표정으로 주변을 둘러봤다.

"네가 그렇게 말해서 다행이구나. 좋은 집에서 지내다 온 후에 집이 단조롭고 초라해 보이면 어떻게 하나 걱정했는데." 그날 하루 종일 걱정스러운 표정으로 메그를 지켜보던 어머니가 말했다. 어머니들이란 자식의 표정만 보고도 어떤 변화가 생겼는지 금방 눈치채기 마련이다.

---

41 프랑스어. Silence à la mort. '죽을 때까지 침묵을', 즉 '평생 비밀을 지키겠다'라는 뜻.

메그는 어머니에게 애니 집에서 있었던 일들을 유쾌하게 이야기했다. 얼마나 행복했는지 이야기하고 또 했다. 하지만 뭔가가 메그의 마음을 짓누르는 것 같았다. 어린 두 동생이 잠자리에 들고 나자 메그는 근심 어린 얼굴로 생각에 잠긴 채 말없이 난롯불만 바라봤다. 9시가 되자 조가 자러 가자고 말했다. 메그는 의자에서 벌떡 일어나더니 베스의 스툴로 가 앉아 어머니의 무릎에 팔꿈치를 올리고는 용감하게 말했다.

"엄마, 고백할 게 있어요."

"그럴 줄 알았어. 무슨 일이니, 메그?"

"자리 비켜줄까?" 조가 조심스럽게 물었다.

"안 그래도 돼. 난 항상 너에게 숨김 없이 다 이야기하잖아. 애들 앞에서는 털어놓기 창피했지만 너한테는 내가 모팻 씨 댁에서 했던 끔찍한 일들을 들려줄게."

"이제 말해보렴." 마치 부인이 미소를 지으며 말했다. 하지만 조금은 걱정스러워 보였다.

"그들이 나를 꾸며줬다는 이야기는 했지만 분을 발라주고 꼭 끼는 옷을 입히고 머리를 곱슬곱슬하게 지져서 최신 유행을 좇는 사람처럼 보이게 해줬단 말은 안 했어요. 로리는 내가 옳지 않다고 생각했을 거예요. 그렇게 말하지는 않았지만 난 알아요. 그리고 어떤 남자는 나를 '인형'이라고 했고요. 어리석다는 걸 알면서도 아름답다는 사탕발림에 넘어가고 말았죠. 말도 안 되는 일에 난 그냥 그렇게 놀림감이 되고 말았어요."

"그게 다야?" 조가 물었다. 마치 부인은 예쁜 딸의 풀 죽은 얼굴을 아무 말 없이 보면서 딸의 작은 실수를 비난할 수 없음을 깨달았다.

"아니, 샴페인도 마셨어. 시시덕거리면서 천방지축 놀았어. 정말 진절머리 나지?" 메그가 자책했다.

"그게 다가 아닌 거 같은데." 마치 부인이 메그의 보드라운 볼을 쓰다듬자 갑자기 발그레해졌다. 메그가 천천히 대답했다.

"맞아요. 정말 바보 같은 일이지만 말씀드릴게요. 사람들이 우리와 로리에 대해서 그렇게 생각하고 말하는 게 싫으니까요."

그리고 메그는 모팻가에서 들은 온갖 소문들을 말했다. 그런 일들이 메그의 순수한 마음속에 들어가서 몹시 언짢은 듯 어머니가 입술을 꽉 다무는 것이 조의 눈에 들어왔다.

"내가 들은 중에 가장 쓰레기 같은 소리네." 조가 분개해서 소리쳤다. "왜 그 자리에서 뛰쳐나가서 사실이 아니라고 말하지 않았어?"

"너무 당황스러워 그럴 수가 없었어. 처음에는 듣기만 할 수 밖에 없었고 그다음엔 너무 화가 나고 창피했는데 그 순간 자리를 벗어나야 한다는 생각은 떠오르지가 않았어."

"내가 이다음에 애니 모팻을 만날 때까지 기다려. 그런 바보 같은 일들을 어떻게 정리하는지 보여줄게. 로리가 부자라서 '계획'적으로 친절하게 대해주고 머지않아 우리 중 한 사람이랑 결혼을 하게 할 거라니! 가난한 우리를 두고 그런 어리석은 말들이 돌고 있다고 말해주면 로리는 소리라도 지를걸?" 다시 생각해보니 재미있는 농담거리에 불과하다는 생각이 들었는지 조가 웃었다.

"로리한테 말하면 내가 용서하지 않을 거야! 조가 로리에게 말해선 안 되죠, 엄마?" 메그가 곤란한 얼굴로 물었다.

"안 되지. 그리고 그런 바보 같은 뒷말은 다시는 입에 올리지 말고 얼른 머릿속에서 지워버려." 마치 부인이 심각하게 말했다. "잘 알지도 못하는 사람들 속에 너를 가게 하다니 내가 어리석었어. 친절할지는 모르지만 속물적이고 막돼먹은 사람들인 데다가 젊은 사람들을 두고 그렇게 천박한 생각들이나 하다니. 그 집에서 네가 겪은 일을 생각하니 엄마가 미안한 마음을 어떻게 표현해야 할지 모르겠구나."

"미안해하지 마세요. 그런 일에 상처받지 않을 거예요. 나쁜 일은 모두 잊고 좋은 일만 기억할게요. 즐거운 일도 많았어요. 보내주셔서 고맙습니다. 감상적이거나 매사 불만족하는 사람이 되지 않을게요. 엄마, 제가 어리석은 거 알아요. 그러니 제가 저 스스로를 돌볼 수 있을 때까지 엄마 곁에 있을게요. 그런데 칭찬받고 찬사를 받는 건 정말 기분 좋은 일이에요. 좋은 건 어쩔 수 없었어요." 메그는 자신의 고백이 조금 부끄럽다는 듯 말했다.

"그 좋은 기분이 칭찬에 대한 집착으로 변질되지만 않으면 그건 지극히 자연스러운 일이고 해롭지도 않아. 집착에 빠지게 되면 어리석게 굴거나 여자답지 못한 일을 하게 되거든. 어떤 칭찬이 가치가 있는지 제대로 알아보는 눈도 키워야 해. 훌륭한 사람의 찬사에 감사할 줄도 알고. 예쁜 것 못지않게 겸손해야 한다는 것도 잊지 마."

마거릿은 생각에 잠긴 채 앉아 있었고, 조는 흥미롭기도 하고 혼란스럽기도 한 표정으로 뒷짐을 지고 서 있었다. 메그가 찬사니 연인이니 하는 것들에 대해 이야기하면서 얼굴을 붉히는 것은 조로서는 처음 보는 새로운 일이었다. 이 주일 동안 언니가 놀랍도록 훌쩍 자라 자신이 따라갈 수 없는 세상 어딘가로 가고 있는 것만 같았다.

"엄마, 모팻 부인이 말한 대로 '계획'이 있어요?" 메그가 부끄러워하며 물었다.

"그럼, 나에게는 계획이 아주 많단다. 엄마들은 모두 계획이 많지. 물론 내 계획은 모팻 부인의 계획과는 좀 다를 거라 생각된다만. 내 계획을 말해줄게. 너희의 다소 비현실적인 생각과 마음을 바로잡아줄 시간이 온 것 같으니까. 심각한 주제이긴 하지만 엄마의 조언이 도움이 될 거야. 메그, 넌 어리지만 내 말을 이해할 수 없을 만큼 어린 건 아니야. 이런 이야기는 당연히 엄마의 입을 통해 듣는 게 좋겠지. 조, 언젠가는 네 차례가 올 테니 내 '계획'을 귀담아듣고 그 계획이 괜찮은 것 같으면 실천할 수 있도록 도와주렴."

조는 중차대한 사안에 참여하기라도 하는 양 엄마가 앉은 의자의 한쪽 팔걸이에 걸터앉았다. 마치 부인은 양손으로 두 딸의 손을 하나씩 잡고 간절한 눈길로 둘의 얼굴을 번갈아 보며 진지하지만 유쾌하게 이야기를 시작했다.

"나는 내 딸들이 아름답게 자라고 원하는 바를 이루며 착하게 성장하면 좋겠어. 주변 사람으로부터 존경받고 사랑받고 칭찬받았으면 좋겠고, 행복하게 청춘을 보냈으면 좋겠어. 건강하면 좋겠고 현명하게 결혼하면 좋겠어. 다른 사람에게 도움이 되는 행복한 삶을 살면 좋겠고 근심과 슬픔은 감당할 수 있을 만큼만 신께서 보내시길 바라지. 좋은 남자에게 사랑받고 선택되는 것이 여자가 누릴 수 있는 행복 중 최고란다. 난 내 딸들이 그 아름다운 경험을 꼭 하게 되기를 진심으로 바란단다. 이렇게 생각하는 것은 자연스러운 일이야. 메그, 그 행복을 희망하고 바랄 권리가 있으니 현명하게 준비하렴. 그래서 행복한 시간이 다가왔을 때 의무를 다할 준비를 하고 기쁨을 누릴 수 있게 되기를 바란다. 딸들아, 난 너희에게 기대하는 것이 많아. 하지만 세상 속으로 몰아넣지는 않을 거다. 남자가 부자이거나 근사한 집을 가졌다는 이유로 결혼을 하게 되면 올바르게 가정을 꾸릴 수 없어. 사랑이 부족하기 때문이지. 돈은 언제나 필요하고 귀한 것이야. 그리고 제대로 쓴다면 고귀할 수도 있지. 하지만 쟁취해야 할 유일하고도 최고인 가치가 돈이라고 생각하지 않았으면 좋겠다. 자기존중의 마음과 평화가 없이 왕좌에 앉은 왕보다는 가난한 남자의 아내가 되더라도 행복하고 사랑받고 만족하며 사는 것이 나아."

"가난한 여자애들은 스스로를 내세우지 않으면 아무런 가망이 없다고 벨이 말했어요." 메그가 한숨을 쉬며 말했다.

"그럼 노처녀가 되면 되지." 조가 결연하게 말했다.

"맞아, 조. 불행한 결혼을 하거나 남편을 찾아 여기저기 쫓아다니는 숙녀답지 않은 여자가 되느니 행복한 노처녀가 되는 게 낫지." 마치 부인이 단호하게 말했다. "걱정하지 마, 메그. 가난은 결코 진정한 사랑을 이기지 못하는 법이야. 최고로 존경받는 여성들 중 내가 아는 몇몇은 가난한 소녀였어. 그런 아이들은 너무 사랑스러워서 노처녀로 남으려야 남을 수도 없지. 모든 것을 시간에 맡기고 지금은 행복하게 지내자. 우리 집에서 행복하게 지내는 법을 알게 된다면 결혼하고 나서도 행복한 가정을 꾸릴 수 있을 거야. 청혼을 못 받으면 이곳에서 만족하자꾸나. 한 가지 기억할 것은 엄마는 늘 너희의 걱정을 들어주고 응원해줄 준비가 돼 있다는 거야. 아빠 역시 너희 친구가 될 준비가 돼 있고. 우리 두 사람 모두 너희가 결혼을 하든 하지 않든 상관하지 않아. 너희가 우리 삶의 자랑이자 위로라고 확신하니까."

"꼭 그럴게요. 엄마, 꼭요!" 두 사람은 진심을 다해 대답했고 마치 부인은 두 딸에게 잘 자라는 인사를 했다.

10

픽윅 클럽과 우편함

봄이 다가오자 자매들 사이에서 새로운 놀거리가 시작됐고, 낮이 길어지자 온갖 일과 놀이를 할 수 있는 시간도 길어졌다. 정원을 정리하고 네 등분하여 네 자매는 각자 좋아하는 식물을 심을 수 있는 작은 땅을 갖게 됐다. 해나가 "중국에서 보더라도 누구 땅인지 알 수 있겠어요"라고 말하곤 했는데 네 자매 각자의 성격만큼이나 취향도 달랐기 때문이다. 메그는 장미와 헬리오트로프, 도금양, 그리고 작은 오렌지 나무를 심었다. 조의 땅은 두 계절이 같은 적이 없었다. 언제나 실험을 하기 때문인데 올해는 해바라기를 심을 예정이었다. 열정 가득하고 생기 넘치는 해바라기 씨앗은 '꼬꼬댁' 아주머니와 병아리 식구들의 먹이가 되고 말겠지만. 베스는 전통적으로 많이 심는 향기 나는 꽃들을 심었다. 스위트피와 미뇨네트, 참제비고깔, 패랭이꽃, 팬지, 개사철쑥을 심고, 새들이 좋아하는 별꽃을,

고양이가 좋아하는 개박하도 심었다. 에이미는 자신의 땅에 식물로 된 작은 정자를 만들었다. 작고 집게벌레가 많았지만 보기에는 아주 예뻤다. 정자 위로 인동덩굴과 나팔꽃이 색색깔의 뿔 모양과 종 모양으로 화환을 이루며 우아하게 피어 있었다. 키가 큰 하얀 백합과 고운 양치식물도 그림처럼 아름다웠다.

날이 좋으면 정원을 가꾸거나 산책을 하고, 강에서 노를 저어 배를 타기도 하고 꽃을 따기도 했다. 비가 오는 날에는 집에서 할 수 있는 놀이들을 했다. 어떤 놀이는 오래됐고 어떤 것은 새로웠지만 모두 대체로 독창적인 놀이였다. 그중 하나는 'P. C.'였다. 비밀 결사가 유행이라 하나쯤 해보면 괜찮겠다는 생각이 들었고, 네 사람 모두 찰스 디킨스를 좋아해서 자신들의 비밀 결사를 만들고 '픽윅 클럽'[42]이라고 이름 붙였다. 몇 차례 중단될 위기도 있었지만 모임은 일 년 동안 유지됐다. 자매들은 매주 토요일 저녁 다락방에 모여 다음과 같은 의식을 치렀다. 테이블 앞에 의자 세 개를 한 열로 정리하고 테이블에는 램프를 올려뒀다. 그 옆에는 제각각 다른 색깔로 크게 'P. C.'라고 쓴 하얀색 증표 네 개와 네 자매의 기고로 만들어진 주간지가 있었다. 제목은 '픽윅 포트폴리오'였고 펜으로 필사하는

42　찰스 디킨스 《픽윅 클럽의 기록(The Pickwick Papers)》(1836~37)은 픽윅 클럽의 네 사람이 영국 곳곳을 여행하는 이야기를 다룬 소설이다. 클럽 설립자이자 리더이며 마음 따뜻한 은퇴한 사업가 새뮤얼 픽윅, 시인 오거스터스 스노드그래스, 열렬한 여성 찬미자 트레이시 텁먼, 재미있지만 무능한 스포츠맨 너새니얼 윙클이 나온다.

조가 편집자를 맡았다. 7시 정각에 네 명의 회원은 모임 방으로 올라가 자신의 증표를 머리에 묶고는 근엄하게 자리에 앉았다. 맏이인 메그가 새뮤얼 픽윅, 문학적 기질이 있는 조는 오거스터스 스노드그래스, 동글동글하고 발그레한 베스는 트레이시 텁먼, 할 수 없는 것들을 하려고 늘 애를 쓰는 에이미는 너새니얼 윙클을 맡았다. 의장인 픽윅이 신문을 읽었다. 자매들이 지어낸 이야기, 시, 동네 소식, 재미있는 광고, 그리고 온화하게 상대의 잘못과 단점을 지적해 주는 주의 사항란 등이 신문을 채웠다. 어느 모임, 픽윅 씨가 안경알 없는 안경을 쓰고 테이블을 탕탕 두드리고 에헴 헛기침을 하고는 의자에 삐딱하게 기대앉은 스노드그래스 씨를 뚫어지게 쳐다보자 스노드그래스 씨가 고쳐 앉았다. 픽윅 씨가 신문을 읽기 시작했다.

픽윅 포트폴리오

18—. 5. 20.

‡ 시 ‡

▫ 1주년에 부치는 송시 ▫

오늘 밤 우리
  쉰두 번째 모임을 기뻐하고자
여기 픽윅의 다락방에
  증표를 가지고 모여 엄숙한 의식을 치른다.

모두 건강한 모습으로
  조금도 흐트러짐 없이 함께 모여
익숙한 그 얼굴을 다시 마주하고
  다정한 손을 서로 꼭 잡는다.

존경의 마음을 담아 반기면
  우리의 픽윅은 늘 그 자리에서

안경을 코에 걸고
　우리가 만든 신문을 읽는다.

그가 비록 감기로 고생하지만
　우리는 그가 하는 말을 듣고 싶다
쉰 목소리로 꽥꽥거리더라도
　그가 하는 말은 지혜의 말이니.

육 피트 큰 키의 스노드그래스가 저 높이서 어렴풋이
　거대하지만 우아하게 모습을 드러낸다
까무잡잡하고 쾌활한 얼굴에는 싱글싱글
　동료들을 향한 웃음을 띠고 있다.

그의 눈동자에는 시가 불타오르고
　그는 운명에 맞서 버둥댄다
그의 이마에 빛나는 야망을 보라
　코 위의 점도!

그 옆에 우리 평온한 텁먼을 보라
　발그레한 장밋빛, 통통하고 사랑스러운 얼굴
말장난에 웃다가 켁켁거리고

자리에서 굴러 떨어지기도 하지.

새침한 윙클도 여기에 있네
   머리를 가지런히 빗어 넘긴 모습
예의범절의 전형
   그러나 세수는 하기 싫어하지.

한 해가 가도 우리는 여전히 한데 모여
   농담하고 웃고 책을 읽으며
문학의 길을 걸어가네
   영광된 길을.

우리의 신문은 오래오래 번영할 것이며
   우리의 만남 또한 영원할 것이니
다가오는 한 해도 축복이 쏟아질 것이로다
   즐겁고 유익한 P. C.여

— A. 스노드그래스

‡ 가면 결혼식 ‡ [43]
— 베네치아 이야기

곤돌라가 차례차례 대리석 계단을 지나가며 화려하게 차려입은 사람들 무리를 내려놓자 아델론 백작의 장엄한 성 복도는 사람들로 가득 찼다. 기사, 숙녀, 요정, 시종, 수도승, 그리고 꽃 파는 소녀들까지 모두가 뒤엉켜 흥겹게 춤을 추었다. 달콤한 목소리와 아름다운 선율로 공기가 가득 찼고 희희낙락 웃음소리와 음악들 속에서 가면무도회가 진행되었다.

"전하, 오늘 밤 비올라 아가씨를 보셨습니까?" 유쾌한 음유시인이 자신의 팔에 손을 얹고 넓은 방을 얌전하게 걸어 다니고 있는 아름다운 여왕에게 물었다.

"보았노라. 슬프게도 무척이나 아름답더구나. 드레스 또한 아주 잘 골랐고. 그런데 일주일 후에 그렇게 싫어하는 안토니오 백작과 결혼을 한다고?"

"백작님이 부러울 뿐입니다. 그분이 저기 오시는군요. 검은 가면만 빼면 신랑처럼 갖춰 입었군요. 가면을 벗으면 그가 마음을 얻지 못하는 아름다운 여인을 어떻게 생각하는지 알 수 있을 텐데 말이죠. 어차피 아가씨는 완고한 아버지 손에 이끌

---

43 올컷이 1852년에 발표한 동명 소설에서 발췌한 것이다.

려 결혼하는 겁니다만." 음유시인이 대답했다.

"듣기를 비올라가 자신을 따라다니던 젊은 영국인 화가를 사랑했는데 비올라의 아버지가 그 화가를 퇴짜 놓았다고 하더군." 여왕이 말을 했고, 이어 두 사람은 춤을 추기 시작했다.

연회의 흥이 절정에 달했을 때 한 사제가 나타났다. 사제는 보랏빛 벨벳 천이 드리워진 벽감으로 젊은 한 쌍을 부르더니 무릎을 꿇으라고 손짓했다. 흥청거리던 사람들 사이로 일순간 정적이 흘렀다. 분수에 물이 쏟아지는 소리와 달빛 속에 잠든 오렌지 숲이 바스락거리는 소리만이 정적을 가를 뿐이었다. 그때 아델론 백작이 말했다.

"귀빈 여러분. 제 여식의 결혼에 증인이 되어주십사 미리 말씀을 드리지 못한 점 용서 바랍니다. 신부님, 예식을 진행해주시기 바랍니다."

사람들의 시선이 일제히 결혼식이 거행되는 곳을 향하더니 이내 깜짝 놀란 사람들이 낮게 웅성거리는 소리가 들리기 시작했다. 신부나 신랑 모두 가면을 벗지 않았기 때문이었다. 모두의 마음속에 궁금증과 호기심이 자리를 잡았지만 성스러운 예식이 끝날 때까지 그 누구도 말하지 않았다. 드디어 진실을 알고 싶어 하는 사람들이 백작 주변으로 몰려들더니 설명을 해달라고 요구했다.

"설명을 할 수 있으면 나도 그러고 싶소이다. 그런데 내가 아는 것이라고는 겁 많은 내 딸 비올라가 변덕을 부려 내가 어쩔 수 없이 양보를 했다는 것이오. 자, 비올라. 이제 연극은 끝났으니 가면을 벗고 내 축복을 받아라."

그러나 두 사람 모두 무릎을 꿇지 않았다. 젊은 신랑이 대답을 했을 때 다들 그 목소리에 깜짝 놀랐다. 가면을 벗자 드러난 것은 화가 연인, 퍼디넌드 드베로의 고귀한 얼굴이었다. 그리고 이제는 영국 백작이 되어 별이 번쩍이는 그의 가슴에 안긴 사람은 바로 사랑스러운 비올라였다. 비올라의 얼굴은 기쁨과 아름다움으로 빛나고 있었다.

"백작님, 저에게 안토니오 백작만큼 명성이 높고 부를 쌓게 될 때 따님을 달라고 하라고 모욕을 주셨습니다. 저는 이제 그 이상을 할 수 있게 되었고 당신의 그 야망 가득한 영혼은 이 드베로 백작을 거절하실 수 없을 겁니다. 가문의 명성과 막대한 부는 이제 내 아내가 된 이 아름다운 여인의 손에 바칠 것입니다."

백작은 바위처럼 아무 말 없이 서 있을 뿐이었다. 당황한 사람들을 향해 돌아선 퍼디넌드는 승리의 미소를 지으며 말했다. "여러분, 내 용감한 친구들이여, 당신들의 구애가 나의 구애처럼 성공하길 바라겠소. 다들 이 가면 결혼식을 통해 나처럼 아름다운 신부를 얻게 되길 바라오."

— S. 픽웍

왜 P. C.는 바벨탑 같을까? 그건 바로 제멋대로 회원들 때문이다.

‡ 호박 이야기 ‡

옛날 어느 농부가 밭에 작은 씨앗 하나를 심었다. 얼마 후 씨앗을 심은 곳에서 잎이 자라더니 덩굴이 되었고 호박이 많이 났다. 10월 어느 날, 농부는 잘 익은 호박 하나를 따서 장에 가지고 갔다. 식료품 가게 주인이 그 호박을 사서 가게에 두었다. 그날 아침, 갈색 모자를 쓰고 파란 드레스를 입고 동글동글한 얼굴에 납작코를 가진 어린 소녀 하나가 와서는 엄마에게 준다며 그 호박을 사가지고 갔다. 소녀는 호박을 집으로 갖고 가 잘라서 큰 냄비에 넣고 삶은 후 저녁으로 먹기 위해 소금과 버터를 넣고 으깼다. 나머지는 우유와 달걀 두 개, 설탕 네 스푼, 육두구 향료와 비스킷을 약간 넣어 속이 깊은 접시에 부어 노릇노릇 잘 구웠다. 그리고 다음 날 아침 마치라는 성을 가진 가족이 그것을 먹었다.

— T. 텁먼

픽윅 씨께

저는 한 죄인이 저지른 죄에 대해서 말씀드릴까 합니다 윙클이라는 이름의 남자가 큰 소리로 웃어서 이 모임에 문제를 일으키고 이 훌륭한 신문에 올릴 글을 때때로 쓰지 않고 있습니다 부디 그의 잘못을 용서하시고 그가 프랑스 동화라도 보낼 수 있도록 허락해주시기 바랍니다 그는 해야 할 공부가 너무 많아 글을 쓸 여력이 없고 머리도 나쁩니다 이제는 기회를 노치지 않고 곧장 행동해서 '코미 라 포'[44] 준비하겠습니다 학교 갈 시간이라 서둘러야 해서요 이만

— 당신을 존경하는 N. 윙클

(위의 글은 지난날의 잘못에 대한 남자답고 훌륭한 인정입니다. 우리 어린 친구가 구두점을 공부했더라면 좋았겠지만요.)

‡ 슬픈 사고 소식 ‡

지난 금요일, 지하실에서 우당탕하는 소리에 이어 비명 소

---

[44] 프랑스어 '콤 일 포(comme il faut, 훌륭하게, 제대로)'를 잘못 말한 것.

리가 나는 것을 듣고 깜짝 놀라 다 같이 지하실로 몰려가보니 사랑하는 우리 회장님이 지하실 바닥에 널브러져 있지 않은가! 집안일로 땔감을 가지러 갔다가 넘어진 것이다. 처참한 현장을 우리는 목도하고 말았으니, 그는 넘어지면서 머리와 어깨를 욕조 속에 처박았고 그 와중에 작은 통 속에 있던 물비누를 온몸에 뒤집어쓰고 말았으며 옷도 심하게 찢어져 있었다. 그 끔찍한 상황에서 구하고 보니 큰 상처는 없고 몇 군데 타박상만 있었다. 이제 괜찮아지고 있다고 쓸 수 있어서 얼마나 행복한지.

— 편집자

‡ 실종 사건 ‡

우리의 소중한 친구 스노볼 팻 포 부인이 갑작스럽고도 불가사의하게 실종되었음을 기록하게 되다니 매우 유감이다. 이 사랑스러운 고양이는 많은 사람들로부터 사랑받는 따뜻하고도 착한 애완동물이었다. 그 아름다움은 모두의 눈길을 사로잡았으며 우아함과 기품은 모든 이의 마음을 설레게 했기에 그의 실종에 동네 전체가 깊은 상실감을 느끼고 있다. 마지막으로 그를 목격했을 때 그는 대문 앞에 앉아 푸줏간의 수레를 지켜보고 있었다. 혹시 어떤 괴한이 고양이의 아름다움에 매료되어 납치한 것은 아닌지 걱정이 된다. 몇 주가 지났지만 그의 흔적은 발견되지 않고 있어 우리는 모든 희망을 접고 그가 자던 바구니에 검은 리본을 묶고 그가 쓰던 접시를 치워버렸다. 그리고 우리 곁을 영원히 떠난 그를 위해 눈물을 짓는다.

아픔을 함께하는 한 친구가 다음의 시를 보내왔다.

□ 애도의 서 □
S. B. 팻 포를 그리며

우리의 작은 고양이를 잃음에 목 놓아 슬퍼하니
  다시는 난롯가에 앉아 있을 수도 없고
낡은 초록 대문간에서 놀 수도 없는
  그의 불운에 한숨을 쉰다.

밤나무 아래

그의 아기가 잠든 작은 무덤
하지만 그의 무덤 앞에서는 울 수가 없네
　　그의 무덤이 어디에 있는지 알 수 없으니.

그의 빈 침대도, 혼자 덩그러니 버려진 공도
　　이제 다시는 그를 볼 수 없으니
부드러운 발소리도, 사랑스럽게 가르랑거리는 소리도
　　더 이상 들을 수 없네.

그가 쫓던 쥐를 이제는 다른 고양이가 쫓네
　　얼굴이 더러운 그 고양이
사냥 솜씨는 그만 못해
　　뽐내는 듯 우아함도 없어.

스노볼이 놀던 그곳을
　　몰래 밟아보네
그저 개들에게 야옹야옹 울기만 울 뿐
　　그는 용감하게 몰아냈지.

그 고양이도 쓸모 있고 온순하며 최선을 다하지만
　　보기에 아름답지 않으니

그의 자리를 내줄 수가 없어

그 어느 고양이도 그만큼 흠모할 수가 없네.

— A. 스노드그래스

‡ 광고 ‡

❖ 오랜시 블러기지 양의 '여성, 그리고 여성의 지위'에 관한 강의가 있을 예정입니다. 의지가 강하고 실력 있는 유명 강사 오랜시 블러기지 양의 강의는 다음 주 토요일 저녁 정례 행사 이후 픽윅 강당에서 있을 예정입니다.[45]

❖ 주간 모임을 주방에서 개최할 예정입니다. 젊은 여성들에게 요리하는 법을 가르쳐줄 이 모임은 해나 브라운이 주관할 예정이니 초대받으신 분들은 모두 참석 바랍니다.

❖ 쓰레받기 협회 모임이 다음 주 수요일, 클럽 하우스 위층에서 개최됩니다. 모든 회원께서는 유니폼을 입고 빗자루를 어깨에 메고 9시 정각에 모이기 바랍니다.

❖ 베스 바운서 부인이 다음 주 인형 모자의 새로운 패션을 선보입니다. 최신 파리 유행 패션이 도착하였으니 주문 바랍니다.

---

45 올컷이 1850년대 중반에 쓴 〈여성, 그리고 여성의 지위—오랜시 블러기지 씀 (Woman, and Her Position; by Oronthy Bluggage)〉이라는 코믹 모놀로그가 있음.

❖ 새로운 연극이 몇 주 안에 헛간 극장에서 선보입니다. 그간 미국에서 선보인 모든 연극을 뛰어넘을 훌륭한 작품으로 예상됩니다. 이 스릴 넘치는 연극의 제목은 바로 '그리스 노예, 혹은 복수자 콘스탄틴[46]입니다!!

‡ 주의 사항 ‡

S. P.가 손에 비누를 그렇게 많이 묻혀 씻지 않는다면 아침 식사 시간에 매번 늦지 않을 것입니다. A. S.는 길에서 휘파람을 불지 않도록 합시다. T. T., 에이미의 냅킨을 잊지 마세요. N. W.는 드레스에 주름이 아홉 개 잡히지 않는다고 짜증을 내면 안 됩니다.

주간 성적

메그 — 좋음
조 — 나쁨
베스 — 매우 좋음
에이미 — 보통

---

46 올컷 《희극적 비극(Comic Tragedies)》에 수록된 청소년 희곡 제목.

회장이 신문을 다 읽고 나자 (이 신문은 그 옛날 진짜 소녀들이 쓴 진짜 글임을 독자들에게 보장한다)[47] 박수갈채가 쏟아졌다. 이어 스노드그래스 씨가 제안을 하기 위해 일어섰다.

"존경하는 회장님 이하 신사 여러분," 조는 의회에서 연설하는 몸짓과 목소리로 말했다. "새로운 회원을 승인해주시기를 요청하는 바입니다. 그는 입회할 자격이 충분하며 입회를 허락해주신다면 마음속 깊이 감사할 것입니다. 또한 그는 우리 모임에 활력을 더하고 우리 신문의 문학적 가치를 높여줄 것입니다. 그리고 대단히 유쾌하고 착한 분입니다. 시어도어 로런스 씨를 우리 픽윅 클럽의 명예 회원으로 추천합니다. 자, 자, 로리를 받아들이자고."

조가 갑자기 말투를 바꾸자 자매들은 웃음을 터뜨렸다. 하지만 다들 조금 걱정스러운 표정이 됐고 스노드그래스가 자리에 앉을 때까지 다들 아무 말도 하지 않았다.

"그럼 투표를 합시다." 회장이 말했다. "이 발의에 찬성하면 '찬성'이라고 의견을 표해주십시오."

스노드그래스가 쩌렁쩌렁한 목소리로 대답하고, 이어서 모두가 놀랍게도 베스가 수줍게 찬성이라고 대답했다.

"반대 의견이라면 '반대'라고 대답해주십시오."

---

[47] 실제 올컷 가족 신문에서 가져온 내용들로, 현재 하버드 대학 도서관에 기록이 보관돼 있다.

메그와 에이미가 반대 의견이었다. 윙클 씨가 일어나서 상당히 우아하게 말했다. "여기에 남자는 없었으면 좋겠습니다. 남자애들은 항상 농담이나 하고 여기저기 뛰어다니니까요. 이건 숙녀들의 모임입니다. 그리고 사적이고 고상한 모임으로 남기를 바랍니다."

"나는 로리가 우리 신문을 보고 나중에라도 웃고 놀릴까 봐 걱정이 됩니다." 픽윅이 이마에 내려온 곱슬머리를 당기며 말했다. 확신이 없을 때면 나오는 메그의 버릇이었다.

스노드그래스가 벌떡 일어나더니 사뭇 진지하게 말했다. "회장님! 신사로서 한 말씀 올리겠습니다. 로리는 그런 짓을 하지 않습니다. 그는 글 쓰는 것을 좋아해 우리가 기고한 글에 격조를 더해줄 것입니다. 그리고 우리가 감상적으로 흐르는 것을 막아주기도 할 겁니다. 그렇게 생각하지 않습니까? 우리가 로리에게 해줄 수 있는 건 아주 적지만 로리는 우리에게 많은 것을 해줄 수 있습니다. 우리가 할 수 있는 최소한은 그에게 가입을 권하고 환영해주는 것이라 생각합니다."

이 능숙한 연설이 언급해준 유리한 점을 들은 텁먼은 마음을 정했다는 듯 일어섰다.

"맞아요. 걱정이 되더라도 그렇게 해야 합니다. 로리를 받아들이기를 주장합니다. 원하시면 할아버지도요."

베스가 용기 있게 던진 이 말에 자매들은 감전이라도 된 듯했다.

조는 자리를 박차고 일어나 동의한다는 의미의 악수를 했다. "그럼 이제 다시 투표를 하죠. 다들 우리의 로리라는 사실을 기억하고 '찬성!'이라고 말하세요." 스노드그래스가 흥분해서 외쳤다.

"찬성! 찬성! 찬성!" 세 목소리가 동시에 터져 나왔다.

"좋습니다! 신의 축복이 함께하기를! 자, 윙클이 말했듯 '물 들어올 때 노 젓는' 것만큼 좋은 건 없겠죠. 허락해주신다면 우리의 새 회원을 지금 소개하겠습니다." 조가 벽장 문을 활짝 열어젖히자 로리가 터져 나오는 웃음을 참느라 얼굴이 새빨개진 채 눈을 반짝이며 천 가방 위에 앉아 있었다. 나머지 회원들은 경악을 금치 못했다.

"이 사기꾼! 배신자! 조, 어떻게 그럴 수 있어?" 스노드그래스가 의기양양 친구를 데리고 나오자 세 자매가 소리쳤다. 스노드그래스는 로리에게 의자를 권하고 증표를 꺼내 그 자리에서 달아주었다.

"악당들 같으니. 둘 다 어쩜 그렇게 태연해? 정말 놀라워." 픽윅 씨는 얼굴을 찡그리려고 애썼지만 결국 다정한 미소를 짓고 말았다. 새 회원은 어떤 경우에도 늠름했다. 일어나서 회장을 향해 감사의 인사를 한 후 더없이 훌륭하게 예를 갖춰 말했다. "회장님과 숙녀 여러분—죄송합니다. 신사 여러분—제 소개를 하겠습니다. 저는 이 모임의 충복 샘 웰러[48]라고 합니다."

"좋습니다. 좋아요!" 조가 기대고 있던 보온 팬[49]의 손잡이를 두드리며 소리쳤다.

로리가 손을 내저으며 말을 이었다. "믿음직한 친구이자 고귀한 후원자께서 저를 과분하게 소개해주셨습니다. 오늘 밤의 이 모든 일은 이분 탓이 아닙니다. 모두 제가 계획했으며 제가 하도 조르니 이분은 그저 허락했을 뿐입니다."

"왜 이러십니까. 모두 혼자 뒤집어쓰려고 하지 마세요. 제가 먼저 벽장에 들어가 있으라고 했잖아요." 이 모든 장난을 열렬히 즐기고 있는 스노드그래스가 끼어들었다.

"저분이 뭐라고 하든 다들 신경 쓰지 마세요. 이 모든 것을 한 놈은 저니까요." 새 회원은 픽윅 씨를 향해 웰러스럽게 고개를 끄덕이며 말했다. "하지만 맹세코 다시는 그런 일을 하지 않겠습니다. 그리고 이제부터는 이 불멸의 모임에 이 한 몸 바치겠습니다."

"옳습니다! 옳아요!" 조가 보온 팬의 뚜껑을 심벌즈처럼 쨍쨍 울리면서 외쳤다.

"어서 계속해요, 어서요!" 윙클과 텁먼이 소리쳤고 회장은 상냥하게 고개 숙여 인사했다.

---

48 《픽윅 클럽의 기록》에 나오는 픽윅의 재치 있고 영리한 런던 토박이 하인.
49 프라이팬 모양 통에 숯을 넣어 쓰던 방한용품.

"저에게 베풀어주신 영광에 조금이라도 보답하고, 또한 이웃한 두 국가 간의 우정을 증진할 목적으로 제가 정원 아래쪽 울타리에 우편함을 설치했습니다. 우편물을 주고받기 편리하도록 예쁘고 널찍하게 만들었으며 문에는 맹꽁이자물쇠를 달아뒀습니다. 이런 표현을 써도 될지 모르겠지만, 여성분들께도 편리할 것입니다. 원래는 낡은 새집이었는데 제가 문을 막고 지붕을 열어서 뭐든 다 담을 수 있도록 했습니다. 편지, 원고, 책, 소포까지 그곳을 통해 전할 수 있으니 소중한 우리의 시간도 절약할 수 있습니다. 그리고 두 국가가 열쇠를 각기 나눠 갖고 있으면 아주 좋을 것입니다. 허락하신다면 제가 우리의 열쇠를 보여드리도록 하겠습니다. 여러분들의 호의에 깊이 감사드리며 이만 자리에 앉겠습니다."

웰러 씨가 테이블 위에 작은 열쇠를 내놓자 우레 같은 박수가 쏟아졌다가 잦아들었다. 심하게 흔들리고 쨍그랑거리던 보온 팬은 다시 조용해지기까지 시간이 좀 걸렸다. 긴 토론이 이어졌다. 각자 최선을 다해 토론하는 모습에 다들 서로 놀랐다. 평상시와는 달리 활기찬 분위기에 늦게까지 시간 가는 줄 몰랐다. 끝날 때는 새 회원을 위해 다 함께 만세를 세 번 드높이 외쳤다.

샘 웰러를 받아들인 것을 그 누구도 후회하지 않았다. 그 어떤 모임에서도 찾아볼 수 없는 헌신적이고 착실하고 쾌활한 회원이었기 때문이다. 샘 웰러는 확실히 회의에 '기운'을 불어넣었고 신문에는 '격조'를 더해줬다. 그의 연설은 듣는 이에게 자극을 주었고 그가 기고한 글은 훌륭하고 애국적이고 고전적이며 익살맞고 극적이면서도 절대 감상적이지 않았다. 조에게 그의 글은 베이컨이나 밀턴, 셰익스피어에 견줄 만한 가치가 있었다. 그리고 자신의 작품에 좋은 영향을 줘서 더 나은 글이 되도록 해준다고 생각했다.

우편함은 주요한 명물이 됐고 놀랍도록 잘 활용됐다. 실제 우체국만큼이나 기이한 물건들이 많이 오갔다. 비극 작품과 넥타이, 시와 피클, 정원에 뿌릴 씨앗과 장문의 편지, 악보와 생강 빵, 덧신, 초대장, 잔소리를 적은 글과 강아지에 이르기까지 종류도 다양했다. 노신사도 재미를 즐겼기 때문에 이상한 꾸러미, 의문의 쪽지, 재미난 전보 같은 것들을 보내곤 했다. 해나의 매력에 푹 빠진 노신사의 정원사는 조의 도움을 받아 실제로 연애편지를 보냈다. 비밀이 탄로 났을 때 다들 얼마나 웃었는지 모른다. 앞으로 그 작은 우편함에 얼마나 많은 연애편지들이 오고 갈지 상상도 못 한 채로!

11

낯선 실험

"6월 1일, 내일이면 킹 씨네 가족들은 해변으로 떠나. 난 이제 자유야! 석 달 동안 휴가라고! 어떻게 그 시간을 즐길까!" 어느 따뜻한 날 집으로 돌아온 메그가 소리쳤다. 조는 평소와는 달리 완전히 지쳐 소파에 널브러져 있었고, 베스는 조의 먼지 묻은 장화를 벗기는 중이었다. 에이미는 가족들에게 내어줄 음료로 레모네이드를 만들고 있었다.

"마치 할머니가 오늘 가셨어. 그래서, 아, 너무 기뻐!" 조가 말했다. "혹시 나더러 같이 가자고 하실까 봐 죽도록 무서웠거든. 만약에 가자고 하시면 가야 할 것 같아서 말이야. 하지만 알다시피 플럼필드는 교회 앞마당처럼 시끌벅적한 곳이잖아. 무슨 구실이라도 대고 안 가는 게 낫지. 할머니 출발하시는 거 돕느라 야단법석이었지. 나에게 말을 거실 때마다 공포에 떨었어. 얼른 끝내려고 서두르면서 평소와는 다르게 매우 협조적이고 상냥하게 대해드렸거든. 그래서 혹시 나랑 떨어지는 게 불가능하다고 생각하실까 두려운 거야. 할머니가 마차에 완전히 올라타실 때까지 덜덜 떨었다니까. 마지막 순간까지 정말 공포였어. 마차가 막 출발하는데 할머니가 고개를 내미시더니 '조시-핀, 너도—?'라고 하셨거든. 그런데 그 이상은 못 들었어. 좀 치사하지만 그대로 돌아서서 도망쳤거든. 진짜로 냅다 달렸다니까. 모퉁이를 돌고 나서야 안심이 되더라고."

"가엾은 조 언니! 곰한테 쫓기는 사람처럼 들어오더라니까." 베스가 엄마처럼 조의 두 발을 꼭 안아줬다.

"마치 할머니는 진짜 샘파이어[50] 같아. 그렇지 않아?" 에이미가 냉정한 자세로 레모네이드를 음미하며 말했다.

"'뱀파이어'겠지. 해초 샘파이어가 아니라. 하지간 그게 뭐가 중요하겠어. 남의 말에 트집 잡기엔 날이 너무 따뜻해." 조가 중얼거렸다.

"휴가 내내 뭘 할 거야, 언니?" 에이미가 재치 있게 화제를 바꾸며 물었다.

"늦게까지 침대에 누워서 아무것도 안 할 거야." 흔들의자에 푹 파묻힌 채 메그가 대답했다. "겨우내 아침 일찍 일어나서 다른 사람들을 위해서 일하느라 시간을 다 써버렸어. 그러니 이제 푹 쉬면

---

50 수송나물. 바닷가 모래땅에서 자란다.

서 내 마음대로 흥청망청할 거야."

"흠! 그런 나른한 생활은 나랑 맞지 않아. 난 책을 한 더미 쌓아 뒀는데, 늙은 사과나무 꼭대기에 앉아 책을 읽으며 내 빛나는 시간들을 활용할 거야. 내가 조—"

"설마 종달새는 아니겠지!" 에이미는 '샘파이어'를 지적받은 데 대한 복수로 소리쳤다.

"그럼 '나이팅게일'이라고 해야겠네. 로리와 함께 있을 테니까. 로리는 가수처럼 노래를 잘하니까 그게 더 적당한 말이겠다."

"베스 언니, 우리 한동안 공부하지 말고 놀기만 하자. 언니들처럼 푹 쉬자." 에이미가 제안했다.

"글쎄, 엄마가 괜찮다고 하시면 그러자. 난 새로운 노래를 좀 배우고 싶어. 그리고 여름 동안 내 인형들도 좀 손봐야 하고. 다들 너무 엉망진창인 데다 입힐 옷도 마땅치 않거든."

"그래도 돼요, 엄마?" 자매들이 '엄마의 자리'라고 부르는 곳에 앉아 뜨개질을 하고 있는 마치 부인을 돌아봤고 그 가운데 메그가 물었다.

"일주일 동안 실험을 해보렴. 얼마나 좋을지. 내 생각엔 토요일 밤 무렵엔 다들 놀기만 하고 일은 하지 않는 게 일만 하고 놀지 않는 것만큼이나 좋지 않다는 걸 알게 될 듯하다만."

"오, 그럴 리가요! 장담하는데 정말 행복할 거예요." 메그가 자신만만하게 말했다.

"자, 건배합시다. 내 '친구이자 단짝 새리 갬프'[51]가 말하는 대로. 즐거움은 영원히, 고생은 이제 그만!" 레모네이드 잔이 모두에게 돌고 나자, 조가 잔을 들며 소리쳤다.

다들 즐겁게 레모네이드를 마시고 그날 하루 종일 빈둥거리면서 실험을 시작했다. 다음 날 아침, 메그는 10시가 돼서야 일어났다. 혼자 아침을 먹으니 입맛이 없었고 방은 쓸쓸하고 지저분해 보였다. 조는 꽃병에 물을 채워놓지 않았고 베스는 먼지를 털지 않았다. 에이미의 책들은 여기저기 흩어져 있었다. '엄마의 자리' 말고는 깨끗하고 쾌적한 곳이 없었다. 메그는 '쉬면서 책을 읽기 위해' 평소와 다름없는 엄마의 자리에 앉았지만 그냥 하품만 하며 월급으로 어떤 여름 드레스를 살까 상상을 했다. 조는 오전에는 로리와 함께 강에서 시간을 보냈고 오후에는 사과나무 위에서 《넓고, 넓은 세상》[52]을 읽으며 울었다. 베스는 인형 가족들이 살고 있던 커다란 서랍장을 하나하나 샅샅이 뒤지기 시작했지만 반도 못 마치고 지쳐 포기했다. 그러고는 뒤집혀서 엉망이 된 서랍장을 그대로 둔 채 설거짓거리가 없다고 좋아라 하며 피아노를 치러 갔다. 에이미는 정자를

---

51 찰스 디킨스 《마틴 처즐윗(Martin Chuzzlewit)》(1843~44)에 나오는 붉은 코의 런던 토박이 간호사. 술을 마시며 건배를 즐기는 우스꽝스러운 인물이다.

52 《The Wide, Wide World》(1850). 수전 워너의 인기 소설.

정리한 후 가진 옷 중 가장 예쁜 하얀 드레스를 입고 곱슬머리를 단정히 하고는 인동덩굴 아래에 앉아서 그림을 그렸다. 누군가 자기를 보고 저 어린 화가는 누구냐고 물어봐주길 바랐지만 그림에 관심을 보이는 건 호기심 많은 장님거미 한 마리뿐이었다. 산책에 나선 에이미는 소나기를 만나 흠뻑 젖은 채 집으로 돌아왔다.

차 마시는 시간에 자매들은 각자 한 일을 비교해보고 유난히 길기는 했지만 기쁘게 보낸 하루였다는 데 서로 동의했다. 오후에 쇼핑을 나갔던 메그는 '마음에 쏙 드는 파란색 모슬린 천'을 샀는데 가장자리를 자른 후에야 얼룩이 잘 지워지지 않는 천이라는 사실을 발견해 약간 침울해 있었다. 조는 보트를 타다가 콧등이 햇볕에 그을어 살갗이 벗겨졌고 너무 오랫동안 책을 읽은 바람에 두통이 심했다. 베스는 뒤죽박죽된 서랍장을 보니 마음이 뒤숭숭해진 데다 한 번에 서너 곡을 익히기가 어려워서 걱정스러웠다. 에이미는 드레스를 망친 걸 뼈저리게 후회하고 있었는데 케이티 브라운의 파티가 바로 다음 날이었기 때문이다. 이제 플로라 맥플림시처럼 '입을 게 하나도 없'었다.[53] 하지만 그런 것들은 사소한 일에 불과했기에 자매들은 어머니에게 실험이 잘돼가고 있다고 자신 있게 말했다. 어머니는 아무 말 없이 미소만 짓고는 해나의 도움을 받아 딸들이 소홀히 하는 일들을 대신하여 집을 쾌적하게 유지하고 집안일이 순조

---

53 윌리엄 앨런 버틀러의 인기 시 〈입을 게 하나도 없네(Nothing to Wear)〉의 인유.

롭게 돌아가도록 했다. 모두가 '쉬고 빈둥거리는' 동안 만들어지는 상황이 얼마나 특이하고도 불편한지, 놀라울 지경이었다. 낮은 갈수록 길어져만 갔고 날씨는 희한하게도 변화무쌍해 다들 짜증이 났다. 다들 기분이 안정되질 않았다. 악마는 아무것도 하지 않고 빈둥거리는 손들이 할 만한 짓궂은 장난들을 찾아냈다. 호강에 겨운 메그는 바느질거리를 꺼냈는데 그래도 시간이 너무 더디게 흘러 남아돌자 가진 옷들을 모팻네 스타일로 다시 만들어보겠다며 싹둑싹둑 자르더니 결국 다 망쳐놓기에 이르렀다. 조는 눈이 침침해지도록 책을 읽어 책이 지겨워졌다. 안절부절못하고 어찌나 까다롭게 구는지 성격 좋은 로리와도 싸웠다. 차라리 마치 할머니를 따라갈 걸 그랬다는 생각마저 들었다. 베스는 꽤 잘 지냈다. '놀기만 하고 일은 하지 않아야' 한다는 사실을 자꾸만 잊고 이따금 원래 하던 대로 했기 때문이다. 하지만 집안 분위기가 예전 같지 않자 마음에 고요가 몇 번이고 흔들렸고 결국 아끼는 조애나를 다구 혼들며 '겁이 난다'고 말하기까지 했다. 특별한 취미나 소일거리가 없는 에이미가 넷 중 가장 엉망이었다. 언니들이 자신을 혼자 실컷 놀도록 내버려두자 재능이 뛰어나고 그토록 소중한 자기 자신이 큰 짐임을 금세 깨달았다. 에이미는 인형을 좋아하지 않았고, 동화는 유치하게 느껴졌다. 그렇다고 하루 종일 그림을 그릴 수도 없었다. 그럴싸하지 않으면 차 마시는 모임도, 소풍도 중요하게 여겨지지 않았다. "좋은 집에서 착한 언니들이랑 살고 여행도 가면서 지낸다면 여름이 얼마나 즐거울까? 자기만 아는 세 언니들과 다 자란 남자애랑 집에 처박혀 있는 건 보아즈라도 견디기 힘들어." 며칠간 즐거움과 짜증과 권태로움을 실컷 맛본 후 맬러프롭 씨[54]가 말했다.

그 누구도 실험에 지쳤다고 인정하려 하지 않았다. 하지만 금요일 밤이 되자 다들 실험을 하기로 한 주가 다 끝나가서 다행이라고 속으로 생각했다. 딸들에게 뭔가 깊은 교훈을 심어주고 싶었던 마치 부인은 적정한 방식으로 이 실험을 마쳐야겠다고 마음먹었다. 재치 넘치는 마치 부인은 해나에게 하루 휴가를 주고 이 놀기만 하는 실험의 효과를 딸들이 톡톡히 즐기도록 했다.

토요일 아침 자매들이 일어나보니 부엌에는 요리에 쓸 불도 없고 식당에는 아침 식사도 차려져 있지 않았다. 어머니도 보이지 않았다.

"이런! 대체 무슨 일이지?" 당황한 조가 경악해서 주변을 둘러보며 소리쳤다.

위층으로 올라갔던 메그가 곧 다시 내려왔다. 안심이 돼 보였지만 다소 당혹스러우면서도 부끄러워하는 듯했다.

---

54 리처드 브린슬리 셰리든의 희극 〈연적(The Rivals)〉(1775)에 나오는 인물로, 단어를 우스꽝스러운 방식으로 왜곡해서 사용한다. 에이미가 언급한 '보아즈'도 《구약성서》의 야급을 잘못 말한 것.

"편찮으신 건 아니고 그냥 피곤하시대. 하루 종일 방에서 가만히 쉬실 거라고 하니 우리가 알아서 최선을 다해보자. 어머니답지 않게 그러시는 게 좀 이상하지만 이번 한 주가 너무 힘들었다고 하시니 투정 부리지 말고 우리 스스로 해보자."

"그 정도야 뭐, 간단하지. 그러잖아도 새로운 재밋거리 없나, 뭔가 해보고 싶어서 좀이 쑤셨는데 잘됐다." 조가 잽싸게 덧붙였다.

사실 뭔가 할 일이 조금이라도 생겨서 다들 꽹장히 안심이 됐기에 자매들은 의지를 불태웠다. 하지만 해나가 "집안일은 장난이 아니에요"라고 한 말이 사실임을 금방 깨닫게 됐다. 식료품 저장고에는 음식이 잔뜩 있었다. 베스와 에이미가 식탁을 차리는 동안 메그와 조가 아침 식사를 준비했다. 두 사람은 식사 준비를 하는 동안 왜 하인들이 이걸 힘든 일이라고 말했는지 궁금했다.

"신경 쓰지 말라고 하셨지만 엄마께 식사를 좀 올려다 드려야겠어. 기운을 좀 차리셔야 하니까." 찻주전자를 앞에 두고 꽤 의젓하게 식사 준비를 지휘하던 메그가 말했다.

식사를 시작하기 전에 요리사가 차려준 음식을 쟁반에 담아 조가 위층으로 올라갔다. 그런데 끓인 차는 아주 쓰고 오믈렛은 탔으며 비스킷은 베이킹 소다가 뭉쳐 얼룩덜룩했다. 하지만 마치 부인은 고맙다는 인사를 하며 음식을 받아 들고는 조가 나간 후에 마음껏 웃음을 터트렸다.

"가엾은 어린 영혼들, 고생 좀 하겠구나. 따지고 보면 고생도 아니지. 아마 아이들에게 유익한 경험이 될 거야." 마치 부인은 앞서 자신이 만들어놓았던 맛있는 음식을 꺼내고 아이들이 상처받지 않도록 맛없는 음식을 치워버렸다. 엄마의 마음으로 하는 작은 속임수였기에 아이들로서는 감사할 일이었다.

아래층에서는 불만이 쏟아졌고 수석 요리사는 자신의 요리가 실패했다는 사실에 속상해했다. "신경 쓰지 마. 내가 오찬 식사 준비를 할게. 다들 마님처럼 두 손 깨끗하게 하고 손님이나 챙기면서 주문만 해." 부엌일에 대해서는 메그보다도 아는 게 없는 조가 말했다.

조의 이 고마운 제안을 다들 반갑게 받아들였다. 마거릿은 서둘러 응접실로 가서 소파 아래로 자질구레한 것들을 밀어 넣어 치우고 블라인드를 내려 먼지를 감췄다. 자신의 능력을 전적으로 믿은 조는 다툼을 만회해보려는 우정 어린 마음에서 로리를 오찬에 초대하는 쪽지를 써서 당장 우체통에 넣었다.

"친구를 부를 생각을 하기 전에 네가 뭘 대접할 수 있는지 보는 게 좋을 텐데." 친절하지만 성급한 조의 행동을 보고 메그가 말했다.

"아, 콘비프도 있고 감자도 많아. 아스파라거스도 좀 내고 해나가 말한 대로 '풍미를 위해' 바닷가재도 낼 거야. 양상추도 있으니 샐러드를 만들어볼까 해. 어떻게 하는지 모르지만 책을 보면 알 수 있겠지. 디저트로는 블랑망제 젤리와 딸기를 낼 거고. 우아하게 차리려면 커피도 있어야겠지."

"너무 야단법석 떨지 마, 조. 네가 만들 줄 아는 것 중에 먹을 만한 거라고는 생강 빵이랑 당밀 사탕뿐이잖아. 오찬에 난 나서지 않을 거야. 네가 로리를 초대했으니 네가 책임지고 대접해."

"로리나 잘 챙겨줘. 그것 말고는 언니에게 바라는 거 없어. 푸딩 만드는 것 좀 도와주고. 그래도 내가 곤경에 처하면 조언 정도는 해줄 거지?" 다소 샐쭉해진 조가 물었다.

"그래. 하지만 나도 빵이나 간단한 요리 몇 가지 말고는 아는 게 없어. 결정하기 전에 엄마 허락을 구하는 게 좋을 거야." 메그가 신중하게 대답했다.

"물론 그럴 거야. 난 바보가 아니라고." 조는 자신의 능력을 의심하는 말에 씩씩거리며 가버렸다.

"네가 좋아하는 걸로 하고 엄마는 방해하지 말아줘. 난 나가서 식사를 할 거라, 집에서 일어나는 일에 신경을 쓸 수가 없구나." 조의 질문에 마치 부인이 말했다. "난 집안일이 좋았던 적이 없었다. 오늘 하루는 휴가를 내고 책도 읽고 글도 쓰고 친구들도 만나면서 나 자신을 즐기고 싶구나."

늘 바쁘던 엄마가 아침부터 편안하게 흔들의자에 앉아 책을 읽는 광경은 조에게는 천재지변이 일어난 듯 낯설었다. 일식이나 월식, 지진, 화산 폭발이 일어나더라도 이렇게 놀랍지는 않았을 것이다.

"어떻게 다들 기분이 별로인 것 같아." 조가 계단을 내려오면서 혼잣말을 했다. "저기 베스가 울고 있네. 이 가족이 뭔가 잘못됐다는 확실한 징조지. 에이미가 성가시게 군 거라면 가만두지 않겠어."

조 역시 몹시 기분이 언짢아져서 응접실로 서둘러 갔더니 베스가 카나리아 핍을 보며 흐느껴 울고 있었다. 핍은 새장 안에서 마치 먹을 것을 달라는 듯 작은 두 다리를 불쌍하게 뻗고는 죽어 있었다. 먹이가 없어 죽은 것이다.

"모두 내 잘못이야. 핍을 잊고 있었어. 씨앗 하나 물 한 방울 남은 게 없다니, 아, 핍! 아, 핍! 어떻게 내가 너에게 이렇게 잔인할 수가 있지?" 베스는 울면서 그 불쌍한 것을 두 손으로 들어 올리고는 살려 보려고 했다.

조는 반쯤 뜬 핍의 눈을 들여다본 후 그 작은 심장에 손을 가져가봤다. 그 새는 이미 뻣뻣하게 굳고 싸늘하게 식어 있었다. 조는 고개를 젓고는 도미노 상자를 관으로 쓰면 어떠냐고 말했다.

"핍을 오븐에 넣어봐. 몸이 따뜻해져서 살아날지도 몰라." 에이미가 희망 가득한 목소리로 말했다.

"핍은 굶어 죽었어. 그러니 오븐에 넣으면 안 돼. 구워지기만 할 테니까. 핍을 위해 수의를 만들래. 그리고 무덤을 만들어줘야지. 다른 새는 키우지 않을 거야. 절대로. 아, 핍! 나는 새를 키우면 안 되는 나쁜 아이야." 베스는 바닥에 앉은 채 두 손으로 핍을 감싸고 중얼거렸다.

"오늘 오후에 다 함께 장례식을 열자. 자, 베스, 이제 그만 울어. 슬픈 일이기는 하지만 이번 주에는 제대로 돌아가는 게 하나도 없었어. 핍은 우리 실험 최악의 결과야. 수의를 만들고 내 도미노 상자에 핍을 눕혀. 오찬 후에 소박하지만 제대로 장례식을 치르자." 조는 막중한 책임을 짊어진 듯 느끼기 시작했다.

다른 사람들이 베스를 위로하도록 남겨두고 조는 부엌으로 갔다. 모든 것이 엉망진창이라 무엇도 내키지 않는 기분이었지만 큰 앞치마를 두르고 일을 하기 시작했다. 설거지를 하려고 접시를 쌓아놓고 보니 요리를 할 불이 꺼졌다는 것을 알게 됐다.

"아주 잘 돌아가는구나!" 조는 투덜거리며 스토브 문을 쾅 열고는 재를 여기저기 마구 휘저었다.

다시 불을 피운 조는 물을 데우는 동안 장에 다녀와야겠다고 생각했다. 걷는 동안 기운을 차린 조는 새끼 바닷가재와 오래돼서 시들시들한 아스파라거스, 신 딸기 두 상자를 사고는 아주 좋은 재료들을 샀다고 스스로 칭찬하며 집으로 터덜터덜 걸어왔다. 설거지를 다 했을 즈음 오찬 시간이 되고 스토브가 뜨겁게 달궈졌다. 해나가 빵 반죽을 부풀리려고 팬에다 담아뒀는데 메그가 그 팬을 난로 위에 두고는 깜빡 잊었다. 메그가 응접실에서 샐리 가디너를 접대하고 있는데 갑자기 문이 왈칵 열리면서 온통 밀가루를 뒤집어쓴 채 머리는 다 헝클어지고 엉망진창인 형체가 나타나 앙칼지게 물었다.

"빵 반죽이 팬에 넘쳐흐르면 충분히 부푼 거 아냐?"

샐리가 웃음을 터뜨렸다. 메그는 고개를 끄덕이고 눈썹을 있는 대로 한껏 치켜올려서 유령을 내보낸 다음 엉망이 된 빵 반죽을 당장 오븐에 넣도록 했다. 마치 부인은 상황이 어떻게 돼가는지 여기저기 몰래 들여다봤다. 그리고 저세상으로 간 핍을 위엄을 갖춰 도미노 상자에 누인 후 수의를 만들고 있는 베스를 위로해준 다음 외출했다. 회색 보닛 모자가 모퉁이를 돌아 사라지자 억누를 수 없는 낯선 감정이 자매들을 짓눌렀다. 그런데 잠시 후 크로커 양이 나타나서는 오찬에 왔다고 하자 다들 절망감에 사로잡혔다. 크로커 양으로 말할 것 같으면 깡마르고 피부가 누르스름한 노처녀로 코가 날카롭고 두 눈은 호기심이 가득했는데, 그 눈으로 빠짐없이 다 보고 다녔고, 또 본 것은 죄다 떠벌리고 다녔다. 자매들은 크로커 양을 싫어했지만 그에게 친절해야 한다고 배웠다. 이유는 단순했다. 나이가 많고 가난한 데다 친구도 거의 없기 때문이었다. 메그는 크로커 양에게 안락의자를 내어주고 즐겁게 해주려고 애썼는데 크로커 양은 그동안에도 이것저것 캐묻거나 세상만사에 트집을 잡고, 자신이 아는 사람들의 이야기를 끝도 없이 늘어놓았다.

그날 아침 조가 겪어야 했던 걱정과 고초와 노고는 말로는 이루 표현할 수가 없었다. 그러나 손님들에게 대접한 요리는 결국 웃음거리가 되고 말았다. 더 이상 조언을 구하기가 두려웠던 조는 혼자서 최선을 다할 수밖에 없었고, 결국 요리를 할 때는 의지와 정성 이상의 뭔가가 필요하다는 사실을 깨닫는 계기가 됐을 뿐이다. 아스파라거스를 한 시간 동안 푹 삶았더니 아스파라거스 머리 부분이 사라지고 줄기는 질겨졌다. 빵은 새까맣게 탄 데다 샐러드드레싱마저 엉망이 되어 더 화가 났다. 조는 될 대로 되라는 심정이 되었고 결국 먹을 만한 것을 만들 수 없다는 결론에 도달했다. 바닷가재는 조에게 선홍색 수수께끼였다. 껍데기가 깨질 때까지 두들기고 찔러서 얻어낸 그 빈약한 살은 양상추 잎으로 쌌더니 보이지도 않았다. 아스파라거스를 오래 두지 않도록 감자를 서둘러 요리해야 했지만 결국 제대로 완성하지 못했다. 블랑망제 젤리는 울퉁불퉁했고 딸기는 보기만큼 잘 익지 않아 잘 익은 딸기를 교묘하고도 기술적으로 맨 위에 올려서 내놓았다.

'뭐, 배가 고프면 소고기를 먹으면 되지. 빵과 버터도 있고. 아침내 설쳤는데 결국 아무것도 하지 않은 셈이 돼서 억울하긴 하지만.' 조는 평소보다 삼십 분 늦게 종을 울리면서 생각했다. 덥고 지치고 낙담한 채 서서 온갖 품위 있는 것들에 익숙한 로리와, 실수들을 낱낱이 확인할 호기심 가득한 눈과 그 실수들을 멀리, 그리고 널리 퍼트릴 혀를 가진 크로커 양을 위해 차려놓은 음식들을 훑어봤다.

사람들이 음식을 하나씩 하나씩 차례대로 맛보고 그대로 남겨두는 것을 지켜보는 동안 가엾은 조는 쥐구멍에라도 들어가고 싶은 심정이었다. 에이미는 킥킥 웃었고 메그는 심란해 보였다. 크로커 양은 입술을 꽉 다물었고 로리는 축제 분위기를 살려보려고 최선을 다해 웃고 떠들었다. 조가 준비한 음식 중 가장 자신 있는 것은 과일이었다. 과일에 설탕을 잘 입혔고 함께 먹을 진한 크림도 한 주전자 있었다. 예쁜 과일 접시가 돌아가는 동안 조의 뜨거운 뺨은 그 열기가 조금 식었고 긴 숨도 내쉴 수 있었다. 모두가 크림의 바다에 떠 있는 장밋빛 작은 섬들을 관대한 시선으로 바라보고 있었다. 맨 처음으로 맛본 크로커 양이 얼굴을 찡그리고는 급히 물을 벌컥벌컥 들이켰다. 좋은 딸기를 고르고 나니 애석하게도 양이 많이 줄어 모두에게 충분하지 않을지도 모른다는 생각으로 과일을 거절했던 조는 로리를 힐끗 봤다. 로리는 남자답게 다 먹긴 했지만 입을 오므린 채 접시만 바라보고 있었다. 맛있는 음식이라면 사족을 못 쓰는 에이미가 한 숟가락 가득 과일을 떠서 입이 넣더니 갑자기 켁켁거리며 얼굴을 냅킨으로 싸고는 황급하게 일어나서 나가버렸다.

"아, 다들 무슨 일이야?" 조는 떨면서 소리쳐 물었다.

"설탕이 아니라 소금을 썼어. 크림은 시큼하고." 메그가 절망적인 몸짓을 하며 대답했다.

조는 신음 소리를 내며 의자에 털썩 주저앉았다. 생각해보니 음식을 내기 전 마지막으로 부엌 테이블 위에 있는 두 상자 중 하나를 집어 급하게 딸기에 뿌렸는데 그게 소금이었던 것이다. 그리고 우유를 차갑게 보관해야 한다는 걸 깜빡했던 것도 떠올랐다. 조는 순간 얼굴이 확 달아올랐고 금방이라도 울음이 터질 것 같았다. 그런데 온 힘을 다해 즐겁게 해주려는 로리의 눈과 마주치는 순간 이 모든 일들이 너무도 우스꽝스럽게 느껴졌다. 조는 그만 웃음보가 터지고 말았고 결국 눈물이 뺨을 타고 흘러내리도록 깔깔거리고 웃었다. 다들 조를 따라 웃었고 자매들이 '투덜이' 크로커라고 부르는 노처녀마저도 웃음을 터뜨렸다. 결국 그 불운한 오찬은 빵과 버터, 올리브와 웃음으로 유쾌하게 마무리됐다.

"저는 지금 뒷정리를 할 마음의 여유가 없어요. 그러니 함께 마음을 가다듬고 장례식에 참석하도록 합시다." 조의 말에 다들 자리에서 일어섰다. 다른 친구의 식사 테이블에 가서 새로운 이야기를 떠들고 싶어 안달이 난 크로커 양은 떠날 준비를 했다.

베스를 위해 다들 진지하게 마음을 가라앉혔다. 로리는 작은 숲 양치식물 아래 무덤을 팠다. 마음 따뜻한 주인은 눈물을 흘리며 핍을 누이고 이끼로 덮어주었다. 그리고 식사 준비를 하느라 고군분투하는 와중에 조가 지은 비문을 새긴 돌에 제비꽃과 별꽃으로 만든 화환을 걸었다.

"6월 7일 사망한 핍 마치

이곳에 잠들다.

사랑하는 이를 잃은 이 아픔

오래도록 기억되리니."

장례식을 마치고 베스는 바닷가재와 갖가지 감정으로 어지러운 속을 진정시키기 위해 방으로 갔지만 쉴 곳이 없었다. 침대가 제대로 정리되어 있지 않았다. 베스는 베개를 두드려 모양을 잡고 이것저것 물건들을 정리하는 동안 슬픔이 진정되는 것을 느꼈다. 메그는 조가 식사 뒷정리하는 것을 도왔다. 오후의 절반이나 걸렸고 정리가 다 끝났을 때는 너무 지쳐서 저녁으로 차와 토스트만 먹자는데 서로 의견 일치를 이루었다. 로리는 에이미를 데리고 나가 마차를 태워주었는데 그건 실로 드넓은 인간애에서 우러난 행동이었다. 신 크림이 에이미의 성격에 나쁜 영향을 미친 듯 보였기 때문이다. 마치 부인이 집에 돌아와 보니 메그, 조, 베스 세 딸이 한낮에 열심히 일을 하고 있었다. 벽장을 얼핏 본 순간 실험이 어느 정도 성공했다는 생각이 들었다.

그 후에도 이 어린 주부들이 쉴 틈도 없이 몇몇 손님이 잠깐씩 방문을 했고 그럴 때마다 자매들은 앞다퉈 달려가 손님을 맞이하고 차를 내오고 심부름을 했다. 바느질거리도 몇 가지 있었지만 미뤄둬야 할 정도였다. 해 질 무렵이 되자 이슬이 내리고 사위가 고요해졌다. 6월의 장미가 아름답게 꽃망울을 터뜨리는 베란다로 한 사람씩 차례차례 모여들더니 지치고 힘들어서 신음 소리를 내거나 한숨을 쉬며 앉았다.

"정말 끔찍한 하루였어!" 언제나처럼 조가 맨 처음 말을 시작했다.

"다른 날보다 훨씬 빨리 하루가 지나갔지만 너무너무 힘들었어." 메그가 말했다.

"우리 집 같지 않았어." 에이미가 거들었다.

"엄마도 핍도 없으니 우리 집 같을 수가 없지." 베스가 눈물이 그렁그렁한 눈으로 머리 위 텅 빈 새장을 흘깃 보며 한숨을 쉬었다.

"얘들아, 여기 엄마 왔어. 그리고 원한다면 내일 새 한 마리를 다시 사도 된단다."

마치 부인이 그렇게 말하며 들어와서는 아이들 사이에 자리를 잡았다. 휴가였지만 자매들의 그날 하루만큼이나 즐겁지 않았던 것 같은 얼굴이었다.

"너희 실험에 만족하니? 다음 한 주 더 할까?" 베스가 바싹 다가앉고, 꽃들이 태양을 향해 돌아서듯 나머지 아이들도 환한 얼굴로 돌아보자 마치 부인이 물었다.

"아니요!" 조가 단호하게 소리쳤다.

"저희도 싫어요." 나머지 아이들도 맞장구쳤다.

"그럼 할 일이 있는 게 더 낫다는 거니? 조금은 다른 사람을 위해 사는 게 좋다고 생각하는 거야?"

"빈둥거리면서 놀기만 하는 건 아무 의미가 없어요." 조가 머리를 저으며 대답했다. "이제 노는 데 질렸어요. 당장 무슨 일이든 하러 갈래요."

"간단한 요리를 배우는 건 어떨까? 여자들이 꼭 알아둬야 하는 유용한 교양이지." 마치 부인은 조가 차린 식사에서 있었던 일들을 생각하며 크게 웃었다. 아까 크로커 양을 만나 상황 설명을 들었기 때문이다.

"엄마! 외출하시면서 우리더러 다 알아서 하라고 하신 건 우리가 잘하는지 보려고 일부러 그러신 거예요?" 하루 종일 의심을 하고 있던 메그가 물었다.

"그래, 맞아. 모두가 편하게 지낼 수 있는 건 다들 각자 성실하게 자신의 일을 하고 있기 때문이란 걸 너희가 알기를 바랐어. 해나와 내가 너희 몫의 일을 해줘서 너희가 편하게 보냈지만 그렇다고 아주 행복하거나 쾌활하게 지내는 것 같진 않았어. 그래서 작은 교훈을 주면 어떨까 생각했지. 다들 각자 자기 생각만 하면 어떤 일이 일어나는지 보여주고 싶었어. 서로 도우면 더 즐겁지 않니? 매일 할 일을 하면 여유가 생겼을 때 훨씬 더 달콤하게 느껴지고. 각자 조금만 참고 견디면 집이 편안하고 행복해지지 않아?"

"맞아요, 엄마!" 자매들이 소리쳤다.

"그럼 엄마는 너희에게 다시 작은 짐들을 지라고 갈해주고 싶어. 그 짐들이 때로는 무겁게 느껴질지라도 너희에게 득이 되는 짐들이야. 짐을 지고 가다 보면 짐을 더는 방법도 알게 될 거야. 일은 유익한 거야. 그리고 모든 사람들에게는 저마다 해야 할 일이 많이 주어져 있어. 일은 삶에서 권태로움을 덜어주고 해로운 것으로부터도 막아줘. 육체적 건강과 정신적 건강에도 좋고, 일을 하다 보면 독립할 수 있는 힘이 생기지. 그건 돈이나 옷보다 더 중요한 것이야."

"이제 벌처럼 부지런히 일할게요. 그리고 기꺼이 그렇게 하고요. 우리가 어떻게 하는지 두고 보세요!" 조가 말했다. "이제부터 휴일에 간단한 요리부터 배울 거예요. 그래서 다음 오찬 때는 성공한 요리사가 되겠어요."

"이제 엄마 대신 제가 아빠께 드릴 셔츠를 만들게요. 바느질을 좋아하진 않지만 저 할 수 있어요. 그렇게 할게요. 제 옷 가지고 난리법석 떠는 것보다는 훨씬 나은 일이에요. 제 옷은 지금 그대로도 충분하거든요." 메그가 말했다.

"피아노 치고 인형 갖고 노는 데 쓰는 시간을 줄이고 이제 매일 공부할게요. 저는 아는 게 별로 없어서 이제 그만 놀고 공부를 해야 해요." 베스가 결심했다. 그러자 에이미가 언니들의 본보기를 따라서 비장하게 선언했다. "난 단춧구멍 만드는 법을 배울 거예요. 그리고 품사 공부에 집중할게요."

"아주 좋아! 이번 실험에 엄마는 상당히 만족해. 이런 실험을 반복하지 않아도 돼서 기쁘구나. 다만 반대로 극단적으로 노예처럼 일만 파고들면 안 돼. 균형을 맞춰서 규칙적으로 일하고 쉬어주렴. 그리고 매일을 뜻깊고 즐겁게 보내고 시간의 가치를 이해해서 잘 활용해보렴. 그러면 젊은 시절이 기쁨으로 가득할 거고, 나이가 들어도 후회하는 게 없겠지. 비록 가난하더라도 그 사람은 성공한 아름다운 인생을 살게 되는 거야."

"잊지 않을게요, 엄마!" 자매들은 엄마의 말씀을 마음에 새겼다.

12

로런스 캠프

　베스는 우편배달 담당이었다. 거의 하루 종일 집에 있어서 규칙적으로 우체통에 갈 수 있었고 그 작은 문의 자물쇠를 열고 우편물을 나눠주는 매일의 일과를 상당히 좋아했기 때문이다. 6월 어느 날, 베스는 두 손 가득 우편물을 안고 들어와 집을 돌아다니며 우편배달부처럼 편지와 소포를 나눠줬다.

　"여기 꽃다발이 왔어요, 엄마! 로리는 꽃다발 보내는 걸 절대 잊지 않네요." '엄마의 자리'에 놓인 꽃병에 신선한 꽃다발을 꽂으며 베스가 말했다. 꽃병은 다정한 소년이 보내는 꽃으로 늘 채워졌다.

　"메그 마치 양, 편지 한 통과 장갑 한 짝요." 베스는 엄마 옆에 앉아 소매 끝단을 바느질하고 있는 메그에게 우편물을 전달하며 말했다.

　"난 분명 장갑 한 켤레를 뒀는데, 왜 한 짝이지?" 메그가 회색 면

장갑을 보며 말했다.

"정원에 한 짝 떨어뜨린 거 아니니?"

"아니, 절대 그럴 리가 없어. 우편함에 한 짝뿐이었어."

"짝짝이 장갑은 정말 싫은데. 신경 쓰지 마. 어디선가 나오겠지. 내 편지는 독일 노래 번역이야. 내가 독일 노래 한 곡을 번역해서 보고 싶었거든. 아마 브룩 선생님이 하신 것 같아. 로리의 글씨가 아닌 걸 보니."

마치 부인이 메그를 슬쩍 쳐다봤다. 이마에 곱슬머리 몇 가닥이 흘러내린 채 깅엄 실내복을 입은 메그가 아주 예뻐 보였다. 하얀색 실타래로 가득한 자수용 작업대 앞에 앉아 바느질하는 모습이 몹시 여성스러웠다. 엄마의 이런 생각을 전혀 알지 못하는 메그는 빠른 손놀림으로 바느질을 하며 흥얼흥얼 노래했다. 자신의 허리띠에 수놓인 팬지만큼이나 순수하고 신선한 소녀다운 상상을 하느라 머릿속이 분주했고 메그의 그런 모습에 마치 부인은 흡족한 미소를 지었다.

"편지 두 통은 조 박사님한테 온 거네요. 책 한 권과 우스꽝스러운 이 모자도 함께요. 이 모자는 우체통 전체를 다 차지하고도 모자라 밖으로 삐져나와 있었어요." 베스는 웃으며 조가 글을 쓰고 있는 서재로 걸어갔다.

"로리는 정말 능청맞은 애라니까! 더운 날이면 얼굴이 다 타니까 더 큰 모자가 유행이면 좋겠다고 했거든. 그러니까 로리가 이러는 거야. '왜 유행을 신경 쓰니? 큰 모자를 써. 그럼 편하잖아!' 그래서 내가 큰 모자가 있으면 쓰겠다고 말했더니 이 모자를 보낸 거야. 나를 시험해보려는 거지. 재미 삼아 쓰고 내가 정말 유행에 신경 쓰지 않는다는 걸 로리에게 보여줘야겠어." 조는 챙이 넓은 고릿적 모자를 플라톤의 흉상에 걸어두고 편지를 꺼냈다.

한 통은 엄마가 보낸 편지였다. 엄마가 보낸 편지를 읽더니 조의 두 뺨이 반짝이고 두 눈에는 눈물이 맺혔다. 이런 내용이었다.

조에게

네가 화를 조절하기 위해 하고 있는 노력들을 보면서 내가 얼마나 뿌듯한지 말해주려고 이렇게 짧게나마 편지를 쓴다. 네가 어떤 시도를 하고, 어떻게 실패하거나 성공하는지 넌 아무 말 하지 않지. 그리고 그런 것들은 네가 매일 도움을 청하는 '친구', 하느님 말고는 아무도 모를 거라 생각하겠지. 너를 그 '친구'에게로 이끌어주는 책의 표지가 닳고 닳은 것을 보니 네가 얼마나 열심히 보는지 알 것 같구나. 엄마 역시 네 노력들을 다 지켜보고 있단다. 또 네 노력이 결실을 맺기 시작한 이후로 네 결심이 얼마나 진실한지도 온 마음을 다해 믿게 됐단다. 그러니 끈기 있게, 그리고 용감하게 계속해서 나아가렴.

그리고 그 누구보다도 사랑하는 이 엄마가 너를 응원하고 있
다는 사실을 늘 기억해주렴.

사랑하는 엄마가

"정말 나에게 힘이 되는 편지야. 수백만 달러의 돈만큼, 엄청난 칭찬을 받은 것만큼 가치가 있어. 아, 엄마, 노력할게요! 지치지 않고 끊임없이 노력할게요. 엄마가 도와주고 계시니까요."

살짝 감상에 젖은 조는 두 팔에 얼굴을 묻고 행복의 눈물을 흘렸다. 착해지기 위한 자신의 노력을 아무도 몰라줄 것이라 생각했기 때문에 이렇게 확신에 찬 글은 두 배로 소중했고 두 배로 용기를 줬다. 가장 소중하게 생각하는 사람으로부터 예상치 못하게 받은 칭찬이기에 더욱 그랬다. 자신의 아폴리온을 만나도 물리칠 수 있을 만큼 그 어느 때보다도 강해진 것 같은 조는 자기도 모르게 의지가 흔들리지 않도록 엄마에게서 받은 편지를 방패나 기념물인 것처럼 옷 안쪽에 핀으로 고정시켰다. 그리고 이어서 다른 편지를 펼쳤다. 좋은 소식이든 나쁜 소식이든 들을 준비가 되어 있었다. 큼지막하고 위풍당당한 로리의 글씨였다.

조에게,

야호!

내일 영국 친구들이 나를 만나러 와서 그 친구들과 재미있게 보내려고 해. 날이 괜찮으면 롱메도에 천막을 치고 친구들과 함께 배를 타고 노를 저어 가서 점심을 먹고 크로케 경기도 하려고. 모닥불을 피우고 집시처럼 흥청망청 난장판으로 놀기도 하고. 다들 착한 친구들이야. 브룩 선생님이 가셔서 남자애들을 감독하실 거고 케이트 본도 여자애들을 돌봐줄 거야. 그래서 말인데, 괜찮으면 너희 자매들도 함께 갔으면 좋겠어. 무슨 일이 있어도 베스를 빼놓으면 안 돼. 아무도 베스를 귀찮게 하는 사람은 없을 테니까. 음식 걱정은 안 해도 돼. 내가 알아서 할 거야. 그 외 다른 것들도 모두 내가 책임질 테니까 그냥 오기만 해. 우리는 친구니까!

정신없이 바쁜,
너의 영원한 친구 로리

"이런, 세상에! 만세!" 메그에게 이 소식을 전하려고 날듯 달려가며 조가 소리쳤다. "당연히 갈 수 있겠죠, 엄마! 로리에게도 크게 도움이 될 거예요. 저는 노를 저을 수 있고 메그 언니는 점심 준비를 하면 되니까요. 베스와 에이미도 여기저기 쓸모가 있을 거예요."

"본 씨네 아이들이 지나치게 번듯하지도 조숙하지도 않은 아이들이라면 좋겠는데. 그 가족들에 대해서 아는 거 있니, 조?" 메그가 물었다.

"모두 네 명이라는 것 말고는 잘 몰라. 케이트는 언니보다 나이가 많고, 프레드와 프랭크는 쌍둥이인데 내 나이 정도, 그리고 그레이스라는 어린 여자애는 아홉 살인가 열 살일 거야. 로리가 외국에서 지낼 때 알게 됐는데 그 집 남자애들을 좋아하더라고. 케이트 이야기를 할 때면 입 모양이 새침해지는 걸로 봐서 케이트는 그다지 안 좋아하는 것 같아."

"내 프랑스풍 무늬 옷이 깨끗해서 정말 다행이다. 그 옷이 안성맞춤이거든. 너무 잘 어울릴 거야!" 메그가 혼자 만족하며 말했다. "넌 좀 괜찮은 옷 있니, 조?"

"진홍색과 회색의 보트용 옷이면 충분해. 난 노를 젓고 여기저기 돌아다닐 텐데, 뭐. 빳빳하게 풀 먹인 옷은 생각하고 싶지도 않아. 베티, 너도 갈 거지?"

"남자애들이 말 걸지 못하게 해주면."

"한 녀석도 못 걸게 할게!"

"로리를 실망시키고 싶지 않아. 브룩 선생님도 무섭지 않고. 굉장히 친절하시거든. 하지만 같이 놀이를 하지는 않을 거야. 노래도, 말도 하지 않을래. 아무도 상관하지 않고 일이나 열심히 할래. 조 언니가 보살펴준다면 갈게."

"그래야 착한 내 동생이지. 수줍음과 싸워서 이겨내려고 노력하는 거 알아. 난 네 그런 모습이 좋아. 단점과 싸우는 게 쉽지는 않으니까 응원의 한마디가 큰 힘이 되지. 고맙습니다, 엄마." 조는 엄마의 여윈 뺨에 감사의 입맞춤을 했다. 마치 부인에게 젊은 시절의 장밋빛 통통한 볼을 다시 가져다준다 하더라도 바꿀 수 없는 소중한 입맞춤이었다.

"난 초콜릿 한 상자와 따라 그리고 싶었던 그림을 받았어." 에이미가 우편물을 보여주며 말했다.

"나는 로런스 할아버지에게서 쪽지를 받았어. 오늘 밤 어두워지기 전에 와서 피아노를 쳐달라고 하셔서 가려고 해." 베스와 노신사의 우정은 날로 돈독해지고 있었다.

"자, 서둘러서 내일 할 일까지 두 배로 일을 하자고. 그래야 내일 편안한 마음으로 놀 수 있을 테니까." 조가 펜을 내려놓고 빗자루를 들며 말했다.

다음 날 이른 아침 화창한 날씨를 약속하려고 소녀들의 방을 들여다본 태양은 우스운 광경을 목격했다. 자매들 모두 각자에게 꼭 필요하고도 딱 맞는 방식으로 축제를 준비하고 있었다. 메그는 머리칼을 곱슬거리게 마는 종이를 이마에 겹겹이 더 쌓아올린 채 자고 있었고, 벌겋게 탄 조의 얼굴은 덕지덕지 바른 콜드크림이 번들거렸다. 베스는 곧 다가올 이별을 속죄하기 위해 조애나를 데리고 자고 있었다. 에이미의 준비가 가장 철저했는데 문제의 코를 높이기 위해 집게로 집은 채 자고 있었던 것이다. 화가들이 화판에 종이를 고정하기 위해 사용하는 집게였는데, 에이미가 이루려는 바를 위해 코를 집기에 이보다 적절하고 효과적인 것도 없을 터였다. 이 우스꽝스러운 광경이 몹시 재미있었던 태양이 웃음을 터뜨리듯 햇볕을 쏟아냈고 이내 조가 잠에서 깨어났다. 에이미의 장식품을 본 조가 웃음을 터뜨리자 다른 자매들도 자리에서 일어났다.

햇살과 웃음은 그날의 파티가 즐거울 거라고 알려주는 좋은 징조였다. 곧 두 집에서 활기차고 부산하게 준비가 시작됐다. 맨 먼저 준비를 마친 베스가 옆집에서 무슨 일이 일어나는지 계속해서 보고해주었다. 창문을 통해서 베스가 소식을 전달하면 자매들의 단장하는 손길도 활기를 띠었다.

"어떤 남자가 천막을 갖고 가는 게 보여! 바커 부인이 광주리와 커다란 바구니에 점심을 담고 있어. 이제 로런스 씨가 하늘을 올려다보고 계셔. 풍향계도 보시는데. 할아버지도 함께 가시면 좋으련만! 로리도 보여. 선원처럼 차려입었어. 멋있는걸! 아, 세상에! 사람들을 잔뜩 태우고 마차가 왔어. 키가 큰 숙녀 한 사람, 어린 여자애 하나, 끔찍한 남자애 둘. 하나는 다리를 저는데. 가엾어라, 목발을 짚었어! 로리가 저건 말해주지 않았는데. 다들, 서둘러! 늦겠어. 저런, 네드 모팻이야. 분명해. 메그 언니, 저기 봐! 저번에 우리가 장 보고 있을 때 언니한테 고개 숙여 인사하던 남자 아니야?"

카카오프렌즈 에세이 시리즈

아르테 에세이로 새롭게 만나는 카카오프렌즈!

"내 마음속에는 널 닮은 아이가 하나 있지."
카카오프렌즈가 전하는 여섯 가지 마음의 소리

라이언, 내 곁에 있어줘
전승환 지음 | 15,300원

어피치, 마음에도 엉덩이가 필요해
서귤 지음 | 14,700원

튜브, 힘낼지 말지는 내가 결정해
하상욱 지음 | 15,300원

무지, 나는 나일 때 가장 편해
투에고 지음 | 15,300원

네오, 너보다 나를 더 사랑해
하다 지음 | 15,300원

프로도, 인생은 어른으로 끝나지 않아
손힘찬 지음 | 15,300원

Copyright © Kakao IX. All rights reserved.

arte 소설

책을 지키려는 고양이
나쓰카와 소스케 장편소설 | 이선희 옮김 | 값 14,000원

**책을 좋아하는 모든 이에게 묻는다.
"책이 정말 세상을 바꿀 수 있다고 생각해?"**

이 세상의 책을 구하러 떠난 한 사람과 한 마리의 기묘한 모험!
"나는 고양이 얼룩이야. 책의 디궁에 온 걸 환영한다."

너는 기억 못하겠지만
후지마루 장편소설 | 김은모 옮김 | 값 14,000원

**"우리가 처음 만난 게 맞을까?
너를 알 것 같은 기분이 들어."
일본 20만 부 판매 돌파, 화제의 베스트셀러!**

죽은 사람의 미련을 풀어주고 저세상으로 인도하는
시급 300엔의 사신 아르바이트생 이야기

곰탕 1, 2
김영탁 장편소설 | 각 값 13,000원

**<헬로우 고스트><슬로우비디오>
영화감독 김영탁 장편소설**

가까운 미래에 시간 여행이 가능해진다.
가장 돌아가고 싶은 그때로의 여행이 시작
되었다. '카카오페이지 50만 독자가 열광
한 바로 그 소설'

사브리나
닉 드르나소 지음 | 박산호 옮김 | 값 24,000원

**"사람을 천천히 미치게 만드는 전염병 같은 책."
박찬욱 감독 강력 추천!**

맨부커상 최초의 그래픽노블 후보작

현실의 끔찍한 사건이 온라인을 통해 더욱 잔인하고
비인간적으로 진화하는 모습을 정면으로 응시한 작품

21세기북스 서가명강 시리즈

서울대 가지 않아도 들을 수 있는 명강의
서가명강

서울대생이 듣는 강의를 직접 듣고 배울 수 있다면?
서가명강은 현직 서울대 교수진의 강의를 통해
살아가는데 필요한 지식을 전합니다.

서울대학교 최고의 '죽음' 강의
**나는 매주 시체를
보러 간다**

문과생도 열광한 '융합 과학 특강'
크로스 사이언스

내 인생의 X값을 찾아줄
김용의 수학 강의
**이토록 아름다운
수학이라면**

한강의 기적에서 헬조선까지
잃어버린 사회의 품격을 찾아서
**다시 태어난다면,
한국에서 살겠습니까**

인류 정신사를 완전히 뒤바꾼
코페르니쿠스적 전회
왜 칸트인가

삶을 바꾸고 미래를 혁신하는
빅데이터의 모든 것
**세상을 읽는 새로운 언어,
빅데이터**

다리오, 네루다, 바예호, 파라…
라틴아메리카의 위대한 시인들
**어둠을 뚫고
시가 내게로 왔다**

대통령, 선거, 정당, 민주화
4가지 키워드로 읽는 한국 정치 가이드
**한국 정치의
결정적 순간들**

* 서가명강 시리즈는 계속 출간됩니다.

CLASSIC CLOUD
〉〉〉 클래식 클라우드 〈〈〈

내 인생의 거장을 만나는 특별한 여행
12개국 154개 도시! 국내 최대 인문기행 프로젝트!
우리 시대 대표작가 100인이 내 인생의 거장을 찾아 떠나다.

신간

14권 발간
값 18,800원

- ✱ 001 셰익스피어 × 황광수
- ✱ 002 니체 × 이진우
- ✱ 003 클림트 × 전원경
- ✱ 004 페소아 × 김한민
- ✱ 005 푸치니 × 유윤종
- ✱ 006 헤밍웨이 × 백민석
- ✱ 007 모차르트 × 김성현
- ✱ 008 뭉크 × 유성혜
- ✱ 009 아리스토텔레스 × 조대호
- ✱ 010 가와바타 야스나리 × 허연
- ✱ 011 마키아벨리 × 김경희
- ✱ 012 피츠제럴드 × 최민석
- ✱ 013 레이먼드 카버 × 고영범
- ✱ 014 모네 × 허나영

※ 클래식 클라우드 시리즈는 계속 출간됩니다.

"다빈치는 스티브 잡스의 심장이었다"
스티브 잡스, 빌 게이츠… 21세기를 빛낸 인물들의 롤모델

뉴욕타임즈 베스트셀러 1위

2018 빌 게이츠 추천도서!

〈스티브 잡스〉 월터 아이작슨 신작!
레오나르도 다빈치
월터 아이작슨 지음 | 신봉아 옮김 | 값 55,000원

뉴욕타임스, 아마존 킨들 베스트셀러 1위
리즈 위더스푼 북클럽 선정

1년 전 크리스마스, 첫눈에 반했던 그 남자가 내 친구의 애인이 되어 나타났다.

12월의 어느 날

"이 폭풍 같은 로맨스에 휩쓸릴 준비가 됐나요?"
_리즈 위더스푼

조지 실버 장편소설 | 이재경 옮김 | 값 15,000원

손안의 가장 큰 세계

아르테 한국 소설선 '작은책'

값 10,000원

인터내셔널의 밤 | 박솔뫼 소설
안락 | 은모든 소설
모든 곳에 존재하는 로마니의 황제 퀴에크 | 김솔 소설

해피 아포칼립스! | 백민석 소설
세계의 호수 | 정용준 소설
암송 | 윤해서 소설

가볍게 지니지만 묵직하게 나누며 오래 기억될 소설

*작은책 시리즈는 '팟빵', '밀리의 서재'에서 오디오 소설로도 감상할 수 있습니다.

"너 역시 나처럼 운명을 믿지 않는구나."

★★ 중국 웹소설 베스트셀러 1위 ★★
★★ 인터넷 조회 1억 뷰, 종이책 80만 부 판매 ★★
★★ 소설·만화 저장 수 500만 명 돌파 ★★

잠簪중中록录 (전 4권)

처처칭한 장편소설 | 서미영 옮김 | 각 권 16,000원

억울한 누명을 쓰고 환관으로 신분을 감춘 여자
세상의 비를 막아주는 그녀의 우산 같은 남자
그리고 비녀 한 가락으로 펼쳐내는 미스터리 사극 로맨스

"맞아. 저 남자가 오다니 이상한 일도 다 있네! 산속에 있다고 생각했는데. 샐리도 왔네. 때마침 돌아와서 다행이야. 나 괜찮니, 조?" 메그가 허둥지둥하며 소리쳤다.

"완전히 한 송이 데이지 꽃 같아. 드레스를 추켜잡고 모자를 똑바로 써봐. 그렇게 삐딱하게 쓰면 멋들어지긴 한데 바람이 한 번 불면 당장에 날아가버릴걸. 자, 그럼 가자!"

"어머, 어머, 조! 그 괴상한 모자 쓸 거 아니지? 너무 어처구니없다! 너 그렇게 남자처럼 굴면 안 돼." 로리가 장난삼아 보낸 챙 넓은 구식 밀짚모자를 빨간 리본으로 묶고 있는 조를 보고 메그가 지적했다.

"그래도 그냥 쓸 거야! 얼마나 멋진데. 그늘도 만들어주지, 크고 가볍지, 재미있기도 하잖아. 편하면 되지 남자처럼 보이는 게 무슨 상관이라고." 그렇게 말하고 조는 저리로 성큼성큼 걸어가버렸고 나머지 자매 군단도 그 뒤를 따라갔다. 모두가 여름 드레스를 차려입고 말쑥한 챙 모자 아래로 화사하고 행복한 얼굴을 한 최고로 멋진 모습들이었다.

로리가 달려와서 자매들을 반갑게 맞이하고는 더없이 정중하게 친구들에게 소개해줬다. 잔디밭이 환영회장이 됐고 몇 분 동안 서로 인사를 나누는 활기찬 장면이 벌어졌다. 메그는 케이트 양이 스무 살인데도 미국 소녀들이 얼마든지 따라 입을 수 있는 간소한 차림을 한 것을 보고 고마운 마음이 들었다. 또 네드 씨가 자신을 보러 특별히 왔다는 말에 대단히 우쭐해졌다. 조는 로리가 케이트 이야기를 할 때 왜 '입 모양이 새침해지는'지 이해하게 됐다. 그 젊은 아가씨는 '나를 건드리지 말고 물러서' 분위기가 있었는데, 그건 다른 소녀들의 편안하고 자유로운 태도와는 완전히 상반되는 느낌이었다. 베스는 새로 만난 남자애들을 관찰한 결과 다리를 저는 소년이 그다지 '끔찍하지' 않을 뿐 아니라 상냥하고 연약하기까지 하다는 결론에 이르렀고 그 소년을 친절하게 대해주기로 작정했다. 에이미는 그레이스가 예의 바르며 쾌활한 애라는 걸 알게 됐다. 아무 말 없이 몇 분간 서로 바라만 보다가 두 사람은 갑자기 아주 좋은 친구가 됐다.

천막, 점심 식사, 크로케 도구는 미리 보냈기 때문에 그들은 곧 배를 탔다. 강기슭에 서서 모자를 흔들며 인사하는 로런스 씨를 뒤로하고 배 두 척이 나란히 출발했다. 로리와 조가 같은 배에서 노를 저었고, 브룩 선생님과 네드가 다른 한 배를 탔다. 쌍둥이 둘 중 말썽쟁이인 프레드 본은 일인승 작은 배를 타고 신경증에 걸린 수생 곤충처럼 이리저리 노를 저으며 두 배 모두 뒤집어보겠다며 갖은 애를 썼다. 조의 우스꽝스러운 모자는 여러모로 꽤 유용했기 때문에 사람들로부터 감사의 말을 들을 만했다. 모자를 보면 다들 웃음부터 터뜨렸기 때문에 일단 처음의 어색한 분위기를 깨주는 역할을 했다. 또 조가 노를 저으면 이쪽저쪽으로 펄럭이면서 시원한 바람을 일으켰다. 조는 소나기가 내리면 그 모자가 모두를 덮어주고도 남을 훌륭한 우산이 될 거라고도 했다. 케이트는 조의 행동을 다소 어안이 벙벙해서 바라봤다. 특히 노를 놓치고는 "크리스토퍼 콜럼버스!" 하고 외쳤을 때, 그리고 로리가 자리를 잡다가 조의 발에 걸려 넘어지고는 조를 향해 "어, 친구, 괜찮아?" 하고 말할 때 더욱 놀랐다. 하지만 안경을 쓰고 그 괴상한 소녀를 찬찬히 살펴본 후 '특이하지만 제법 똑똑한 아이'라고 결론 내리고는 멀리서 조를 향해 미소를 지었다.

다른 배에 탄 메그는 두 노꾼을 마주 보고 앉아 기분이 좋았다. 두 노꾼 역시 메그를 바라보는 것이 좋아 전에 없는 '기술과 민첩함'으로 노깃을 수평으로 젖혔다. 브룩 씨는 진중하고 과묵했으며 근사한 갈색 눈동자에 듣기 좋은 목소리를 가진 젊은 남자였다. 메그는 그의 조용한 면이 좋았고, 유용한 지식을 많이 알아 걸어 다니는 백과사전 같다는 생각을 했다. 그는 메그에게 말을 많이 걸지는 않았지만 메그와 자주 눈이 마주쳤다. 메그는 그가 결코 자신을 싫어하지는 않는다고 느꼈다. 대학에 다니는 네드는 으레 1학년이라면 필수적으로 그래야 되기라도 하는 듯 잔뜩 으스대며 다녔다. 그렇게 똑똑하지는 않았지만 성격이 아주 좋고 쾌활해서 종합적으로 봐서는 이런 소풍에 같이 다니기엔 제격이었다. 샐리 가디너는 하얀 피케 드레스를 더럽히지 않는 것에, 그리고 도처에 모습을 드러내는 프레드와 수다를 떠는 데 온통 정신을 쏟고 있었다. 베스는 프레드의 장난 때문에 내내 두려워하고 있었다.

롱메도는 그렇게 멀지 않았는데도 그들이 도착하니 천막이 쳐 있고 후프[55]도 만들어져 있었다. 초록색 들판이 기분 좋게 펼쳐져 있고 그 가운데 넓게 뻗은 참나무 세 그루가 서 있었다. 크로케를 할 수 있도록 잔디 길도 부드럽게 이어져 있었다.

"로런스 캠프에 오신 걸 환영합니다!" 다들 배에서 내리자 젊은 주인이 기쁨에 찬 목소리로 외쳤다. "브룩 선생님은 총사령관이시고, 저는 병참대장입니다. 다른 남자들은 참모, 그리고 숙녀분들은 손님입니다. 천막은 특별히 여러분을 위해 설치해놓은 것이고 저 참나무는 응접실입니다. 이 참나무는 식당이고 세 번째 나무는 부엌입니다. 자, 더워지기 전에 경기부터 한판 합시다. 그러고 나서 식사를 하죠."

프랭크와 베스, 에이미, 그레이스는 앉아서 여덟 사람이 경기하는 것을 지켜봤다. 브룩 선생님은 메그와 케이트, 프레드를 한 팀으로 지목했고 로리는 샐리와 조, 네드를 팀원으로 선택했다. 영국인들은 크로케 경기를 잘했다. 하지만 미국인들은 더 잘했다. 마치

---

55 크로케 경기에서 공을 쳐서 통과시키는 작은 문.

1776년[56]의 정신에 영감을 얻기라도 한 듯 매 순간 치열하게 겨뤘다. 조와 프레드는 여러 차례 접전을 벌였고 한번은 격론이 벌어질 뻔했는데 가까스로 피했다. 조가 마지막 후프를 통과하고 타격이 빗나가자 몹시 신경질이 났다. 조를 바짝 뒤쫓고 있던 프레드의 차례가 왔다. 프레드가 공을 쳤는데 그의 공이 후프를 맞히고는 살짝 빗나간 곳에서 멈춰 서버렸다. 그 근처에는 아무도 없었는데 프레드가 살펴보려고 달려가더니 야비하게 발끝으로 살짝 차서 후프를 통과시켜버렸다.

"통과했어요! 자, 조 양, 당신을 누르고 일등으로 들어갈 거예요." 젊은 신사는 또 한 번 치려고 맬릿[57]을 흔들며 외쳤다.

"당신이 발로 밀었잖아요. 내가 봤다고요. 이제 내 차례예요." 조가 목소리를 높이며 쏘아붙였다.

"맹세코 건드리지 않았어요! 공이 살짝 굴러갔나 보죠. 이미 들어갔으니 저리 비켜서세요. 공을 쳐야 하니까."

"미국에서는 속임수를 쓰지 않아요. 하지만 원하신다면 당신은 할 수 있죠. 영국인이니까." 조가 화가 나서 말했다.

"양키[58]들이 속임수를 많이 쓴다는 건 세상 사람들이 다 알아

---

56 영국과 독립전쟁을 치른 후 독립선언서(1776)를 발표한 역사를 가리킨다.
57 크로케 경기용 나무 타구 봉.
58 주로 영국인들이 미국인을 얕잡아 이르던 말.

요. 자, 됐죠?" 프레드가 조의 공을 멀리 치며 말했다.

조는 뭔가 나쁜 말을 하려고 하다가 겨우 참았다. 이마까지 시뻘개져서는 잠시 서 있다가 온 힘을 다해 후프를 내려쳤다. 프레드는 페그[59]를 치더니 모두 통과했다며 득의만만 기뻐 날뛰었다. 조는 자기 공을 찾으러 갔다. 덤불 속에서 찾느라 시간이 한참 걸렸다. 침착하고 조용한 얼굴로 돌아와서는 참을성 있게 자신의 차례를 기다렸다. 아까 놓친 자리를 되찾기까지 여러 번 공을 쳐야 했는데 되찾고 보니 상대방 팀이 거의 이긴 상태였다. 케이트의 공이 마지막 한 번을 남겨놓고 페그 가까이에 있었다.

"자, 이제 우리가 이겼어요! 케이트, 마지막 한 방이에요. 조 양이 나한테 했던 거 잊지 말고 끝내버려요." 프레드가 잔뜩 흥분해서 소리쳤다. 마지막을 보려고 그 팀 모두가 우르르 몰려나왔다.

"양키들이 적에게 관대한 체하는 속임수를 쓰긴 하죠." 조가 빤히 쳐다보자 프레드의 얼굴이 빨개졌다. "특히 적을 때려 부술 때 더욱요." 그렇게 덧붙인 후 조는 공을 쳤다. 그런데 조가 친 공이 교묘하게 케이트의 공을 건드리지 않고 후프를 통과했다. 조의 팀이 승리한 것이다.

로리가 모자를 위로 던져 올리며 환호했다. 그러다가 문득 손님을 이긴 것을 가지고 이렇게 좋아하면 안 된다는 생각이 떠올라 멈

---

59 크로케 경기의 마지막 표적. 먼저 맞히는 팀이 이긴다.

쳤다. 그리고 친구에게 속삭였다.

"잘했어, 조! 속임수 쓰는 걸 나도 봤지만 그렇다고 말할 수가 없었어. 하지만 그가 다시는 그러지 못할 거야. 두고 보라고."

메그가 조를 옆으로 데리고 가더니 느슨해진 끈을 묶어주는 체하면서 만족스러운 듯 말했다.

"정말 부아가 치밀어 오르더라. 그런데 잘 참는 걸 보니 너무 기뻤어, 조."

"칭찬하지 마, 언니. 지금 당장이라도 뺨을 한 대 갈겨줄 수도 있어. 쐐기풀에 앉아서 화를 삭이지 않았다면 아마 폭발했을 거야. 다시 화가 끓어오르는 것 같아. 그저 프레드가 내 눈앞에 걸리적거리지 않기를 바랄 뿐이야." 조가 입술을 깨물며 말했다. 그리고 모자 아래에서 프레드를 노려봤다.

"점심시간입니다." 브룩 선생님이 시계를 보며 말했다. "병참대장, 모닥불을 피우고 물을 좀 가져오겠나? 마치 양과 샐리 양은 테이블을 펴주시고요. 맛있는 커피는 누가 만들 수 있을까요?"

"조가 할 수 있어요." 메그가 기꺼이 동생을 추천했다. 조는 지난번 요리 수업의 교훈이 큰 도움이 되었으리라 생각하면서 커피포트 쪽으로 갔다. 아이들은 마른 장작을 주웠고 소년들은 모닥불을 지핀 후 근처 샘에서 물을 떠왔다. 케이트 양은 그림을 그렸고 프랭크는 접시로 쓰기 위해 골풀을 땋아 작은 받침을 만들고 있는 베스에게 말을 걸었다.

총사령관과 보좌관들은 곧 식탁보를 펼치고 먹을 것과 마실 것을 정렬했다. 그리고 초록 잎사귀로 예쁘게 장식까지 했다. 조는 커피가 다 됐다고 알렸다. 다들 정성 가득한 식사를 먹기 위해 자리에 앉았다. 젊은 사람치고 소화불량인 사람은 드문 데다가 운동을 한 덕에 다들 입맛이 돌았다. 정말 유쾌한 점심 식사였다. 모든 것이 신선하고 즐거웠다. 가끔 터지는 큰 웃음소리에 옆에서 먹이를 먹던 말이 깜짝깜짝 놀랐다. 식탁이 울퉁불퉁해 컵이 쓰러지고 접시가 엎어지기도 했다. 도토리가 우유 속으로 떨어지기도 했고 초대받지 않은 개미가 나타나 다과를 함께하기도 했으며 꿈틀꿈틀 애벌레가 무슨 일인가 싶어 나무에 매달려 내려다보기도 했다. 금발 머리 아이 셋이 울타리 너머로 엿보기도 하고 뭔가에 기분이 나쁜 개 한 마리가 강 저쪽에서 이쪽을 보고 힘껏 짖어댔다.

"여기 소금도 있어, 원한다면." 로리가 딸기가 담긴 접시를 조에게 건네며 말했다.

"고마워. 그런데 난 거미가 더 좋아." 조가 크림에 빠져 장렬한 최후를 맞은 경솔한 거미 두 마리를 건져 올리며 말했다. "그 끔찍했던 오찬을 다시 떠오르게 하다니, 너무해. 넌 이렇게 흠잡을 데 없이 훌륭한 파티를 열면서 말이야." 조의 말에 두 사람은 함께 웃었다. 그리고 도자기 접시가 부족했기 때문에 접시 하나에 음식을 담아 함께 먹었다.

"그날 난 정말 즐거웠는걸. 아직도 생각나. 그리고 이 파티는 내가 한 게 아니란 거 알잖아. 난 아무것도 하지 않아. 너랑 메그, 그리고 브룩 선생님이 다 이끌고 있는걸. 너한테 한없이 고마울 뿐이야. 식사가 끝나고 나면 뭘 할까?" 점심 식사를 하고 나면 카드놀이를 했었다는 생각을 하며 로리가 물었다.

"더 추워지기 전까지 카드놀이를 하자. 내가 '작가 카드 게임'을 갖고 왔어. 아마 케이트 양이 뭔가 새롭고 재미있는 걸 알 거 같아. 가서 물어봐. 케이트 양은 손님인데 네가 좀더 같이 있어줘야지."

"넌 손님 아니야? 내 생각에 케이트 양은 브룩 선생님이랑 더 어울리는 것 같아. 그런데 선생님은 메그하고만 이야기를 하시고 케이트 양은 그 우스꽝스러운 안경 너머로 두 사람을 노려보기만 하는걸. 그럼 가볼게. 그러니 예의범절 설교는 할 생각 하지 마. 네가 예의범절 설교라니 말도 안 돼."

케이트 양은 새로운 게임 몇 가지를 알고 있었다. 소녀들은 더 먹으려 하지 않았고, 소년들은 더 먹을 수가 없었기 때문에 '이야기 이어하기' 게임을 하기 위해 다 함께 응접실로 자리를 옮겼다.

"한 사람이 이야기를 시작하는 거예요. 말이 안 돼도 그냥 하고 싶은 만큼 길게 하다가 어떤 흥미로운 순간에 딱 멈추고 다음 사람이 이어가는 거죠. 그렇게 계속계속 이어가는 거예요. 아주 재미있는 놀이예요. 잘 이어나가면 비극적 희극적 이야기가 완벽하게 뒤범벅이 돼서 정말 웃기거든요. 자, 브룩 선생님부터 시작하시죠." 케이트가 브룩 선생님을 향해 명령하는 듯한 태도로 말하는 것을 보고 메그는 깜짝 놀랐다. 메그는 브룩 선생님을 그 어느 신사보다도 존경하고 있었기 때문이다.

두 아가씨의 발치께 잔디에 누워 있던 브룩 선생님이 그 멋진 갈색 눈으로 햇살이 반짝이는 강물을 바라보며 순순히 이야기를 시작했다.

"옛날 어느 기사가 행운을 찾아 세상으로 나갔습니다. 기사가 가진 거라고는 검과 방패뿐이었습니다. 그는 한참을 여기저기 떠돌아다녔습니다. 그러다 보니 거의 이십팔 년이 지났고, 그 사이 그는 고생을 많이 했죠. 그러던 어느 날 그는 참으로 착한 늙은 왕이 사는 궁전에 다다랐습니다. 그 늙은 왕에게는 아주 훌륭하지만 길이 들지 않은 수망아지가 있었어요. 노왕은 이 수망아지를 몹시 아꼈는데, 이를 길들여주는 사람에게 상을 내리겠다고 했죠. 기사는 자신이 길들여보겠다고 나섰어요. 기사는 천천히, 하지만 확실하게 망아지에게 올라탔죠. 녀석은 아주 씩씩한 놈이었으니까요. 유별나고 거칠었지만 망아지는 곧 새 주인을 사랑하게 됐습니다. 기사는 매일 왕의 망아지를 훈련시킬 때면 망아지에 올라타고 도시 전체를 돌아다니면서 꿈에서 수없이 만난 아름다운 얼굴 하나를 찾아 곳곳을 돌아봤어요. 하지만 찾지 못했죠. 어느 날, 기사가 말을 타고 조용한 거리를 활보하고 있는데 폐허가 된 성의 창에서 아름다운 얼굴을 봤습니다. 기사는 기뻐서 그 낡은 성에 누가 사는지 사람들에게 물었습니다. 그 성에는 마법에 걸린 공주들이 잡혀와 갇혀 있는데 자유를 살 돈을 벌기 위해 하루 종일 실을 잣고 있다고 사람들은 말했습니다. 그 공주들을 꼭 풀어줘야겠다는 생각을 했지만 가진 것이 없던 기사는 그저 매일같이 성으로 가 아름다운 얼굴이 나타나기만 기다렸죠. 햇살이 비치는 세상에서 그 얼굴을 볼 수 있기를 간절히 바라면서요. 결국 그는 성으로 들어가 어떻게 도우면 되는지 물어보겠다고 결심을 했습니다. 그는 성으로 가 문을 두드렸죠. 거대한 문이 활짝 열리자 그의 눈앞에—"

"황홀할 만큼 아름다운 여인이 나타나 기쁨에 넘쳐 소리쳤습니다. '마침내! 드디어!'" 프랑스 소설을 즐겨 읽고 그 문체를 좋아하는 케이트가 이어갔다. "'그녀다!' 귀스타브 백작이 소리치고는 너무 기쁜 나머지 그만 그녀의 발치에 쓰러지고 말았습니다. '오, 일어나세요!' 여인은 대리석처럼 고운 손을 뻗으며 말했습니다. '절대 그럴 수 없어요! 어떻게 하면 당신을 구할 수 있는지 말해주기 전에는.' 무릎을 꿇은 채 기사가 다짐했습니다. '아, 나의 잔인한 운명이 나의 폭군이 죽기 전까지 이곳에 있어야 한다고 저주를 내렸어요.' '그 악당은 어디에 있나요?' '연자줏빛 방에요. 용감한 심장을 가진

이여, 가서 저를 절망에서 구해주세요.' '당신의 말을 따르겠습니다. 승리해서 돌아오거나 죽음을 택하겠어요!' 이 무서운 말을 남긴 채 기사는 달려 나갔습니다. 연자줏빛 방의 문을 열어젖히고 들어가려는데―"

"커다란 그리스어 사전에 한 방 맞고 하마터면 기절이라도 할 뻔했습니다. 검은 가운을 입은 늙은 남자가 그를 향해 사전을 던진 거죠." 네드 차례였다. "곧 그 어쩌고저쩌고 경이 정신을 차리고 폭군을 창밖으로 날리고 여인에게 가기 위해 의기양양하게 돌아섰는데 그만 이마를 쾅 부딪치고 말았습니다. 문이 잠겨 있었던 거죠. 커튼을 찢어 줄사다리를 만들어 내려갔는데 반쯤 내려갔을 때 줄사다리가 끊어져 육십 피트 아래 해자로 곤두박질쳤습니다. 그는 성 주변을 오리처럼 헤엄치다 건장한 두 명의 남자가 지키고 있는 작은 문에 이르렀습니다. 두 사람의 머리를 붙잡고 호두 두 알처럼 서로 맞부딪쳐 쓰러트리고 나서 무지막지한 힘으로 아주 간단하게 문을 부수고 먼지가 일 피트 두께로 쌓여 있고 주먹만 한 두꺼비들과, 마치 양, 당신이 무서워서 기절할지도 모르는 징그러운 거미들로 뒤덮인 돌계단을 올라갔습니다. 계단 꼭대기에 이른 그는 그만 숨이 멎고 온몸이 오싹해지는 장면과 맞닥뜨렸습니다―"

"온통 하얀 옷을 입고 얼굴을 베일로 가린 채 손에는 램프를 든 키 큰 형체 하나가 나타난 것입니다." 메그가 계속했다. "그 형체는 손짓을 하더니 아무 소리도 없이 무덤처럼 차갑고 어두운 복도를 미끄러져 그의 앞으로 왔습니다. 복도 양옆으로는 갑옷을 입은 시커먼 인형들이 늘어서 있었고 죽음과 같은 고요함이 지배하고 있었습니다. 램프에서는 푸른빛으로 불이 타고 있었고 그 유령과 같은 형체는 이따금 그를 향해 얼굴을 돌렸는데 그때마다 하얀 베일 사이로 두 눈이 번뜩이는 게 보였습니다. 그들은 커튼이 드리워진 문에 다다랐습니다. 문 뒤에서 아름다운 음악이 들려왔죠. 기사가 문안으로 들어가려고 하자 유령이 그를 잡아당기더니 뭔가를 위협적으로 흔들었습니다. 바로—"

"코담뱃갑이었습니다." 조가 무덤에서 나오는 듯 음산한 목소리로 말하자 청중들이 몸을 떨었다. "'고맙소.' 기사가 정중하게 말했습니다. 코담배를 한 자밤 들이켠 기사는 일곱 번 거칠게 재채기를 했고 그 바람에 머리가 떨어져 나갔습니다. '하! 하!' 유령이 크게 웃었습니다. 유령은 공주들이 필사적으로 실 잣는 모습을 열쇠 구멍으로 몰래 훔쳐본 뒤 커다란 양철 상자 속에 희생자를 넣었습니다. 그 속엔 정어리처럼 머리가 없는 열한 명의 기사가 차곡차곡 쌓여 있었습니다. 그런데 그들이 일어나더니—"

"혼파이프 춤[60]을 추기 시작했습니다." 조가 숨을 쉬려고 잠깐 멈춘 사이 프레드가 끼어들었다. "그리고 그들이 춤을 추자 그 낡

---

60 영국 선원들 사이에 유행하던 춤.

은 성이 전속력으로 달리는 군함으로 바뀌었습니다. '삼각돛을 위로 올리고 중간돛 마룻줄을 감아. 바람 부는 쪽으로 키를 돌려. 포병, 위치로!' 앞돛대에 잉크처럼 새까만 깃발을 펄럭이며 포르투갈 해적선이 나타나자 선장이 소리쳤습니다. '가서 이기고 돌아오라, 선원들이여!' 선장이 말했습니다. 그리고 어마어마한 전투가 시작됐죠. 물론 늘 그랬듯 영국이 승리했습니다. 해적선의 선장을 포로로 잡은 후 해적들의 스쿠너[61]로 넘어가보니 갑판에는 시체들이 쌓여 있었고 배수구에는 피가 흐르고 있었습니다. '단검을 들고 끝까지 항전하라'는 명령이 있었던 겁니다. '갑판하사관, 이 악당이 자신의 죄를 빨리 실토하지 않으면 삼각돛 천으로 묶어버려.' 영국인 선장이 명령했죠. 하지만 포르투갈 해적은 재갈이라도 문 듯 입을 열지 않고 판자 위를 걸어갔습니다. 그리고 선원들의 미친 듯한 환호 속에서 그 사악한 개는 물속으로 뛰어들었죠. 그리고 군함 아래로 헤엄쳐 가서 배를 침몰시키기 위해 해수 밸브를 열었습니다. 군함은 돛을 올린 채로 가라앉기 시작했습니다. 아래로 아래로 아래로—"

"아, 이런! 무슨 이야기를 하지?" 샐리가 소리쳤다. 프레드가 자신이 좋아하는 책에서 읽은 이야기나 바다에서 쓰는 용어들을 뒤죽박죽 섞어 이야기했기 때문이다. "음, 배가 바닥으로 가라앉았습니다. 그런데 어느 착한 인어가 그들을 맞아주었죠. 인어는 머리가

---

61 쌍돛대 혹은 그 이상을 갖춘 범선의 일종.

없는 기사들이 담긴 상자를 보고 무척 슬퍼하며 친절하게 그들을 바닷물에 절였습니다. 그들을 둘러싼 수수께끼가 풀리길 바라면서요. 여자들이란 호기심이 많으니까요. 곧 잠수부 한 사람이 내려왔고, 인어는 '이 상자를 갖고 올라가주면 그 속에 든 진주를 드릴게요'라고 말했습니다. 그 가엾은 사람들에게 생명을 되찾아주고 싶었지만 자기 혼자서는 그 무거운 상자를 들고 갈 수 없었거든요. 그래서 그 잠수부는 그 상자를 갖고 올라갔습니다. 하지만 그 상자를 열어보니 실망스럽게도 진주는 없었어요. 그래서 잠수부는 사람이 오지 않는 광활한 들판에 그 상자를 버렸습니다. 그런데—"

"들판에서 뚱뚱한 거위 백 마리를 키우는 여자아이가 그 상자를 발견했습니다." 샐리의 이야깃거리가 바닥나자 에이미가 받았다. "그 소녀는 머리 잘린 기사들이 불쌍해서 그들을 도우려면 어떻게 해야 하는지 어느 노파에게 물었습니다. '네가 키우는 거위가 말해줄 것이다. 거위들이 모든 것을 알지.' 노파가 말했습니다. 그래서 소녀는 기사들에게 어떤 머리를 달아줄지 거위들에게 물었습니다. 기사들의 머리는 아예 없었기 때문이죠. 백 마리 거위들이 백 개의 부리를 열어 한목소리로 외쳤습니다—"

"'양배추!'" 로리가 바로 이어갔다. "'바로 그거야.' 소녀는 그렇게 말하고 밭으로 가 싱싱한 양배추 열두 포기를 따 왔습니다. 그리고 양배추를 목에 얹자 기사들은 바로 살아났습니다. 기사들은 소녀에게 고맙다고 인사를 하고 기뻐하며 각자 제 갈 길을 갔습니다. 그들의 머리가 뭐가 다른지는 전혀 알 수가 없었습니다. 세상에는 그들과 같은 머리가 너무 많아 머리에 대해 생각하는 사람은 아무도 없었거든요. 우리가 관심을 두는 그 기사는 다시 그 아름다운 얼굴을 찾아 나섰습니다. 그리고 공주들이 열심히 실을 자아 스스로 그곳을 벗어나 모두 결혼했다는 사실을 알게 됐습니다. 한 사람만 빼고 말이죠. 몹시 불안해진 기사는 옆에 서 있던 수망아지에 올라타고는 누가 남겨졌는지 보기 위해 물불을 가리지 않고 성으로 달려갔습니다. 울타리 너머로 몰래 보니 자신이 사랑하는 여왕이 정원에서 꽃을 따고 있었습니다. '저에게 장미 한 송이를 따주시겠습니까?' 기사가 물었습니다. '당신이 와서 따야 합니다. 저는 당신에게 갈 수가 없답니다. 적절하지 않은 일이니까요.' 꿀처럼 달콤한 목소리로 여왕이 말했습니다. 기사가 울타리를 넘어가려고 했는데 어찌 된 일인지 울타리가 점점 더 높아지는 것 같았습니다. 그래서 울타리를 부수고 가려고 했더니 이번에는 점점 더 두꺼워지는 겁니다. 절망에 빠진 기사는 인내심을 가지고 울타리의 가지를 하나하나 꺾어 작은 구멍을 만들었습니다. 구멍으로 안을 들여다보며 애원하듯 말했죠. '들여보내주세요! 제발 부탁입니다!' 하지만 아름다운 공주는 그 말을 못 들었는지 조용히 장미를 꺾고만 있었습니다. 기사가 안으로 들어오기 위해 분투하고 있는데도 말입니다. 그가 안으로 들어왔는지 어땠는지는 프랭크가 말해줄 겁니다."

"저는 못 해요. 저는 이야기 이어가기 놀이를 하지 않을 거예요." 이 말도 안 되는 곤경에서 어이없는 한 쌍을 구해야 한다는 게 당황스러운 프레드가 말했다. 베스는 이미 조 뒤로 숨어버렸고 그레이스는 잠이 들었다.

"그래서 그 가엾은 기사는 울타리에 끼어 있는 거야. 그렇지?" 브룩 선생님은 여전히 강을 바라보며 단춧구멍에 꽂은 들장미를 만지작거리고 있었다.

"제 생각엔 나중에 공주가 기사에게 꽃다발을 주고 문을 열어 줄 거 같아요." 로리가 미소를 지으며 브룩 선생님에게 도토리를 던졌다.

"이렇게 말도 안 되는 이야기를 지어내다니! 연습을 했더라면 좀 더 괜찮은 이야기를 만들었을 텐데. 다들 '진실' 알아요?" 자신들이 만든 이야기로 다들 한바탕 웃고 나자 샐리가 물었다.

"진실을 알았으면 좋겠어요." 메그가 진지하게 말했다.

"제 말은 진실 게임요."

"어떻게 하는 거죠?" 프레드가 물었다.

"다들 손을 내밀어 포개는 거예요. 숫자를 정하고 차례로 제비를 뽑아요. 번호를 뽑은 사람은 다른 사람이 어떤 질문을 해도 진실하게 대답을 해야 하는 거죠. 정말 재미있어요."

"해봐요, 우리." 새로운 시도라면 늘 좋아하는 조가 말했다.

케이트 양과 브룩 선생님, 메그와 네드는 빠지고 프레드와 샐리, 조, 로리가 손을 포개고 제비를 뽑았다. 로리가 당첨됐다.

"당신의 영웅은 누구입니까?" 조가 물었다.

"할아버지와 나폴레옹입니다."

"여기 여자 중에 누가 가장 예쁘다고 생각해요?" 샐리가 물었다.

"마거릿요."

"누구를 가장 좋아해요?" 프레드가 물었다.

"당연히 조입니다."

"이런 멍청한 질문들이라니!" 다들 로리의 '사실은 말입니다' 말투에 왁자지껄 웃자 조는 무시해버리듯 어깨를 으쓱했다.

"다시 해요. 나쁘지 않은 게임이네요." 프레드가 말했다.

"당신에게 아주 좋은 게임이죠." 조가 낮은 목소리로 쏘아붙였다.

다음은 조의 차례였다.

"당신의 가장 큰 단점은 뭡니까?" 프레드는 자신이 부족한 덕목을 조는 갖고 있는지 시험해봤다.

"급한 성격요."

"가장 갖고 싶은 게 뭐예요?" 로리가 물었다.

"구두끈 한 쌍." 조가 로리의 의도를 간파하고 빠져나갔다.

"진실한 대답이 아니잖아. 네가 정말 원하는 걸 말해야지."

"천재인데? 나한테 사주고 싶어 그러는 건 아니고?" 로리의 실망한 얼굴을 향해 조가 짓궂게 미소 지었다.

"남자에게 있어서 어떤 덕목이 가장 중요하다고 생각해요?" 샐리가 물었다.

"용기와 정직함요."

"이제 내 차례네요." 마지막으로 손을 빼며 프레드가 말했다.

"혼쭐을 내주자." 로리가 조에게 속삭이자 조가 고개를 끄덕이고는 곧장 물었다.

"크로케 경기에서 속임수를 썼나요?"

"음, 네, 조금."

"좋아요! 아까 한 이야기는 《바다사자》[62]에서 베낀 거 아닌가요?" 로리가 물었다.

"약간."

"영국이 모든 면에서 완벽하다고 생각하죠?" 샐리가 물었다.

"그렇게 생각하지 않는다면 나 자신을 부끄러워해야죠."

"진정한 영국인이군요. 자, 샐리 양, 뽑힐 차례를 기다리지 말고 그냥 해요. 무례한 질문인 줄은 압니다만 당신이 어느 정도는 바람둥이라고 생각지 않나요?" 로리가 물었다. 그 한편에서는 평화가 선포됐다는 신호로 조가 프레드에게 고개를 끄덕이고 있었다.

---

62 《The Sea Lion》(1853). 실베이너스 코브의 소설.

"정말 불손하군요! 물론 아니죠." 자신은 정반대라는 걸 증명하려는 듯 샐리는 쌀쌀맞게 소리쳤다.

"가장 싫어하는 게 뭐죠?" 프레드가 물었다.

"거미와 라이스 푸딩."

"가장 좋아하는 건 뭐예요?" 조가 물었다.

"춤추는 거랑 프랑스식 장갑요."

"자, '진실'은 아주 바보 같은 게임이에요. 기분 전환도 할 겸 좀 분별 있는 게임을 하죠. '작가 게임' 해요." 조가 제안했다.

네드와 프랭크, 그리고 어린 소녀들은 이 게임을 했고, 이 게임이 진행되는 동안 나이가 많은 세 사람은 따로 떨어져서 이야기를 나눴다. 케이트 양은 다시 그림을 꺼냈고 마거릿은 케이트를 지켜봤다. 브룩 선생님은 읽지도 않는 책을 가지고 잔디에 누웠다.

"정말 잘 그리네요. 나도 그림을 그릴 수 있으면 좋겠어요." 메그의 목소리에 부러움과 아쉬움이 뒤섞여 묻어났다.

"한번 배워보지그래요? 그림을 보는 눈도 있고 소질도 있는 거 같은데." 케이트가 우아하게 말했다.

"시간이 없어요."

"어머니께서 다른 교양을 배우기를 원하시나 보네요. 저희 어머니도 그러셨는데 개인 교습을 몇 번 받으면서 내가 소질이 있다는 걸 보여드렸죠. 그랬더니 그림을 그리라고 기꺼이 허락하셨어요. 메그 양도 저처럼 가정교사에게 그림을 배우면서 그려보면 어때요?"

"저는 가정교사가 없어요."

"아, 깜빡했어요. 미국에서는 영국에서보다 학교를 더 많이 간다죠? 미국 학교들도 매우 좋다고 아버지가 그러셨어요. 사립학교를 다니나요?"

"저는 학교에 가지 않아요. 저 자신이 가정교사예요."

"오, 그래요!" 케이트 양은 이렇게 말했지만 말하는 어조를 감안하면 '세상에, 어떡해!'라고 말하는 편이 어울릴 뻔했다. 그리고 자신의 표정 때문에 메그의 얼굴이 붉어지는 것을 보고 그렇게 대놓고 드러내지 말았어야 했다고 자책했다.

브룩 선생님이 고개를 들고 재빨리 말했다. "미국의 젊은 여성들은 그 조상들만큼이나 독립적이죠. 스스로 자립하는 것으로 존경받고 칭송받는답니다."

"아, 맞아요. 물론이죠! 젊은 여성들의 그런 면은 몹시 훌륭하고 타당하죠. 영국에도 그렇게 존경할 만하고 훌륭한 여성들이 많이 있죠. 그들은 귀족 가문에 고용되는데, 젠트리 계급 출신인 데다가 가정교육도 잘 받았고 교양도 있거든요." 케이트 양의 거만한 말투에 메그는 자존심이 상했다. 자신의 일이 불쾌할뿐더러 품위도 없는 것처럼 느껴졌다.

"그 독일 노래는 마음에 들었나요, 마치 양?" 어색한 침묵을 깨고 브룩 선생님이 질문했다.

"아, 네! 아주 달콤했어요. 누가 번역을 해주신 건지 모르겠지만 무척 고마워하고 있어요." 그렇게 말하면서 시무룩하던 메그의 얼굴이 환해졌다.

"독일어 못 읽어요?" 케이트 양이 놀란 표정으로 물었다.

"아주 잘 읽지는 못해요. 아버지가 독일어를 가르쳐주셨는데 지금 멀리 떠나 계시거든요. 제 발음을 바로잡아줄 사람이 없으니까 빨리 늘지가 않아요."

"지금 조금 해봐요. 여기 실러의 《마리아 슈투아르트》[63]와 가르치는 걸 좋아하는 가정교사가 있으니까요." 브룩 선생님은 자신의 책을 메그의 무릎에 내려놓으며 한번 해보지 않겠냐는 듯 미소를 지었다.

"너무 어려워서 엄두가 안 나는걸요." 메그는 고마웠지만, 교양 있는 젊은 숙녀를 옆에 두고 읽으려니 부끄러웠다.

"내가 조금 읽어볼게요. 용기를 드리는 차원에서요." 케이트 양이 가장 아름다운 구절 중 하나를 완벽한 발음으로, 그러나 완벽하게 감정 없이 읽었다.

브룩 선생님은 아무 말도 하지 않았다. 케이트 양이 책을 돌려주자 메그가 순수하게 말했다.

---

63 《Maria Stuart》(1800). 프리드리히 실러의 희곡.

"시를 읽는 것 같았어요."

"시가 있기는 해요. 이 구절을 읽어봐요."

가엾은 마리아가 비탄에 잠긴 부분을 펼치는 브룩 선생님의 입가에 묘한 미소가 떠올랐다.

이 새로운 가정교사가 긴 풀잎으로 가리키는 대로 메그는 고분고분 따라서 천천히, 그리고 소심하게 읽어 내려갔다. 그러는 사이 메그는 자신도 모르게 어려운 단어들로 이루어진 시를 음악 같은 목소리가 만들어내는 부드러운 어조로 읽고 있었다. 초록색 풀잎이 이끄는 대로 내려가다 보니 슬픈 장면에서 느껴지는 아름다움에 빠져버렸고 그 순간 듣는 사람이 있다는 사실조차 잊었다. 메그는 마치 혼자인 것처럼 불행한 여왕의 비극을 읽어 내려갔다. 그때 갈색 눈과 마주쳤다면 당장 읽기를 멈췄겠지만 메그는 책에서 눈을 떼지 않았고 독일어 수업은 망쳐지지 않고 계속될 수 있었다.

"아주 잘했어요, 정말이에요!" 메그가 멈추자 브룩 선생님이 말했다. 메그가 군데군데 실수를 했지만 개의치 않았고, 정말 '가르치는 것을 좋아하는' 사람처럼 보였다.

케이트 양은 안경을 쓰고 자신이 그린 그림을 찬찬히 살피더니 스케치북을 덮었다. 그리고 고고한 태도로 말했다.

"메그 양의 억양이 정말 좋네요. 언젠가는 훌륭하게 독일어를 읽을 수 있겠어요. 독일어를 배우라고 권해드리고 싶네요. 독일어는 교사들에게는 귀중한 교양이니까요. 저는 가서 그레이스를 돌봐야겠어요. 여기저기 뛰어다니고 있어서요." 케이트 양은 걸어가며 어깨를 으쓱하고는 혼자 중얼거렸다. "내가 여기 가정교사 한 사람 샤프롱[64] 해주려고 온 건 아니지. 아무리 그 가정교사가 젊고 예쁘대도. 양키들은 정말 이상해! 로리가 물들까 걱정돼."

"영국 사람들이 가정교사를 경멸한다는 사실을 깜빡했어요. 우리 미국인처럼 대하지 않는다더라고요." 짜증을 내며 저쪽으로 걸어가는 케이트 양의 뒷모습을 보며 메그가 말했다.

"가정교사들도 그래서 그곳에서는 힘들다고 들었어요. 우리 노동자들에게는 미국만 한 곳이 없어요, 마거릿 양." 브룩 선생님이 상당히 만족스럽고 명랑해 보여서 메그는 신세를 한탄한 자신이 부끄러웠다.

"미국에 살아서 얼마나 다행인지 몰라요. 내가 하는 일이 마음에 들지는 않지만 그 일에서 보람을 많이 느껴요. 그러니 불평하지 않을래요. 당신처럼 가르치는 일을 좋아하게 되길 바랄 뿐이에요."

"로리를 제자로 두면 당신도 가르치는 일을 좋아하게 될걸요. 내년에 로리를 떠나보내면 몹시 서운할 거예요." 브룩 선생님은 잔디에 구멍을 열심히 찔러대면서 말했다.

"아마 대학에 가는 건가 봐요?" 메그는 입으로는 그렇게 질문하

---

64 사교계에 나오는 미혼 여성을 따라다니며 돌봐주는 부인.

면서 눈은 이렇게 덧붙이고 있었다. '그럼 당신은 어떻게 되는 거죠?'

"네, 지금이 대학에 갈 적기죠. 거의 다 준비가 됐거든요. 로리가 대학에 가고 나면 저는 입대할 겁니다."

"아, 다행이네요!" 메그가 소리쳤다. "모든 젊은 남자들은 가고 싶어 할 거 같아요. 집에 남은 어머니와 누이들에게는 힘든 일이겠지만요." 메그는 서글프게 덧붙였다.

"저에게는 제가 죽든지 살든지 신경 써줄 어머니도 누이도 없어요. 친구도 거의 없고요." 브룩 선생님은 멍한 얼굴로 자신이 만든 구멍 속에 시든 장미를 꽂고는 작은 무덤처럼 흙을 덮으며 다소 쓸쓸히 말했다.

"로리와 할아버지가 많이 걱정할 거예요. 우리 식구들도 당신에게 나쁜 일이 생기면 걱정할 거고요." 메그가 진심을 담아 말했다.

"고맙습니다. 그 말을 들으니 기운이 나⋯⋯." 브룩 선생님은 다시 기분이 좋아진 듯했다. 그런데 그의 말이 다 끝나기도 전에 네드가 늙은 말을 타고는 이쪽으로 느릿느릿 다가왔다. 숙녀들 앞에서 승마 솜씨를 뽐내기 위해서였다. 그로써 그날의 고요함도 끝이었다.

"말 타는 거 좋아하지 않아?" 네드가 이끄는 대로 말을 타고 풀밭을 한 바퀴 돌고 난 후 쉬는 동안 그레이스가 에이미에게 물었다.

"무조건 좋아하지. 아빠가 부자였을 때 메그 언니는 종종 말을 탔어. 하지만 이제 우리 집엔 엘런 트리 말고는 말이 없거든." 그렇게 말하고 에이미는 소리 내어 웃었다.

"엘런 트리 이야기 좀 해줘. 당나귀니?" 그레이스가 호기심 가득한 목소리로 물었다.

"그게, 있잖아, 조 언니가 말을 엄청나게 좋아하거든. 나도 그렇고. 그런데 우리 집엔 말은 없고 낡은 안장뿐이야. 정원에 사과나무 한 그루가 있는데 가지 하나가 낮게 자라 있거든. 그래서 그 가지에 안장을 얹고 고삐로 고정해놓고는 타고 싶을 때마다 올라타고 달리는 거지. 그게 엘런 트리야."

"재미있다!" 그레이스가 웃음을 터뜨렸다. "우리 집에는 조랑말이 있어. 거의 매일 프레드 오빠랑 케이트 언니랑 조랑말을 타고 공원에 가. 친구들도 가기 때문에 진짜 좋아. 그리고 로[65]는 신사 숙녀들로 가득해."

"와, 정말 멋지다! 나도 언젠가는 외국에 가보고 싶어. 그런데 로보다는 로마를 가고 싶어." 로가 뭔지 모르는 에이미는 그 세계에 대해 더 묻지 않았다.

에이미와 그레이스 뒤에 앉아 두 사람이 하는 이야기를 듣던 프랭크는 남자애들이 온갖 재미난 운동을 신나게 하는 것을 보더니 더 이상 못 참겠다는 듯 목발을 밀쳐버렸다. 흩어져 있는 작가 카드를 모으던 베스가 고개를 들고는 특유의 수줍지만 다정한 태도로

---

65 로튼 로. 영국 런던 하이드파크 내 승마 도로.

말했다.

"피곤한 거 같은데 내가 뭐라도 도와줄까?"

"이야기해줘. 혼자 앉아 있으려니 지루해." 분명 집에서 귀하게 자랐을 법한 프랭크가 대답했다.

만약 프랭크가 베스에게 라틴어로 웅변을 해달라고 했다 하더라도 수줍음이 많은 베스로서는 그보다 더 불가능하다고 여겨지지 않았을 것이다. 하지만 달아날 곳도, 뒤에 숨겨주는 조도 없는 데다 가엾은 소년이 몹시 간절하게 베스를 바라보고 있었기에 베스는 한 번 해보기로 마음먹었다.

"무슨 이야기를 하고 싶어?" 베스가 물었다. 손이 서툴러 카드를 묶다가 반이나 떨어뜨리고 말았다.

"음, 크리케나 보트 타기, 사냥 이야기 듣고 싶어." 자신의 신체 조건에 맞는 오락거리를 아직 찾지 못한 프랭크가 말했다.

'이런! 어떡하지! 그런 건 하나도 모르는데.' 베스가 속으로 생각했다. 그러고는 너무 당황한 나머지 소년이 처한 불행을 깜빡 잊고 그가 말하도록 해야겠다고 생각했다. "난 사냥하는 걸 본 적이 없어. 사냥에 대해서는 네가 잘 알 거 같은데."

"한 번 해봤어. 하지만 그 후론 한 번도 해본 적 없어. 가로대가 다섯 개 있는 대문을 뛰어넘다가 다쳤거든. 그 후로 말을 타거나 사냥개와 사냥을 해본 적이 없지." 프랭크가 한숨을 쉬며 말했다. 그 모습을 본 베스는 그렇게 천진난만하게 실수를 한 자신이 미웠다.

"영국 사슴이 여기 미국의 못생긴 물소보다 훨씬 더 예쁘더라." 베스는 초원에서 도움을 받기로 했다. 조가 열광하는 소년용 책 중 한 권을 읽어둬서 다행이라는 생각이 들었다.

물소는 분위기를 부드럽게 풀어준 꽤 만족스러운 이야깃거리였다. 다른 사람을 즐겁게 해주는 데 열중한 나머지 베스는 자신을 잊을 정도였고, 끔찍한 남자아이들에게서 자신을 보호해달라고 애원하던 베스가 그중 한 명에게 열심히 이야기하고 있는 낯선 광경에 언니들이 놀라고 기뻐한다는 사실도 눈치채지 못했다.

"베스에게 축복이! 베스가 저 아이를 가엾게 여겨서 친절하게 대해주는 거야." 크로케 경기장에서 베스를 향해 따스하게 미소 지으며 조가 말했다.

"베스는 작은 성인聖人이라고 내가 늘 말했잖아." 더 이상 의심의 여지가 없다는 듯 메그가 덧붙였다.

"프랭크 오빠가 저렇게 많이 웃는 건 정말 오랜만에 봐." 그레이스가 에이미에게 말했다. 두 사람은 인형 이야기를 하면서 도토리로 찻잔 세트를 만들고 있었다.

"베스 언니는 마음만 먹으면 아주 미혹한 소녀지." 베스의 성공에 몹시 기뻐하며 에이미가 말했다. 사실 에이미는 '매혹적'이라고 말하려 했지만 그레이스는 '미혹하다'나 '매혹적이다'나 모두 정확한 뜻을 몰랐고 에이미의 말이 그럴싸하게 들려서 그저 멋진 표현이라 생각했다.

즉석 서커스에 술래잡기, 그리고 화기애애한 분위기 속에서 크로케를 하다 보니 날이 저물기 시작했다. 해가 지자 다 같이 천막을 걷고 음식 바구니를 정리하고 후프를 뽑았다. 그리고 보트에 짐을 싣고 강을 타고 내려갔다. 다들 목청껏 노래를 불렀는데 감정이 격해진 네드는 떨리는 목소리로 구슬픈 후렴이 있는 세레나데를 불렀다.

"나 홀로, 나 홀로, 아! 나 홀로."

그리고 이 구절에서─

"우리 모두 젊고 우리 모두 뜨거운 심장이 있는데
아, 왜 우리는 이렇게 차갑게 돌아서야 하나?"[66]

네드가 자못 아무 열의도 없는 나른한 표정으로 메그를 바라보자 메그는 그만 웃음을 터뜨렸고 결국 그의 노래를 망쳐버렸다.

"어떻게 나한테 그렇게 잔인할 수가 있죠?" 다른 사람들이 노래

66 제임스 러셀 로웰의 시 〈세레나데(The Serenade)〉(1840)의 일부.

를 하는 틈을 타 네드가 속삭였다. "그 뻣뻣한 영국 숙녀 옆에 하루 종일 붙어 있더니 이제는 나를 무시하는군요."

"그럴 생각이 아니었어요. 그런데 당신 표정이 너무 웃겨서 어쩔 수 없었다고요." 메그는 그의 원망에서 앞부분은 못 들은 체 무시하며 대답했다. 모팻네 파티에서 있었던 일과 그 후의 이야기들을 떠올리며 그를 피해왔던 건 사실이었기 때문이다.

마음이 상한 네드는 위로를 받을 수 있을까 싶어 샐리에게로 가서는 좀 뿌루퉁하게 말했다. "메그는 너무 빈틈이 없는 거 같아요. 안 그래요?"

"철벽이죠. 그렇지만 상냥한 사람이에요." 샐리는 친구의 단점을 말하면서도 감싸주었다.

"아무튼 상냥하게 빈틈없는 철벽이시죠." 네드는 재치 있는 말을 시도해봤는데, 젊은 신사들이 으레 그렇듯 성공적이었다.

처음 모였던 잔디밭에서 다정하게 인사를 나누며 모두 헤어졌다. 본 남매들은 캐나다로 갈 예정이었다. 마치가의 네 자매들이 정원을 지나 집으로 돌아가는 모습을 뒤에서 지켜보던 케이트 양이 그 어떤 거만함도 없는 어조로 말했다.

"감정을 드러내놓는 편이기는 해도 미국 소녀들은 알고 보면 참 좋은 사람들이네요."

"전적으로 동의합니다." 브룩 선생님이 말했다.

13

상상의 성

9월의 어느 따뜻한 오후, 로리는 흔들리는 해먹에 호사스럽게 누워 있었다. 이웃집 소녀들이 뭘 하고 있을까 궁금했지만 가서 찾아보기는 귀찮았다. 그날따라 로리는 기분이 좋지 않았다. 하루가 무익하고 만족스럽지가 않아서 할 수만 있다면 처음부터 다시 시작하고 싶었다. 더운 날씨 때문에 꾀가 난 로리가 공부를 빼먹고 도망 다니는 바람에 브룩 선생님의 인내는 한계에 도달했고 오후 반나절은 내내 피아노만 쳐서 할아버지를 언짢게 했다. 개들 중 한 마리가 미친 것 같다고 장난으로 넌지시 말했더니 여자 하인들이 겁을 먹고 반쯤 얼이 나가기도 했고, 자기 말을 잘 돌보지 않는다고 괜히 시비를 걸어 마구간지기와 격론을 벌이기도 했다. 결국 로리는 해먹에 털썩 몸을 누이고는 세상이 온통 엉망진창이라며 씩씩대고 있었다. 하지만 평화롭고 아름다운 풍경에 자기도 모르게 어느새 마음이

고요해졌다. 마로니에 나무의 우거진 녹음을 올려다보며 로리는 온갖 꿈을 꾸었다. 바다에 몸을 던지기도 하고 배를 타고 세상을 항해하기도 했다. 그때 웅성웅성 목소리가 로리를 순식간에 뭍으로 데려왔다. 해먹 그물 사이로 보니 마치 자매들이 무슨 탐험이라도 떠나려는 듯 밖으로 나오고 있었다.

'뭘 하려는 거지?' 로리는 졸린 눈을 뜨고 자세히 살펴봤다. 이웃 소녀들의 모습에서 다소 특이한 점이 발견됐다. 그들은 모두 커다랗고 펄럭이는 모자를 쓰고 갈색 리넨 주머니를 어깨에 둘러매고 긴 막대를 들고 있었다. 메그는 방석을, 조는 책을, 베스는 국자를, 에이미는 스케치북을 갖고 있었다. 모두 조용히 정원을 걸어서 작은 뒷문을 빠져나가 집과 강 사이에 자리한 언덕을 올라가기 시작했다.

"와, 너무한데!" 로리는 혼자 중얼거렸다. "나한테는 말도 않고 소풍을 가다니. 열쇠가 없으면 보트를 탈 수 없을 텐데. 아마 다들 잊은 거 같으니 내가 열쇠를 가져다줘야겠어. 그리고 뭐 하는지도 좀 보고."

로리는 모자를 여섯 개나 갖고 있으면서 모자 하나 찾는 데 꽤나 시간이 걸렸고 그다음엔 열쇠를 찾아 여기저기 뒤졌는데 결국 주머니 안에서 찾았다. 로리가 울타리를 뛰어넘어 쫓아갔을 때 자매들은 이미 시야에서 사라진 후였다. 로리는 보트 창고까지 지름길로

가 자매들이 나타나기를 기다렸지만 아무도 오지 않았다. 언덕을 올라가 살펴봤다. 소나무 숲으로 가려진 부분이 있었는데 그곳에서 솔방울을 스치는 바람 소리보다도, 귀뚜라미의 경쾌한 울음소리보다도 더 맑은 소리가 들려왔다.

'멋진 풍경이군!' 이렇게 생각하며 로리는 덤불 속을 들여다봤다. 이미 잠은 완벽하게 깬 것 같았고 기분도 좋아졌다.

그곳엔 한 폭의 그림이 펼쳐져 있었다. 그늘진 자리에 모여 앉은 자매들의 머리 위로 햇살과 그림자가 반짝이며 쏟아지고 있었고 그들의 머리칼을 스치며 부는 향기로운 바람이 뜨거운 뺨을 식혀주었다. 자매들이 이방인이 아니라 오랜 친구라는 듯 숲속의 모든 것들은 아무렇지 않게 제 할 일을 계속해서 하고 있었다. 메그는 방석에 앉아 하얀 손으로 기품 있게 바느질을 하고 있었다. 초록빛 숲속에서 분홍색 드레스를 입은 메그는 갓 피어난 향기로운 장미 한 송이 같았다. 베스는 소나무 아래에 높이 쌓인 솔방울을 골라내 이것저것 예쁜 것들을 만들었다. 에이미는 한 무더기의 고사리를 그리고 있었고 조는 큰 소리로 책을 읽으며 뜨개질을 했다. 그들을 지켜보는 소년의 얼굴에 그림자가 드리웠다. 초대받지 못했으니 그대로 돌아가야 할 것만 같았다. 하지만 로리는 돌아가지 못하고 머뭇거렸다. 집은 너무 외로운 반면 숲속의 이 조용한 파티는 로리의 들썩들썩한 마음에 더할 나위 없이 매력적으로 느껴졌다. 그때 분주하게 먹이를 모으던 다람쥐 한 마리가 무심코 소나무를 쪼르르 내려오다가 가만히 서 있는 로리를 발견하고는 비명을 지르며 뒤로 달아났다. 그 소리에 고개를 든 베스가 자작나무 뒤에 서 있는 간절한 표정의 얼굴을 알아봤다. 베스는 용기를 주듯 미소 지으며 손짓했다.

"내가 가도 괜찮아? 방해가 되진 않아?" 로리가 천천히 걸어가며 물었다.

메그가 눈썹을 치켜올렸다. 조는 그런 메그를 향해 반항하듯 얼굴을 찌푸리고는 당장 말했다.

"물론 와도 돼. 너한테도 말했어야 했는데 이런 여자애들 놀이는 좋아하지 않을 거라 생각했어."

"난 항상 너희 자매들의 놀이를 좋아해. 하지만 메그가 싫다면 갈게."

"네가 뭔가를 한다면 반대하지 않아. 여기서 빈둥거리는 건 규칙 위반이야." 메그가 진지하게, 하지만 자애롭게 말했다.

"고마워요. 여기 있게만 해주면 뭐든 할게요. 저기 아래는 사하라 사막처럼 지루하거든요. 바느질을 할까요, 책을 읽을까요, 도토리를 모을까요, 그림을 그릴까요, 아니면 모두 다 할까요? 뭐든 명령만 내려주세요. 전 준비가 됐어요." 로리는 고분고분한 표정으로 자리를 잡고 앉았다. 그 모습에 다들 즐거웠다.

"내가 뒤꿈치 부분을 뜰 동안 이 책을 마저 읽어줘." 조가 책을 건네며 말했다.

"네, 부인." 로리는 온순하게 대답하고 책을 읽기 시작했다. '부지런한 일꾼들의 모임'에 들어갈 수 있도록 허락해준 호의에 고마운 마음을 표현하기 위해 최선을 다했다.

이야기는 그리 길지 않았다. 책을 다 읽고 나자 로리는 그 보상으로 몇 가지 질문을 하기로 했다.

"부인, 매우 유익하고 매력적인 이 모임은 새로 만든 것인지 여쭤도 될까요?"

"로리에게 설명 좀 해줄래?" 메그가 동생들에게 청했다.

"웃을 텐데." 에이미가 경고했다.

"무슨 상관이야?" 조가 말했다.

"내 생각엔 로리가 좋아할 거 같은데." 베스가 덧붙였다.

"물론 좋아하고말고. 웃지 않는다고 약속할게. 조, 걱정 말고 다 말해봐."

"걱정이라니 말도 안 돼! 우리가 전에 《천로역정》 놀이를 했다는 건 너도 알 거야. 그런데 우리는 이어서 겨울에도, 여름에도 성실하게 계속해왔거든."

"응, 나도 알아." 로리가 사려 깊게 고개를 끄덕였다.

"누가 말해줬어?" 조가 물었다.

"유령들이."

"아니야, 내가 말해줬어. 어느 날 저녁에 언니들이 모두 나가고 로리가 좀 심심한 거 같아서 재미있게 해주려고 그랬어. 로리가 듣고 좋아했어. 그러니 나무라지 마, 조 언니." 베스가 얌전하게 말했다.

"비밀도 안 지키다니. 하지만 괜찮아. 지금 일일이 말해야 하는 수고를 덜었네."

"얼른 계속해봐." 조가 조금 언짢은 얼굴로 다시 뜨개질에 열중하자 로리가 재촉했다.

"아, 베스가 이 새로운 계획은 말해주지 않은 거야? 우리는 휴가를 쓸데없이 낭비하지 않으려고 노력했어. 의지를 가지고 각자 해야 할 일을 열심히 했지. 이제 휴가가 거의 끝나가고 할 일도 다 한 것 같아. 우리가 빈둥거리지 않았다는 게 너무 기뻐."

"그래, 나도 그렇게 생각해." 로리는 빈둥거리며 보낸 날들이 후회스러웠다.

"엄마는 가능한 한 우리를 밖으로 내보내고 싶어 하셔서 일감을 갖고 여기로 와서 즐겁게 시간을 보내는 거야. 재미 삼아 이 가방 속에 우리 물건을 넣고 낡은 모자를 쓰고 막대기를 짚고 언덕을 올라와서 몇 년 전에 하던 것처럼 《천로역정》 놀이를 해. 우리는 이 언덕을 '기쁨의 산'이라고 불러. 멀리까지 볼 수 있고 언젠가 우리가 살고 싶은 곳도 볼 수 있으니까."

조가 손가락으로 가리키는 곳을 보기 위해 로리가 고쳐 앉았다.

나무들 사이로 넓고 푸른 강이 보이고 강 건너로 초원도 보였다. 거대한 도시[67]의 외곽 너머 저 멀리로 하늘과 맞닿을 듯 높이 솟은 초록색 산도 보였다. 저물어가는 가을 햇살에 하늘이 빛나고 있었다. 황금빛과 자줏빛의 구름이 산꼭대기에 걸려 있고, 천상의 도시에 솟은 첨탑처럼 은백색으로 빛나는 봉우리들이 불그스름한 빛으로 물들어갔다.

"정말 아름답다!" 로리가 나지막하게 속삭였다. 로리는 어떤 종류의 아름다움도 빨리 알아보고 느낄 줄 아는 사람이었다.

"저런 광경 자주 봐. 우리는 저 풍경을 지켜보는 것을 좋아해. 단 한 번도 같은 모습은 아니었지만 늘 훌륭하거든." 데이미는 그 풍경을 그리고 싶은 마음이 간절했다.

"조 언니가 말한 우리가 언젠가 살고 싶은 곳은 진짜 시골을 말하는 거야. 돼지도 있고 닭도 있고 건초도 만드는 그런 곳. 정말 좋을 거야. 하지만 난 저 하늘 위에 있는 아름다운 곳이 진짜였으면 좋겠어. 우리가 가볼 수 있도록 말이야." 베스가 생각에 잠겨 말했다.

"그곳보다 더 아름다운 곳이 있어. 머지않아 우리는 꼭 가게 될 거야. 우리가 그곳에 들어갈 수 있을 만큼 충분히 선할 때." 메그가 달콤한 목소리로 말했다.

"기다리는 시간이 너무 길고 힘들어. 저 제비처럼 당장이라도 날

---

67 보스턴.

아서 그 아름다운 대문으로 들어가고 싶어."

"베스, 넌 곧 그곳에 가게 될 거야. 염려 마." 조가 말했다. "그곳에 가기 위해 싸우고 일하고 기어오르고 기다려야 할 사람은 나야. 그러다 결국 영원히 못 들어갈 수도 있고."

"위안이 될지 모르겠지만 나도 너와 같은 처지야. '천상의 도시'가 보이는 곳에 이르기 전에 엄청나게 많은 곳을 거쳐야 할 거야. 혹시 내가 늦게 도착하면 나를 위해 좋은 말을 많이 해줘야 해. 그럴 거지, 베스?"

로리의 표정에 뭔가 부담이 느껴졌지만 베스는 변해가는 구름을 가만히 쳐다보며 유쾌하게 대답했다. "사람들이 정말 가길 원한다면, 그래서 정말 온 생을 바쳐 최선을 다해 노력한다면 들어갈 수 있을 거라 생각해. 난 그 문에 열쇠가 있다거나 문지기가 지키고 있다고 생각하지 않아. 항상 그림 속 모습 그대로일 거라 상상해. 빛나는 사람들이 강에서 올라오는 가엾은 기독교인들을 맞아 두 손을 내밀어줄 거야."

"우리가 만든 상상의 성들이 모두 진짜가 돼서 우리가 들어가서 살 수 있다면 정말 재미있을 거 같지 않아?" 잠시 침묵이 흐른 뒤에 조가 말했다.

"난 너무 많이 만들어서 내가 어떤 걸 만들었는지 찾기가 힘들 거야." 로리는 바닥에 누운 채 자신을 보고 달아났던 다람쥐에게

도토리를 던지며 말했다.

"가장 좋아하는 거 하나를 골라야 한다면 뭘 고를 거야?" 메그가 물었다.

"내가 말하면 메그도 말해줄 건가요?"

"좋아, 모두 다 말한다면."

"그럴게. 자, 로리부터!"

"실컷 세상을 돌아보고 나니 저는 독일에서 살고 싶어졌어요. 그곳에서 원하는 만큼 음악을 할 거예요. 유명한 음악가가 돼서 모든 사람들이 제 음악을 들으러 오게 할 거예요. 돈이나 사업 같은 건 신경 쓰지 않고 그냥 내가 하고 싶은 대로 하면서 살 거예요. 이게 내가 가장 좋아하는 성이에요. 메그, 당신의 성은 뭐예요?"

마거릿은 자신의 성을 설명하는 것을 조금 힘들어했다. 있지도 않은 모기라도 쫓는 듯 고사리를 얼굴 앞에서 마구 흔들더니 천천히 말했다. "나는 온갖 화려한 물건들로 가득한 아름다운 집을 갖고 싶어. 좋은 음식과 예쁜 옷, 멋진 가구, 유쾌한 사람들, 그리고 엄청난 돈. 난 그 집의 여주인이니까 그 모든 것들을 마음대로 할 거야. 하인들도 많아서 일할 필요도 없지. 얼마나 즐거울지! 하지만 난 빈둥거리지 않을 거야. 좋은 사람이 돼서 모두에게 사랑받을 거야."

"그 상상의 성에 남자 주인은 없나요?" 로리가 짓궂게 물었다.

"내가 분명히 '유쾌한 사람들'이 있을 거라고 했을 텐데." 그리고 메그는 아무도 자신의 얼굴을 볼 수 없도록 조심스레 신발 끈을 묶었다.

"훌륭하고 현명하고 착한 남편과 천사 같은 아이들과 함께 살거라고 말하면 되잖아? 그들이 없으면 언니의 성은 완벽하지 않잖아." 아직 그런 상상은 해본 적 없을 뿐 아니라 책 속에 나오는 낭만 외에는 다소 냉소적인 조가 퉁명스럽게 말했다.

"네 집에는 말이랑 잉크통, 소설책만 가득하겠지." 메그가 뿌루퉁해서 말했다.

"왜 아니겠어. 마구간에는 아랍종 말들로 가득하고 방에는 책이 쌓여 있을 거야. 마법의 잉크통에서 잉크를 찍어 쓴 내 작품은 로리의 음악만큼 유명해질 거야. 내 성으로 가기 전에 나는 뭔가 훌륭한 일을 하고 싶어. 내가 죽은 후에도 잊히지 않을 만큼 영웅적이거나 아주 대단한 일 말이야. 그게 어떤 일일지는 잘 모르겠지만 열심히 찾고 있어. 언젠간 너희 모두를 놀라게 해줄 거야. 내 생각엔 책을 쓸 거 같아. 그래서 유명해지고 돈도 많이 벌 거야. 그게 나랑 어울리는 거 같아. 이게 내가 가장 원하는 꿈이야."

"내 꿈은 집에서 엄마 아빠와 함께 안전하게 살면서 가족들을 돕는 거야." 베스가 만족스럽게 말했다.

"뭐 다른 건 없어?" 로리가 물었다.

"이제 작은 피아노가 있으니 완벽하게 만족해. 그저 우리 모두

다 함께 건강하게 잘 살았으면 좋겠어. 다른 건 없어."

"난 소원이 정말 많아. 그중에 가장 소중한 건 화가가 돼서 로마로 가는 거야. 그래서 훌륭한 그림을 그려 이 세상 최고의 화가가 되는 거지." 참으로 소박한 에이미의 소망이었다.

"우리 모두 너무 야심만만한데. 그렇지 않아? 베스만 빼고 다들 각자의 분야에서 부자가 되고 유명해지고 훌륭해지기를 원하잖아. 누가 정말 소원을 이루게 될지 정말 궁금해지는데" 로리가 상념에 빠진 송아지처럼 풀을 씹으면서 말했다.

"나는 상상의 성에 들어갈 열쇠를 갖고 있어. 하지만 문을 열 수 있을지 어떨지는 두고 봐야겠지." 조가 의미심장하게 말했다.

"나도 열쇠를 갖고 있지만 열어볼 수가 없어. 대학부터 가야 하니까!" 로리가 초조하게 한숨을 쉬며 중얼거렸다.

"난 이게 내 열쇠야!" 에이미가 연필을 흔들었다.

"난 없어." 메그가 쓸쓸하게 말했다.

"아니요, 갖고 있잖아요." 로리가 재빠르게 말했다.

"어디에?"

"메그 얼굴에요."

"말도 안 돼. 그건 아무 소용 없어."

"메그 얼굴이 행운을 가져다줄지 한번 두고 봐요." 로리는 작고 매혹적인 비밀을 떠올리며 웃었다. 왠지 로리는 그 비밀의 속내를 알 것 같았다.

고사리로 감춘 메그의 얼굴이 붉어졌다. 하지만 아무것도 묻지 않았다. 그날 기사 이야기를 할 때의 브룩 선생님처럼 기대에 찬 표정을 지으며 강 건너를 바라볼 뿐이었다.

"십 년 후에도 우리 모두 살아 있다면 만나서 우리 중 누가 소원을 이뤘는지, 지금보다 얼마나 소원에 가까워졌는지 보자." 언제나 계획이 준비돼 있는 조가 말했다.

"세상에! 십 년 후엔 내가 몇 살이니, 스물일곱 살!" 이제 겨우 열일곱 살이 됐으면서 벌써 스스로 어른이라고 느끼는 메그가 소리쳤다.

"테디, 너랑 나랑은 스물여섯 살이야. 베스는 스물네 살, 에이미는 스물두 살. 존경받는 어르신들 모임이겠는데!" 조가 말했다.

"그때 즈음이면 뭔가 자랑스러운 일을 이루어야 할 텐데. 하지만 난 너무 게으른 아이라 그때까지도 빈둥거리고 있지 않을까 걱정돼, 조." 로리가 말했다.

"엄마가 너는 동기 부여가 필요하다고 하셨어. 동기만 있으면 매우 훌륭하게 해낼 거라고 장담하셨거든."

"정말? 기회만 있다면 꼭 그러고 싶어!" 로리가 갑자기 기운을 내 고쳐 앉으며 큰 소리로 말했다. "할아버지를 기쁘게 해드리고 싶어. 그러려고 노력하지만 그 일들은 성미에 맞지 않고 어려워. 할아버지는 내가 당신의 뒤를 이어 인도 무역상이 되길 바라시지만 그러느니 차라리 총을 맞겠어. 할아버지의 오래된 배에 싣고 오는 차, 실크, 향료 같은 온갖 잡동사니들이 난 너무 싫어. 주인이 되면 난 아마 그런 것들을 싣고 오던 배가 언제 가라앉든 상관하지 않을걸. 일단 대학에 가면 할아버지가 만족하실 거야. 그렇게 사 년을 있다 보면 할아버지도 나를 사업에서 자유롭게 해주실지도 모르지. 하지만 할아버지 마음이 안 바뀌면 난 꼼짝없이 할아버지가 시키는 대로 해야 해. 아버지가 하신 대로 나만을 위해 도망이라도 가지 않는다면 말이야. 만약 할아버지 곁에 누군가 남아 있다면 난 내일이라도 당장 하고 싶은 대로 할 거야."

로리가 흥분해서 말했다. 약간만 부추기면 당장이라도 자신의 말을 실행에 옮길 기세였다. 좀 빈둥거리긴 해도 토리는 빠르게 자라고 있었고 보통의 젊은 남자들처럼 얽매이는 것을 싫어했다. 스스로 세상에 도전해보고 싶은 욕망이 가득했다.

"네 배를 타고 멀리 떠나. 그리고 원하는 대로 해보기 전에는 집에 돌아오지 않는 건 어때?" 로리의 이야기를 들은 조는 '테디의 나쁜 짓'이라고 하면서도 연민을 느껴 그런 과감한 제안을 하고 말았다.

"옳지 않아, 조. 그렇게 말하면 안 돼. 그리고 토리도 조의 나쁜 충고를 따르지 말고 할아버지가 원하시는 대로 해야 해." 메그가 한껏 엄마 같은 어조로 말했다. "대학에서 최선을 다해보렴. 네가 할아버지를 기쁘게 해드리기 위해 노력하는 걸 아시면 너를 힘들게 하거나 부당하게 대하지 않으실 거야. 네가 말한 대로 지금 할아버지 곁에는 함께 있을 사람도, 사랑을 드릴 사람도 없어. 그런데 허락도 받지 않고 네가 떠나버린다면 언젠가 넌 너 자신을 절대 용서하지 못하게 될 거야. 절망하거나 짜증 내지 말고 네가 할 일을 해. 그럼 브룩 선생님처럼 존경받고 사랑받는 것으로 보상받을 거야."

"선생님에 대해서 뭘 알고 있어요?" 로리가 물었다. 좋은 충고가 고맙긴 하지만 연설은 듣고 싶지 않았고, 더욱이 유난스레 감정이 폭발한 후라 자신으로부터 화제를 바꾸는 것이 반가웠다.

"할아버지께서 우리 엄마에게 말씀하시는 것을 들었을 뿐이야. 모친이 돌아가실 때까지 지극정성으로 보살펴드렸고, 좋은 사람의 가정교사로 외국으로 갈 기회가 있었지만 어머니를 떠날 수 없어서 가지 않았다고 하셨어. 어머니를 돌보던 노부인에게 지금도 남몰래 많은 것을 도와드린다고도 하고. 더없이 너그럽고 참을성 있고 착한 분이셔."

"아, 할아버지!" 메그의 이야기에 얼굴까지 붉어지며 진지해진 로리는 메그가 말을 멈추자 진심을 다해 말했다. "선생님의 선한 인품을 다른 사람들에게 전해서 선생님이 인정받도록 하시다니. 브룩 선생님은 왜 마치 부인께서 그렇게 잘 대해주시는지 이해를 못 하셨죠. 늘 저와 함께 불러서 다정하게 대해주셨거든요. 선생님은 마치 부인이 그저 완벽한 사람이라 그렇다 생각하고 그 이야기를 하고 또 했어요. 여러분 모두에 대해서도 열정적으로 이야기했죠. 내가 소원을 이룬다면 브룩 선생님께 꼭 보답해드릴 거예요. 두고 보세요."

"지금 당장 보답을 시작하지 그러니. 선생님 좀 그만 괴롭혀." 메그가 톡 쏘아붙였다.

"내가 선생님을 괴롭히는지 어떻게 알아요?"

"선생님이 가실 때 얼굴을 보면 알 수 있지. 네가 착하게 군 날은 선생님의 표정이 만족스러워 보이고 걸음걸이도 활기차. 너 때문에 괴로웠던 날은 표정이 무겁고 걸음도 느려. 마치 시간을 되돌려 다시 더 잘해보고 싶다는 듯이 말이야."

"아하, 그거 좋은 방법이네요! 그러니까 선생님 얼굴을 보고 내가 착했는지 나빴는지 점수를 매기고 있군요. 그렇죠? 메그의 창문을 지나갈 때 선생님이 인사를 하고 미소를 짓는다는 건 알았지만 메그가 그렇게 신호를 받고 있는 줄은 몰랐어요."

"그건 아니야. 화내지 마. 아, 선생님께 내가 그런 말 했다고 하지 마. 그냥 네가 잘하고 있는지 내가 걱정하고 있다는 걸 말해주고 싶었을 뿐이야. 그리고 여기서 말한 건 우리끼리만 아는 걸로 하자." 메그는 자신의 경솔한 말 때문에 어떤 일이 있을지 생각만으로도 놀란 듯했다.

"말하지 않을게요." 로리는 특유의 '고고한' 태도로 대답했다. '고고하다'라는 건 로리가 종종 그런 표정을 지을 때마다 조가 쓰는 표현이었다. "선생님이 온도계 노릇이라도 하고 계시는 거면 제가 더욱더 신경 써서 선생님이 화창한 날씨를 예보할 수 있도록 해야겠군요."

"제발 기분 나빠하지 마. 설교나 잔소리를 하려거나 어리석게 굴려던 건 아니었어. 난 그저 조 때문에 네가 후회스러운 감정에 빠지게 될까 봐 걱정됐을 뿐이야. 네가 우리 모두에게 너무나 친절해서 꼭 우리 가족 같거든. 그래서 마음속에 있는 걸 그냥 말하게 된 거야. 좋은 뜻으로 한 말이니 용서해줘!" 메그는 악수를 청했다. 다정함과 쑥스러움이 담겨 있었다.

순간적으로 성질부린 것이 부끄러워 로리는 그 다정한 작은 손을 꼭 쥐고는 솔직하게 말했다. "용서를 빌어야 할 사람은 저예요. 하루 종일 짜증이 나고 기분이 좋지 않았어요. 진짜 가족처럼 제 잘못을 모두 말해주세요. 가끔 제가 툴툴거려도 신경 쓰지 마세요. 늘 고마운 마음이니까요."

기분이 나쁘지 않다는 것을 보여주기 위해 로리는 최대한 나긋나긋하게 굴었다. 메그에게는 실을 감아주고 조에게는 시를 읽어줬다. 베스에게는 소나무를 흔들어 솔방울를 떨어트려주고 에이미가 고사리 그리는 것을 도왔다. 그렇게 자신이 '부지런한 일꾼들의 모임'에 최적화된 사람임을 증명해 보였다. 거북(마침 강에서 기어 나와 어슬렁거리고 있던 사랑스러운 한 생명체가 있었다)의 습성에 대해서 열띤 토론을 벌이고 있는데 희미하게 종소리가 들렸다. 해나가 차를 우리고 있으니 저녁을 먹으러 집으로 가야 한다는 뜻이었다.

"또 와도 되나요?" 로리가 물었다.

"응, 네가 좋으면 와도 돼. 그리고 소년들을 위한 지침서에서 말하듯 책을 사랑하렴." 메그가 미소 지으며 말했다.

"노력할게요."

"그럼 와도 좋아. 스코틀랜드식 뜨개질을 가르쳐줄게. 마침 양말이 필요하던 참이었거든." 문 앞에서 헤어질 때 조는 뜨개질감을 푸른 깃발처럼 흔들며 말했다.[68]

그날 저녁 해 질 무렵 베스가 로렌스 씨에게 피아노 연주를 해줄 때 로리는 커튼 그림자 속에 서서 어린 다윗의 연주를 들었다.[69] 로리가 기분이 언짢을 때 그 간결한 음악은 항상 마음을 진정시켜줬다. 그리고 몹시 사랑하였으나 이제는 저세상으로 간 손녀를 그리워하며 턱을 괴고 앉은 회색 머리 할아버지를 지켜봤다. 오후에 마

---

[68] 남북전쟁 동안 북부군 시민들은 푸른색 군복에 맞춰 푸른색 양말 같은 소품들을 만들어 후원했다.

[69] 《구약성서》 사무엘상 16:23 "악령이 사울에게 내릴 때마다 다윗은 수금을 뜯었다" 참조.

치 자매들과 나눈 대화를 떠올리던 로리는 기꺼운 마음으로 희생하리라 결심했다. "나의 성은 포기하고 할아버지가 나를 필요로 하시는 동안은 함께 있어드려야지. 할아버지에겐 내가 전부이니까."

14

조의 첫걸음

 10월 들면서 쌀쌀해지고 오후가 짧아지자 조는 다락방에서 분주했다. 다락방 높은 창문으로 햇살이 따뜻하게 내리쬐는 시간은 하루 중 두세 시간이었는데, 그날도 조는 그 햇살 속에서 낡은 소파에 앉아 큰 여행 가방 위에 종이를 펼쳐놓은 채 열심히 뭔가를 쓰고 있었다. 조의 친구 생쥐 스크래블은 수염을 자랑스럽게 여기는 큰아들 생쥐와 함께 머리 위 들보를 산책 중이었다. 조는 글쓰기에 완전히 몰입해 있었다. 글을 휘갈겨 쓰며 마지막 쪽까지 완성한 후 과장된 몸짓으로 자신의 이름을 서명하고는 펜을 던지듯 내려놓으며 소리쳤다.
 "자, 난 최선을 다했어! 이 글이 부족하다고 한다면 다시 연습을 하며 기다려야겠지."
 소파에 드러누운 채 조는 원고를 찬찬히 읽어 내려갔다. 여기저기 줄표를 쓰고 작은 풍선같이 보이는 느낌표를 잔뜩 넣었다. 그러고는 빨간 끈으로 원고지를 묶은 후 진지하고도 간절한 표정으로 원고 뭉치를 잠깐 바라봤다. 그 모습만으로도 조가 얼마나 열심히 글을 썼는지 알 수 있었다. 조는 벽에 걸린 오래된 양철 반사 오븐을 책상으로 쓰고 있었는데 그 속에 종이와 책 몇 권을 넣고 스크래블이 들어가지 못하도록 안전하게 닫아 보관하고 있었다. 그러지 않으면 문학적 성향이 다분한 스크래블이 서가를 누비면서 책을 갉아먹을 것이 분명했다. 이 양철 저장소에서 조는 또 다른 원고 하나를 꺼내서 빨간 끈으로 묶은 원고 뭉치와 함께 주머니에 넣고 조용히 계단을 내려갔다. 이제 조가 내려가고 나면 남은 친구들이 마음껏 펜을 물어뜯고 잉크를 맛볼 터이다.

   조는 최대한 조용히 외투를 입고 모자를 쓴 후 뒤쪽 창문을 통해 나가 현관 지붕 위에 섰다. 그리고 몸을 날려 풀이 무성한 둑으로 뛰어내린 후 우회로를 통해 큰길로 갔다. 일단 그곳에서 마음을 진정시킨 조는 지나가는 승합마차를 잡아 타고 시내까지 갔다. 그런 조의 모습은 매우 유쾌하면서도 뭔가를 감추고 있는 듯 보였다.

   조의 모습을 지켜본 사람이라면 누구라도 그 행동이 확실히 이상하다고 생각했을 것이다. 마차에서 내리자마자 조는 아주 빠른 걸음으로 복잡한 어떤 거리에 있는 어떤 주소지로 갔다. 힘들게 찾은 그곳 입구에 서서 더러운 계단을 올려다보더니 잠깐 동안 꼼짝 않고 서 있었다. 그러다가 갑자기 도로로 뛰어가 올 때와 마찬가지로 재빨리 걸어갔다. 조는 이런 행동을 몇 번 반복했는데 건너편 건물의 창가에서 검은 눈의 젊은 신사가 재미있다는 듯 그 모습을 지켜보고 있었다. 세 번째로 돌아온 조는 몸을 한 번 흔들더니 모자를 눈까지 내려쓰고는 마치 이를 몽땅 뺄 사람처럼 계단을 걸어 올라갔다.

건물 입구를 장식한 간판 중에 치과 간판이 있었다. 천천히 열렸다 닫히는 고른 치아의 인공 턱 모형을 유심히 바라보던 젊은 신사는 외투를 입고 모자를 집어 들고 내려왔다. 그리고 미소를 띤 얼굴로 건너편 건물 입구에 서서 가볍게 몸을 떨며 말했다.

"혼자 왔다고 생각하겠지. 하지만 고생을 하고 나왔으니 집에 함께 가줄 사람이 필요할 거야."

십 분 후 조가 새빨개진 얼굴로 달려 내려왔다. 방금 막 어떤 시련을 겪은 사람에게서 흔히 볼 수 있는 표정을 짓고 있었다. 젊은 신사를 본 조는 분명히 기쁜 표정이었지만 고개만 한 번 까딱하고는 그냥 지나가버렸다. 젊은 신사가 따라가며 위로하듯 물었다.

"힘들었어?"

"그다지."

"그래도 빨리 끝났네."

"응, 감사하게도!"

"왜 혼자 온 거야?"

"아무에게도 알리고 싶지 않았어."

"정말 너처럼 특이한 애는 처음 본다니까. 몇 개나 뺀 거야?"

조는 무슨 말인지 모르겠다는 눈길로 친구를 바라봤다. 그러더니 마치 뭔가 대단히 재미있다는 듯 웃음을 터뜨렸다.

"두 개를 뽑고 싶었지만 일주일 기다려야 한대."

"왜 웃는 거야? 또 장난치려고 그러는구나, 조." 로리가 종잡을 수 없다는 표정으로 말했다.

"너도 장난치는 거지. 그 당구장에서 뭘 하셨나요, 선생님?"

"죄송하지만, 부인, 거긴 당구장이 아니라 체육관이었어요. 펜싱 수업을 받고 있었답니다."

"듣던 중 반가운 이야기네!"

"왜?"

"나 펜싱 가르쳐줘. 그리고 〈햄릿〉 연극할 때 네가 레어티스 역을 맡으면 되겠다. 근사한 펜싱 장면을 만들 수 있을 거야."

로리가 소년들 특유의 기분 좋은 웃음을 터뜨렸고 그 모습에 지나가던 사람들이 자기도 모르게 미소 지었다.

"우리가 〈햄릿〉 연극을 하든 안 하든 내가 펜싱을 가르쳐줄게. 굉장히 재미있거든. 물론 자세도 훌륭하게 잡아줄게. 하지만 네가 그렇게 단호하게 '반가운 이야기'라고 한 게 단지 그 이유만은 아닐 것 같은데. 안 그래?"

"그래, 맞아. 네가 당구장에 간 게 아니라서 반가웠어. 난 네가 그런 곳에 가지 않길 바라거든."

"그렇게 자주 가지는 않아."

"난 네가 안 갔으면 좋겠어."

"그렇게 나쁜 곳은 아니야, 조. 집에도 당구대가 있지만 잘하는 상대가 없으면 재미가 없거든. 난 당구를 좋아하니까 가끔 이곳에 와서 네드 모팻 같은 친구들과 게임을 하는 거야."

"아, 이런, 넌 이제 당구를 점점 더 좋아하다가 시간도 낭비하고 돈도 낭비하게 될 거야. 그러다가 그런 끔찍한 남자애들처럼 되겠지. 난 네가 반듯한 사람으로 있어주면 좋겠어. 그리고 친구들에게 자랑거리가 되면 좋겠어." 조가 고개를 저으며 말했다.

"반듯함을 저버리지 않는 선에서 이따금 순수하게 즐겨도 안 되는 거야?" 로리가 화가 난 듯이 물었다.

"어디에서 어떻게 즐거움을 찾느냐에 달렸겠지. 난 네드와 그 무리가 싫어. 너도 그 애들을 멀리했으면 좋겠어. 네드가 우리 집에 오고 싶어 하더라도 엄마가 못 오게 하실걸. 만약에 네가 네드처럼 자란다면 우린 지금처럼 함께 어울리지 못할 거야. 엄마가 반대하실 테니까."

"그러실까?" 로리가 걱정하며 물었다.

"응, 엄마는 시류를 좇는 젊은 남자를 못 견디셔. 그런 사람들이랑 어울리게 하느니 차라리 우리를 상자에 가둬두실걸."

"어머니가 상자를 꺼내실 일은 없어. 난 시류를 좇는 편도 아니고 그럴 마음도 없으니까. 종종 해롭지 않을 만큼만 흥청망청 놀고 싶을 뿐이야."

"그래, 아무도 말리지 않아, 그렇게 놀아. 하지만 빗나가면 안 돼. 알지? 그러면 우리가 함께 보낸 좋은 시간도 다 끝이야."

"한 점 티끌 없는 성인聖人이 될게."

"성인은 싫어. 그저 소박하고 정직하고 반듯한 애면 돼. 그럼 우리는 널 저버리지 않을 거야. 만약 네가 킹 아저씨네 아들처럼 행동한다면 나는 도무지 어떡할지 모르겠어. 그 애는 돈은 많은데 제대로 쓸 줄은 모르잖아. 술에 취해 비틀거리고 도박을 하고 그러다 도망쳤지. 아마 아버지 이름을 위조하기도 했을걸. 정말 진절머리가 나는 애야."

"나도 그럴 거 같다는 거야? 굉장히 고마운데."

"아니야, 아, 진짜 아니야! 하지만 돈이 많으면 유혹도 많다고들 하니까 가끔은 네가 가난하면 좋겠다고 생각해. 그럼 걱정하지 않아도 되니까."

"내가 걱정이 돼, 조?"

"조금. 네가 우울하거나 불만스러워 보일 때. 넌 종종 그러니까.

너는 의지가 강해서 한번 잘못되기 시작하면 걷잡을 수 없을 것 같아서 두려워."

로리는 잠시 아무 말 없이 걷기만 했다. 조는 입을 다물 걸 그랬나 생각하며 로리를 살폈다. 로리의 입은 조의 말에 미소 짓고 있었지만 두 눈은 화가 난 것 같았다.

"집에 가는 내내 설교할 거야?" 이윽고 로리가 물었다.

"물론 아니지. 왜?"

"계속 설교할 거면 난 승합마차 타려고. 아니면 같이 걸어가면서 재미있는 이야기를 해주고."

"더 이상 설교 안 할게. 무슨 이야기인데? 얼른 해줘."

"좋아, 자, 들어봐. 비밀 이야기야. 그리고 내가 말하면 너도 네 비밀을 말해줘야 해."

"난 비밀 없어." 이렇게 말하려다 조는 말을 딱 멈췄다. 자신의 비밀이 떠오른 것이다.

"너도 있잖아. 넌 아무것도 숨기질 못해. 그러니 속 시원히 털어놔봐. 안 그럼 나도 말 안 해." 로리가 소리쳤다.

"네 비밀은 좋은 거야?"

"글쎄, 모두 네가 아는 사람들에 관한 건데 정말 흥미진진해! 너 꼭 들어야 해. 입이 근질거려 죽는 줄 알았어. 자! 너부터 시작해."

"집에서 절대 이야기 안 할 거지? 응?"

"단 한 마디도."

"둘이 있을 때 놀리지도 않을 거지?"

"절대 안 놀려."

"좋아, 말할게. 넌 사람들에게서 네가 원하는 모든 걸 얻어내는구나. 어떻게 그렇게 하는지 모르겠어. 사람을 술술 구슬리는 건 타고났어."

"칭찬 고마워. 얼른 시작해!"

"있잖아, 신문 기자에게 내가 쓴 이야기 두 편을 냈어. 다음 주에 답신이 올 거야." 조가 절친한 친구의 귀에 속삭였다.

"만세, 저명한 여성 소설가 조 마치 양입니다!" 로리는 모자를 던져 올렸다가 다시 받으며 소리쳤다. 지나가던 오리 두 마리와 고양이 네 마리, 암탉 다섯 마리와 아일랜드인 가족 어린이 여섯도 열렬히 기뻐하며 환호했다. 두 사람은 이미 도시를 벗어나 있었다.

"쉿! 안 될 수도 있어. 아마 안 될 거야. 하지만 해보지도 않고 가만히 있을 수는 없었어. 그렇지만 가족들을 실망시키고 싶지 않아서 아무 말도 하지 않았어."

"꼭 될 거야! 매일같이 쏟아지는 쓰레기에 비하면 네 작품들은 셰익스피어 작품이나 마찬가지야. 네 작품들이 책이 돼서 나오면 얼마나 신기할까. 어떻게 우리의 여성 작가를 자랑스러워하지 않을 수가 있겠어?"

조의 두 눈이 반짝였다. 자신을 믿어주는 말은 언제 들어도 기분이 좋았기 때문이다. 그리고 친구의 칭찬은 수많은 신문들의 과대한 칭찬보다 듣기 좋았다.

"자, 이제 네 비밀은 뭐야? 공정해야지, 테디. 말 안 하면 이제 다시는 너를 믿지 않을 거야." 로리가 해준 응원에 빛나게 타오르던 희망의 불꽃을 잠재우려 애쓰며 물었다.

"이야기해서 내가 궁지에 빠질지도 모르겠지만 말한다고 약속했으니 말해줄게. 뭔가 쓸 만한 소식을 알게 되면 너한테 말을 해야 속이 후련하거든. 메그의 장갑 한 짝이 어디 있는지 나 알아."

"그게 다야?" 조가 실망한 기색으로 묻자 로리가 뭔가 은밀한 걸 알고 있다는 듯 두 눈을 반짝이며 고개를 끄덕였다.

"그 사실만으로 충분해. 그게 어디 있는지 내가 말하면 너도 큰 비밀이라는 걸 인정할걸."

"그럼 어디 있는지 말해봐."

로리가 허리를 굽혀 조의 귀에다 세 단어를 속삭이자 조의 표정이 싹 바뀌었다. 조는 선 채로 놀라고 불쾌한 얼굴로 로리를 한동안 뚫어져라 바라봤다. 그러고는 다시 걸어가며 날 선 목소리로 물었다. "어떻게 알았어?"

"봤어."

"어디서?"

"주머니에서."

"지금까지 계속?"

"응, 로맨틱하지 않아?"

"아니, 소름 끼쳐."

"싫어?"

"물론이지. 싫어. 웃기잖아. 허락도 없이. 말도 안 돼! 언니가 뭐라고 할까?"

"아무에게도 말하면 안 돼. 명심해."

"난 약속한 적 없어."

"서로 합의된 거잖아. 널 믿었는데."

"아무튼 당장은 말하지 않을게. 역겨워. 듣지 말 걸 그랬어."

"네가 즐거워할 줄 알았어."

"누군가 메그 언니를 데려가려고 하려는 상황이 좋다고? 미안하지만, 아니야."

"누군가 널 데려가려 한다고 생각하면 기분이 좋아질 거야."

"누가 그럴 수 있나 한번 보자." 조가 거칠게 말했다.

"그러게!" 로리가 낄낄거리며 웃었다.

"난 비밀이랑 안 맞나 봐. 너한테 그 이야기를 들은 후부터 머릿속이 엉망이야." 비밀을 나눈 보람도 없게 조가 말했다.

"나랑 언덕을 달려서 내려가자. 그럼 좀 괜찮아질 거야." 로리가 제안했다.

아무도 보이지 않았고 경사진 매끈한 길이 조의 눈앞에서 오라고 손짓하는 듯했다. 거부할 수 없는 유혹을 이기지 못해 조는 내달리기 시작했다. 곧 모자와 빗이 떨어지고 머리핀이 흩어졌다. 결승선에 먼저 도착한 로리는 자신의 처방이 성공한 것 같아 꽤 만족했다. 왜냐하면 머리를 흩날리고 숨을 헐떡이며 달려오면서도 두 뺨은 발그레하고 두 눈은 반짝이는 자신의 아탈란타[70]의 얼굴에서 불만이 싹 사라져 있었기 때문이다.

"내가 말이라면 얼마나 좋을까. 그럼 이 좋은 공기 속에서 숨차지 않고 몇 마일이고 달릴 수 있을 텐데. 끝내준다! 그런데 내 꼴 좀 봐. 가서 내 물건들 좀 주워 와줘, 천사 친구."

조는 단풍나무 아래에 주저앉으면서 말했다. 카펫이라도 깐 듯 강둑은 온통 붉은 낙엽으로 뒤덮여 있었다.

로리는 잃어버린 물건들을 찾으러 느릿하게 걸어갔고 조는 엉망인 자신의 모습을 누군가 지나가면서 보지 않길 바라며 머리를 땋아 올리고 있었다. 그런데 누군가가 지나갔다. 그가 조를 향해 외쳤는데, 다름 아닌 메그였다. 어디를 다녀오는 길인지 잘 차려입은 메그는 그 어느 때보다도 여성스러움이 물씬 풍겼다.

---

[70] 그리스 신화에 나오는 아르테미스의 열렬한 추종자. 사냥, 싸움, 달리기 실력이 뛰어나다.

"여기서 대체 뭐하는 거야?" 메그는 머리가 다 헝클어진 동생을 보며 놀랐지만 품위를 잃지 않으며 물었다.

"낙엽을 줍고 있어." 조는 방금 막 손으로 긁어모은 낙엽들을 정리하며 얌전하게 대답했다.

"머리핀도 주웠어요." 조의 치마폭에 머리핀 여섯 개를 던지며 로리가 덧붙였다. "이 길에서 자라고 있더라고요. 빗이랑 갈색 밀짚모자도 자라던데요."

"너 달리기했구나, 조. 어떻게 달리기를 할 수가 있지? 그렇게 까불며 뛰노는 걸 대체 언제까지 할 셈이니?" 메그는 바람이 불어 흐트러진 소맷부리를 단정히 하고 머리를 매만지면서 꾸짖듯 말했다.

"늙어 꼬부랑 할머니가 되고 지팡이를 써야 할 때까지 계속할 거야. 때도 안 됐는데 나를 다 자란 어른으로 만들려고 하지 마. 언니, 갑자기 언니를 바꾸려고 하면 얼마나 힘들겠어? 가능한 한 오랫동안 이대로 내버려둬."

조는 그렇게 말하는 동안 떨리는 입술을 감추기 위해 나뭇잎만 내려다봤다. 최근 들어 메그가 빠르게 어른이 되고 있는 게 느껴진 데다가 로리로부터 비밀을 들은 순간 언젠가는 맞이하게 될 거라 짐작했던 이별이 이제 정말 머지않았다는 생각에 두려워졌다. 로리는 조의 괴로운 표정을 보고 메그의 주의를 끌기 위해 얼른 이렇게 물었다. "어디 다녀오는 거예요, 이렇게 멋있게 차려입고?"

"가디너 씨 댁에. 샐리가 벨 모팻의 결혼식에 대해서 빠짐없이 다 말해줬어. 굉장히 화려한 결혼식이었대. 두 사람은 파리에서 겨울을 보내려고 떠났어. 얼마나 즐거울까!"

"벨 모팻이 부러워요?" 로리가 물었다.

"안타깝게도, 부러워."

"다행이네!" 조가 휙 모자를 쓰고는 중얼거렸다.

"무슨 말이야?" 깜짝 놀란 듯 메그가 물었다.

"부자들한테 관심이 많으니 가난한 남자와는 쉽게 결혼하지 않을 테니까." 조가 말조심하라는 듯 무언의 경고를 보내고 있는 로리를 향해 얼굴을 찌푸리며 말했다.

"난 그 누구와도 절대 '쉽게 결혼하지' 않을 거야." 메그는 한껏 품위 있게 걸으며 말했다. 메그를 뒤따라가는 동안 두 사람은 웃거나 귓속말을 하고, 돌을 깡충 뛰어넘기도 했다. 메그는 혼잣말로 "아이처럼들 구네"라고 했지만 사실 자신도 그렇게 차려입지만 않았어도 동생들에 끼어 같이 하고 싶은 마음이었다.

그 후 한두 주 동안 조의 행동이 하도 이상해서 자매들은 당황스러웠다. 우편배달부가 종을 울리면 득달같이 문으로 달려가질 않나, 브룩 선생님을 마주칠 때마다 무례하게 굴기도 하고, 비탄에 잠긴 얼굴로 메그를 바라보며 앉아 있기도 했다. 어떨 때는 벌떡 일어나 부들부들 떨다가는 느닷없이 도통 알 수 없는 태도로 메그에게 입을 맞추기도 했다. 로리와 서로 끊임없이 신호를 주고받았고, 《스프레드 이글》 신문 이야기를 늘어놓다가 자매들로부터 두 사람 모두 제정신이 아니라는 말을 듣기도 했다. 조가 창문을 통해 빠져 나가고 난 후 두 번째 토요일, 바느질을 하며 앉아 창밖을 내다보던 메그가 아연실색하고 말았다. 조를 쫓아서 온 정원을 달리던 로리 가 결국 에이미의 정자에서 조를 잡았다. 그곳에서 무슨 일이 일어 나는지는 보이지 않았는데 새된 웃음소리와 웅성대는 목소리가 들 리고 이어 신문 펄럭이는 소리도 들렸다.

"저 애를 도대체 어쩌면 좋지? 전혀 숙녀답게 행동할 줄을 모르 니." 메그가 한숨을 쉬며 못마땅한 얼굴로 두 사람이 달려오는 모 습을 바라봤다.

"조 언니는 숙녀다워지지 않았으면 좋겠어. 언니 그 자체로 재미 있고 사랑스러우니까." 베스가 말했다. 베스는 조가 자신 이외의 다 른 누구와 비밀을 공유하고 있다는 사실에 조금 상처받았으면서도 결코 속마음을 드러내지 않았다.

"아주 괴로운 일이야. 하지만 절대 조 언니를 '코미 라 포'하게 만 들 수는 없어." 에이미가 거들었다. 에이미는 곱슬머리를 잘 어울리 게 묶어 올리고 자기가 쓸 새 주름 장식을 몇 개 만들고 있었다. 그 중 두 개가 마음에 든 에이미는 어느 때보다도 우아하고 여성스러 워진 느낌이 들었다.

잠시 후 조가 뛰어 들어와서는 소파에 눕더니 신문을 읽는 체 했다.

"뭐 재미있는 기사라도 났니?" 메그가 깍듯하게 물었다.

"소설 말고는 없어. 읽을거리가 많지 않은 것 같아." 조가 신문에 난 이름이 보이지 않게 조심하면서 대답했다.

"큰 소리로 읽어봐. 재미있을 거야. 장난치지 말고." 에이미가 한껏 어른스러운 어조로 말했다.

"제목이 뭐야?" 조가 왜 신문 뒤에 얼굴을 감추고 있는지 궁금해하며 베스가 물었다.

"'경쟁자 화가들'."[71]

"제목 좋은데. 읽어봐." 메그가 말했다.

큰 소리로 "에헴!" 헛기침을 하고 길게 숨을 마신 뒤 조는 무척 빠르게 읽어가기 시작했다. 자매들은 흥미롭게 들었다. 이야기는 로맨틱하면서도 다소 슬펐는데 마지막에 대부분의 인물들이 죽었기 때문이다.

"난 뛰어난 그림에 관한 부분이 마음에 들어." 조가 잠깐 멈춘 사이 에이미가 만족스러워하며 말했다.

"난 연인들이 사랑하는 부분이 좋아. 그런데 비올라와 안젤로는 우리가 가장 좋아하는 이름들인데, 이상하지 않아?" 메그가 눈물을

---

71 올컷의 동명 소설로 신문에 발표한 첫 단편소설인 〈The Rival Painters〉(1852)가 있다.

닦으며 말했다. '연인들이 사랑하는 부분'이 비극적이었기 때문이다.

"작가가 누구야?" 베스가 조의 얼굴을 슬쩍 보더니 물었다.

소설을 읽어주던 조는 갑자기 벌떡 일어나더니 잔뜩 상기되고 진지함과 흥분이 뒤섞인 우스꽝스러운 얼굴로 신문을 던지며 큰 목소리로 대답했다. "바로 여러분의 자매입니다!"

"너라고?" 메그가 바느질하던 것을 떨어트리며 소리쳤다.

"아주 잘 썼네." 에이미가 비평가처럼 말했다.

"그럴 거 같았어! 그럴 거 같았다고! 아, 언니, 너무 자랑스러워!" 베스가 달려가 조를 끌어안고 이 굉장한 성공에 기뻐서 어쩔 줄 몰라했다.

세상에나, 그들이 얼마나 기뻐했던지. 메그는 신문에 '조세핀 마치 양'이라는 이름이 실제로 인쇄된 걸 보기 전까지는 믿지 않았다. 에이미는 상냥하게도 작품 속 미술적 부분에 대해 비평을 해주며 후속작에 도움이 될 만한 것들을 알려줬지만 안타깝게도 남녀 주인공이 모두 죽어버려 구현할 수는 없을 터였다. 베스는 매우 흥분해서 폴짝폴짝 뛰며 기쁨의 노래를 불렀다. 해나는 "셰익스피어가 우리 집에 살아 있었네! 조 아가씨가 글을 쓰는지 어쩌는지 전혀 몰랐네요!"라고 까무라칠 듯 놀라서 소리를 질렀다. 마치 부인은 무슨 일이 있었는지 알고는 몹시 자랑스러워했다. 조는 눈에 눈물이 맺힌 채로 웃으며 한껏 자랑하고 다니겠다고 큰소리쳤다. 서로 신문을 돌려 보는 동안 '날개 뻗은 독수리'가[72] 마치가 위로 승리의 날갯짓을 하는 것 같았다.

"어떻게 된 건지 이야기 좀 해봐." "언제 신문이 나온 거야?" "원고료는 얼마나 받았어?" "아빠는 뭐라고 하실까?" "로리가 웃지 않을까?" 온 가족이 조를 둘러싸고는 한꺼번에 질문을 쏟아냈다. 이 바보 같고 정 많은 마치가 사람들은 작고 사소한 기쁨도 축제처럼 함께 즐겼다.

"조용히 좀 해봐, 아가씨들. 다 이야기해줄게." 조는 자신이 〈경쟁자 화가들〉을 자랑스러워하는 만큼 버니 양도 《에벌리나》[73]를 자랑스러워했을까 궁금했다. 조는 자신의 작품들을 어떻게 넘겼는지 들려주었다. "—그리고 내가 답을 들으러 갔더니 편집자는 두 작품 다 마음에 들지만 신인에게는 원고료를 지급하지 않는다고 했어. 그 대신 자기네 신문에 게재해서 알릴 수 있는 기회를 준다는 거야. 좋은 경험이 될 것이고 더 나은 작품을 발표하게 되면 어디서든 원고료를 지급할 거라는 거지. 그래서 두 작품을 그곳에 투고했고 오늘 이렇게 도착한 거야. 내가 신문을 갖고 있는 걸 로리가 보고는 읽겠다고 고집을 피워서 읽게 해줬더니 재미있다고 했어. 작품을 또

---

72 신문 《스프레드 이글》이 '날개 뻗은 독수리'라는 뜻이다.

73 《Evelina》(1778). 패니 버니의 소설. 패니 버니 역시 처음엔 가족들에게 출간 사실을 감췄다.

쓸 거야. 편집자가 다음 작품에는 원고료를 줄 테니까—아, 진짜 너무 행복해. 나 언젠가는 독립해서 우리 가족들을 도울 수 있을지도 몰라."

그 대목에서 조는 숨을 들이쉬었다. 신문에 얼굴을 묻자 조의 작품이 조의 눈에서 흘러나온 눈물로 젖어들었다. 독립적인 사람이 되는 것과 사랑하는 이로부터 칭찬받는 일은 조가 가슴속 깊이 가장 바라는 소망이었다. 오늘의 이 일로 행복한 결말로 향하는 첫걸음을 뗀 듯했다.

15

전보

"한 해 중 11월이 가장 마음에 안 들어." 어느 지루한 오후 창가에 선 메그가 서리 내린 정원을 내다보며 말했다.

"내가 태어난 달이라서 그래." 조는 코에 뭐가 묻은 것도 모르고 멍하니 생각에 잠겨 대답했다.

"지금 당장 아주 재미있는 일이 일어나면 11월이 즐거운 달이라고 생각할 텐데." 모든 것을, 심지어 11월조차도 희망적인 눈으로 바라볼 줄 아는 베스가 말했다.

"감히 말하지만 이 집에는 즐거운 일이라곤 일어나지 않을 거야." 기분이 언짢은 메그가 말했다. "우리는 매일매일 악착같이 일하지만 변하는 건 조금도 없어. 재미있는 일도 거의 없고. 쳇바퀴에 올라가 있는 거나 마찬가지야."

"너무 우울해서 참을 수가 없어!" 조가 소리쳤다. "다른 여자애들이 멋지게 지내는 동안 우리는 일 년 내내 일하고 또 일만 하잖아. 내가 내 작품 속 주인공들에게 하는 것처럼 우리 자매들에게도 좋은 일이 일어나게 해줄 수 있다면 얼마나 좋을까! 다들 이미 충분히 예쁘고 착하니까, 어떤 부자 친척이 예상치 않게 큰 재산을 남기게만 하면 되지. 그럼 상속녀가 돼서 지금까지 무시했던 사람들을 비웃어주는 거야. 그리고 외국으로 나가 우아한 숙녀가 돼서 화려하고 우아하게 번쩍거리며 돌아오는 거야."

"요즘은 사람들이 그런 식으로 한몫 잡지 않아. 돈을 벌기 위해 남자들은 일을 하고 여자들은 결혼을 하지. 정말이지 불공정한 세상이야." 메그가 씁쓸하게 말했다.

"조 언니랑 내가 언니들을 위해서 돈을 많이 벌어 올 거야. 십 년만 기다려봐. 두고 보라고." '진흙 파이'를 만들며 구석 자리에 앉아 있던 에이미가 말했다. 에이미가 진흙으로 만드는 새, 과일, 얼굴 모형을 가리켜 해나는 '진흙 파이'라고 했다.

"오래 기다릴 수 없어. 그리고 두 사람의 마음은 고맙지만 잉크나 진흙에 그렇게 믿음이 가지가 않아."

메그는 한숨을 쉬며 다시 서리 내린 정원을 바라봤다. 조는 풀죽은 얼굴로 식탁에 팔꿈치를 올려놓으며 끙 신음 소리를 냈다. 에이미는 힘차게 진흙 반죽을 했고 다른 창가에 앉아 있던 베스는 미소를 지으며 말했다. "곧 즐거운 일이 두 가지 일어날 거야. 엄마가 오고 계시고, 로리가 뭔가 좋은 소식이 있는 것처럼 정원을 신나게 걸어오고 있거든."

잠시 후 두 사람이 들어왔다. 마치 부인은 평소와 같이 "아빠한테 편지 온 거 있니?"라고 물었고 로리는 구슬리듯 말했다. "누구나랑 마차 타러 나가실 분? 수학을 너무 열심히 했더니 머리가 돌 지경이야. 한 바퀴 상쾌하게 돌면서 머리 좀 식히려고. 날은 칙칙하지만 공기는 나쁘지 않아. 그리고 바깥이 별로여도 브룩 선생님을 모셔다드릴 거라 마차 안은 재미있을 거야. 자, 얼른. 조랑 베스는 갈 거지?"

"물론이야."

"고맙지만 난 바빠서." 메그가 바느질 바구니를 낚아채듯 들고 나갔다. 최소한 메그만큼은 젊은 남자랑 마차 타고 나가는 일이 그렇게 잦으면 안 된다는 어머니 말에 동의했기 때문이다.

"우리 셋이 갈게." 에이미가 손을 씻으러 쪼르르 달려가며 외쳤다.

"뭐 시키실 일이라도 있나요, 부인?" 로리가 언제나 그렇듯 다정한 표정과 어조로 마치 부인이 앉은 의자로 몸을 기울이며 물었다.

"아니, 고마워, 로리. 괜찮으면 우체국에 잠깐 들러줄 수 있을까? 편지가 오는 날인데 우편배달부가 아직 오질 않아서. 아이들 아버지는 해가 뜨는 것처럼 정확한 사람이거든. 아마도 오는 길에 지체

된 것 같아."

그때 날카로운 초인종 소리가 마치 부인의 말을 끊었다. 잠시 후 해나가 편지 한 통을 가지고 들어왔다.

"마님, 전보라는 무슨 끔찍한 게 왔나 봅니다." 해나는 편지가 곧 폭발이라도 해서 해를 끼칠 것 같아 두렵다는 듯 마치 부인에게 건넸다.

'전보'라는 말에 마치 부인은 해나에게서 낚아채듯 종이를 받았다. 그리고 그 안에 적힌 한 줄의 글을 읽더니 마치 그 종이가 심장에 총알이라도 쏜 듯 하얗게 질려서 의자에 털썩 쓰러졌다. 로리는 물을 가지러 계단으로 급히 달려갔고 메그와 해나는 마치 부인을 부축했다. 조는 겁에 질린 목소리로 편지를 소리 내어 읽었다.

"마치 부인께

부군께서 위중하시니 당장 오셔야 합니다.

워싱턴 블랭크 병원에서

S. 해일 드림"

순간 방 안은 정적에 휩싸였다. 그날 하루 종일 바깥세상이 이상하리만큼 어둑어둑하더라니! 갑자기 세상이 뒤바뀐 것만 같았고, 삶의 모든 행복과 지지를 빼앗길 듯한 기분을 느끼며 자매들이 어머니에게로 모여들었다. 마치 부인은 곧장 평소의 모습으로 돌아왔다. 전보를 건네받아 직접 읽고 나서 딸들에게 팔을 뻗으며 말했다. 자매들이 평생 잊을 수 없는 목소리였다. "내가 당장 가봐야겠구나. 하지만 어쩌면 이미 늦었을 수도 있겠다. 아, 얘들아! 내가 이겨낼 수 있도록 도와다오!"

한동안 방 안에는 흐느껴 우는 소리만 들렸다. 간간이 서로를 위로하는 말들과 힘내라고 부드럽게 다독거리는 말들, 그리고 희망을 주는 속삭임들이 섞여들었지만 눈물 속에 잦아들었다. 가엾은 해나가 가장 먼저 정신을 차리고 스스로는 깨닫지 못하는 지혜로움으로 모두에게 본보기를 보여줬다. 그도 그럴 것이 해나에게 불행이 찾아올 때면 대부분 일이 만병통치약이었기 때문이다.

"신이시여, 주인어른을 지켜주십시오! 저는 이렇게 울고 있을 시간이 없네요. 부인이 떠나실 채비를 해드려야지요." 해나는 앞치마로 얼굴을 닦으며 마음을 담아 말했다. 그리고 단단한 손으로 주인의 손을 따뜻하게 잡아주고는 일을 하러 자리를 떴다. 마치 몸속에 사람 셋이 있는 것 같았다.

"해나 말이 맞아. 지금은 눈물 흘릴 시간이 없어. 얘들아, 진정하고 생각을 좀 해보자."

어머니가 계획을 세우기 위해 창백하지만 침착한 얼굴로 고쳐 앉으며 슬픔을 거두자 자매들도 울음을 그치고 진정하려 노력했다.

"로리가 어디 있지?" 이내 생각을 정리하고 우선적으로 할 일을 정한 마치 부인이 물었다.

"저 여기 있어요. 뭘 도와드릴까요?" 로리가 서둘러 들어오며 소리쳤다. 자매들이 슬퍼하는 모습이 너무도 마음 아파 다정한 로리로서는 도저히 지켜볼 수 없어서 옆방에 가 있었던 것이다.

"내가 당장 가겠다고 전보를 좀 보내줘. 다음 기차가 내일 이른 아침에 출발하니 그걸 타고 가야겠어."

"다른 건 없나요? 말이 준비되어 있어요. 어디든 갈 수 있고 뭐든 할 수 있어요." 로리가 지구 끝까지라도 달려갈 기세로 말했다.

"마치 할머님께 쪽지를 좀 전해드려줘. 조, 그 펜과 종이 좀 주렴."

조는 새로 쓰기 시작한 작품 원고 종이의 빈 면을 찢어낸 다음 어머니 앞으로 테이블을 당겼다. 아버지에게로 가는 길고 슬픈 여정에 필요한 돈을 빌려야 한다는 사실을 잘 알았고 아버지를 위해 보탬이 된다면 사소한 것이라도 뭐든 하고 싶은 심정이었다.

"자, 로리, 이제 가. 하지만 너무 전속력으로 달리다가 사고가 나면 안 돼. 그럴 필요는 없어."

마치 부인의 경고는 결국 아무 소용 없었다. 오 분 후 로리가 목숨이라도 걸린 양 말을 타고 쏜살같이 달려가는 모습이 창밖으로 보였다.

"조, 모임방에 달려가서 킹 부인에게 내가 못 간다고 전해드려. 오는 길에는 이것들 좀 사 오고. 필요한 것들을 적어줄게. 간호할 때 필요한 것들을 준비해서 가야 해. 병원에 있는 상점 물건들이 늘 좋진 않거든. 베스, 로런스 씨에게 가서 오래된 포도주 두 병만 좀 주실 수 있는지 여쭤보렴. 아빠를 위해서라면 무엇인들 부탁을 못 하겠니? 로런스 씨는 뭐든 최고급으로 갖고 계시니까. 에이미, 해나에게 검은 여행 가방을 내려달라고 해. 메그, 와서 준비하는 것 좀 도와줘. 내가 지금 반은 정신이 나간 것 같으니."

서신를 쓰고 생각을 하고 자매들에게 지시하는 일을 동시에 하다 보니 가엾은 여인이 당황하는 것도 당연한 일이었다. 메그는 모든 일을 자신들에게 맡기고 잠시 방에서 쉬라고 어머니에게 간청했다. 마치가 사람들은 바람 앞의 낙엽처럼 모두 뿔뿔이 흩어졌다. 전보 한 장이 악마의 주문이라도 되었던 듯 행복했던 집안은 갑작스레 무너지고 말았다.

친절한 노신사는 필요하다고 생각되는 모든 물건을 챙겨서 베스와 함께 허둥지둥 마치가로 왔다. 마치 부인이 없는 동안 자매들을 잘 보살피겠다고 약속하자 마치 부인은 무척 안심이 됐다. 로런스 씨는 자신의 실내복을 내어줄 뿐 아니라 직접 마치 부인을 데려다 주겠다는 제안까지 하는 등 모든 것에 마음을 써주었다. 그러나 마치 부인이 노신사의 제안을 정중히 거절했기 때문에 그 일은 성사

되지 않았다. 하지만 혼자서 긴 여행을 할 생각에 걱정하던 마치 부인은 그 제안을 처음 들었을 때 내심 안도하는 표정이 됐고, 그 표정을 본 로런스 씨는 두꺼운 눈썹을 찡그리고 두 손을 비비더니 곧 돌아오겠다고 말하며 갑자기 나가버렸다. 하지만 다들 바쁘게 준비하느라 로런스 씨에 대해 생각할 겨를이 없었다. 메그가 한 손에는 덧신 한 켤레를 다른 한 손에는 차가 담긴 컵을 들고 달려 나가다가 브룩 선생님과 딱 맞닥트렸다.

"소식 들었습니다. 어떻게 위로를 해드려야 할지 모르겠군요, 마치 양." 브룩 선생님의 친절하고 조용한 목소리는 혼란스러운 메그의 마음을 따뜻하게 어루만졌다. "어머님을 모시고 제가 직접 가겠다는 말씀을 드리러 왔어요. 로런스 씨가 워싱턴에 저를 보내셨어요. 어머님을 그곳에 모시고 가게 된다면 저로서는 더없이 기쁠 거예요."

메그는 너무도 고마운 마음에 손을 내밀다 덧신을 떨어뜨렸고 하마터면 차를 담은 컵도 떨어뜨릴 뻔했다. 브룩 씨는 그저 약간의 시간을 내어 위로하려 했을 뿐인데 노력에 비해 훨씬 대단한 희생인 듯 보답받는 것 같았다.

"두 분 다 얼마나 친절하신지! 엄마가 같이 가자고 하실 거예요. 분명해요. 누군가 보살펴드릴 분이 엄마와 동행한다니 무척 안심이 돼요. 고맙습니다. 정말 고맙습니다!"

메그는 진심을 다해 말했다. 너무 고마운 나머지 손에 든 차에 대해서는 새카맣게 잊고 있다가 자신을 내려다보는 갈색 눈 속에서 뭔가를 느끼고 그제야 차가 식고 있다는 사실을 떠올렸다. 그리고 브룩 씨를 응접실로 안내하고는 어머니를 모시고 오겠다고 했다.

모든 것이 정리가 됐을 무렵 로리가 마치 할머니의 편지를 갖고 돌아왔다. 편지에는 필요한 액수의 돈이 들어 있었고 편지에는 마치 할머니가 늘 하던 말이 몇 줄에 걸쳐 반복되어 있었다. 할머니는 마치가 입대하기로 한 것은 참으로 어리석은 일이라고 누누이 말했고 좋은 일이라고는 하나도 없으리라 예상했으며 다음에는 자신의 충고를 받아들이기를 바란다고 적었다. 마치 부인은 편지를 난롯불 속에 던지고 돈을 지갑에 넣고는 계속해서 짐을 챙겼다. 조가 있었다면 마치 부인의 굳게 다문 입술이 무엇을 의미하는지 이해했을 것이다.

짧은 오후가 다 지나갔고 그사이 모든 일들이 정리됐다. 메그와 어머니는 꼭 해놔야 할 바느질을 하느라 분주했고 베스와 에이미는 차를 마시고 있었다. 해나는 자기 말마따나 '샤샤샥' 다림질을 마쳤다. 그런데 아직도 조는 돌아오지 않았고, 다들 걱정하기 시작했다. 조가 어떤 기겁할 계획을 세울지 그 누구도 상상하지 못했기에 결국 로리가 조를 찾아 밖으로 나섰다. 하지만 길이 엇갈려 만나지 못했고, 조는 아주 묘한 표정을 하고 집으로 돌아왔다. 즐거움과 두려움, 만족과 후회가 뒤섞인 표정에 다들 어리둥절했다. 그런데 조가 마치 부인 앞에 지폐 뭉치를 내놓자 모두가 또 한 번 놀랐다. 조는 약간 목이 메어 말했다. "아빠 병을 낫게 해서 집에 모시고 오기 위해 제가 조금 보태기로 했어요!"

"세상에! 이게 어디서 났니? 이십오 달러라니! 네가 분별없는 행동을 한 건 아니길 바란다!"

"아니에요, 맹세코 제 돈이에요. 구걸하지도, 빌리지도 않았어요. 훔친 건 더더욱 아니고요. 제가 번 돈이라고요. 저를 나무라지는 않으실 거예요. 제가 가진 것을 팔아서 번 돈이니까요."

조가 그렇게 말하며 보닛 모자를 벗자 다들 탄식을 쏟아냈다. 조의 풍성한 머리칼이 싹둑 잘려 있었다.

"네 머리! 네 아름다운 머리칼이 다 어디 갔니!" "아, 조! 어쩜 좋으니? 너한테서 가장 아름다운 것이었는데!" "세상에, 이럴 필요는 없었어." "이제 조 언니 같지가 않아. 하지만 물론 그런 언니도 사랑해!"

다들 큰 소리로 한마디씩 하는 동안 베스는 머리칼을 짧게 자른 조의 머리를 따뜻하게 안아줬다. 조는 아무렇지 않은 체했지만 아무도 속지 않았다. 조는 머리가 마음에 드는 것처럼 보이려 애쓰며 짧은 갈색 머리칼을 헝클어뜨렸다. "나라가 망한 것도 아니니 그렇게 울지 마, 베스. 내 머리카락이 아름답다고 날로 자부심이 커지는 중이었거든. 허영심이 생길 뻔했는데 잘됐지, 뭐. 그 치렁치렁한 머리털을 떼고 났더니 머리가 더 잘 돌아가는 것 같아. 훨씬 가볍고 시원하니까. 그리고 이발사가 그러는데 곧 소년처럼 곱슬곱슬하게 자랄 거래. 그리고 관리하기도 편하고. 난 만족해. 그러니 엄마, 돈 넣어두세요. 자, 이제 저녁 먹어요."

"조, 무슨 일이 있었던 건지 모두 말해봐. 엄마는 썩 흡족하지 않지만 그렇다고 널 원망할 수는 없지. 네 사랑을 보여주기 위해 네가 말한 그 '허영심'을 기꺼이 희생했다는 걸 아니까. 하지만, 애야, 그럴 필요가 없었어. 게다가 네가 금방 후회하게 될까 걱정이구나." 마치 부인이 말했다.

"아니요, 절대 후회하지 않아요!" 자신이 벌인 일로 혼나지 않는데 안심하며 조가 단호하게 말했다.

"어떻게 그런 생각을 한 거야?" 예쁜 머리카락을 목숨처럼 생각하는 에이미가 물었다.

"아빠를 위해서 뭐라도 하고 싶었어." 조가 말했다. 건강한 젊은이들은 아무리 힘든 상황에서도 끼니를 거를 수 없는 법이라 그사이 다들 식탁으로 모였다. "하지만 엄마처럼 돈을 빌리는 건 싫었어. 마치 할머니가 잔소리를 늘어놓을 걸 뻔히 알고 있었으니까. 구 펜스짜리 동전[74] 하나 주시면서도 늘 그러시잖아. 미그 언니는 월급

---

74 12.5센트가량 되는 미국의 옛 동전.

을 분기마다 집세로 몽땅 내는데 나는 월급으로 겨우 내 옷이나 사니까 양심에 찔렸어. 코라도 떼어서 팔아 돈을 벌고 싶었지."

"조, 죄의식을 느낄 필요가 없단다. 넌 겨울옷이 없었고 네가 힘들게 번 돈으로 가장 소박한 옷을 샀잖니." 마치 부인의 표정에 조의 마음이 따뜻해졌다.

"처음에는 머리카락을 팔 생각이 눈곱만큼도 없었어. 걸어가는 동안 대체 뭘 할 수 있을까 계속 생각했지. 좋은 물건들이 많은 가게를 보면 뛰어들어 가게를 털고 싶은 심정이었어. 그런데 이발소 창문으로 머리카락 한 묶음에 가격이 매겨져 있는 게 보이더라고. 검은색 머리칼 한 묶음이었는데 길지만 나만큼 숱이 많지 않았는데도 사십 달러였어. 그 순간 돈을 벌 수 있는 수단이 내게도 있다는 생각이 들었어. 두 번 생각할 것도 없이 이발소로 들어가 내 머리카락을 사겠는지, 사겠다면 얼마를 주겠는지 물었어."

"어떻게 그럴 수 있는지 모르겠어." 베스가 감탄하며 말했다.

"이발사는 키가 자그마한데 자기 머리에 기름 바르는 게 삶의 목적인 사람처럼 보이더라고. 여자애가 가게로 뛰어 들어와 자기 머리카락을 사라고 하는 일에 익숙하지 않은 것처럼 처음에는 나를 뚫어져라 바라만 봤지. 그러더니 내 머리카락이 마음에 들지 않는다고 했어. 유행하는 색깔도 아닐 뿐 아니라 첫 거래에 많이 지불하지 않는다는 둥 머리카락에 손이 많이 가게 생겼다는 둥 핑계를 대더

라. 시간이 늦어지니 일이 제대로 안 될까 봐 두려워졌어. 그래선 안 됐었는데. 내가 한번 시작하면 포기하는 걸 죽어도 싫어하잖아. 결국 난 이발사에게 머리카락을 사달라고 애원했어. 내가 왜 그렇게 서두르는지도 이야기하고. 어리석은 짓이었지. 아무튼 이발사는 마음을 바꿨어. 내가 좀 흥분해서 이야기를 뒤죽박죽 늘어놓았는데 그걸 들은 아내분이 아주 친절하게, '받아줘요, 토머스. 저 아가씨에게 베풀어요. 나도 팔 머리카락이 있다면 우리 지미를 위해서 그 정도는 할 거예요'라고 했어."

"지미가 누군데?" 이야기를 하는 도중에라도 모르는 것이 있으면 설명을 듣고 싶어 하는 에이미가 물었다.

"아들인데 군대에 있다고 했어. 그런 일들이 낯선 이의 마음을 녹여주는 법이거든. 이발사가 내 머리카락을 자르는 내내 아내분이 말을 걸어줘서 내 기분도 나아졌어."

"가위가 처음 머리를 싹둑 자를 때 끔찍하지 않았니?" 메그가 진저리를 치며 물었다.

"이발사가 도구를 챙기는 동안 난 내 머리카락을 마지막으로 한번 봤는데, 그게 끝이었어. 난 그런 사소한 일에 절대 훌쩍거리지 않아. 하지만 고백하자면, 테이블에 정든 머리카락이 놓여 있는 걸 보니 기분이 묘했어. 게다가 머리끝이 짧고 거칠거칠한 것이 낯설었고. 아내분이 내가 머리카락을 보고 있는 걸 알아채고는 한 타래 집어주며 가지라고 했어. 엄마, 그걸 드릴게요. 지나간 영광을 기억할 수 있도록요. 짧은 머리가 너무 편해서 다시 머리를 갈기처럼 기르게 될 것 같지 않아요."

마치 부인은 굽슬굽슬한 갈색 머리 타래를 접어서 짧은 회색 머리 타래와 함께 책상 속에 넣어두었다. 마치 부인은 단지 "고맙구나, 우리 딸"이라고 했을 뿐이지만 엄마의 표정을 본 자매들은 화제를 바꿔야 했다. 브룩 선생님이 얼마나 친절한지, 내일 날씨가 얼마나 화창할지, 아버지가 집에 돌아와서 자신들의 간호를 받으면 얼마나 행복할지 같은 이야기들을 최대한 유쾌하게 떠들었다.

10시가 됐지만 아무도 잠자리에 들고 싶어 하지 않자 마치 부인은 마지막 바느질을 끝내고 자매들을 불러 모았다. 베스가 피아노로 가서 아버지가 가장 좋아하는 찬송가를 연주하고 다들 씩씩하게 노래를 시작했다. 하지만 곧 한 사람씩 차례로 침울해져 노래를 멈췄고 베스 혼자 노래를 하게 됐다. 베스는 열심히 노래를 불렀다. 베스에게 음악은 언제나 달콤한 위로가 됐기 때문이다.

"자, 이제 모두 자러 가라. 내일 일찍 일어나야 하니 떠들지 말고 푹 자둬. 그럼 다들 잘 자, 얘들아." 찬송가가 끝나고 노래를 더 하고 싶어 하는 사람이 없자 마치 부인이 말했다.

자매들은 가만히 어머니에게 입맞춤을 하고 마치 옆방에 아픈 아버지라도 누워 있는 것처럼 조용히 잠자리에 들었다. 베스와 에이미는 그 모든 고난에도 불구하고 금방 잠이 들었다. 하지만 메그는 지금까지 평생 해본 적 없는 심각한 생각에 빠져 쉽게 잠을 이루지 못했다. 그런데 미동도 없이 누워 있던 조가 소리 죽여 흐느끼기 시작했다. 메그가 잠든 줄 안 것이다. 메그는 깜짝 놀라 눈물에 젖은 조의 뺨을 만지며 소리쳤다.

"조, 세상에, 이게 뭐야? 아빠 때문에 우는 거야?"

"아니, 지금은 아니야."

"그럼 뭐 때문에 우니?"

"내—내 머리." 가엾은 조가 결국 울음을 터뜨렸다. 베개에 얼굴을 묻고 그쳐보려 했지만 허사였다.

그 모습이 전혀 우습게 느껴지지 않은 메그는 괴로워하는 주인공에게 입맞춤을 하고 한없이 따뜻한 손길로 쓰다듬어주었다.

"후회하는 건 아니야." 조는 목 메인 채 항변했다. "할 수 있다면 내일도 할 거야. 그냥 나의 헛되고도 이기적인 면 때문에 이렇게 바보같이 우는 거야. 아무한테도 말하지 마. 이제 끝난 일이니까. 난 언니가 잠든 줄 알고 내게 하나뿐이던 아름다움을 혼자서 조금 애석해하고 있었을 뿐이야. 그런데 왜 깨어 있었어?"

"너무 걱정돼서 잠을 잘 수가 없어." 메그가 말했다.

"즐거운 일을 생각해봐. 그럼 금방 잠들 거야."

"해봤어. 그런데 더 정신이 말똥말똥해져."

"무슨 생각을 했는데?"

"잘생긴 얼굴. 특히 눈." 메그가 어둠 속에서 혼자 미소를 지었다.

"어떤 색 눈을 가장 좋아하는데?"

"갈색—그건 가끔이고— 푸른색 눈이 사랑스럽지."

조가 웃자 메그는 아무 말 말라고 쏘아붙였다. 그러고는 머리카락을 곱슬곱슬하게 말아주겠다고 상냥하게 약속하고 잠이 들었고 이내 상상의 성에 사는 꿈을 꾸었다.

시계가 자정을 알리고 온 집 안은 고요한데 한 사람이 이 침대 저 침대 조용히 다니며 이불을 정리하고 베개를 매만져주었다. 그리고 멈춰 서서는 깊이 잠든 얼굴들을 한참 동안 사랑스럽게 바라보다가 한 사람 한 사람 축복을 담은 입맞춤을 하고는 오직 어머니들만이 할 수 있는 정성 가득한 기도를 올렸다. 밖을 보려고 커튼을 올리자 갑자기 구름이 걷히고 달이 모습을 드러내더니 밝고 자비로운 얼굴로 마치 부인을 환히 비춰주었다. 달은 이렇게 속삭이는 것 같았다. "걱정 마요! 구름 뒤에는 항상 빛이 있으니까요."

16

편지

차가운 잿빛 새벽, 자매들은 램프에 불을 붙이고 전에 없이 진지하게 그날 읽어야 할 장을 읽었다. 실제로 고난의 그림자가 드리우니 지금까지 그들의 삶이 얼마나 햇살이 내리쬔 듯 행복했는지 깨달았기 때문이다. 그 작은 책에는 도움과 위로가 되는 말이 가득했다. 자매들은 옷을 입으며 꼭 밝은 얼굴로 작별 인사를 하고 눈물을 흘리거나 불평을 해서 걱정스러운 여행길에 오르는 어머니를 슬프게 하지 말자고 서로 약속했다. 자매들이 아래층으로 내려가보니 모든 것이 아주 낯설어 보였다. 바깥세상은 어두침침하고 조용했지만 집 안은 환하고 시끌벅적했다. 그렇게 이른 아침에 식사를 하는 것도 이상해 보였고 수면 모자를 쓰고 부엌으로 달려가는 해나의 익숙한 얼굴도 부자연스러워 보였다. 커다란 여행 가방은 채비를 마치고 복도에 서 있었고 엄마의 망토와 보닛 모자는 소파에 놓여 있었다. 아침 식사를 해보려 앉은 엄마의 얼굴은 수면 부족과 걱정으로 창백하고 몹시 지쳐 보였다. 자매들은 자신들의 약속을 지키기가 무척 어렵다는 것을 깨달았다. 메그의 두 눈엔 자기도 모르게 눈물이 가득 고였고 조는 부엌용 두루마리 타월에 여러 번 얼굴을 숨겨야 했다. 어린 동생들의 얼굴은 진중하고도 힘든 표정이었다. 그들에게 슬픔은 새로운 경험인 듯했다.

말을 많이 하는 사람은 없었다. 헤어질 시간이 가까워오자 다들 모여 앉아 마차를 기다렸다. 그동안 첫째는 마치 부인의 숄을 개고 있었고 둘째는 보닛 모자의 끈을 펴고 있었다. 셋째는 덧신을 챙기고 넷째는 여행 가방의 끈을 조이고 있었다. 이렇게 다들 엄마 곁에서 분주한 동안 마치 부인은 당부의 말을 했다.

"얘들아, 해나가 보살펴줄 거고 로런스 씨도 너희를 지켜줄 거야. 해나는 믿음 그 자체이고, 우리의 좋은 이웃 어른은 당신 자식인 것처럼 너희를 보살펴줄 테니 전혀 두렵지 않아. 하지만 너희가 이 어려움을 제대로 이겨낼 수 있을지 걱정이야. 내가 가더라도 슬퍼하거나 초조해하지 마. 빈둥거린다거나 외면하려 노력하면서 어려움을 잊을 생각도 하지 말고. 평소처럼 일해. 일이야말로 축복받은 위안이니까. 희망을 가지고 부지런히 움직여.[75] 무슨 일이 일어나더라도 아빠가 곁에 있다는 사실을 잊지 마."

75 마치 부인의 모델인 올컷의 어머니 애비게일 올컷의 좌우명이었다.

"네, 엄마."

"메그, 분별 있게 동생들을 돌봐줘. 힘든 일 있으면 해나에게 도움 청하거나 로런스 씨에게 가보렴. 조, 참을성을 가져. 낙담하지 말고 경솔한 행동도 하지 마. 엄마에게 자주 편지해주고 용감한 딸이 되어줘. 또 우리 가족에게 기운을 주는 사람이 되어주렴. 베스, 음악으로 너 자신을 위로하면서 집안일에 충실해다오. 그리고 너, 에이미, 할 수 있는 모든 일을 돕고 언니들 말 잘 들어야 해. 그리고 집에서 행복하고 안전하게 지내야 해."

"그럴게요, 엄마! 꼭 그럴게요!"

덜컹거리며 마차가 다가오는 소리가 들리자 다들 깜짝 놀라 벌떡 일어나서는 귀를 기울였다. 힘든 순간이었지만 자매들은 잘 견뎠다. 우는 사람도, 뛰쳐나가는 사람도 없었고 슬프다고 말하는 사람도 없었다. 아버지에게 사랑의 안부를 전할 때는 너무 늦은 것은 아닐까 하는 생각으로 다들 마음이 무거웠다. 조용히 입맞춤을 하고 어머니를 꼭 끌어안았다. 마차가 출발할 때도 활기차게 손을 흔들겠다고 다짐했다.

로리와 로런스 씨도 마치 부인을 배웅하러 왔다. 브룩 선생님은 아주 강인할 뿐 아니라 분별력 있고 친절해 보여 자매들은 그 자리에서 그에게 '용감 씨'[76]라고 세례명을 붙여줬다.

---

76 《천로역정》에 나오는 '해석자'의 하인. 강직하고 친절하며 많은 도움을 준다.

"잘 있어, 사랑하는 내 딸들아! 신의 축복이 함께하며 우리 모두를 굽어살펴주시길." 마치 부인은 사랑하는 딸들에게 차례로 입맞춤을 하며 속삭이듯 축복을 내린 후 서둘러 마차에 올라탔다.

마차가 출발하자 태양이 떠올랐다. 마치 부인이 뒤돌아보니 햇살이 문간에 서 있는 사람들을 비추고 있었다. 좋은 징조라도 되는 것처럼 말이다. 남겨진 사람들도 그 햇살을 봤는지 미소를 짓고 손을 흔들었다. 모퉁이를 돌면서 마치 부인이 마지막으로 본 것은 환하게 빛나는 네 자매의 얼굴과 그 뒤에 호위대처럼 서 있는 로런스 씨, 믿음직한 해나, 헌신적인 로리였다.

"다들 우리 가족에게 얼마나 친절한지 몰라요." 마치 부인이 그렇게 말하면서 고개를 돌리자 바로 그곳에 자신이 한 말의 증거가 있었다. 따뜻한 위로를 건네고 있는 한 젊은이의 얼굴이었다.

"당연한 일인걸요." 브룩 선생님이 유쾌하게 웃었다. 따라 웃지 않을 수 없는 그 웃음에 마치 부인은 미소를 지었다. 그렇게 햇살과 미소와 유쾌한 말들이 주는 좋은 징조와 함께 긴 여정이 시작됐다.

"지진이라도 일어났던 것 같은 느낌이야." 로리와 할아버지가 아침 식사를 하러 돌아가고 나자 다 같이 쉬면서 기운을 차리는 동안 조가 말했다.

"집의 절반은 텅 빈 느낌이고." 메그가 쓸쓸하게 말했다.

베스가 뭔가 말하려다 말고 어머니가 말끔하게 수선해서 테이블에 쌓아놓고 간 스타킹을 가만히 가리켰다. 떠나기 직전의 그 바쁜 순간에도 딸들을 생각해 일을 하고 간 것이다. 사소한 일이었지만 자매들은 울컥하고 말았다. 용감한 다짐에도 불구하고 그들의 마음은 무너졌고 결국 다들 엉엉 울음을 터트렸다.

해나는 사려 깊게도 자매들이 실컷 울면서 감정을 추스르도록 두었고 울음 소나기가 그칠 기미를 보이자 커피포트로 무장을 하고 그들을 구하러 갔다.

"자, 아가씨들, 어머니가 하신 말씀을 떠올려보고 슬퍼하지 마세요. 이리 와서 커피 한잔씩들 하고 일을 시작하죠. 가족 모두를 위해서요."

커피가 나왔다. 그날 아침따라 해나는 정성 들여 커피를 만들었다. 그 누구도 해나가 유혹하는 고갯짓이나 커피포트 주둥이에서 나는 향기를 거부할 수 없었다. 자매들은 테이블로 모여들었고 눈물 젖은 손수건 대신에 냅킨을 들었다. 십 분쯤 지나자 모두 다시 괜찮아졌다. "'희망을 가지고 부지런히 움직이기', 이 말이 우리의 좌우명이야. 누가 가장 잘 기억하는지 한번 보자. 난 평소처럼 마치 할머니께 갈 거야. 그나저나, 아, 잔소리 좀 그만하셨으면!" 활기를 찾은 조는 커피를 홀짝이며 말했다.

"집에 있으면서 집안일을 돌보고 싶지만 나는 킹 씨네에 가야 해." 메그는 울어서 눈이 빨갛게 충혈되지 않았기를 바라며 말했다.

"그럴 필요 없어. 베스 언니랑 내가 집을 완벽하게 지키고 있을 게." 에이미가 잘난 체하며 끼어들었다.

"해나가 뭘 할지 말해줄 거야. 언니들이 집에 올 때까지 모든 것을 말끔하게 해놓을게." 베스가 즉시 대걸레와 설거지통을 꺼내며 말했다.

"걱정이란 건 아주 재미있는 것 같아." 에이미가 멍하니 생각에 잠긴 채 설탕을 먹으며 말했다.

에이미의 말에 자매들은 웃지 않을 수 없었다. 설탕 그릇에서 위안을 찾는 꼬마 아가씨를 보고 메그가 고개를 젓긴 했지만 웃고 나자 다들 기분이 좋아졌다.

파이를 본 조는 다시 심각해졌다. 집을 나서던 두 사람은 슬픈 마음으로 창문을 돌아봤다. 늘 그곳에서 자신들을 내다보던 어머니의 얼굴이 보이지 않았다. 그 대신 창문에는 소소한 일상들을 기억하고 있던 베스가 귤처럼 통통한 얼굴로 언니들을 향해 고개를 끄덕이고 있었다.

"우리 베스다워!" 고마운 얼굴로 모자를 흔들며 조가 말했다. "잘 가, 언니. 킹 씨네 애들이 오늘은 까불지 않기를 바랄게. 아빠 걱정은 말고." 헤어지면서 조가 말했다.

"마치 할머니가 푸념을 늘어놓지 않기를. 조, 네 머리 정말 잘 어울려. 소년 같으면서도 멋져." 메그가 미소를 참으며 말했다. 키가 큰 조의 어깨 위에 곱슬곱슬한 머리가 작아 보여 우스꽝스러웠기 때문이다.

"그거 유일하게 위로가 되는 말이군." 조는 추운 겨울날에 털을 다 깎은 양이라도 된 것 같은 기분이 되어 로리처럼 모자에 손을 얹으며 인사하고 마치 할머니 댁으로 향했다.

아버지로부터 온 소식에 자매들은 크게 안심할 수 있었다. 병세는 심각했지만 가장 유능하고 상냥한 간호사들의 치료로 많이 나아졌다고 했다. 브룩 선생님은 매일 소식을 보내왔는데, 메그는 가족의 대표로서 그 글을 자신이 읽어야 한다고 우겼다. 한 주 한 주 지나면서 편지는 점점 더 기운을 북돋는 내용이 되어갔다. 처음에는 다들 너나 할 것 없이 답장을 쓰려 해서 편지 봉투가 두툼했고, 자매들 중 그날의 워싱턴 통신에서 특별히 중요하다고 느껴지는 한 명이 그 편지 봉투를 우편함에 조심해서 넣었다. 편지는 모두 각자의 개성을 담고 있었다. 이제 그들의 편지를 슬쩍 빼서 읽어보도록 하겠다.

사랑하는 어머니,

지난번 보내신 편지에 우리가 얼마나 행복했는지 말로 설명할 수가 없답니다. 소식이 너무 반가워 우리는 웃다가 울다가 했어요. 브룩 씨는 또 얼마나 친절한지, 그리고 로런스 씨의 사업 덕분에 그분이 어머니 근처에서 그렇게 오랫동안 머물 수 있어서 정말 다행이에요. 어머니와 아버지에게 그토록 도움이 되어주니까요. 우리는 모두 아주 잘 지내고 있어요. 조가 바느질하는 것을 돕는데 힘든 일은 모두 자기가 하겠다고 우기네요. 조의 '도덕적 긴장 상태'가 오래가지 않을 거라는 걸 몰랐다면 무리하는 건 아닌지 걱정했을 거예요. 베스는 시곗바늘처럼 정확하게 자기 할 일을 하고 어머니가 말씀하신 것들을 절대 잊지 않아요. 아버지 일을 슬퍼하고 때로 심각해 보이기도 하지만 작은 피아노 앞에서는 그렇지 않아요. 에이미는 제 걱정을 많이 하고 저는 에이미를 신경 써서 보살펴요. 에이미는 혼자서 머리를 묶고, 저는 단춧구멍 만드는 법이랑 스타킹 수선하는 법을 가르쳐주고 있어요. 매우 열심히 노력하고 있는데 아마 나중에 오셔서 에이미가 얼마나 잘하는지 보시면 아주 기쁘실 거예요. 로런스 할아버지는 조의 말마따나 엄마 닭처럼 저희를 지켜봐주세요. 로리는 착한 이웃답게 우리에게 무척 친절해요. 로리와 조가 늘 우리를 즐겁게 해줘요. 엄마가 멀리 계시니 종종 우리는 고아라도 된 듯 몹시 우울하거든요. 해나는 완벽한 성인이에요. 단 한 번도 꾸짖지 않고 늘 예의를 갖춰서 깍듯하게 저를 '마거릿 아가씨'라고 불러요. 우리는 모두 바쁘게 잘 지내고 있어요. 그래도 밤이고 낮이고 어머니가 돌아오시길 간절히 기원해요. 아버지께도 안부 전해주시고요, 저를 믿어주세요.

당신의 딸
메그 올림

향기 나는 종이에 예쁜 글씨로 쓴 이 편지와는 상당히 대조적인 다음 편지는 커다란 외국산 얇은 종이에 마구 휘갈겨 썼고 여기저기 잉크로 얼룩져 있었다. 글씨는 온통 화려한 장식체에 끝을 구부려 써놓았다.

나의 소중한 엄마에게
아빠를 위해 만세! 만세! 만세! 브룩 선생님이 곧바로 전보를 보내 아빠가 나아졌다는 사실을 알려줬어요. 편지를 받고 저는 다락방으로 달려 올라가 이렇게 우리에게 좋은 일을 주신 하느님께 감사의 기도를 드리려고 했는데 그는 울기만 했어요. 그리고 '기뻐요! 정말 기뻐요!'라는 말만 반복했죠. 그런데 이것도 감사의 기도라고 할 수 있지 않을까요? 마음속으로는 수많은 것들을 느끼고 있었으니까요. 우리는 잘 지내고 있고 저는 이제 이 상황을 즐기고 있어요. 왜냐하면 착하게 지내려고 다들 필사적으로 노력하고 있어서 마치 비둘기

둥지 속에서 사는 것 같거든요. 메그 언니가 식탁 상석에 앉아 엄마 노릇을 하려는 걸 보면 아마 웃으실 거예요. 언니는 날로 예뻐지고 있어서 가끔은 제가 사랑에 빠질 것 같다니까요. 동생들은 딱 대천사들이에요. 그리고 저는, 음, 저는 조예요. 다른 건 될 수가 없죠. 아, 로리랑 하마터면 싸울 뻔한 이야기를 해드릴게요. 저는 어처구니없고 사소한 일에는 신경 쓰지 않는데 로리는 그게 기분이 나빴던 거예요. 제가 잘못한 건 없지만 말해야 할 걸 하지 않았고 결국 로리는 제가 사과하기 전까지는 다시는 우리 집에 오지 않겠다고 말하면서 자기 집으로 가버렸어요. 저는 사과하지 않을 거라고 했죠. 저도 하루 종일 화가 났었어요. 기분이 나쁘니 엄마가 너무 보고 싶었어요. 로리랑 저는 자존심이 너무 강해 상대방에게 용서를 빌기가 힘들어요. 아무튼 저는 로리가 사과를 하러 올 거라 생각했어요. 제가 분명히 옳았으니까요. 하지만 로리는 오지 않았고 그날 밤에 에이미가 강에 빠졌을 때 엄마가 해주신 이야기가 떠올랐어요. 엄마가 주신 그 작은 책을 읽으니 기분이 풀렸고, 하루해가 저물도록 화를 품고 있는 일은 하지 말자고 결심했어요. 그리고 미안했다고 말하려고 로리에게 달려갔죠. 그런데 문에서 로리를 만났어요. 로리도 저에게 사과하려고 온 거였어요. 우리는 같이 웃으며 서로에게 용서를 빌었어요.

그러고 나니 기분도 좋아지고 다시 편해지더라고요.

어제 해나를 도와 빨래를 하면서 시를 지었어요. 아빠는 제가 소소하게 장난치는 걸 좋아하시니 아빠를 즐겁게 해드리기 위해 적어 보낼게요. 저의 사랑 가득한 포옹을 아빠께 전해주세요. 엄마에겐 열두 번의 키스를.

사랑을 담아
뒤죽박죽 조 올림

비누 거품의 노래

빨래 통의 여왕이시여, 나는 즐겁게 노래하네
　하얀 거품이 뽀글뽀글 피어오르니
기운차게 씻고 헹구고 쥐어짠 옷을
　말리려고 널어놓으니
햇살 가득한 하늘 아래
　신선한 바람이 살랑살랑 불어와 흔들어놓네.

우리 마음과 영혼으로부터
　한 주의 얼룩을 모두 씻어버릴 수 있다면
물과 바람의 마법으로

우리가 깨끗해진다면
정녕코 지구 상에 맞으리라
　　영광스러운 세탁의 날을!

쓸모 있는 삶의 길을 따라
　　마음의 평화가 꽃피우리니
슬픔, 걱정, 우울함 따위
　　바쁜 마음은 생각할 시간이 없어라
바쁘게 비질을 하는 동안
　　걱정스러운 생각은 모두 쓸려 나가리니.

내게 주어진 일이 있고
　　매일매일 해야 할 일이 있음에 기뻐하노니
그리하여 내게 건강과 힘과 희망을 가져다주네
　　유쾌하게 말하건대
머리여 생각하라, 마음이여 느끼라,
　　그리고 손이여 늘 일하라!

엄마께

제 사랑과 팬지 꽃을 보낼 수 있는 공간이 겨우 이만큼이네요. 아빠께 보여드리기 위해 뿌리까지 눌러 집에 잘 보관해두었던 팬지 꽃이에요. 저는 매일 아침 책을 읽으며 하루 종일 착한 사람이 되려고 노력해요. 그리고 아빠가 좋아하시던 노래를 부르며 잠이 들어요. 요즘은 〈천국〉[77]을 못 불러요. 눈물이 나거든요. 다들 서로에게 아주 친절하고 엄마가 안 계셔도 행복하게 지내려고 노력해요. 에이미가 나머지 부분을 남겨 달라고 해서 여기서 그만 쓸게요. 저는 그릇 뚜껑 덮고 시계태엽을 감고 매일 방을 환기시키는 일을 잊지 않아요.

아빠가 제 거라고 한 아빠 뺨에 입맞춤을 보낼게요. 아, 사랑하는 딸에게 빨리 돌아오세요.

어린 베스 올림

나의 소중한 엄마

우리 모두 잘 지내고 저는 공부도 많이 항상 하고 언니들 말에 소신을 부리지 않아요—메그 언니가 이럴 때는 거스르지 않는다고 해야 한다고 해요 그래서 두 단어 다 적으니 가

[77] 스코틀랜드 작곡가 캐럴리나 올리펀트의 노래.

장 적당한 단어를 엄마가 고르시면 대요. 메그 언니는 저한테 정말 잘해줘요 매일 밤 차와 함께 젤리를 먹게 해주는데 그게 저한테 아주 좋은 거 같다고 조 언니가 말해요 왜냐하면 그것 때문에 제가 신경질을 안 부린다고 하면서요. 로리는 저한테 예의 없이 굴어요 이제 저도 거의 십 대가 다 대가는 데 꼬마 아가씨라고 부르고 또 제가 '메르시'나 '봉주르' 같은 프랑스어를 말하면 해티 킹처럼 아주 빠르고 유창하게 프랑스어를 말해서 기분 나쁘게 해요. 제 파란 드레스의 소매가 다 닳아서 메그 언니가 새 소매를 덧대어줬는데 앞부분이 모두 잘못됐고 또 색깔도 드레스보다 더 짙은 색이지 뭐예요. 기분이 나빴지만 짜증을 내지 않고 잘 참았어요 해나가 앞치마를 좀 더 빳빳하게 풀을 먹여주고 메밀 빵을 매일 주면 정말 좋겠어요. 안 대겠죠? 저 물음표 잘 쓰지 않았어요. 메그 언니가 저더러 구두점이랑 철자법이 엉망이라고 해서 창피해요 이런 할 일이 많은데 쓰는 걸 멈출 수가 없네요. 아디외,[78] 엄청난 사랑을 아빠에게 보내요.

사랑하는 딸
에이미 커티스 마치 올림

---

78 프랑스어. Adieu. 작별 인사이다.

마치 부인께

우리가 아주 잘 지내고 있다는 말씀 전하려고 몇 자 적읍니다. 따님들은 영리하고 똑똑하게 자기 일들을 잘해내고 있읍니다. 메그 아가씨는 아주 조은 안주인이 될 겁니다. 집안일을 조아하고 놀라울 정도로 빨리 해냅니다. 조는 먼저 계산해 보는 법 없이 무턱대고 저지르고 보는 편이에요. 조가 무슨 사고를 쳤는지 알면 놀라실 겁니다. 월요일에는 빨래 통에서 빨래를 꺼내서는 짜지도 않고 풀을 먹였고 분홍색 드레스를 파라케 물들였지 뭐에요. 웃겨서 죽는 줄 알았지요. 베스는 최고에요. 제게 큰 도움이 되고 있고 늘 앞서 준비하는 것이 아주 의지가 된답니다. 뭐든 배우려 들고 그 나이에 장도 볼 줄 알아요. 나를 도와 가계부도 잘 적고 아주 훌륭하답니다. 지금까지 아주 절약하면서 지내고 있어요. 부인께서 말씀하신 대로 일주일에 단 한 번 커피를 내고 소박하면서 건강에 좋은 음식을 차려요. 에이미는 짜증도 내지 않을 뿐 아니라 좋은 옷을 입고 싶다거나 달콤한 것을 먹고 싶다고 하지도 않고 잘 지냅니다. 로리는 평소처럼 장난꾸러기 짓을 해서 가끔 집을 뒤집어놓기도 해요. 하지만 덕분에 따님들이 활력을 얻는 것 같기도 해서 마음대로 하도록 내버려둔답니다. 노신사께서는 뭘 잔뜩 보내서 제가 조금 힘들기도 하지만 내 집이 아니니 아무 말 않으렵니다. 빵이 부풀어 오르네요. 이제 가봐야겠어요. 마치 씨께도 제 안부 전해주시고 폐렴에서 얼른 회복하시기를 바랍니다.

부인을 존경하는

해나 멀릿 드림

제2병동 수간호사님께

래퍼해녹강[79]은 이상 없음. 전군 역시 이상 무. 병참부대는 잘 돌아갑니다. 테디 대령 이하 국토 방위군은 항상 근무 중이며 로런스 총사령관은 매일 전군을 점검하고 있습니다. 멀릿 병참장교는 기지 내 질서를 유지하고 있으며 라이언 소령은 매일 밤 경계 근무를 서고 있습니다. 워싱턴으로부터 좋은 소식을 접한 후 스물네 발의 축포를 발사하고 본부에서는 정장 사열식이 열렸습니다. 총사령관께서 진심 어린 안부를 보내십니다.

함께 안부를 전하며

테디 대령 드림

---

79 버지니아주를 가로지르는 강. 남북전쟁의 주요 격전지였다.

마치 부인께

따님들은 아주 잘 지내고 있습니다. 베스와 로리가 매일 같이 보고를 해주고 있지요. 어여쁜 메그를 곁에서 용처럼 지키는 것을 보니 해나는 매우 훌륭한 하인입니다. 날씨가 좋아 다행입니다. 브룩 선생이 도움이 되길 기도하며 예산에서 비용이 초과한다면 제가 도움을 드리겠습니다. 부군께서 부족한 것 없이 지내시길 바랍니다. 병세가 호전되고 있다니 신께 감사드립니다.

당신의 진정한 친구이자 충복

제임스 로런스

17

작은 성인, 베스

일주일 동안 그 낡은 집에서는 어마어마한 미덕을 볼 수 있었고 그 기운은 이웃에까지 퍼졌다. 그것은 정말로 놀라운 일이었다. 모두가 천국의 마음인 듯했고 자제하고 극기하는 마음이 유행처럼 번졌다. 그런데 아버지에 대한 걱정이 줄어들자 소녀들은 칭찬받아 마땅한 노력을 조금씩 게을리하더니 예전으로 돌아가기 시작했다. 좌우명을 잊지는 않았지만 '희망을 가지고 부지런히 움직이는 일'은 점점 별것 아닌 일처럼 보이기 시작했다. 그렇게 어마어마한 노력을 기울이던 그들은 열심히 했으니 휴식을 가져도 된다고 생각해 푹 쉬었다.

조는 짧게 자른 머리를 제대로 감싸지 않은 덕에 심하게 감기에 걸리고 말았다. 마치 할머니는 코맹맹이 소리로 책 읽는 것을 좋아하지 않았기 때문에 나을 때까지 집에서 쉬라고 지시했다. 조는 기분이 좋아 다락방에서부터 지하실까지 신나게 샅샅이 뒤져서 비소[80]와 책들을 가져와 감기를 치료하기 위해 소파에 몸을 뉘었다. 에이미는 집안일과 예술을 동시에 잘할 수 없다는 사실을 알고 진흙 파이 만드는 일에만 몰두하기 시작했다. 메그는 매일 자신의 왕국으로 출근했고 집에서는 바느질을 하거나 생각을 했다. 하지만 많은 시간을 어머니에게 편지를 쓰거나 워싱턴에서 온 전보들을 읽고 또 읽는 데 썼다. 베스는 아주 조금 게을러지거나 슬퍼지기도 했지만 계속해서 자신의 일을 해나갔다. 사소한 집안일들은 모두 베스가 매일 해냈고 언니들이 깜빡한 일도 베스가 대신 했다. 집은 추 없는 시계 같았다. 어머니에 대한 그리움과 아버지에 대한 걱정으로 마음이 무거울 때면 베스는 옷장 안에서 정들고 오래된 잠옷을 꺼내 얼굴을 묻었다. 그러면 작은 신음 소리가 절로 나곤 했는데 그렇게 혼자서 조용히 기도를 올리고 나면 베스는 한결 기운이 났다. 아무도 베스가 어떻게 기운을 차릴 수 있는지는 몰랐지만 다들 베스가 얼마나 상냥하고 도움이 되는지 느꼈고 작은 일에도 베스의 위로와 조언을 얻었다.

이 경험이 자신의 성격을 시험하는 장이 될 것임을 누구도 알지 못했다. 아버지에 대한 걱정으로 바짝 긴장하여 자신의 일을 열심히 하던 자매들은 아버지가 어느 정도 회복하고 나자 다들 자신들

---

80 묽게 타서 동종요법으로 쓰였다.

이 잘했으며 칭찬받을 만하다고 우쭐했다. 실로 칭찬받을 만했다. 하지만 그렇게 잘하다가 그만둔 것이 실수였고, 이후로 숱한 걱정과 후회를 하고 나서야 교훈을 얻었다.

"메그 언니, 훔멜 씨 댁을 살펴보고 오는 게 좋겠어. 엄마가 우리에게 그 가족을 잊지 말라고 했잖아." 마치 부인이 떠나고 열흘이 지난 후 베스가 말했다.

"오늘 오후는 피곤해서 못 가." 메그가 흔들의자에 앉아 바느질을 하면서 말했다.

"조 언니는 못 가?" 베스가 물었다.

"감기에 걸린 사람한테는 너무 심한 눈보라야."

"거의 다 나은 줄 알았더니."

"로리와 함께 나가 놀기에는 그런대로 괜찮겠지만 훔멜 씨 댁까지 가는 건 좀 힘들겠어." 조는 그렇게 말하며 웃었지만 자신의 말에 모순이 있다는 걸 조금은 부끄럽게 생각하는 것 같았다.

"네가 가는 건 어때?" 메그가 물었다.

"나는 매일 가지. 그런데 아기가 아파. 나는 뭘 해야 할지 모르겠어. 훔멜 부인은 일하러 나가고 로첸이 아기를 돌보는데 갈수록 더 심해지기만 해. 내 생각엔 언니나 해나가 가야 할 거 같아."

베스의 진지한 말에 메그는 내일 가보겠다고 약속했다.

"해나에게 맛있는 죽을 좀 준비해달라고 해서 갖다주고 와. 베스, 신선한 공기를 쐬면 좋잖아." 그리고 조는 미안하다는 듯 덧붙여 말했다. "나도 가고 싶지만 글을 마저 써야 해서."

"난 머리가 아프고 피곤해. 그래서 나 말고 누구 다른 사람이 좀 가면 좋겠어." 베스가 말했다.

"에이미가 곧 올 테니 우리 대신 뛰어갔다 오라고 하자." 메그가 제안했다.

"그럼 좀 쉬면서 에이미를 기다려볼게."

베스는 소파에 누웠고 메그와 조는 각자 하던 일을 하기 시작했다. 곧 훔멜 가족의 일은 잊혔고 한 시간이 지났지만 에이미는 오지 않았다. 메그는 새 옷을 입어보려고 자기 방으로 갔고 조는 글을 쓰느라 여념이 없었으며 해나는 부엌 불 앞에서 단잠에 빠져 있었다. 베스는 조용히 옷을 입고 가엾은 아이들을 위한 물건들을 이것저것 바구니에 담고서는 차가운 공기 속으로 나갔다. 베스의 머리는 무거웠고 참을성 있는 눈빛에는 슬픈 기색이 비쳤다. 늦게 집으로 돌아온 베스가 위층으로 천천히 올라가서는 엄마 방으로 들어가 문을 닫는 것을 아무도 보지 못했다. 삼십 분쯤 후 조가 뭔가를 찾으려고 '엄마의 서랍장'으로 갔다가 베스가 약상자 위에 앉아 있는 것을 발견했다. 두 눈은 빨갛고 표정은 아주 심각했다. 손에는 장뇌 유병이 있었다.

"크리스토퍼 콜럼버스! 무슨 일이야?" 조가 소리쳤다. 베스는 마치 물러서라고 경고라도 하듯 손을 뻗고는 얼른 물었다.

"언니는 이미 성홍열 앓았지. 그렇지?"

"몇 년 전에 메그 언니가 앓을 때. 왜?"

"그럼 말해줄게. 아, 언니, 아기가 죽었어!"

"무슨 아기?"

"훔멜 부인의 아기 말이야. 훔멜 부인이 집에 오기도 전에 아기가 내 무릎에서 죽었어." 베스가 흐느끼며 소리쳤다.

"이런 세상에, 많이 무서웠겠구나, 베스! 내가 갔어야 했는데." 조가 후회하는 얼굴로 엄마의 큰 의자에 앉아 베스를 무릎에 앉히며 말했다.

"무섭지 않았어, 언니. 그저 슬펐어! 아기가 많이 아프다는 걸 금방 알겠더라고. 그런데 훔멜 부인이 의사를 부르러 갔다고 하길래 난 로첸을 쉬게 해주려고 아기를 안았지. 아기는 잠든 것 같았어. 그런데 갑자기 아기가 조금 우는가 싶더니 바르르 떨다가 조용해지는 거야. 난 아기의 발을 따뜻하게 만들어보려고 했고 로첸은 우유를 먹여보려고 했지만 아기는 움직이지 않았어. 그제야 아기가 죽었다는 걸 알겠더라고."

"아, 베스, 울지 마! 그래서 어떻게 했어?"

"훔멜 부인이 의사와 함께 돌아올 때까지 그저 아기를 안고 앉아 있었지. 의사 선생님이 아기는 죽었다고 말했어. 그리고 목이 아픈 하인리히와 미나를 살펴보더니 '성홍열입니다, 부인. 저를 더 일찍 부르시지 그러셨어요' 하고 타박을 주더라고. 훔멜 부인은 돈이 없어서 의사를 부를 수 없었다면서 혼자서 아기를 치료해보려 했는데 너무 늦어버렸다고 했어. 다른 아이들이라도 좀 봐달라면서 자선단체에서 준 기부금으로 치료비를 내겠다고 하니까 그제야 의사는 미소를 지으며 좀 친절해졌어. 나는 너무 슬퍼서 그들과 함께 울었어. 그런데 의사가 갑자기 돌아보더니 나에게 집으로 가서 당장 벨라도나[81]를 먹으라는 거야. 그러지 않으면 열이 오를 거라면서."

"안 돼!" 조가 겁에 질린 얼굴로 베스를 꼭 끌어안고 소리쳤다. "네가 만약 아프게 되면 난 나 자신을 절대 용서할 수 없어! 아, 어떡하면 좋아?"

"겁먹지 마. 그렇게 심하게 앓을 거 같지 않아. 엄마 책을 찾아봤는데 대체로 나처럼 두통과 인후통, 그리고 이상한 기분을 느끼며 시작한대. 그래서 벨라도나를 먹었더니 좀 나아지는 거 같아." 베스는 자신의 차가운 손을 뜨거운 이마에 갖다 대며 애써 괜찮아 보이려고 했다.

"엄마가 집에 계셨더라면 얼마나 좋을까!" 조가 책을 집어 들며 소리쳤다. 워싱턴이 이역만리 떨어진 것만 같았다. 조는 책 한 부분을 읽고 베스를 바라보며 이마를 짚어봤다. 그리고 목구멍을 들여

---

81 진통제 등으로 쓰이던 약초.

다보더니 진지하게 말했다. "넌 일주일 넘게 그 아기를 보러 다녔고 거기 있던 다른 아이들도 성홍열에 걸렸을 텐데. 베스 너도 걸릴 거 같아 걱정이다. 해나를 부를게. 해나는 병에 대해서 잘 아니까."

"에이미는 오지 못하게 해. 에이미는 성홍열을 앓은 적이 없잖아. 병 옮기기 싫어. 언니나 메그 언니가 다시 걸리는 일은 없겠지?" 베스가 걱정스러운 얼굴로 물었다.

"안 걸릴 거야. 다시 걸린다 해도 신경 쓰지 마. 난 그래도 싸. 이기적인 돼지니까. 너를 그곳에 보내고 글이나 쓰고 있다니 난 정말 구제불능이야!" 해나에게 도움을 청하러 가면서 조가 중얼거렸다.

착한 해나는 금방 잠에서 깨어나서는 바로 통솔에 나섰다. 해나는 조에게 걱정할 필요 없다고 안심시켰다. 다들 성홍열을 앓을 뿐 아니라 제대로 치료만 하면 아무도 죽지 않는다고 했다. 해나의 말에 안도한 조는 함께 메그에게로 갔다.

"이제 뭘 해야 할지 말해줄게요." 해나는 베스를 살펴보고 몇 가지 질문을 한 후 말했다. "뱅스 의사 선생님을 불러 베스를 진찰하도록 할 거예요. 뭘 해야 하는지도 알려주시겠죠. 우선은 병이 옮지 않도록 에이미를 마치 할머니 댁으로 잠시 보낼 거예요. 그리고 하루나 이틀 정도는 두 사람 중 한 사람은 집에 있으면서 베스를 즐겁게 해주면 좋겠어요."

"물론 내가 있을게. 내가 첫째니까." 메그가 걱정스럽기도 하고

양심의 가책을 느끼기도 하는 표정으로 말했다.

"내가 있을 거야. 베스가 아픈 건 내 잘못이야. 엄마가 나더러 하라고 한 일인데 내가 하지 않았잖아." 조가 단호하게 말했다.

"베스, 누구랑 있을래요? 두 사람 모두 있을 필요는 없어요." 해나가 말했다.

"조 언니랑 있을래요." 베스는 만족스러운 얼굴로 조에게 머리를 기댔고, 그로써 문제는 간단히 해결됐다.

"내가 가서 에이미에게 말할게." 메그가 말했다. 약간 마음에 상처를 입긴 했지만 대체로는 다소 안심이 되는 면도 있었다. 조는 간호하는 일을 좋아하는 데 반해 메그는 좋아하지 않았기 때문이다.

에이미는 바로 반발하고 나섰다. 그리고 마치 할머니에게 가느니 차라리 성홍열에 걸리겠다고 강하게 말하기까지 했다. 메그가 설명도 하고 애원도 해보고 윽박지르기도 했지만 모두 허사였다. 에이미는 절대 가지 않겠다고 했다. 절망에 빠진 에이미를 두고 메그는 어떻게 해야 할지 해나에게 물으러 갔다. 메그가 돌아오기 전 응접실로 들어오던 로리는 소파 쿠션에 얼굴을 묻고 훌쩍거리며 울고 있는 에이미를 봤다. 에이미는 로리에게서 위로를 받을 것이라 기대하며 사정을 이야기했다. 그런데 로리는 주머니에 손을 넣고 눈썹을 찡그린 채 깊은 생각에 잠겨 부드럽게 휘파람을 불며 방 안을 서성거렸다. 이윽고 에이미 곁에 앉더니 슬슬 에이미를 구슬리기 시작했다. "이제 좀 현명한 아가씨가 돼야지. 언니들이 하라는 대로 해. 그만 울고 내 계획 한번 들어봐. 무지 재미있을 테니까. 넌 마치 할머님 댁으로 가는 거야. 그럼 내가 매일 가서 너를 데리고 나와 산책을 하거나 마차를 타는 거지. 엄청나게 재미있을 거 같지 않아? 여기서 우울하게 지내는 것보다 낫지 않을까?"

"내가 방해라도 되는 것처럼 보내지는 게 싫어." 에이미가 상처받은 목소리로 말했다.

"세상에, 그런 생각 마, 에이미! 너를 건강하게 지켜주려고 그러는 거야. 너도 아프기 싫잖아. 안 그래?"

"물론이지. 아프고 싶지 않아. 하지만 난 아플 거야. 베스 언니랑 줄곧 같이 있었으니까."

"바로 그게 네가 당장 멀리 가야 하는 이유야. 지금 이곳에서 벗어나 공기도 좀 바꾸고 몸을 잘 챙기면 아프지 않고 건강할 거야. 혹시 병에 걸리더라도 가볍게 앓고 지나가겠지. 가능한 한 빨리 떠나는 게 좋을 거야. 성홍열은 장난 아니거든요, 아가씨."

"하지만 마치 할머니 댁은 지루해. 할머니는 너무 까다롭고." 에이미는 다소 겁먹은 표정으로 말했다.

"내가 매일 가서 베스가 어떤지 소식도 전해주고 너를 데리고 나가 여기저기 돌아다니면 지루하지 않을 거야. 그 노부인은 나를 좋아하시거든. 내가 최선을 다해 비위를 맞춰드릴 거니까 우리가 뭘 하고 돌아다니든 할머니는 잔소리하지 않으실 거야."

"퍽이 모는 마차를 타고 데리러 올 거야?"

"신사의 명예를 걸고 맹세하지."

"매일 올 거지?"

"두고 보면 알 거야."

"베스 언니가 다 나으면 곧장 집으로 데려다줄 거지?"

"즉시 데려다줄게."

"극장에도 갈 거지?"

"열두 번도 갈 거야. 갈 수 있다면."

"음—그럼—갈게." 에이미가 천천히 말했다.

"착하기도 하지! 메그를 큰 소리로 불러서 항복했다고 말해주자." 로리가 만족스러운 듯 에이미를 토닥거리며 달랬다. 에이미는 '항복'이라는 말보다 그 토닥거림이 더 거슬렸다.

메그와 조는 로리가 이룩한 기적을 보기 위해 달려 나왔다. 에이미는 자신이 매우 중요하며 희생적인 사람인 듯 느끼며 만약 의사가 베스가 병에 걸릴 거라고 하면 가겠다고 약속했다.

"어린 아가씨는 좀 어때요?" 로리가 물었다. 베스는 로리에게 특별한 아이였기에 안 그런 것처럼 보여도 베스를 많이 걱정하고 있었다.

"엄마 침대에 누워 있는데 좀 나아진 것 같아. 아기가 죽은 것 때문에 힘든 모양인데, 내가 보기엔 그냥 감기에 걸린 게 아닌가 싶어.

해나도 말로는 감기 같다고 하면서도 걱정하는 표정이라 불안해." 메그가 대답했다.

"아, 괴로운 세상이어라!" 조가 짜증 난다는 듯이 머리를 뒤죽박죽 헝클며 말했다. "한 문제에서 빠져나왔다 싶으면 또 다른 문제가 생기지. 엄마가 안 계시니 붙잡고 의지할 곳이 하나도 없는 것 같아. 망망대해에 혼자 있는 기분이야."

"그러니 꼭 고슴도치 같잖아. 그러지 마. 안 어울려. 머리 좀 정리해봐, 조. 어머니께 전보 치려면 말해. 또 뭐 도와줄 건 없어?" 친구가 지닌 유일한 아름다움을 상실한 것에 아직도 불만인 로리가 말했다.

"내가 고민하는 게 그거야." 메그가 말했다. "베스가 정말로 아프게 되면 엄마께 말해야 할 거 같은데 해나는 그러면 안 된대. 엄마는 아빠 곁을 떠날 수 없으니까 괜히 두 분에게 걱정만 끼친다고. 베스가 오랫동안 아프지는 않을 테고 해나가 어떻게 할지 아는 데다가 엄마가 해나 말을 따르라고 하셨으니 그렇게 해야겠지. 하지만 그게 정말 맞는지는 잘 모르겠어."

"음, 나도 잘 모르겠네요. 의사 선생님이 다녀가시면 할아버지께 여쭤보세요."

"그래야겠어. 조, 당장 가서 뱅스 선생님을 모셔 와." 메그가 지시했다. "선생님이 오시기 전까지는 아무것도 결정할 수가 없으니까."

"조, 그냥 있어. 이곳에서는 내가 심부름꾼이니까." 로리가 모자를 집어 들며 말했다.

"바쁜 거 아니니?" 메그가 말했다.

"아니요, 오늘 할 공부는 다 했어요."

"방학에도 공부를 해?" 조가 물었다.

"이웃집에서 좋은 본보기를 보여줘서 따르고 있지." 몸을 돌려 방에서 빠져나가며 로리가 답했다.

"난 로리에게 기대가 커." 울타리를 훌쩍 뛰어넘어 가는 로리를 만족스러운 미소로 지켜보며 조가 말했다.

"꽤 잘하고 있지. 남자애치고는." 메그는 그다지 흥미가 없는 이야기라 대답이 다소 불친절했다.

뱅스 의사 선생님이 왔다. 베스가 성홍열 증상을 보이고는 있지만, 훔멜 가족의 상황을 냉정하게 고려해본다 해도 가볍게 앓고 넘길 것 같다고 말했다. 그리고 만일의 위험을 방지하기 위해 에이미를 당장 격리시키라고 했다. 그래서 에이미는 조와 로리의 호위를 받으며 위풍당당하게 출발했다.

마치 할머니는 평소처럼 냉랭하게 그들을 맞았다.

"오늘은 왜 온 거니?" 할머니는 안경 너머로 날카롭게 쏘아보며 물었고 할머니 의자 등에 앉은 앵무새는 "저리 가, 남자아이는 안 돼"라고 소리를 질러댔다.

로리는 창문으로 물러섰고 조가 어찌 된 일인지 이야기했다.

"가난한 집들을 쑤석거리고 다니더니 딱 내가 예상한 대로군. 에이미는 여기 있어도 된다. 아프지 않으면 집안일을 좀 돕도록 해라. 지금으로 봐선 아프지 않은 것 같다만. 울지 마라, 애야. 훌쩍거리는 소리는 딱 질색이니까."

에이미는 정말 울음을 터뜨리려고 했다. 그런데 로리가 앵무새의 꼬리를 몰래 잡아당겨 앵무새 폴리가 비명을 지르며 소리쳤다.

"옴마야!" 그 소리가 너무 웃겨서 에이미는 울음 대신 웃음을 터뜨렸다.

"너희 엄마에게서 소식 온 거라도 있니?" 마치 할머니가 퉁명스럽게 물었다.

"아빠가 많이 좋아지셨대요." 차분하려 애쓰며 조가 대답했다.

"오, 그래? 하지만 오래가지 않을 거다. 마치 집안 사람들이 체력이 약하거든." 참으로 유쾌한 대답이 돌아왔다.

"하! 하! 죽는다는 말은 하지 마, 코담배 한 움큼 집어, 잘 가! 잘 가!" 폴리가 횃대에서 춤을 추며 소리를 질러댔다. 로리가 뒤에서 잡아당기자 폴리가 노부인의 모자를 발톱으로 꽉 움켜잡았다.

"입 다물어, 이 망할 늙은 새야! 조, 당장 가는 게 좋겠다. 저렇게 머리가 텅텅 빈 남자애랑 늦게까지 싸돌아다니는 건 적절하지 못해."

"입 다물어, 이 망할 늙은 새야!" 폴리는 의자에서 폴짝 뛰어내리더니 숙모님의 마지막 말에 몸이 흔들리도록 웃고 있는 '머리가 텅텅 빈' 남자아이에게로 쪼르르 달려가 부리로 쪼기 시작했다.

'도저히 힘들 것 같지만 견뎌내도록 노력해야지.' 마치 할머니와 홀로 남겨진 에이미는 생각했다.

"잘 지내보자, 못난이!" 폴리가 소리를 질렀고 그 무례한 말에 에이미는 콧방귀를 뀌지 않을 수 없었다.

18

암울한 시간

 베스는 정말 성홍열에 걸렸고 해나와 의사가 예상한 것보다 훨씬 더 심각했다. 자매들은 병에 대해서 아무것도 모르고 로런스 씨는 병문안이 허락되지 않아 해나가 전부 알아서 해야 했다. 뱅스 의사는 바쁜 와중에도 최선을 다했지만 최고의 간호사에게 많은 일을 맡겨야 했다. 메그는 킹 씨네 아이들에게 병을 옮기지 않기 위해 집에 머물면서 집안일을 살폈다. 어머니에게 편지를 쓰면서 베스의 병에 대해서 언급하지 않는 것이 걱정스럽고 조금 죄책감이 들기도 했다. 어머니를 속이는 것이 옳지 않다고 생각했지만 해나의 말을 따라야 했고 해나는 "그런 사소한 일로 괜한 걱정만 끼친다"며 알리고 싶어 하지 않았다. 조는 밤낮으로 베스의 병간호에 최선을 다했다. 참을성이 많은 베스는 최대한 자신을 통제하며 불평 없이 고통을 견뎠기 때문에 그다지 힘든 일도 아니었다. 그런데 어느 날, 열이 많이 오른 베스가 거칠고 갈라진 목소리로 말을 하기 시작했다. 침대보가 사랑하는 피아노라도 되는 듯 손을 얹어 연주를 하고 잔뜩 부은 목으로 노래를 하려고 했지만 노래는 나오지 않았다. 어느 날은 익숙한 얼굴도 알아보지 못하고 엉뚱한 이름으로 부르거나 엄마를 애타게 찾기도 했다. 조는 점점 두려워졌고 메그는 엄마에게 사실대로 편지를 쓰게 해달라고 애원했다. 해나조차 "아직은 위험하지 않지만 한번 생각해볼게요"라고 할 정도였다. 그런데 워싱턴에서 온 편지 한 통으로 그들의 고민은 더 커졌다. 아버지의 병세가 다시 원래 상태로 돌아가 어머니가 한동안은 집으로 돌아올 수 없다는 것이었다.

한때는 행복하던 집 위로 죽음의 그림자가 맴돌고 있는 동안 그 시간이 얼마나 우울했는지, 집은 또 얼마나 슬프고 쓸쓸했는지, 각자의 소임을 다하면서 기다리는 자매들의 마음이 얼마나 무거웠는지 아무도 모를 것이다! 혼자 앉아 바느질을 하며 이따금씩 눈물을 떨구던 마거릿은 깨닫게 됐다. 돈으로 살 수 있는 화려한 것들보다 소중한 가치들, 그러니까 사랑이나 보살핌, 평화, 건강, 진정한 축복 같은 것들로 자신이 그 누구보다도 풍족하게 살아왔다는 사실 말이다. 조는 어두운 방 안에서 고통으로 괴로워하는 어린 동생을 지켜보면서, 그리고 동생의 슬픈 목소리를 들으면서 베스가 얼마나 아름답고 사랑스러운 아이였는지 깨달았다. 또 베스가 모두의 마음 속에 얼마나 깊고 따뜻한 사랑을 주었는지도 알게 됐고, 타인을 위해 사는 베스의 이타심에 대해서도 생각했다. 베스는 특별한 재능이나 호사스러운 부, 눈에 보이는 아름다움보다는 누구나 갖고 있는 단순한 가치인 사랑으로 행복한 가정을 만들었다. 한편 할머니 댁으로 피신한 에이미는 집에 가고 싶어 견딜 수 없었다. 이제는 남을 위해 어떤 봉사를 하든 힘들거나 지루하지 않을 것 같았고 베스를 위해서라면 뭐든 할 수 있을 것 같았다. 또 자신이 게을리하던 수많은 일을 베스가 기꺼이 대신 해준 것을 떠올리며 후회의 눈물을 흘렸다. 로리는 불안한 유령처럼 마차가를 배회했고 로런스 씨는 어린 이웃이 황혼 녘이면 자신에게 선사하던 즐거운 기억을 견딜 수 없어서 그랜드피아노를 잠가버렸다. 모두가 베스를 그리워했다. 우유 배달부가, 빵집 주인이, 식료품 가게 점원이, 푸줏간 남자가 베스의 안부를 물어왔다. 홈멜 부인이 찾아와 자신의 생각이 짧았다고 용서를 빌고 미나에게 입힐 수의를 얻어갔다. 여러 이웃들에게서 위로와 기원이 쏟아졌다. 베스를 잘 아는 사람들조차도 수줍음 많은 베스에게 이렇게 많은 친구가 있다는 데 놀랐다.

　베스는 낡은 조애나를 옆에 두고 누워 있었다. 몸이 아파 정신이 없지만 그럼에도 자신이 돌봐야 할 쓸쓸한 친구였기 때문이다. 고양이들도 몹시 데려오고 싶었지만 고양이들이 아플 수 있기 때문에 그러지 않기로 했다. 안정이 찾아올 때면 베스의 머릿속은 온통 조에 대한 걱정으로 가득했다. 에이미에게 사랑이 담긴 편지를 보냈고 언니들에게는 엄마에게 곧 편지를 쓰겠다고 전해달라고 했다. 종종 아버지가 당신을 소홀히 하고 있다고 생각하지 않도록 하려고 한마디라도 써볼 테니 연필과 종이를 달라고 했다. 하지만 언제부턴가 이렇게 정신을 차리고 있는 시간도 없이 계속해서 누운 채 이쪽저쪽 뒤척이며 알아들을 수 없는 말만 하거나 깊은 잠에 빠져 헤어나지 못하기 시작했다. 뱅스 선생님은 하루에 두 번씩 방문했고 해나는 밤을 지새웠다. 메그는 언제든 보낼 수 있도록 전보를 준비해 서랍에 넣어두었고 조는 베스 곁에서 한시도 떠나지 않았다.

12월의 첫날은 그들에게 진정 겨울같이 쓸쓸한 날이었다. 차가운 바람이 불고 눈이 쏟아지는 것이 마치 그해가 죽음을 맞이하고 있는 것 같았다. 그날 아침 뱅스 선생님은 한참 동안 베스를 살피더니 두 손으로 베스의 뜨거운 손을 잡았다가 살며시 내려놓았다. 그리고 해나에게 낮은 목소리로 말했다.

"마치 부인이 마치 씨 곁을 비울 수 있으면 이쪽으로 오시는 게 좋겠습니다."

해나가 아무 말 없이 고개를 끄덕였다. 지나치게 초조한 나머지 입술이 씰룩거리고 있었기 때문이다. 메그는 그 말을 듣고 사지에 힘이 다 빠진 듯 의자에 털썩 주저앉았다. 하얗게 질린 채 잠깐 그대로 서 있던 조는 응접실로 달려가 전보를 낚아채더니 다급하게 옷을 챙겨 입고 눈보라 속으로 달려 나갔다. 곧 집으로 돌아온 조는 조용히 망토를 벗었다. 그때 로리가 편지 한 통을 들고 들어오며 마치 씨가 다시 좋아지고 있다고 말했다. 조는 고마운 마음으로 그 편지를 읽었지만 마음속 무거운 짐이 가벼워지지는 않았다. 조의 얼굴에 근심이 가득한 것을 본 로리가 얼른 물었다.

"뭐야? 베스가 더 안 좋아진 거야?"

"나 엄마를 부르러 갔었어." 조가 비극적인 표정을 하고 고무장화를 세게 잡아당겼다.

"잘했어, 조! 너 혼자 생각으로 한 거야?" 조의 손이 떨리는 것을 본 로리는 복도 의자에 조를 앉힌 후 반항이라도 하듯 잘 벗겨지지 않는 장화를 벗겨주며 물었다.

"아니, 의사 선생님이 그렇게 하라고 하셨어."

"아, 조, 그렇게 나빠진 건 아니지?" 로리가 깜짝 놀란 얼굴로 소리쳤다.

"아니, 나빠졌어. 우리 얼굴도 못 알아봐. 초록 비둘기 떼에 대해서 이야기하지도 않아. 벽에 붙은 포도나무 덩굴 잎사귀들을 그렇게 불렀거든. 내 동생 베스 같지가 않아. 우리가 버틸 수 있도록 도와줄 사람이 아무도 없어. 엄마 아빠 두 분 모두 멀리 계시고 신도 너무 멀리 계신 거 같아서 찾을 수가 없어."

조의 뺨 위로 눈물이 주르르 흘러내렸다. 조는 어둠 속을 더듬듯 무력하게 손을 뻗었고 로리가 그 손을 잡았다. 그리고 목이 메어 간신히 속삭였다.

"내가 여기 있잖아. 나를 잡아, 조!"

조는 아무 말도 할 수 없었다. 그저 로리의 말대로 손을 '잡았다'. 다정한 친구의 손에서 느껴지는 따뜻한 온기가 조의 아픈 마음을 다독여주었고 역경에 처한 조를 홀로 지탱해주던 신의 품속 더 가까이 이끌어주는 것 같았다. 로리는 뭔가 따뜻하고 위로가 되는 말을 하고 싶었지만 적당한 말이 떠오르지 않아 마치 부인이 하던 것처럼 아무 말 없이 그냥 머리를 쓰다듬어줬다. 그것은 로리가 할 수 있는 최상의 위로였고, 무언의 공감을 느낀 조에게는 유려한 말보다 훨씬 더 큰 위로가 됐다. 그리고 다정한 위로가 슬픔을 달랠 수 있다는 것을 침묵 속에서 배웠다. 아픔을 씻어주던 눈물이 그치자 조는 고마운 얼굴로 로리를 올려다봤다.

"고마워, 테디. 이제 괜찮아졌어. 이제는 혼자인 듯 외롭지 않아. 그리고 외로움이 닥치더라도 견뎌낼래."

"희망의 끈을 놓지 말고 좋은 것만 생각해. 그러면 힘이 될 거야. 곧 마치 부인도 오실 테니 전부 괜찮아질 거야."

"아빠가 괜찮아지셔서 너무 기뻐. 이제 아빠를 혼자 두고 오더라도 엄마가 마음이 불편하지는 않으실 거야. 아, 이런! 모든 불행이 한꺼번에 와서는 내 두 어깨에 엄청나게 무거운 짐을 지우는 거 같아." 조는 눈물로 젖은 손수건을 말리려고 무릎에 펼쳐놓으며 탄식했다.

"메그는 아무것도 안 해?" 로리가 화난 표정으로 물었다.

"아, 아니야. 언니는 언니 몫을 하려고 애쓰고 있어. 하지만 나만큼 베스를 사랑하진 않아. 그러니 내가 그리워하는 만큼 그리워하지 않을 거야. 베스는 나의 양심이야. 나, 베스를 포기할 수가 없어. 절대, 절대 포기하지 않아!"

조는 젖은 손수건에 다시 얼굴을 묻고 절망에 차 울기 시작했다. 지금까지 눈물 한 방울 흘리지 않고 용감하게 버텨온 조였다. 로리는 눈가로 손을 가지고 갔다. 목에 차오르는 감정을 진정시키고 입술이 진정될 때까지 아무 말도 할 수 없었다. 남자답지 못한 모습일지 모르지만 로리는 어쩔 수 없었고, 나는 로리의 그런 면들이 좋다. 이윽고 조의 울음이 잦아들자 로리는 희망찬 목소리로 말했다. "난 베스가 죽을 거라 생각지 않아. 베스는 너무나 착하고 우리 모두가 몹시 사랑하니까. 신께서 아직은 데려가지 않으시리라 믿어."

"착하고 소중한 사람들이 항상 죽어." 조가 괴로운 신음 소리를 내며 말했다. 그러나 눈물은 멈췄다. 의심스럽고 두려운 마음이었지만 친구의 말에 기운을 얻었다.

"가엾어라, 조! 많이 지쳤구나. 그렇게 의기소침한 건 너답지 않아. 잠깐만 기다려봐. 내가 금방 기운 차리게 해줄게."

로리는 한 번에 두 계단씩 밟으며 올라갔고 조는 베스가 놓고 간 후 아무도 치울 생각을 하지 못한 작은 갈색 후드에 지친 머리를 뉘었다. 두건에 어떤 마법이라도 있었는지, 상냥한 주인의 고분고분한 성격이 조에게로 옮아간 것 같았다. 로리가 포도주 한 잔을 갖고 달려내려 오자 조는 미소를 지으며 그 잔을 받아 들고 용감하게 말했다. "베스의 건강을 위해! 테디, 넌 좋은 의사이자 정말로 위로가 되는 친구야. 이 고마움을 어떻게 갚지?" 친절한 위로의 말을 듣고 괴로운 마음이 편안해진 것처럼 포도주를 마시고 조는 기운을 차렸다.

"나중에 하나씩 청구서를 보낼게. 일단 오늘 밤엔 이 포도주보다 더 나은 걸로 네 마음의 근심을 덜어주려고." 로리는 뭔가 기쁨을 억누르며 조를 향해 환하게 웃었다.

"뭔데?" 조는 잠깐 슬픔을 잊은 채 큰 소리로 물었다. 스스로도 놀랄 일이었다.

"어제 내가 너희 어머니께 전보를 보냈을 때 브룩 선생님이 어머니가 당장 출발하실 거라고 답했거든. 그래서 오늘 밤에 도착하실 거야. 이제 전부 다 잘될 거야. 기쁘지 않아?"

로리는 빠른 속도로 말하느라 순식간에 얼굴이 빨개지고 흥분 상태가 됐다. 혹시 자매들을 실망시키거나 베스에게 해가 될지도 모른다는 생각에 비밀로 해두고 있었기 때문이다. 하얗게 질린 조가 의자를 박차고 일어나자 로리는 이야기를 멈췄다. 조가 로리의 목에 두 팔을 감자 로리는 감전이라도 된 듯 깜짝 놀랐다. 조는 기쁨의 환호성을 질렀다. "아, 로리! 아, 엄마! 너무 기뻐! 너무!" 조는 울지 않는 대신 미친 듯이 깔깔대고 웃었다. 그리고 갑작스러운 소식에 조금 당황한 듯 친구에게 꼭 붙어서 몸을 떨었다. 로리는 분명 놀랐지만 차분하게 조의 등을 부드럽게 토닥였다. 조가 괜찮아지고 있다는 걸 알고는 수줍게 입맞춤을 한두 번 하자 조는 문득 정신을 차렸다. 조는 계단 난간 끝 기둥을 잡고 로리를 가볍게 밀쳐내며 숨을 몰아쉬었다. "아, 아니야! 그러려던 게 아니었어. 내 잘못이야. 해나가 말렸는데도 그렇게 가서 전보를 쳤다니 내가 어떻게 너한테 달려가 안기지 않을 수가 있겠니. 어떻게 된 건지 말해봐. 그리고 다시는 나에게 포도주 주지 마. 포도주 때문에 그런 거야."

"괜찮아!" 로리는 타이를 고쳐 매며 웃었다. "너도 알다시피 내가 안절부절못했잖아. 할아버지도 마찬가지셨고. 우리 생각엔 해나가 좀 지나치게 구는 것 같았어. 너희 어머니도 아셔야 할 일이지. 만약에 베스가―어, 그러니까 무슨 일이 생기면 어머니는 용서하지 않으실 거야. 그래서 어제 할아버지에게 우리가 뭔가 해야 할 때라고 말씀을 드리고 우체국으로 급하게 갔지. 의사 선생님은 심각해 보이는데 내가 전보를 치자고 하니 해나는 내 머리라도 날려버릴 기세고, 난 누군가 나한테 '군림하려' 드는 건 도저히 참을 수가 없거든. 그래서 결심하고 해버린 거야. 너희 어머니가 곧 오실 거야. 새벽

2시에 도착하는 늦은 기차라 내가 가서 모시고 올게. 어머니가 오실 때까지만 기쁨을 억누르고 베스를 진정시키고 있어."

"로리, 넌 정말 천사야! 이 고마움을 어떻게 표현하지?"

"다시 나한테 달려와 안겨봐. 좋던데." 로리가 짓궂은 표정으로 말했다. 이 주 동안 한 번도 볼 수 없던 표정이었다.

"아니야, 고맙지만 할아버지가 오시면 대신 해드릴래. 그만 놀리고 집에 가서 좀 쉬어. 오늘 밤엔 자지도 못할 거잖아. 테디, 네게 신의 축복이 내리길!"

다시 구석 자리로 돌아가 있던 조는 느닷없이 브엌으로 뛰어 들어갔다. 그리고 조리대 위에 앉아 그곳에 모인 고양이들에게 "행복해, 아, 정말 행복해!"라고 말했다. 로리는 자신이 꽤 잘한 것 같아 흐뭇해하며 집으로 돌아갔다.

"참 간섭하기 좋아하는 친구네요. 하지만 용서하죠. 저도 마치 부인이 당장 오시길 바랐거든요." 조가 전한 좋은 소식에 안도하며 해나가 말했다.

메그는 조용히 기뻐하더니 조가 병실을 정리하고 해나는 "예상치 못한 손님을 대비해서 파이 두어 개를 급하게 만들러" 간 동안 편지에 대해 골똘히 생각했다. 신선한 바람 한 줄기가 집 안 곳곳에 불어온 것 같고 햇살보다 더 좋은 무언가가 조용한 방방마다 비치는 듯했다. 모든 것들이 희망 가득한 변화를 느끼는 듯 보였다. 베스의 새가 다시 지저귀기 시작했고 창문으로 보니 에이미의 정원에는 장미꽃 한 송이가 반쯤 피어 있었다. 난롯불은 전에 없이 활활 타오르는 것 같았고 메그와 조는 서로의 창백한 얼굴을 마주칠 때마다 미소를 지으며 용기를 북돋우듯 끌어안고는 속삭였다. "엄마가 오신대! 엄마가 오셔!" 베스를 제외한 모두가 기뻐했다. 혼수상태에 빠진 베스는 희망이나 기쁨, 의심이나 위험 같은 것들은 알지 못하는 듯 누워만 있었다. 참으로 애처로운 장면이었다. 한때 장밋빛이던 얼굴은 창백하게 변해 있었고 한때 바쁘게 움직이던 손은 나약하고 쓸모없어졌다. 한때 미소를 짓고 있던 입술은 말이 없었으며 한때 예쁘게 잘 가꿨던 머리카락은 베개 위에 아무렇게나 헝클어져 있었다. 베스는 하루 종일 자다가 이따금 정신이 들었을 때는 바싹 말라 좀처럼 말을 할 수 없을 것 같은 입술로 "물!"이라고 중얼거렸다. 하루 종일 조와 메그는 베스 주변을 맴돌며 살피고 기다리고 소망하고 신과 어머니께 기도했다. 종일 눈이 내리고 매서운 바람이 맹렬하게 불었으며 시간은 뒤에서 잡아끄는 듯 천천히 흘렀다. 마침내 밤이 찾아왔다. 시계가 정시를 알리며 울릴 때마다 침대 양옆에 앉아 있던 메그와 조는 반짝이는 눈으로 서로를 바라봤다. 시간이 흘러갈수록 도움의 손길도 가까워졌기 때문이다. 의사는 더 좋아지든 더 나빠지든 자정 무렵에 변화가 있을 거라며 그 시각에 다시 오겠다고 하고는 떠났다.

지친 해나는 침대 발치에 놓인 소파에 눕더니 금세 곯아떨어졌다. 로런스 씨는 마치 부인의 걱정하는 얼굴을 보느니 차라리 적군과 맞닥트리는 게 낫겠다는 생각을 하며 응접실을 이리저리 서성였다. 로리는 깔개에 누워 쉬고 있는 체했지만 깊은 생각에 잠겨 난롯불을 응시하고 있었다. 불빛이 비친 로리의 눈동자가 부드럽고 투명하게 빛났다.

끔찍한 무력감 속에서 잠 못 이루고 시계만 지켜보고 있던 그날 밤을 메그와 조는 평생 잊지 못했다.

"만약 신께서 베스를 살려주신다면 난 다시는 불평하지 않을 거야." 메그가 온 마음을 다해 속삭였다.

"만약 신께서 베스를 살려주신다면 난 평생 동안 그분을 사랑하고 섬길 거야." 언니와 같은 열정으로 조가 대답했다.

"심장이 없었으면 좋겠어. 너무 아파." 잠시 아무 말 없던 메그가 한숨을 쉬며 말했다.

"이렇게 힘든 일이 종종 생길 거라면 삶을 어떻게 헤쳐나가야 할지 모르겠어." 조가 낙담한 듯 덧붙였다.

시계가 12시를 알렸지만 두 사람은 베스를 보살피느라 정신이 없었다. 베스의 힘없는 얼굴에 어떤 변화가 생긴 것 같았기 때문이다. 죽음의 기운이 덮친 듯 온 집 안은 고요했고 을부짖듯 부는 바람 소리만이 깊은 정적을 깼다. 해나는 많이 지쳤는지 계속해서 잤기 때문에 메그와 조 말고는 아무도 작은 침대 위로 드리워진 그림자를 보지 못했다. 한 시간이 흘렀지만 로리가 역을 향해 조용히 출발하는 일 말고는 아무 일도 일어나지 않았다. 또 한 시간이 흘렀는데도 아무도 오지 않자 폭풍우 속에서 기차가 연착이라도 된 건 아닌지, 오는 길에 사고라도 난 건 아닌지, 혹은 최악의 경우 워싱턴에서 슬픈 일이 일어난 건 아닌지 하는 걱정과 두려움이 메그와 조 두 사람을 괴롭혔다.

2시가 지났다. 수의처럼 하얀 눈으로 덮인 세상이 참으로 적막하다는 생각을 하며 창가에 서 있던 조는 침대에서 기척이 느껴지자 얼른 뒤돌아봤다. 메그가 엄마의 안락의자 앞에서 무릎을 꿇고 얼굴을 묻은 것이 보였다. '베스가 죽었구나. 언니가 나한테 차마 말하지 못하고 있는 거야'라는 생각과 함께 섬뜩한 두려움이 조를 차갑게 휘감았다.

조는 당장 베스가 누운 침대로 갔다. 놀랍게도 엄청난 변화가 일어나고 있었다. 열이 내리고 고통스러운 표정도 사라진 것이다. 사랑하는 그 얼굴은 완전한 편안함 속에서 창백하지만 평화로운 듯 보였기에 조는 슬퍼하거나 울고 싶지 않았다. 자매 중 가장 아끼던 베스에게 몸을 숙여 땀으로 젖은 이마에 온 마음을 담아 입을 맞추고는 조용히 속삭였다. "잘 가, 베스. 안녕!"

인기척에 잠이 깬 해나가 벌떡 일어나서는 허둥지둥 침대로 갔다. 베스의 얼굴을 살피고 손을 만져보고 입에 귀를 대어 숨소리를 듣더니 앞치마를 벗어 머리 위로 던지고는 흔들의자에 털썩 주저앉더니 작은 목소리로 속삭였다. "열이 내렸어요. 편안히 자고 있네요. 피부는 땀에 젖었고 숨소리도 편해요. 아, 잘됐어요! 아, 고맙습니다!"

의사가 와서 확인을 해주고 나서야 메그와 조는 그 행복한 사실을 믿을 수 있었다. 아빠 같은 미소를 지으며 "맞아요. 이 작은 소녀가 병을 이겨낼 것 같습니다. 환자가 잠을 푹 잘 수 있도록 조용히 해주시고 깨어나면 이걸—"이라고 말할 때 두 사람은 그 못생긴 의사의 얼굴이 천상의 얼굴 같다고 생각했다.

하지만 두 사람 모두 뭘 줘야 하는지 듣지 못했다. 함께 어두운 복도로 살금살금 가서 계단에 앉아 서로 부둥켜안고 말로는 표현할 수 없는 기쁨을 나눴기 때문이다. 베스가 있는 방으로 돌아가니 믿음직한 해나가 두 자매에게 입을 맞추고 껴안아줬다. 베스는 손을 베개 삼아 뺨을 괸 채로 계속 자고 있었는데 끔찍하도록 창백한 얼굴은 사라지고 숨소리도 조용해서 마치 방금 잠든 것 같은 모습이었다.

"이제 엄마가 오시기만 하면 돼!" 조가 말했다. 겨울밤도 끝나가고 있었다.

"이것 봐." 메그가 반쯤 핀 하얀 장미 한 송이를 갖고 왔다. "만약에 베스가—우리에게서 멀리 떠나버리게 되면 이 장미도 내일 베스 손에 쥐여줄 수 없을 거라 생각했어. 그런데 밤에 꽃이 피었어. 여기 내 꽃병에 장미를 꽂아둘래. 베스가 잠에서 깨어나면 이 장미꽃과 엄마 얼굴을 가장 먼저 볼 수 있을 거야."

길고 슬펐던 불침번이 끝났다. 이른 아침 메그와 조는 무거운 눈으로 밖을 내다봤다. 두 사람의 눈에 태양이 그토록 찬란하게 떠오른 적이 없었고 세상이 그토록 아름다워 보인 적도 없었다.

"동화 속 세상 같아." 메그가 커튼 뒤에 서서 눈부신 세상을 보며 미소를 지었다.

"악!" 조가 벌떡 일어서며 비명을 질렀다.

아래층 현관문 벨 소리가 울린 것이다. 해나가 소리를 질렀고 이어 로리가 기쁨에 찬 목소리로 속삭였다. "여러분! 어머님이 오셨어요! 어머님이 오셨다고요!"

19

에이미의 유언장

집에서 이런 일들이 일어나고 있는 동안 에이미는 할머니 댁에서 힘든 시간을 보내고 있었다. 도피 중인 자신의 처지가 얼마나 처량한지 깊이 느끼며 난생처음 자신이 집에서 얼마나 사랑을 받았고 귀여움을 독차지했는지 깨달았다. 할머니는 그 누구도 귀여워하지 않았고, 귀여워한다고 인정하지도 않았다. 하지만 할머니는 친절하게 대해주기는 했다. 행실이 바른 어린 소녀로 인해 몹시 즐거웠기도 했거니와 조카의 아이를 보니 그 늙은 마음속에도 뭔가 말랑말랑한 것이 생겨났기 때문이다. 물론 그런 사실을 입 밖에 내지는 않았다. 할머니는 에이미를 행복하게 해주기 위해서 나름대로 최선을 다했지만, 세상에, 온통 실수투성이였다! 노인들 중어선 주름과 회색 머리에도 불구하고 마음 한구석에 젊음을 간직한 사람들이 있다. 그들은 어린아이들의 작은 걱정과 기쁨에 공감하여 아이들을 편안하게 해주고 즐거운 놀이 속에 현명한 교훈을 숨길 줄도 알아서 행복한 방식으로 우정을 주고받는다. 하지만 마치 할머니는 그러한 재능이 없어서 자신만의 규칙과 명령에 에이미를 맞추려 하고, 길고 지루한 설교로 에이미를 지치게 했다. 에이미가 그 언니보다는 다루기가 쉽고 온화하다는 것을 알게 된 할머니는 자유와 방종의 집안에서 자라면서 받은 나쁜 영향을 없애는 것이 자신의 의무라고 느꼈다. 그래서 할머니는 에이미를 손안에 넣고 육십 년 전 자신이 배운 대로 에이미를 가르쳤다. 에이미는 절망했고 아주 지독한 거미가 쳐놓은 거미줄에 걸린 파리 같다고 느꼈다.

에이미는 매일 아침 컵을 씻어야 했고 구식 숟가락과 은으로 된 뚱뚱한 찻주전자, 그리고 유리잔을 광이 나도록 닦아야 했다. 그리고 방의 먼지를 털어야 했는데, 얼마나 고된 일이던지! 마치 할머니의 눈은 티끌 하나도 놓치는 법이 없었기 때문이다. 게다가 모든 가구의 다리에는 조각 장식이 되어 있어서 먼지를 없애기란 불가능했다. 또 폴리에게 먹이를 줘야 했고 작은 반려견의 털을 빗질해줘야 했다. 할머니는 다리를 심하게 절어서 자신의 큰 의자에서 일어나는 일이 좀처럼 없었기 때문에 할머니가 시키는 심부름을 하느라 하루에도 열두 번 위층과 아래층을 오르내려야 했다. 이렇게 지겨운 노동이 끝나고 나면 공부를 해야 했는데 이것은 에이미가 가진 모든 미덕을 매일같이 시험하는 장이었다. 그러고 나서야 운동을 하거나 놀 수 있는 한 시간이 허락됐으니 그 시간이 얼마나 즐거웠겠는가? 로리는 매일 와서 마치 할머니를 구슬려 에이미가 함께 나갈 수 있도록 허락을 받아냈고 두 사람은 산책을 하거나 말을 타면서 즐거운 시간을 보냈다. 저녁 식사를 한 후에 에이미는 할머니가 잠자는 동안 가만히 앉아 큰 소리로 책을 읽어야 했다. 할머니는 첫 페이지를 읽을 때 잠이 들어서 보통 한 시간 동안 잤다. 그러고 나면 패치워크나 수건이 등장했다. 에이미는 겉으로는 순종하는 척했지만 속으로는 부글부글 화가 난 채로 해 질 무렵까지 바느질을 했다. 해 질 무렵부터 차 마시는 시간까지는 하고 싶은 걸 할 수 있는 시간이 주어졌다. 저녁 시간은 하루 중 최악이었다. 숙모 할머니가 자신의 어릴 적 이야기를 기나길게 늘어놓았는데 이루 말할 수 없이 지루해서 에이미는 늘 졸렸다. 할머니의 운명을 슬퍼하며 하염없이 울 작정을 해보지만 언제나 눈물 한두 방울 쥐어짜기도 전에 잠들어버리곤 했다.

　로리나 하인인 에스터 할머니가 없었다면 에이미는 그 가혹한 시간을 버티기 힘들었을 것이다. 앵무새 하나만으로도 에이미는 충분히 괴로웠다. 에이미가 자신을 존경하지 않는다는 것을 금방 알아차린 앵무새는 갖가지 짓궂은 짓으로 복수했다. 에이미가 가까이 갈 때마다 머리카락을 잡아당겼고 에이미가 새장을 깨끗이 청소하고 나면 일부러 빵과 우유를 엎질렀다. 할머니가 꾸벅꾸벅 졸고 있을 때는 몸을 쪼아서 짖게 만들거나 사람들 앞에서 에이미를 홍보기도 하는 등 어느 모로 보나 심술쟁이 늙은 새처럼 굴었다. 에이미에게는 뚱뚱한 잡종견도 견디기 힘든 존재였다. 에이미가 용변 청소를 해줄 때면 으르렁거리고 짖어대고, 뭔가 먹고 싶을 때는 가장 멍청한 얼굴로 벌러덩 누워 네발을 허공에 버둥거렸는데 하루에 족히 열두 번은 이 짓을 했다. 요리사는 성격이 나빴고 늙은 마부는 귀가 들리지 않았다. 에스터만이 유일하게 어린 아가씨에게 관심을 쏟았다.

에스터는 프랑스 사람이었다. 함께 산 지 여러 해 된 자신의 주인을 '마담'이라고 불렀고 자신이 없으면 잘 지내지 못하는 할머니에게 다소 폭군처럼 굴기도 했다. 에스터의 진짜 이름은 '에스텔'이었지만 할머니가 이름을 바꾸라고 했고, 종교를 바꾸라는 말은 하지 않는다는 조건으로 할머니의 지시를 따라 '에스터'로 바꿨다. 에스터는 마드무아젤[82]을 좋아했다. 마담의 레이스를 손질하는 동안 에이미를 옆에 앉히고 프랑스에서 있었던 기이한 일들을 이야기해주면 에이미는 아주 즐거워했다. 에스터는 에이미가 저택 주변을 산책하고, 큰 옷장이나 옛날 서랍장 속에 있는 진기하고 예쁜 것들을 살펴볼 수 있도록 해줬다. 마치 할머니는 제비처럼 물건들을 모았는데 에이미의 가장 큰 기쁨은 인도산 수납장을 보는 일이었다. 수납장

---

82 프랑스어. Madmoiselle(아가씨).

에는 서랍과 작은 칸막이와 비밀 공간이 잔뜩 있었고, 온갖 장신구와 귀중품, 신기한 골동품이 보관돼 있었다. 에이미는 이러한 것들을 살펴보고 정리하는 것이 즐거웠다. 특히 사십 년 전 장식품으로 쓰이다가 이제는 벨벳 쿠션 위에서 쉬고 있는 장신구들이 보관된 보석함이 좋았다. 보석함에는 마치 할머니가 외출할 때 하는 석류석 세트와 결혼식 날 아버지에게서 받은 진주, 연인이 준 다이아몬드, 흑옥으로 된 추모 반지와 핀, 죽은 친구의 초상화가 있는 특이하게 생긴 로켓 목걸이, 머리카락으로 만든 수양버들, 할머니의 외동딸이 아기 때 했던 팔찌, 숱하게 많은 아이들이 갖고 논 빨간 도장 찍힌 마치 할아버지의 커다란 시계가 있었다. 그리고 다른 상자 하나에는 마치 할머니의 결혼반지가 따로 들어 있었다. 이제는 굵어진 할머니의 손가락이 들어갈 것 같지 않은 작은 반지였지만 가장 소중한 보석이라는 듯 조심스럽게 보관되어 있었다.

"마담께서 물려주신다면 마드무아젤은 어떤 걸 고를래요?" 귀중품들을 잘 살피고 있다가 챙겨 보관해두기 위해 언제나처럼 가까이 앉아 있던 에스터가 물었다.

"난 다이아몬드가 가장 좋아요. 그런데 목걸이가 없네. 난 목걸이를 좋아하는데. 나랑 너무 잘 어울리거든요. 만약 골라도 된다면 이걸 고를래요." 에이미는 금과 흑단 구슬로 된 줄에 똑같이 흑단 십자가가 걸려 있는 목걸이를 감탄의 눈길로 쳐다보며 대답했다.

"나도 그게 욕심이 나네요. 하지만 목걸이라기보다는, 아, 나에게는 묵주예요. 독실한 가톨릭 신자로서 그걸 써야겠어요." 탐나는 듯한 눈길로 그 훌륭한 물건을 바라보며 에스터가 말했다.

"저걸 에스터 거울에 걸린 향기 좋은 나무 구슬로 된 그 줄처럼 쓰겠다는 거예요?" 에이미가 물었다.

"그래요, 바로 그거예요. 기도할 때 쓰는 거죠. 이렇게 좋은 묵주를 보람도 없이 목걸이로 쓰느니 기도할 때 쓰면 성인들도 기뻐할 거예요."

"에스터는 기도로 위안을 많이 얻는 것 같아요. 언제나 평화롭고 만족한 얼굴로 내려오잖아요. 저도 그러고 싶어요."

"마드무아젤이 가톨릭 신자라면 진정한 위안을 얻을 텐데 그렇지는 못하니 매일 아침 따로 명상과 기도를 하는 것도 괜찮을 거예요. 마담 전에 모셨던 착한 부인도 그렇게 했거든요. 그분은 작은 예배당도 있어서 힘든 일이 있을 때마다 그곳에서 위안을 얻으셨죠."

"나도 그렇게 하면 될까요?" 외롭게 지내고 있던 에이미는 어떤 종류의 도움이든 필요하다고 느꼈다. 베스가 곁에 없는 탓에 어머니에게서 받은 작은 책을 읽는 것도 곧잘 잊곤 했다.

"아주 훌륭하고 매력적인 일이 될 거예요. 기도를 좋아하면 제가 작은 탈의실을 예배당으로 쓸 수 있도록 기꺼이 정리해드릴게요. 마담께는 아무 말 마시고 마담이 주무실 때 가서 혼자 앉아 좋은 생각들을 하고 신께 언니를 보살펴달라고 기도하세요."

신앙심이 깊은 에스터는 진심을 담아 조언했다. 다정한 성격의 에스터는 근심에 빠진 자매들을 걱정하고 있었다. 에이미는 에스터의 생각이 마음에 들었고 자신에게 도움이 되길 바라면서 자기 방 옆에 딸린 밝고 작은 방을 정리해달라고 부탁했다.

"마치 할머니가 돌아가시고 나면 이 예쁜 것들이 어디로 갈지 궁금해요." 반짝이는 묵주를 천천히 제자리에 놓고 보석함을 하나씩 닫으면서 에이미가 말했다.

"아가씨와 아가씨 언니들에게 갈 거예요. 마담이 저에게 다 털어놨기 때문에 저는 알고 있어요. 마담의 유언장에도 그렇게 적혀 있었어요." 에스터가 미소를 지으며 속삭였다.

"정말요? 그런데 지금 주시면 좋으련만. '차일—피일'은 마음에 들지 않아요." 에이미가 다이아몬드를 마지막으로 보면서 말했다.

"아가씨들이 아직 어려 이런 것들을 하기엔 너므 일러요. 맨 처음 약혼하는 사람에게 진주를 줄 거라고 마담이 말씀하셨어요. 그리고 제 생각엔 아가씨가 돌아갈 때 작은 터키석 반지를 주실 거 같아요. 마담은 아가씨의 예의 바르고 착한 행동을 좋게 말씀하셨거든요."

"정말 그렇게 생각해요? 아, 그 예쁜 반지를 가질 수만 있다면 착한 양이 될래요. 키티 브라이언트의 반지보다 훨씬 더 예쁘거든요.

아무튼 난 할머니가 정말 좋아요." 에이미는 기쁜 얼굴로 파란 반지를 끼어봤다. 그 반지를 얻고 말겠다는 굳은 의지였다.

그날부터 에이미는 순종의 표본이 됐고 할머니는 자신의 훈육이 통했다고 스스로 뿌듯해했다. 에스터는 작은 방을 꾸몄다. 작은 테이블을 갖다 놓고 그 앞에는 발판도 놓았다. 잠가놓은 방들 한 군데에서 그림을 가져와 테이블 위에 걸었다. 그렇게 가치 있는 그림은 아니겠지만 적당할 것 같다는 생각에 에스터는 빌려 오기로 했다. 마담은 그 사실을 절대 모를 것이고 안다 해도 개의치 않으리라는 것을 알았기 때문이다. 하지만 그 그림은 유명한 그림을 모사한 아주 가치 있는 복제화였다. 자신이 처한 상황 때문에 생각이 나약해지고 마음마저 혼란스러웠지만 아름다움을 사랑할 줄 아는 에이미의 눈은 성모 마리아의 자애로운 얼굴을 아무리 올려다봐도 지치는 법이 없었다. 에이미는 테이블에 작은 성경책과 찬송가책과 함께 로리가 늘 가져다주는 아름다운 꽃을 꽃병에 가득 담아 올려뒀다. 그리고 매일 가서 "혼자 앉아 좋은 생각들을 하고 신께 언니를 보살펴달라고 기도"했다. 에스터는 에이미에게 은으로 된 십자가가 달린 검은 구슬로 된 묵주를 줬지만 에이미는 신교도에게 과연 어울릴까 하는 의구심이 들어 걸어놓기만 하고 사용하지 않았다.

어린 소녀는 이 모든 일에 매우 진지하게 임했다. 안전한 집 밖에 혼자 남겨진 터라 붙잡아야 할 따뜻한 손이 절실하게 필요했기 때문에 에이미는 강하면서도 다정한 친구 하느님에게 본능적으로 의지했다. 하느님의 사랑은 아버지의 사랑처럼 그분의 어린 자식들을 가장 가까이서 감쌌다. 자신을 이해하고 다독거려줄 엄마의 도움이 그리웠지만 어디를 향해야 할지 가르침을 받아왔기에 최선을 다해 그 길을 찾아 용감하게 걸어갔다. 하지만 에이미는 어린 순례자였고 지금 그의 짐은 너무 무거워 보였다. 아무도 지켜보거나 칭찬해주지 않아도 자신의 일에 몰두하고 쾌활하게 지내며 올바르게 행동하는 것에 만족하려고 애썼다. 아주, 아주 착해지려는 노력의 첫 시도로 에이미는 마치 할머니가 한 것처럼 유언장을 만들기로 했다. 그래서 자신이 정말로 아프거나 죽게 되면 가진 것들을 공평하고 후하게 나눠주기로 한 것이다. 에이미로서는 할머니의 보석만큼이나 귀중한 그 작은 보물들을 포기해야 한다는 생각만으로도 가슴이 찢어질 것 같았다.

놀이 시간 동안 에이미는 최선을 다해 그 중요한 문서를 썼다. 법적 용어는 에스터의 도움을 받았다. 성격 좋은 프랑스 여인이 자신의 이름을 서명해주자 에이미는 안심이 됐다. 그리고 두 번째 증인으로 삼고 싶은 로리에게 보여주려고 그 종이를 보관해뒀다. 비가 내리고 있었기 때문에 에이미는 큰 방에서 놀려고 폴리를 데리고 계단을 올라갔다. 그 방에는 구식 옷으로 가득한 옷장이 하나 있었는데 에스터는 그 옷장 속의 옷들을 가지고 놀아도 된다고 허락해줬다. 빛바랜 비단 옷으로 차려입고 긴 거울 앞에서 이리저리 왔다 갔다 해보는 것이 에이미의 가장 큰 즐거움이었다. 예의를 갖추고 위엄 있게 치마를 바닥에 끌고 다녔는데 그때 치마에서 나는 바스락 소리가 좋았다. 그날은 그렇게 노는 데만 정신이 팔려서 로리의 벨 소리를 듣지도 못했고 방 안을 몰래 들여다보는 로리의 얼굴을 보지도 못했다. 에이미는 고개를 들고 부채를 부치면서 우아하게 이리저리 거닐었다. 머리에 쓴 커다란 분홍색 터번은 푸른색 비단 드레스와 노란색 누비 페티코트와 기묘하게 상반돼 보였다. 높은 굽의 구두를 신고 있어서 조심해서 걸어야 했는데, 나중에 로리가 조에게 말하기를, 그렇게 빼입고 종종걸음으로 걷는 모습은 그야말로 가관이었다고 했다. 폴리는 뒤에서 뽐내는 걸음으로 에이미 흉내를 냈는데 종종 멈춰 서서는 웃거나 이렇게 소리를 질러댔다. "우리 멋지지 않아? 저리 꺼져, 바보야! 입 다물어! 키스해줘! 하하!"

로리는 함부로 웃다가 에이미의 위엄을 해치게 될까 봐 터져 나오는 웃음을 간신히 참으며 문을 똑똑 두드렸다. 에이미가 우아하게 로리를 맞았다.

"이것들을 치우고 올 테니까 잠깐 앉아서 쉬고 있어. 굉장히 심각한 일이 있는데 의논을 좀 하고 싶어." 에이미는 우아한 자태로 폴리를 구석으로 몰아가며 말했다. "저 새는 내 인생에 가장 큰 시련이야." 머리에서 분홍색 산을 걷어내며 말을 이었다. 그사이 로리는 의자에 걸터앉았다. "어제 할머니가 주무시기에 쥐 죽은 듯 조용히 있으려고 했거든. 그런데 폴리가 새장 안에서 소리를 지르고 날개를 퍼덕이기 시작하는 거야. 새장에서 꺼내주려고 갔더니, 글쎄, 커다란 거미 한 마리가 있더라고. 거미를 쫓아냈더니 거미가 책장 밑으로 기어가버렸어. 폴리가 거미 뒤를 쫓아가서는 고개를 숙이고 책장 아래를 들여다보며 눈을 치켜뜨고는 그 웃긴 말투로 뭐라는지 알아? '이리 나와 산책이나 하자, 친구.' 도저히 못 참고 내가 막 웃으니까 폴리가 욕을 해댔지. 결국 할머니가 잠에서 깼고 우리 둘 다 혼났지 뭐야."

"그 거미는 초대를 받아들였어?" 로리가 하품을 하며 물었다.

"응, 거미가 밖으로 나왔어. 그런데 폴리는 잔뜩 겁에 질려서 달아나더니 할머니 의자 위로 허둥지둥 기어 올라갔어. 내가 거미를 쫓아다니는 동안 폴리가 소리치는 거야. '잡아! 얼른 잡아! 잡아!'"

"거짓말! 아이고!" 앵무새가 로리의 발가락을 쪼아대며 소리쳤다.

"내가 네 주인이었다면 네 모가지를 비틀었을 거다. 이 골칫덩어리." 로리가 폴리를 향해 주먹을 흔들며 소리쳤다. 폴리는 고개를 한쪽으로 갸우뚱하고는 엄숙하게 일갈했다. "얼렐루여! 네 단추에 축복을!"

"자, 이제 준비됐어." 에이미가 옷장 문을 닫으며 말했다. 그리고 주머니에서 종이 한 장을 꺼냈다. "이걸 좀 읽어봐주면 좋겠어. 그리고 합법적인지 맞는 건지 말해줘. 이렇게 해둬야 할 거 같았어. 인생은 어떻게 될지 모르니까. 사람들이 원망의 눈길로 내 무덤을 바라보는 걸 원치 않아."

로리는 진지한 생각에 잠긴 에이미에게서 고개를 살짝 돌리며 입술을 꽉 깨물었다. 그리고 칭찬받아 마땅한 진지한 태도로, 철자법에 유의하며 다음의 문서를 읽었다.

나의 마지막 유언

나, 에이미 커티스 마치는 온전한 정신으로 내 모든 재산을 다음과 같이 유증하는 바이다.

나의 아버지께. 내 최고의 그림, 스케치, 지도, 예술 작품을 액자까지 포함해서 드린다. 또한 원하는 데 쓰실 수 있는 100달러도 드린다.

나의 어머니께. 내 모든 옷을 드린다. 단 주머니가 있는 파란 앞치마는 제외. 또한 사랑을 담아 내 자화상과 메달도 드린다.

마거릿 언니에게. 내 터키석 반지(만약 받게 된다면)와 비둘기가 그려진 초록색 상자를 남긴다. 언니 목에 달 수 있도록 진짜 레이스 하나와 '어린 동생'을 추억하라는 의미로 언니를 그린 스케치 한 점을 남긴다.

조 언니에게. 봉랍으로 고친 내 브로치, 내 청동 잉크스탠드—언니가 뚜껑을 잃어버렸지—를 남긴다. 언니의 소설을 불태워버린 것에 대한 미안함으로 내가 가장 아끼는 석고 토끼도 남기는 바이다.

베스 언니(나보다 오래 산다면)에게. 내 인형들과 작은 화장대, 부채, 리넨 깃을 남긴다. 또한 언니가 회복된 후 신을 수 있을 만큼 살이 빠진다면 새 구두도 남긴다. 낡은 조애나를 놀렸던 일에 대한 후회도 함께 남긴다.

이웃이자 친구 시어도어 로런스에게. 페이퍼마크슈[83] 작품들과 진흙으로 만든 말 모형을 남긴다. 로런스 씨는 비록 그 말에 목이 없다고 말하며 얕봤지만 드린다. 또한 내가 고통의 시간을 보내고 있을 때 보여준 따뜻한 친절에 대한 보답으로 내 작품 중 마음에 드는 것을 선택할 수 있도록 하겠다. 노트르담이 가장 좋긴 하다.

덕망 높은 후원자 로런스 씨에게. 뚜껑에 거울이 달린 보라색 상자를 남긴다. 그의 펜을 담기에 좋을 것이며 고인이 된 소녀를 추억하게 해줄 것이다. 가족 모두에게, 특히 베스 언니에게 베풀어준 호의에 감사드린다.

---

83 '파피에마쉐(papiermâché, 종이 반죽)'를 잘못 말한 것.

내가 가장 좋아하는 놀이 친구 키티 브라이언트에게는 파란색 실크 앞치마와 금색 구슬 반지를 남긴다. 입맞춤도 함께.

해나에게는 갖고 싶어 하던 판지 상자와 패치워크 전부를 남긴다. 그것들을 보면서 나를 떠올려주기를 바란다.

이제 대부분의 재산을 모두 처리하였으니 모두가 만족하고 고인을 원망하지 않기를 바란다. 나는 모든 이를 용서하며 나팔 소리 들리는 날 우리 모두 다시 만날 것을 믿는다. 아멘.

이 유언장은 사기 1861년[84] 11월 20일에 내 손으로 직접 쓰고 봉한 것이다.

에이미 커티스 마치

증인 : 에스텔 발노르

시어도어 로런스

마지막 이름은 연필로 쓰여 있었는데 에이미는 로리가 잉크로 다시 쓰고 자기 대신 정확하게 봉해야 한다고 설명했다.

"왜 이런 생각을 하게 된 거야? 베스가 자기 물건들을 나눠주기로 했다는 이야기를 어디서 들은 거야?" 에이미가 빨간 끈과 봉랍,

---

84 '서기(Anno Domini)'를 잘못 말한 것. 책의 시작이 1861년이기 때문에 여기서는 1862년이라고 적어야 맞다. 이 실수가 작가의 것인지 늘 실수를 하곤 하는 에이미의 것인지는 알 수 없다.

초, 그리고 잉크스탠드를 로리 앞에 내려놓자 로리가 차분하게 물었다.

왜 그랬는지 설명하고 난 에이미가 걱정스럽게 물었다. "베스 언니는 어때?"

"괜한 소리를 했구나. 그래도 이왕 말이 나왔으니 그냥 말해줄게. 며칠 전에 베스 병세가 심해졌거든. 그래서 베스가 조한테 피아노는 메그에게, 새는 너에게, 낡은 인형은 자기 대신에 사랑해줄 조에게 주겠다고 말했어. 줄 게 별로 없다고 미안하다면서 나머지 사람들에게는 머리카락을, 할아버지에게는 사랑을 남긴다고 했어. 물론 베스는 유언장 쓸 생각 같은 건 못 했지."

로리는 그렇게 말하면서 서명을 하고 유언장을 봉했다. 그런데 유언장 위로 눈물 한 방울이 뚝 떨어져 고개를 들었더니 에이미가 괴로움 가득한 얼굴로 이렇게 물었다. "사람들이 유언장에 추신을 쓰기도 해, 가끔?"

"응, '유언보충서'라고 하지."

"그럼 나도 그거 쓸래. 내 곱슬머리를 모두 잘라서 친구들에게 나눠줄래. 깜빡 잊었는데 그러고 싶어. 내 모습은 망가지겠지만."

로리는 에이미의 마지막이자 최고의 희생에 미소를 지으며 그 내용을 덧붙여 썼다. 그리고 한 시간 정도 함께 놀면서 에이미가 하고 있는 이런저런 시도들을 재미있게 들었다. 돌아갈 시간이 되자 에이미는 로리를 붙잡고 떨리는 입술로 속삭이듯 물었다. "베스 언니가 진짜 위험한 거야?"

"그럴지도 모르겠어. 하지만 회복되기를 다 함께 기도해야겠지. 그러니 울지 마." 로리는 오빠처럼 에이미에게 팔을 두르고 다독거려줬고, 그건 큰 위로가 되었다.

로리가 가고 나자 에이미는 작은 예배당으로 가 저녁노을 속에 앉아 베스를 위해 기도했다. 마음이 아파 눈물이 쉼 없이 흘렀다. 상냥한 언니를 잃는다면 터키석 반지 백만 개도 위로가 되지 않을 것 같았다.

20

비밀

엄마와 딸들의 만남을 어떻게 표현해야 할지 잘 모르겠다. 정말 아름다운 시간이었지만 설명하기는 아주 힘들기에 나는 독자들의 상상에 맡기려고 한다. 간단하게 말하자면 온 집 안이 순수한 행복으로 가득 찼다고 할 수 있으리라. 메그의 작은 소망도 이뤄졌다. 오랜 시간 치유의 잠을 자고 난 후 베스가 깼을 때 가장 먼저 눈에 들어온 것이 작은 장미꽃과 엄마의 얼굴이었으니까. 하지만 무언가를 궁금해하기도 버거울 만큼 기운이 없던 베스는 그저 미소만 지은 채 사랑하는 품속에 안기며 간절히 바라던 것이 가침내 이뤄졌음을 느꼈다. 그리고 베스는 다시 잠이 들었다. 메그와 조는 어머니의 시중을 들어야 했다. 잠이 들어서도 베스의 여윈 손은 엄마의 손을 놓지 않았기 때문이다. 기쁜 마음을 표현할 별다른 방법을 찾지 못한 해나는 먼 길을 온 마치 부인을 위해 놀랄 만큼 많은 음식을 내왔다. 베스가 깰까 봐 어머니는 나직한 목소리로 아버지의 상태를 설명했고, 메그와 조는 성실하게 맡은 바를 다하는 어린 황새처럼 어머니에게 음식을 먹이며 이야기를 들었다. 어머니는 브룩 선생님이 그곳에 남아 아버지를 간호하겠다고 약속한 일, 눈보라 때문에 집으로 오는 열차가 연착된 일, 피곤함과 걱정과 추위에 지쳐 기차역에 도착했을 때 로리의 밝은 얼굴을 보고 말할 수 없을 만큼 안심이 되던 일을 들려줬다.

낯설지만 기분 좋은 날이었다. 온 세상은 첫눈을 반기는 듯 반짝반짝 빛나고 즐거웠고, 집 안은 고요하고 평화로웠다. 간병을 하느라 꼬박 밤을 새운 후 모두가 잠들자 안식일 같은 정적이 온 집 안을 휘감았고 문간에서 지키고 있던 해나도 꾸벅꾸벅 졸고 있었다. 비바람에 만신창이가 된 채 조용한 항구로 돌아와 안전하게 닻을 내린 배처럼 메그와 조는 무거운 짐을 벗은 행복한 기분으로 지친 눈을 감고 쉬었다. 마치 부인은 베스 곁을 떠나지 않고 커다란 의자에 앉아 잠을 잤다. 아끼던 보물을 되찾은 수전노처럼 자다가 종종 깨서 베스를 살피고 만지고 걱정했다.

한편 로리는 에이미에게 기쁜 소식을 전하기 위해 급히 출발했다. 로리가 어찌나 이야기를 잘했는지 마치 할머니는 말 그대로 정말 코를 훌쩍였고 '내가 뭐라 그랬니'라는 말은 한 번도 하지 않았다. 에이미는 이번에는 매우 굳건한 모습을 보였는데 아마도 작은 예배당에서 했던 좋은 생각들이 정말로 결실을 맺기 시작하는 것 같았다. 에이미는 얼른 눈물을 닦고 엄마를 당장 보고 싶은 마음을 억눌렀다. 에이미가 '훌륭한 아가씨처럼' 행동한다는 로리의 의견에 할머니가 진심으로 동의했을 때도 터키석 반지 생각은 전혀 나지 않았다. 폴리조차 감동했는지 에이미를 "착한 아이"라고 부르며, 단추에 축복을 내려주고, 더없이 사근사근하게 "같이 산책하자, 아가씨"라고 애원하기까지 했다. 에이미는 기쁜 마음으로 밖으로 나가 화창한 겨울 날씨를 즐기고 싶었다. 하지만 남자답게 숨겨보려 했지만 로리는 몹시 졸렸고, 그 사실을 눈치챈 에이미는 소파에 누워 쉬라고 설득한 뒤 엄마에게 보낼 편지를 썼다. 오랜 시간이 걸려 엄마에게 보낼 편지를 완성하고 돌아와보니 로리는 온몸을 쭉 뻗고 두 팔로 머리를 괸 채 깊이 잠들어 있었다. 마치 할머니는 커튼을 내려둔 채 좀처럼 보기 힘든 인자한 모습으로 아무것도 하지 않고 앉아 있었다.

잠시 후 에이미와 할머니는 로리가 한밤중까지도 깨지 않고 잘 거라는 생각이 들기 시작했다. 하지만 엄마의 모습을 본 에이미가 기쁨의 비명을 질렀는데도 로리가 잠을 깨지 않았는지는 잘 모르겠다. 그날 그 도시에는 행복한 소녀들이 아주 많았겠지만, 내 개인적인 의견으로는 엄마 무릎에 앉아 자신이 도전한 일들을 이야기하고 엄마가 칭찬의 미소를 지으며 따뜻하게 어루만져주면서 위로와 보상을 해준 에이미가 그중에서도 단연 가장 행복한 아이가 아니었을까 한다. 두 사람은 에이미의 예배당에 들어갔다. 예배당에 대한 설명을 들은 엄마는 반대하지 않았다.

"오히려 엄마는 이곳이 몹시 마음에 드는구나." 먼지 앉은 묵주에서부터 너덜너덜하게 닳은 작은 책, 그리고 소나무 화환이 걸린 아름다운 그림까지 살펴본 엄마가 말했다. "세상이 귀찮고 슬프게 할 때 조용히 있을 수 있는 장소를 마련해두는 건 아주 훌륭한 계획이야. 우리 인생엔 상당히 많은 시련이 있거든. 하지만 올바른 방향으로 도움을 청할 수 있다면 항상 견뎌낼 수 있지. 내 생각엔 우리 막내가 그걸 배우고 있는 것 같은데?"

"네, 엄마. 집에 가면 큰 벽장 한구석에 자리를 마련해 책과 함께 이 그림을 모사한 그림을 둘래요. 따라 그려봤는데 여자의 얼굴은 잘 그리지 못했어요. 너무 예뻐서 그릴 수가 없더라고요. 그래도 아기는 좀더 잘 그렸어요. 신도 한때 작은 아기였다고 생각할 수 있어서 저는 이 그림이 아주 좋아요. 신이 그리 멀지 않은 곳에 있는 느낌이어서 도움이 돼요."

에이미가 엄마의 무릎에서 미소 짓고 있는 아기 예수를 가리켰다. 그때 마치 부인은 에이미의 손에서 뭔가를 보고 미소를 지었다. 엄마는 아무 말 하지 않았지만 에이미는 그 표정을 이해했다. 잠시 아무 말 없던 에이미가 진지하게 말했다.

"이 말씀을 드리려고 했는데 잊고 있었어요. 할머니가 저에게 반지를 주셨어요. 저를 부르시더니 입을 맞추시고는 반지를 제 손에 끼워주셨어요. 제가 할머니에게 믿음을 준다고 하시면서 저를 항상 곁에 두고 싶다고 하셨어요. 터키석 반지가 너무 커서 빠질 수도 있으니 빠트리지 말라고 이 웃기게 생긴 반지도 함께 주셨고요. 이 반지를 끼고 싶어요. 껴도 돼요?"

"무척 예쁘구나. 하지만 그런 반지를 끼기엔 네가 너무 어린 거 같은데, 에이미." 마치 부인은 검지에 하늘색 보석이 박힌 반지와 작은 황금 손 두 개가 서로 깍지 낀 별난 모양의 반지를 끼고 있는 통통하고 작은 손을 보며 말했다.

"허영심에 빠지지 않도록 노력할게요." 에이미가 말했다. "제 생각엔 제가 단지 예뻐서 이 반지를 좋아하는 건 아닌 것 같아요. 이야기 속 소녀들이 팔찌를 끼는 것처럼 저도 반지를 끼고 싶어요. 뭔가를 늘 기억하고 싶거든요."

"마치 할머니 말이니?" 어머니가 웃으며 물었다.

"아니요, 이기적인 사람이 되지 않겠다는 다짐을 기억하고 싶어요." 에이미의 진지하고도 진심 어린 표정을 본 마치 부인은 웃음을 거두고 막내딸의 작은 계획을 경청했다.

"최근에 '나의 나쁜 점'들에 대해서 많이 생각해봤거든요. 이기적인 면이 가장 큰 것 같았어요. 그래서 그 점을 고치기 위해 최선을 다해 열심히 노력하려고요. 베스 언니는 이기적이지 않아요. 그래서 다들 언니를 사랑하고 언니를 잃을까 봐 걱정하죠. 내가 아프면 그 절반도 걱정하지 않을 거예요. 그리고 그런 대접을 받을 만해요. 하지만 저도 사랑을 받고 싶고 많은 친구들이 저를 그리워하면 좋겠어요. 그래서 베스 언니처럼 되려고 노력할 거예요. 결심한 걸 잘 잊는 버릇이 있지만 떠올리게 해주는 뭔가를 항상 지니고 있으면 훨씬 나을 거예요. 그렇게 해봐도 될까요?"

"물론이야. 하지만 벽장의 구석 자리에 훨씬 믿음이 가는구나. 아무튼 그 반지를 끼고 최선을 다해보렴. 넌 성공할 거야. 착해지려고 간절하게 소망하는 것만으로도 절반은 성공한 셈이거든. 자, 나는 이제 베스에게 가봐야겠구나. 마음 단단히 먹어, 우리 막내. 곧 다시 집으로 데리고 갈게."

그날 저녁, 어머니가 안전하게 도착했다는 소식을 전하기 위해 메그가 아버지에게 편지를 쓰는 동안 조가 위층 베스의 방으로 살짝 들어갔다. 평소와 같은 자리에 엄마가 있는 것을 본 조는 걱정스러운 몸짓과 망설이는 표정을 하고 손가락으로 머리를 꼬며 서 있었다.

"무슨 일이니, 조?" 엄마가 용기를 내보라는 표정을 지으며 손을 내밀었다.

"말씀드릴 게 있어요, 엄마."

"메그에 관해서니?"

"어떻게 그렇게 금방 아셨어요? 맞아요, 언니에 관해서예요. 사소한 일이지만 가만히 있을 수가 없어요."

"베스가 잠들었으니 목소리를 낮춰. 자, 엄마한테 모두 말해봐. 그 모팻가 녀석이 집에 오진 않았겠지?" 마치 부인이 조금 매섭게 물었다.

"아니요, 왔다면 면전에서 문을 닫았을 거예요." 조가 엄마 발치에 자리를 잡고 앉으며 말했다. "지난여름에 언니가 로런스 씨 댁에 장갑을 두고 왔는데 한 짝만 돌아온 일이 있었거든요. 우린 그 일을 모두 잊고 있었죠. 그런데 브룩 선생님이 나머지 한 짝을 갖고 있다고 테디가 말해주는 거예요. 선생님이 양복 조끼 주머니에 넣고 다니다가 떨어트린 거죠. 테디가 그걸 가지고 선생님을 놀렸더니 선생님이 언니를 좋아한다고 고백했대요. 하지만 언니가 아직 어린 데다 선생님은 가난해서 감히 말하지는 못했다고 하더래요. 정말 끔찍하지 않아요?"

"메그도 그 사람을 좋아하는 것 같니?" 엄마가 걱정스러운 표정으로 물었다.

"세상에! 전 사랑에 대해선 아무것도 몰라요. 그리고 그건 말도 안 돼요!" 관심과 경멸이 묘하게 섞인 얼굴로 조가 소리쳤다. "소설에 보면 사랑에 빠진 소녀들은 놀라거나 얼굴을 붉히거나 기절을 하고, 야위어가고, 그리고 바보처럼 굴죠. 하지만 언니는 아직 그런 증상은 하나도 없어요. 분별력 있는 존재답게 먹고 마시고 자죠. 내가 브룩 선생님에 대해서 얘기할 땐 내 얼굴을 똑바로 쳐다보거나, 또 테디가 연인들에 관해서 농담할 때는 얼굴을 살짝 붉히긴 해요. 그래서 내가 테디에게 하지 말라고 하지만 그 애는 늘 그렇듯 제 말은 무시하죠."

"그럼 네 생각엔 메그가 존에게 관심이 없다는 거니?"

"누구요?" 조가 빤히 쳐다보며 물었다.

"브룩 선생님 말이야. 이제 난 '존'이라고 부른단다. 병원에서 있다 보니 그렇게 부르게 됐어. 존도 그걸 좋아하고."

"아, 이런! 엄마가 브룩 선생님 편을 들 거라는 걸 알아요. 아빠께 잘해드렸으니 엄마가 선생님을 돌려보낼 일은 없겠죠. 하지만 결혼은 언니가 원해야 하는 거잖아요. 정말 야비해요! 아빠께 알랑거리고 엄마를 구슬려서 자기를 좋아하게 만들다니." 화가 난 조가 다시 머리카락을 신경질적으로 꼬았다.

"조, 그렇게 화내지 마. 어떻게 된 건지 말해줄게. 로런스 씨의 요청으로 나와 함께 간 존이 아빠에게 너무 헌신적이라 우리 둘 다 그를 좋아하지 않을 수 없었어. 그는 메그에 대해서 오롯이 솔직하고 훌륭한 태도를 보여줬어. 메그를 사랑하지만 청혼하기 전에 안락한 가정을 꾸밀 집을 마련하겠다고 했어. 그저 메그를 사랑하고 메그를 위해서 뭐든 할 수 있도록 허락만 해달라는 거야. 그리고 할 수 있다면 메그가 자신을 사랑하게 만들고 싶다고 했지. 정말 준수한 젊은이라 우리는 그의 말을 거절할 수 없었어. 하지만 메그가 너무 어린 나이에 약혼하는 건 나도 동의하지 않아."

"당연히 안 되죠. 그건 바보 같은 짓이에요! 뭔가 나쁜 속셈이 있다고 느꼈는데 지금 보니 생각한 것보다 더 심각하네요. 우리 가족 안에서 안전하게 지킬 수 있도록 차라리 내가 메그 언니랑 결혼할 수 있으면 좋겠다는 생각이 들어요."

이 기이한 해결책에 마치 부인은 미소를 짓더니, 이내 진지하게 말했다. "조, 너에게만 하는 말이니 메그에게는 아직 아무 말도 하지 말아줘. 존이 돌아오면 두 사람이 함께 있는 걸 살펴볼 생각이야. 존에 대한 메그의 감정으로 판단하는 게 좋을 테니."

"언니는 아마 브룩 선생님의 멋진 눈을 볼 거예요. 늘 그 눈에 대해서 이야기하니까요. 그러면 모든 게 끝장이죠. 언니는 마음이 너무 약해서 누가 간절한 눈빛으로 바라보면 햇빛 아래 버터처럼 다 녹아버릴걸요. 언니는 그 사람이 보낸 짧은 글을 엄마 편지보다 더 많이 읽었어요. 내가 그 말을 하니까 꼬집더라고요. 갈색 눈을 좋아하고 존이 재미없는 이름이라고 생각하지도 않으니 아마 당장 사랑에 빠질 거예요. 그렇게 되면 재미나고 평화롭고 안락한 시절은 모두 끝인 거죠. 뻔해요! 두 사람은 집 안 곳곳에서 시시덕거리며 다닐 거고 우리가 두 사람을 피해 다녀야 할걸요. 메그 언니는 그 남자에게 푹 빠져서는 나 같은 건 안중에도 없을 거예요. 브룩 선생님이 언젠가는 그럭저럭 돈을 모으겠죠. 그럼 메그 언니를 데려가버릴 거고 그렇게 되면 우리 가족에겐 구멍이 생기는 거예요. 제 가슴은 찢어지고 모든 것들이 엉망진창일 테죠. 아, 지겨워! 왜 우리는 아들이 아닌 거죠? 그럼 괴로울 일도 없을 텐데!"

조는 수심 가득한 얼굴이 되어 무릎에 턱을 괴고는 괘씸한 존에게 주먹을 흔들었다. 마치 부인이 한숨을 쉬자 조는 안심이 된다는 듯 올려다봤다.

"엄마도 마음에 안 드시죠? 다행이에요. 브룩 선생님은 자기 일이나 하라고 보내고 메그 언니에게는 아무 말 하지 마세요. 그럼 우리 모두 늘 그래왔던 것처럼 다 같이 행복할 거예요."

"한숨이 잘못 나왔네, 조. 너희 모두 때가 되어 각자의 가정을 꾸려서 나가는 건 지극히 자연스럽고 당연한 일이야. 하지만 난 가능한 한 오랫동안 너희를 데리고 있고 싶어. 이런 일이 이렇게 빨리 일어나서 나도 안타깝구나. 그나마 메그는 이제 겨우 열일곱 살이고, 존이 메그를 위해 집을 장만하려면 몇 년은 걸릴 테지. 아버지와 나는 메그가 스무 살이 되기 전에는 어떤 식으로든 구속당하지도 결혼에 얽매이지도 않아야 한다는 데 서로 동의했어. 메그와 존이 서로 사랑한다면 기다릴 수 있고, 그렇게 하면서 서로 사랑을 시험해볼 수도 있겠지. 메그는 세심한 아이니까 존을 막 대하지는 않을 거라 믿어. 마음 예쁜 내 딸 메그! 행복한 일만 있었으면 좋겠구나."

"언니를 부자와 결혼시킬 생각은 해보지 않으셨어요?" 마지막 말을 하는 엄마의 목소리가 살짝 흔들리는 걸 들은 조가 물었다.

"돈은 아주 좋고 유용하지. 난 내 딸들이 돈이 너무 없다거나 돈에 너무 유혹당하는 상황에 처하지를 않기를 바란단다. 존이 빚지지 않고 살 수 있을 만큼의 수입과 메그를 편안하게 해줄 수 있는 좋은 직업을 확고하게 가졌다면 좋았겠지. 그렇다고 엄청난 부나 대단한 지위, 드높은 명예를 갖춘 사위를 갈망하는 건 아니야. 지위나 돈이 사랑이나 고결함과 함께 온다면 감사히 받고 너희의 행운을 기뻐하겠지. 하지만 하루하루 먹을 양식을 위해 일해야 하는 작고 평범한 집에서도 진짜 행복을 얻을 수 있다는 걸 난 경험으로 알고 있단다. 궁핍함이 때로는 사랑을 가져다주기도 하고. 난 메그가 초라하게 시작한다 하더라도 괜찮다. 내가 틀린 게 아니라면 좋은 남자의 사랑을 가진 것으로도 충분히 부자고 그 사랑은 돈과도 바꿀 수 없이 소중하니까."

"알겠어요, 엄마. 맞는 말씀이라 생각해요. 하지만 저는 언니에게 실망이에요. 난 언니가 머지않아 테디와 결혼하는 계획을 세웠거든요. 그러면 평생 호화스럽게 살 수 있잖아요. 괜찮지 않아요?" 조가 한결 밝은 얼굴로 엄마를 올려다봤다.

"로리는 메그보다 어리고." 마치 부인의 말에 조가 끼어들었다.

"아, 그건 중요하지 않아요. 로리는 나이에 비해 조숙하고 키도 크잖아요. 마음만 먹으면 얼마든지 어른스럽게 행동하기도 하고요. 그리고 그 애는 부자인 데다가 마음씨도 좋고 착해요. 그리고 우리 자매들을 좋아하죠. 그런데 계획이 다 어그러져서 속상해요."

"내가 보기에 로리는 메그에 비하면 훨씬 어려. 이것저것 종합적으로 봐서는 누군가 의지하기에는 변덕이 심하고. 조, 계획을 만들지 마. 시간과 그들의 마음이 서로 맞아야 하는 거지. 그런 문제에는 함부로 끼어들 수가 없단다. 네 말대로 '연애 나부랭이' 따위는 생각하지 마. 잘못하다간 우정까지 망치게 될 테니."

"그럴게요. 하지만 일들이 온통 꼬여가고 엉망진창인 걸 보기가 싫어요. 서로 이야기를 하다 보면 정리가 될 텐데 말이에요. 인두 다리미를 머리에 쓰면 다들 안 자랄까요? 그렇다면 쓰고 다닐 텐데. 하지만 봉오리는 결국 장미로 피어나고, 새끼 고양이는 어미 고양이가 되죠. 속상한 일이에요!"

"인두 다리미는 뭐고, 고양이는 또 뭐야?" 메그가 다 쓴 편지를 손에 들고 슬며시 방 안으로 들어오며 물었다.

"그냥 또 헛소리한 거야. 난 자러 갈래요. 가자, 언니." 조는 움직이는 장난감처럼 몸을 일으키며 말했다.

"아주 잘 썼구나. 글씨도 예쁘고. 존에게 안부 전한다는 말도 덧붙여주렴." 마치 부인이 편지를 훑어보며 말하고는 메그에게 돌려줬다.

"그 사람을 '존'이라고 부르세요?" 메그가 그 순수한 눈으로 엄마를 바라보며 미소 지었다.

"그렇단다. 우리에게 아들처럼 잘했고 우리도 그가 무척 좋거든." 마치 부인이 예리한 눈길로 메그를 살피며 대답했다.

"정말 다행이에요. 몹시 외로운 사람이거든요. 안녕히 주무세요, 엄마. 엄마가 돌아오시니 말로 표현할 수 없을 만큼 행복해요." 메그가 조용히 말했다.

마치 부인은 메그에게 여느 때보다 더 사랑을 금아 입맞춤했다. 메그가 나가고 나자 마치 부인은 만족감와 아쉬움이 섞인 목소리로 말했다. "메그가 아직 존을 사랑하지는 않는구나. 하지만 곧 사랑하게 되겠지."

21

로리의 장난, 조의 중재

다음 날 조의 얼굴은 골똘히 생각에 빠져 있었다. 비밀이 마음을 짓눌러서 숨기는 것이 없는 척, 아무렇지 않은 척하기가 어렵다는 것을 깨달았다. 메그는 조의 모습을 유심히 살폈다. 하지만 일부러 조에게 캐묻지 않았다. 조를 다루는 최고의 방법은 '반대의 법칙'을 이용하는 것임을 경험을 통해 터득했기 때문이다. 아무것도 묻지 않으면 분명 조는 모조리 털어놓을 터였다. 그런데 조가 아무 말도 하지 않는 시간이 길어지는 것을 보고 메그는 다소 놀랐다. 게다가 뭔가 우위에 선 듯한 분위기를 풍겨서 메그를 짜증 나게 했다. 그 보답으로 메그가 우아하게 냉담한 태도로 엄마를 돕는 일에만 열중하자 결국 조는 외톨이가 됐다. 마치 부인은 조에게 오랫동안 집 안에서 간호를 도맡아 했으니 운동도 하고 즐겁게 놀라고 했다. 에이미도 없었기 때문에 조에게는 로리가 유일한 피난처였다. 조는 로리와 어울리는 것을 좋아했지만 그즈음엔 로리가 귀찮게 조르는 정도가 구제불능 수준이라 좀 두려울 정도였다. 자신을 구슬려서 비밀을 알아낼까 봐 걱정스러웠다.

조의 짐작은 전적으로 옳았다. 장난을 좋아하는 소년은 조가 뭔가를 감추고 있음을 금방 눈치챘고 그 비밀을 캐내려고 애쓰는가 싶더니 급기야 조를 시험에 들게 했다. 로리는 감언이설로 구슬리고, 선물을 주기도 하고, 조롱하고, 협박하고, 다그쳤다. 조에게서 사실을 알아내는 일이 대수롭지 않은 척하기도 하고, 알아냈다고 큰소리치다가는 관심 없다고 했다. 마침내 불굴의 의지로 메그와 브룩 선생님이 관계된 것임을 알고 흡족해했다. 로리는 가정교사가 제자인 자신을 믿고 터놓지 않았다는 사실에 분노하면서 자신을 무시한 데 대한 복수를 꾸몄다.

한동안 메그는 그 일에 대해 완전히 잊고 아버지가 돌아오실 날을 준비하느라 분주했다. 그런데 메그에게 갑자기 변화가 들이닥쳤다. 하루 이틀 사이에 메그는 전혀 다른 사람이 됐다. 말을 걸면 깜짝 놀라고 쳐다보면 얼굴을 붉혔다. 통 말이 없을 뿐 아니라 멍하니 뭔가 잔뜩 고민 있는 표정을 하고 앉아 바느질을 했다. 엄마가 무슨 일이 있냐고 묻자 괜찮다고만 대답했고, 조가 왜 그러냐고 물으면 혼자 있게 해달라고 할 뿐 다른 말은 하지 않았다.

"언니도 뭔가를 느끼는 거예요. 사랑 말이에요. 진행이 아주 빨라지고 있어요. 대부분의 증상이 다 나타나요. 재잘재잘 떠들다가도 짜증을 내고 먹지도 않고 잠도 이루지 못하고 구석 자리에서 의기소침해 있어요. 언니가 〈맑은 소리로 흐르는 시냇물〉[85] 노래를 부르는 걸 들은 적 있어요. 한번은 엄마처럼 '존'이라고 말하더니 양귀비꽃처럼 얼굴이 빨개지더라고요. 이제 어떡하죠?" 조가 무슨 해결책이라도 준비할 것처럼 말했지만 사실은 몹시 흥분해 있었다.

"기다리는 수밖에 없어. 메그를 혼자 둬. 참을성을 갖고 친절하게 대해주렴. 아빠가 오시면 모든 게 정리될 거다." 엄마가 대답했다.

"언니, 편지 왔어. 완전히 봉해져 있네. 이상도 해라! 테디는 나한테 편지 보낼 때 봉하지 않는데." 다음 날 조가 우체통에 있는 것들을 나눠주면서 말했다.

마치 부인과 조는 각자 정신없이 일을 하다가 메그가 내는 소리에 고개를 들었다. 메그는 잔뜩 겁에 질린 얼굴로 편지를 노려보고 있었다.

"메그, 무슨 일이니?" 마치 부인이 메그에게 달려가며 큰 소리로 물었다. 한편 조는 장난질이 돼 있는 종이를 뺏으려 했다.

"뭔가 잘못됐어. 그분이 보낸 게 아니야. 아, 조, 너 어떻게 그럴 수 있니?" 메그는 두 손으로 얼굴을 가리고 심장이 부서지기라도 한 듯 울기 시작했다.

---

85 이름 '브룩(Brooke)'과 '시냇물(brook)'의 발음이 같다.

"나! 난 아무것도 안 했어! 무슨 말을 하는 거야?" 조가 당황해서 소리쳤다.

메그의 온순한 두 눈이 분노로 불타올랐다. 주머니에서 구겨진 종이 한 장을 꺼내 조에게 던지며 비난하듯 말했다.

"네가 썼잖아. 그리고 그 못된 녀석이 널 도왔고. 어떻게 우리 두 사람에게 그렇게 무례하고 야비하고 잔인할 수 있지?"

조는 메그의 말을 거의 듣지 못했다. 엄마와 함께 특이한 글씨로 쓰인 편지를 읽느라 정신이 없었기 때문이다.

나의 사랑하는 마거릿에게

내 열정을 이젠 더 이상 억누를 수가 없어요. 돌아가기 전에 내 운명을 알아야겠습니다. 아직 당신 부모님께는 감히 말씀드리지 못했지만 우리가 서로 사랑하는 사이라는 것을 아시면 두 분 모두 승낙하실 겁니다. 로런스 씨는 제가 좋은 집을 구할 수 있도록 도와줄 거고요. 그리고, 내 사랑, 당신은 나와 함께 행복할 겁니다. 부탁이니 아직 당신 가족들에게는 아무 말 말아줘요.

로리를 통해 희망의 한마디를 꼭 보내주기를 바라며,

당신에게 헌신하는 존

"아, 이런 악당 같으니! 내가 엄마와 한 약속을 지킨다고 이렇게 복수를 하다니. 제가 단단히 혼내줄게요. 그리고 당장 데리고 와서 용서를 빌도록 할게요." 조는 당장 정의를 실행할 듯 소리쳤다. 하지만 엄마가 조를 말리며 한 번도 지어본 적 없는 표정으로 말했다.

"잠깐만, 조. 먼저 너부터 명확하게 하자꾸나. 네가 수없이 장난을 쳤기 때문에 이 일에도 네가 관여를 했을까 봐 걱정이구나."

"아, 이런. 엄마, 아니에요! 저 편지는 한 번도 본 적 없고 아는 바도 전혀 없어요. 목숨 걸고 맹세해요!" 조가 너무도 진지해서 메그와 엄마는 조를 믿기로 했다. "만약 내가 이 일에 조금이라도 관여했다면 이것보단 훨씬 잘했을 거라고요. 말이 되게 편지도 썼겠죠. 엄마도 브룩 선생님이 이런 일을 저렇게 썼을 거라 생각하지 않으시잖아요." 조는 경멸하듯 종이를 던지며 말했다.

"그분의 글씨체 같아요." 메그가 손에 쥔 종이와 비교하며 더듬더듬 말했다.

"아, 메그, 설마 답장한 건 아니지?" 마치 부인이 얼른 물었다.

"했어요!" 메그가 부끄러워 몸 둘 바를 몰라하며 다시 얼굴을 감쌌다.

"정말 참을 수가 없어! 그 못된 녀석을 데리고 와서 자초지종을 들어봐야겠어요. 그리고 혼쭐도 좀 내고요. 그 녀석을 잡아올게요." 조가 다시 문으로 가려고 했다.

"잠깐! 생각보다 심각한 일 같으니 엄마가 나서야겠다. 마거릿, 어떻게 된 건지 전부 말해봐." 마치 부인이 조가 뛰어가지 못하도록 꼭 붙잡고 메그 옆에 앉으며 명령조로 말했다.

"첫 번째 편지를 로리한테서 받았어요. 로리는 아무것도 모르는 것 같았고요." 메그는 얼굴을 들지 못하고 말했다. "처음엔 걱정이 돼서 엄마한테 모두 말씀드리려고 했어요. 그런데 엄마가 브룩 씨를 얼마나 좋아하시는지 생각이 났어요. 그래서 며칠만 나 혼자 작은 비밀을 갖고 있다 하더라도 엄마가 화내지 않으실 거라 생각했어요. 그런데 어리석게도 아무에게도 알리고 싶지 않은 거예요. 어떻게 답장을 할까 생각하는 동안 비슷한 상황의 소설 속 주인공이 된 기분이었죠. 용서해주세요, 엄마. 제 어리석은 짓으로 이렇게 고통을 겪고 있으니까요. 다시는 그분 얼굴을 볼 수가 없어요."

"답장에 뭐라고 썼니?" 마치 부인이 물었다.

"아직 어려서 그런 일은 받아들일 수가 없다고요. 그리고 엄마한테 비밀을 갖고 싶지 않다고도 했어요. 아빠께도 말씀드리라고 했어요. 그분의 친절에 매우 감사하고 있으며 친구는 괜찮지만 그 이상은 원하지 않는다고요."

마치 부인은 썩 만족한 듯 미소를 지었고 조는 웃으며 박수를 쳤다.

"언니는 거의 캐럴라인 퍼시[86]와 똑같아. 현명함의 본보기를 보여준 거라고. 언니, 그래서 어떻게 됐어? 그 편지에 뭐라고 답장이 왔어?"

"그 사람은 전혀 다른 식으로 답장을 했더라고. 연애편지를 보낸 적이 없다는 거야. 짓궂은 조가 우리 이름을 이용해 또 장난을 친 것 같다며 안타깝다고 했어. 아주 친절하고 훌륭한 답장이었지만 나로서는 정말 끔찍했어!"

메그는 절망적인 얼굴로 엄마에게 기댔고 조는 방 여기저기를 서성이며 로리의 이름을 되뇌다 갑자기 딱 멈춰 섰다. 그리고 편지 두 장을 집어 들고는 자세히 들여다본 후 단호하게 말했다. "브룩 선생님은 이 편지 둘 다 보지 못한 게 분명해요. 테디가 둘 다 쓴 거죠. 편지 두 장을 갖고 나한테 우쭐대려고 그러는 거예요. 내가 비밀을 말해주지 않았다는 이유로요."

"아무것도 숨기지 마, 조. 괜히 곤란해지지 않도록 엄마에게 말씀드려. 나도 그렇게 했어야 했는데." 메그가 경고하듯 말했다.

"가엾은 언니! 엄마가 비밀이라고 나한테 말하신 거야."

"그만하면 됐다, 조. 내가 메그를 달래고 있을 테니 넌 가서 로리를 데리고 오너라. 이 일을 철저하게 알아보고 당장 이 장난을 멈추

---

86 아일랜드 작가 마리아 에지워스의 소설 《후원(Patronage)》(1814)에 나오는 독립적이고 분별 있는 여성 인물.

게 해야겠어."

조가 달려 나가고 나자 마치 부인은 메그에게 브룩 선생님의 진짜 감정을 조용히 들려줬다. "자, 메그. 네 감정은 어떠니? 존이 너를 위해 가정을 꾸릴 수 있을 때까지 기다릴 만큼 그를 사랑하니, 아니면 지금은 이대로 자유롭게 지내고 싶니?"

"지금 너무 무섭고 걱정돼서 한동안은 사랑 같은 것에 신경 쓰고 싶지 않아요. 어쩌면 평생일 수도 있고요." 메그가 지친 듯 말했다. "존이 이 말도 안 되는 일을 모르고 있다면 그냥 말하지 말아주세요. 조와 로리에게도 입 다물게 하고요. 속고 싶지도 않고, 괴롭힘도, 놀림도 당하고 싶지도 않아요. 정말 부끄러워요!"

평소 온화한 성격의 메그가 이 짓궂은 장난으로 이토록 화를 내고 자존심 다치는 모습을 본 마치 부인은 모두에게 입단속시킬 것이고 앞으로는 절대 그런 일이 없도록 하겠다고 약속하며 달래줬다. 현관에서 로리의 발소리가 들리자마자 메그는 서재로 달아났고 마치 부인은 혼자서 죄인을 맞았다. 조는 로리가 오려고 하지 않을까 봐 데리고 오는 이유를 말하지 않았다. 하지만 로리는 마치 부인의 얼굴을 보자마자 그 이유를 눈치채고는 뭔가 찔리는 듯 모자를 만지작거리며 서 있었다. 그것만 봐도 로리가 유죄임을 단박에 알 수 있었다. 마치 부인이 나가 있으라고 했지만 조는 죄수가 도망이라도 갈까 두려워 파수꾼처럼 복도를 서성거렸다. 삼십 분 동안 응접실 안에서 높아졌다 낮아졌다 하는 목소리가 들렸지만 메그와 조는 그 안에서 무슨 일이 있었는지는 알 길이 없었다.

두 자매가 부름을 받고 들어가보니 로리가 깊이 뉘우치는 얼굴을 하고 엄마 옆에 서 있었다. 로리의 얼굴을 본 조는 마음으로는 그 자리에서 로리를 용서했지만 그 사실을 드러내는 건 현명한 처사가 아니라고 생각했다. 메그는 로리의 겸손한 사과를 받았으며 브룩 씨는 이 일을 전혀 모른다는 확언을 듣고 매우 안심했다.

"죽는 날까지 선생님에게 말하지 않을게요. 무슨 일이 있어도 말하지 않을 테니 용서해주세요, 메그. 그리고 제가 얼마나 미안한 마음인지 보여줄 수 있다면 뭐든 하겠어요." 로리는 이루 말할 수 없이 부끄럽다는 표정으로 말했다.

"노력해볼게. 하지만 굉장히 비신사적인 행동이었어. 네가 그렇게 교활하고 악의적일 수 있을 거라고는 생각하지 못했어, 로리." 메그는 소녀로서 혼란스러웠던 마음이 드러나지 않게 애쓰며 진지하게 꾸짖는 말투로 대답했다.

"정말 진저리나는 짓을 제가 했어요. 한 달 동안 아무도 저에게 말을 걸지 않는다고 해도 저는 할 말이 없어요. 하지만 다들 말 걸어주실 거죠? 그렇죠?" 로리는 애원하듯 두 손을 모으며 말했다. 비록 경악을 금치 못할 행동을 했지만 유순하게 뉘우치는 듯 눈까지 동그랗게 뜨고는 거부할 수 없는 어조로 말하는 로리에게 차마 인상을 찌푸릴 수가 없었다. 메그는 로리를 용서했고, 상처 입은 사람 앞에서 스스로를 벌레처럼 낮추며 무슨 수를 써서라도 자신의 잘못에 속죄하겠다는 로리의 말을 들은 마치 부인 역시 근엄하게 냉정을 유지하던 얼굴을 풀었다.

그동안 조는 좀 떨어진 곳에 서서 로리에게 무정해지려고 애썼다. 그리고 비난의 뜻으로 쌀쌀맞은 표정만 짓고 있었다. 로리는 한두 번 조를 바라봤지만 조에게서 조금도 누그러진 기미가 보이지 않자 마음에 상처를 입고 돌아섰다. 모든 이야기가 끝나자 로리는 조에게 머리를 숙여 인사를 하고는 한마디 말도 하지 않고 돌아갔다.

로리가 돌아가고 나자 조는 로리에게 좀 너그럽게 굴 걸 그랬나 하는 후회가 들었다. 메그와 엄마가 위층으로 올라가고 나자 조는 외로웠고 테디가 몹시 보고 싶어졌다. 한동안 참던 조는 결국 충동을 이기지 못하고 돌려줘야 할 책 한 권을 안고 저택으로 걸어갔다.

"로런스 씨 계신가요?" 조는 문을 열어준 하인에게 물었다.

"네, 아가씨. 그런데 지금 만나실 수 없을 것 같아요."

"왜요? 편찮으신가요?"

"아, 아니요, 아가씨, 그게, 지금 소동이 좀 있어서요. 로리 도련님이 지금 뭔가에 짜증이 나서 주인님을 화나게 하셨어요. 그래서 저는 가까이 가지도 못해요."

"로리는 지금 어디 있어요?"

"도련님 방에 들어가 있어요. 제가 문을 두드렸는데도 대답을 하지 않아요. 식사를 어떻게 해야 할지 모르겠어요. 준비는 다 됐는데 드실 분이 아무도 없어요."

"내가 가서 무슨 일인지 볼게요. 난 두 사람 다 두렵지 않아요."

조는 위층으로 올라가 로리의 작은 서재 문을 세게 두드렸다.

"그만해. 안 그러면 내가 문을 열고 그만하게 만들어줄 거야!" 젊은 신사는 위협적인 목소리로 소리쳤다.

조는 바로 다시 문을 두드렸다. 문이 홱 열렸고 그 순간 조가 안으로 뛰어 들어갔다. 깜짝 놀란 로리가 어떻게 해볼 겨를도 없이 말이다. 로리는 정말 화가 많이 나 있었지만 그를 어떻게 다룰지 잘 아는 조는 뉘우치는 표정으로 멋지게 무릎을 꿇고는 공손하게 말했다. "그렇게 화낸 거 용서해줘. 사과하려고 왔어. 네가 용서해줄 때까지 가지 않을 거야."

"괜찮아. 일어나. 바보처럼 굴지 마, 조." 조의 애원에 로리가 호탕하게 답했다.

"고마워. 그럴게. 그런데 그사이 무슨 일이 있었는지 물어봐도 돼? 마음이 편안해 보이지 않네."

"누가 나를 붙들고 흔들었어. 참지 않을 거야!" 분노에 차서 로리가 말했다.

"누가 그랬는데?" 조가 물었다.

"할아버지. 다른 사람이 그랬다면 아마—" 화가 난 젊은이는 오른팔을 힘차게 휘두르는 것으로 말을 끝맺었다.

"뭘 그런 걸로 그래? 나도 가끔 너를 흔드는데 넌 상관하지 않잖아." 조가 달래듯이 말했다.

"쳇, 넌 여자잖아. 여자가 하면 재미있지. 어떤 남자든 나를 흔들면 참을 수 없어."

"지금처럼 그렇게 번개라도 칠 것 같은 얼굴을 하고 있으면 누가 감히 그러겠니? 그런데 왜 그러신 거야?"

"너희 어머니가 나를 부르신 이유를 내가 말하지 않았다고 해서. 말하지 않을 거라 약속했으니 절대 약속을 어기지 않을 거야."

"다른 방식으로 할아버지를 이해시켜드릴 수는 없었어?"

"응, 할아버지는 진실만을 원하셔. 오직 진실. 데그 이야기를 빼고 가능한 한 내 이야기만 하려고 했는데 도저히 그럴 수가 없어서 그만 입을 다물었지. 그랬더니 막 혼을 내시다가 내 목덜미까지 잡으시는 거야. 결국 나도 화가 나서 뛰쳐나가버렸어. 나도 모르게 무슨 짓을 할지 모르니까."

"좋지 않은 상황이었지만 할아버지도 미안해하고 계실 거야. 그러니 내려가서 화해해. 내가 도와줄게."

"죽어도 안 해! 말썽 좀 피웠다고 잔소리를 듣거나 맞기는 싫어. 메그 일은 나도 정말 미안해. 그래서 남자답게 용서를 빌었어. 하지만 잘못이 없을 경우에는 용서를 빌지 않을 거야."

"할아버지가 모르셨잖아."

"그럼 나를 믿고 더 이상 아기 취급 하지 않으셨어야지. 소용없어, 조. 할아버지는 내가 스스로를 책임질 수도 있고, 누군가의 앞치마 끈을 붙잡고 있을 나이는 아니라는 사실을 아셔야 해."

"성격 한번 대단하시네!" 조가 한숨을 쉬었다. "그래서 어떻게 해결할 건데?"

"할아버지가 사과하셔야지. 앞으로는 내가 말할 수 없다고 할 때는 나를 믿으셔야 하고."

"말도 안 돼! 사과하지 않으실걸."

"할아버지가 사과하실 때까지 내려가지 않을 거야."

"테디, 좀 현명하게 굴어. 그냥 지나가자고. 내가 설명할 수 있는 건 해볼게. 어차피 여기 오래 있을 수도 없을 거면서 그렇게 감정적으로 굴어서 어쩌려고?"

"맞아. 나도 여기 오래 있을 생각은 없어. 여기서 빠져나가서 어딘가로 여행을 떠날 거야. 내가 보고 싶으시면 그때쯤엔 할아버지도 후회하시겠지."

"아마 그러실 테지. 하지만 집 나가서 할아버지 걱정 끼칠 생각 마."

"잔소리하지 마. 워싱턴으로 가서 브룩 선생님을 만날 거야. 거기는 즐거운 곳이니 나도 걱정은 접고 즐겁게 지낼래."

"정말 재미있겠다! 나도 도망갈 수 있으면 얼마나 좋을까!" 수도에서 군인들이 생활하는 모습을 상상하자 자신이 로리의 멘토 역할을 해야 한다는 사실을 깜빡 잊고 말았다.

"그럼 가자! 못 갈 거 뭐 있어? 넌 가서 아버지를 놀라게 해드리고 난 브룩 선생님을 놀라게 하는 거야. 정말 재미있을 거 같은데. 그러자, 조! 우리는 괜찮으니 걱정 말라는 편지를 남기고 당장 가는 거야. 나한테 돈도 넉넉해. 아버지께 가는데 해로울 게 뭐가 있겠어? 너에게도 좋은 일이야."

잠깐 조는 그렇게 하자고 할까 망설였다. 그 계획은 엉뚱했지만 조에게는 안성맞춤이었다. 꼼짝없이 갇혀서 간호하느라 지친 조는 뭔가 새로운 변화를 몹시 바랐고 아버지에게 가면 군대와 병원 생활이, 그리고 자유와 즐거움이 뒤섞인 신기한 매력을 즐길 수 있을 것 같았다. 조는 두 눈을 반짝이며 간절한 마음으로 창문을 바라봤다. 이내 건너편 낡은 집이 시야에 들어오자 조는 머리를 내저으며 서글픈 결정을 내렸다.

"내가 남자라면 함께 도망을 가서 멋진 시간을 보냈을 테지만 난 보시다시피 불행한 여자라 얌전하게 집에 있어야 해. 그러니 나를 꼬시지 마, 테디. 그건 미친 계획이야."

"그게 재미지!" 어떻게 해서든 한계를 깨보려는 의지에 사로잡힌 로리가 말했다.

"입 다물어!" 조가 두 손으로 귀를 막으며 소리쳤다. "'교양 있게 얌전히' 지내는 게 내 운명이야. 그렇게 살기로 마음먹는 게 좋아. 널 도덕적으로 설득하려 온 거지 내 생각을 가로막는 계획을 들으러 온 건 아니야."

"이런 제안에 메그라면 찬물을 끼얹어도 너라면 용기가 있을 줄 알았지." 로리가 넌지시 조를 떠봤다.

"이 나쁜 녀석, 조용히 입 다물고 앉아서 네 죄나 생각해. 나까지 죄인으로 만들지 말고. 널 붙잡고 흔든 것에 대해 할아버지한테서 사과를 받아내면 도망가겠다는 생각 접을 거야?" 조가 진지하게 물었다.

"응, 하지만 그럴 수는 없을걸." 로리는 '화해'를 원하면서도 자신의 상처 입은 자존심 먼저 위로를 받고 싶은 기분이었다.

"손주도 잘 다루니 할아버지도 잘 다룰 수 있겠지." 조는 두 손으로 턱을 괴고 철도 노선도를 열심히 들여다보는 로리를 남겨두고 걸어 나가면서 중얼거렸다.

"들어오시오!" 조가 문을 두드리자 평소보다도 더 걸걸한 목소리로 로런스 씨가 대답했다.

"저예요, 할아버지. 책을 돌려드리려고 왔어요." 조가 들어가면서 붙임성 있게 말했다.

"다른 책을 빌려가겠니?" 무섭고 짜증스러워 보였지만 내색하지 않으려 애쓰며 노신사가 물었다.

"네, 그렇게 할게요. 전 샘이 아주 좋아요. 두 번째 책도 읽어볼 생각이에요." 조는 혹시 로런스 씨의 비위를 맞출 수 있을까 하는 생각에 할아버지가 활기 넘치는 작품이라고 추천했던 보스웰의 존슨 전기[87] 2권을 빌리겠다고 했다.

로런스 씨가 존슨에 관한 책이 있는 서가 쪽으로 사다리를 밀어주는 동안 숱이 짙은 눈썹이 약간 펴졌다. 사다리를 올라간 조는 맨 위 칸에 앉아 책을 찾는 체했지만 사실은 자신이 이곳에 온 위험한 목적을 어떻게 설명할까 궁리 중이었다. 로런스 씨 역시 조의 마음속에 뭔가 꿍꿍이가 있는 것을 눈치챈 듯 방을 몇 바퀴 돌고 나서는 별안간 조에게 다가가 불쑥 말을 걸었다. 그래서 《라셀라스》[88]가 바닥으로 떨어지고 말았다.

"그 녀석이 무슨 짓을 한 거냐? 감싸줄 생각은 하지 마라. 집으로 와서 하는 행동을 보고 뭔가 장난을 쳤다는 건 알고 있으니까. 녀석한테서는 한마디도 못 들었다. 사실을 말하라고 녀석을 잡고 흔들었더니 위층으로 달아나서는 방에 들어가 문을 잠가버렸거

---

87 《새뮤얼 존슨의 생애(The Life of Samuel Johnson)》(1791). 스코틀랜드 작가 제임스 보스웰이 친구인 영국 작가 새뮤얼 존슨에 대해 쓴 책.

88 《아비시니아의 왕자 라셀라스의 역사(The History of Rasselas, Prince of Abissinia)》 (1768). 새뮤얼 존슨의 책.

든."

"로리가 잘못한 건 있어요. 하지만 우리가 모두 용서했고 그 일에 대해 아무에게도 말하지 않기로 약속했어요." 조가 마지못해 대답했다.

"그래선 안 돼. 마음 약한 소녀들이랑 한 약속 뒤에 숨어서는 안 되지. 잘못한 게 있다면 다 털어놓고 용서를 빌고 벌을 받아야 하는 거야. 모두 말해라, 조! 난 모른 체하지 않을 거다."

로런스 씨는 걱정스러운 마음에 아주 매섭게 말했다. 조는 할 수만 있다면 그 자리에서 도망치고 싶었다. 하지만 자신은 사다리 맨 위에 올라와 있고 아래에는 로런스 씨가 사자처럼 버티고 서 있었기 때문에 그 자리에서 용감하게 밀어붙이기로 했다.

"아무래도, 할아버지, 말씀드릴 수 없어요. 엄마가 못 하게 하셨거든요. 로리가 다 털어놓고 용서를 빌었고 또 충분히 벌을 받았어요. 로리를 감싸주려고 아무 말 안 하는 게 아니라 다른 사람을 위해서예요. 그리고 할아버지가 끼어드시면 더 곤란해져요. 그러니 제발 아무 말씀 하지 말아주세요. 제 잘못도 일부 있지만 이제 괜찮아요. 그러니 다 잊고 《램블러》[89]나 다른 즐거운 것에 대해 이야기해요."

"《램블러》 따위는 집어치우고 내려와서 말썽쟁이 내 손주가 배

---

89 《The Rambler》(1750~52). 에세이 시리즈로, 대부분 새뮤얼 존슨이 썼다.

은망덕하고 무례한 일을 하지 않았다고 나에게 말해다오. 하지만 네가 그렇게 친절하게 대해주는데도 못된 짓을 했다면 내가 내 손으로 녀석을 흠씬 패줄 테다."

으름장은 무섭게 들렸지만 조는 겁먹지 않았다. 화를 잘 내는 그 노인은 말과는 정반대로 손주가 무슨 짓을 하더라도 손가락 하나 까딱하지 않는다는 것을 알았기 때문이다. 조는 고분고분 내려와서 아무렇지 않은 장난인 듯 둘러댔다. 물론 메그를 드러내지 않고 말했으며 진실을 외면하지도 않았다.

"흠! 하! 고집 때문이 아니라 약속 때문에 입을 다물고 있는 거라면 내가 용서를 하지. 로리는 무척 완고한 녀석이거든. 다루기 어려운 아이지." 로런스 씨는 머리를 마구 문질러 마치 강풍에서 막 벗어난 사람처럼 보였다. 잔뜩 찡그리고 있던 이마는 안심한 듯 평온해졌다.

"저도 그래요. 왕의 어떤 말馬과 어떤 신하에도 끄덕하지 않겠지만 따듯한 말 한마디에는 마음이 움직이죠." 조는 궁지에서 빠져나오는가 싶다가 또 다른 궁지에 빠지게 된 친구를 의해서 좋은 말을 해주려고 애썼다.

"그럼 내가 로리에게 다정하지 않다는 말인 거냐?" 로런스 씨가 쏘아붙이듯 물었다.

"아, 아니에요, 할아버지. 오히려 가끔 지나치지 친절하시죠. 그러다가 로리가 할아버지의 인내심을 시험할 때면 조금 성급해지시고요. 그렇다고 생각지 않으세요?"

조는 이제 결판을 내기로 했다. 이렇게 용감하게 한마디 한 후 태연한 척했지만 속으로는 약간 떨고 있었다. 하지만 놀랍고도 다행스럽게도 로런스 씨는 안경을 벗어서 테이블 위에 탁 던질 뿐이었다. 그리고 솔직한 심정을 드러내며 큰 목소리로 말했다.

"조, 네 말이 옳다. 내가 좀 그렇지. 로리를 사랑하지만 로리가 한계를 넘어 내 인내심을 시험하는 일이 계속되면 어떻게 끝이 날지 나도 모르겠어."

"어떻게 끝날지 제가 알려드릴게요. 로리는 집을 나갈 거예요." 그 말을 한 순간 조는 미안한 마음이 들었다. 지나치게 규제하면 로리가 견디지 못할 테니 할아버지가 젊은이를 보다 너그럽게 대했으면 좋겠다는 뜻으로 꺼낸 말이었다.

로런스 씨의 불그레한 얼굴이 갑자기 싹 변하더니 자리에 앉았다. 그리고 테이블 위에 걸린 잘생긴 남자의 그림을 괴로운 눈길로 바라봤다. 젊은 시절 집을 나가 고압적인 아버지의 뜻을 거스르고 결혼한 로리의 아버지였다. 지난 일을 떠올리며 후회하는 로런스 씨의 모습을 본 조는 괜히 말했다는 생각이 들었다.

"괴로운 일이 많지 않으면 로리가 쉽게 집을 나가지는 않을 거예요. 공부하기가 힘들면 가끔 그렇게 으름장을 놓긴 하죠. 저도 가끔 집을 나가고 싶다는 생각을 해요. 머리카락을 자르고 난 이후로 특히 더요. 그러니 혹시 우리를 찾고 싶으시면 소년 둘을 찾는다는 실종 광고를 내고 인도행 배들을 뒤져보세요."

조는 그렇게 말하고 크게 웃었다. 로런스 씨는 모두 다 농담으로 받아들였는지 확실히 안도하는 것 같았다.

"요런 말괄량이 같으니라고, 어떻게 그런 말을 하니? 이 늙은이를 공경하기는 하는 거냐? 예의범절은 어디에 있는 거냐? 이 아이들에게 축복을 내려주소서! 골칫덩어리들이지만 아이들이 없으면 우리는 살 수가 없습니다." 로런스 씨는 조의 뺨을 기분 좋게 꼬집으며 말했다.

"가서 로리에게 저녁 먹으러 내려오라고 전해다오. 그리고 이제는 괜찮다고 말해라. 그 대신 이 할아비 앞에서 슬픈 척 따위는 하지 말라고 해라. 그런 건 못 참으니까."

"로리는 내려오지 않을 거예요. 할아버지가 자신의 말을 믿어주지 않아서 속상해하고 있거든요. 제 생각엔 할아버지가 몸을 잡고 흔드신 일로 마음이 많이 상한 것 같아요."

조는 슬퍼 보이려고 애썼지만 아무래도 실패한 모양이었다. 로런스 씨가 웃기 시작했다. 하지만 그날은 조가 이긴 것 같았다.

"그 일은 미안하구나. 그 애가 나를 흔들지 않은 걸 오히려 고마워해야겠지. 그런데 도대체 그 녀석이 원하는 게 뭐냐?" 로런스 씨는 자신의 퉁명스러움이 조금 부끄러운 듯했다.

"제가 할아버지라면 사과의 편지를 쓸 것 같아요. 로리가 사과를 받지 않으면 위층에서 내려오지 않을 거라느니 워싱턴에 간다느니 터무니없는 소리를 계속하더라고요. 할아버지가 정식으로 사과를 하면 자신이 얼마나 바보 같은지 돌아보게 되지 않을까요? 그러면 좀 착한 사람이 돼서 내려올 거예요. 한번 해보세요, 할아버지. 로리는 재미있는 걸 좋아하니 편지로 사과하는 방법이 말로 하는 것보다는 더 좋을 거예요. 제가 갖고 올라가서 전해주면서 로리가 어떡해야 하는지도 일러줄게요."

로런스 씨가 조를 예리한 눈초리로 바라보고는 안경을 쓰며 천천히 말했다. "요런 앙큼한 것 같으니! 그래도 너와 베스에게 조종당하는 건 괜찮다. 자, 종이 좀 다오. 이 말도 안 되는 일을 얼른 해치우자꾸나."

로런스 씨는 한 신사가 심하게 모욕을 준 상대 신사에게 쓸 법한 말들로 편지를 썼다. 조는 로런스 씨의 벗어진 정수리에 입을 맞추고 편지를 갖고 달려 올라가 로리의 방문 밑으로 밀어 넣었다. 그리고 열쇠 구멍으로 할아버지의 말을 잘 들어라, 예의 바르게 행동해라, 그 외에 몇 가지 불가능하겠지만 충분히 동의할 만한 당부를 했다. 방문이 다시 잠겨 있는 것을 확인한 조는 편지가 제 역할을 하기를 기원하며 조용히 계단을 내려갔다. 그런데 어느새 난간에 올라

탄 로리가 미끄러져 내려가서는 층계 아래에서 조를 기다렸다. 그리고 가장 착한 얼굴로 웃으며 말했다. "조, 넌 정말 좋은 친구야! 혼나지 않았니?"

"아니, 할아버지는 아주 호의적이셨어, 대체로."

"아, 그랬구나! 너마저 나를 버리고 가서 몹시 절망했거든." 로리가 변명하듯 말했다.

"그런 식으로 말하지 마. 마음을 고쳐먹고 다시 시작해, 테디."

"난 매일 마음을 고쳐먹어. 하지만 모두 망쳐버리지. 내 연습장을 망쳐버리는 것처럼. 죽도록 시작만 하다가 영영 끝까지 가지 못할 것 같아." 로리가 안타까운 얼굴로 말했다.

"가서 저녁 먹어. 그러면 기분이 좋아질 거야. 남자들은 배가 고프면 징징대더라." 그리고 조는 정문으로 얼른 달려갔다.

"그건 우리 '측'에 대한 부당한 '낙인'인데." 로리는 에이미의 말투를 흉내 내며 대답했다. 그리고 할아버지와의 굴욕적인 식사를 함께하기 위해 의무감으로 식당으로 갔다. 할아버지는 그날 하루 종일 성자처럼 지극히 훌륭한 태도로 로리를 대했다.

다들 그 일은 다 마무리됐으며 작은 구름도 말끔히 물러났다고 생각했다. 하지만 로리의 장난은 이미 엎질러진 물이었다. 모두가 그 일을 잊었대도 메그는 잊지 않았다. 메그는 그 특정 인물을 전혀 언급하지 않았지만 매일 생각하고 꿈을 꾸기도 했다. 한번은 조가 우표를 찾으려고 메그의 책상을 뒤지다가 '존 브룩 부인'이라고 휘갈겨 쓴 종잇조각을 발견했다. 조는 비극적인 신음을 터트리고는 종잇조각을 벽난로 불 속으로 던져버렸다. 로리의 장난이 불행의 날을 앞당겼다는 생각을 지울 수가 없었다.

22

기쁨의 초원

이후 몇 주 동안은 폭풍우가 끝난 후 내리쬐는 햇살처럼 평화로운 시간이었다. 환자들은 빠르게 회복했고 마치 씨는 새해 초에 돌아온다는 이야기를 꺼내기도 했다. 베스는 처음에는 하루 종일 서재 소파에 누워 사랑스러운 고양이들과 놀 수 있는 정도더니 시간이 지나면서 어쩔 수 없이 뒷전으로 밀렸던 인형 바느질까지 할 수 있게 됐다. 활발히 움직이던 베스의 팔다리는 이제 너무 뻣뻣하고 연약해진 탓에 조가 그 튼튼한 팔로 베스를 부축해 매일 집 주변을 다니며 바람을 쐬어주었다. 메그는 사랑하는 동생을 위해 맛있는 죽을 만드느라 하얀 손에 검댕을 묻히거나 불에 데어도 마냥 즐거웠다. 반지의 충성스러운 노예가 된 에이미는 자신의 귀환을 축하하는 의미로 가지고 있던 보물이란 보물은 죄다 그러모아 언니들에게 선사했다.

크리스마스가 다가오자 늘 그렇듯 집 안에서 이상한 일들이 일어나기 시작했다. 조는 특별히 즐거운 크리스마스를 축하하고자 정말 불가능하거나 당최 말도 안 되는 의식을 제안해서 자주 소란을 일으켰다. 말도 안 되기는 로리도 똑같았는데 하자는 대로 했다면 모닥불이나 폭죽, 개선문도 등장했을 것이다. 사소한 의견 충돌이 나 서로 무시하기를 수도 없이 반복하던 이 야심만만한 단짝은 적절하게 갈등을 해결한 듯 보였다. 풀이 죽은 얼굴로 다니다가도 만나면 웃음을 터뜨려 사람들을 어리둥절하게 만들었다.

며칠 동안 이상하리만큼 따뜻한 날씨가 이어지면서 훌륭한 크리스마스를 예고하는 듯했다. 해나는 "특별히 괜찮은 날이 될 것임을 직감했"는데 해나가 진정한 예언가임을 증명하듯 모든 것들이 술술 잘 진행됐다. 우선 마치 씨가 곧 돌아오겠다는 편지를 보내왔고, 그날 아침에는 베스도 유독 상태가 좋아져 엄마가 선물로 준 부드러운 진홍색 메리노 실내복을 입고 창가까지 갈 수 있었고, 거기에서 조와 로리가 준비해둔 선물을 봤다. 지칠 줄 모르는 이 두 사람은 명성에 걸맞게 최선을 다해 선물을 준비했다. 요정이 마법이라도 부린 듯 밤새 실로 놀라운 일을 만들어놓은 것이다. 창밖 정원에는 소녀 눈사람이 위풍당당하게 서 있었다. 호랑가시나무 왕관을 쓴 눈사람은 한 손에는 과일과 꽃이 든 바구니를, 다른 한 손에는 두툼한 새 악보를 말아 들고 추운 어깨에는 무지개색 숄을 두르고 있었다. 그리고 입술에는 크리스마스 캐럴이 적힌 분홍색 종이가 늘어져 있었다.

융프라우가 베스에게

베스 여왕께 신의 은총을!
  절망할 것은 하나도 없으니
건강, 평화, 행복, 이 모든 것이
  크리스마스에는 당신의 것.

우리의 바쁜 일벌에게는 과일을
  여왕의 코에는 꽃들을
피아노에는 음악을
  발에는 담요를.

제2의 라파엘로가 그린
  조애나의 초상을 보라
공정하고 진실한 마음과
  근면함으로 임하였으니.

가르랑 부인의 꼬리에
　　　　빨간 리본을 바치니
　　　사랑스러운 페그가 만든 아이스크림과
　　　　양동이 속의 몽블랑 케이크도.

　　　그들의 진정한 사랑
　　　　눈으로 된 내 가슴속에 있으니
　　　받아주시길, 알프스의 아가씨도
　　　　로리와 조로부터.

　눈사람을 본 베스가 얼마나 웃었던지! 로리는 선물들을 가지고 오느라 몇 번이나 달려서 왔다 갔다 했고 조는 우스꽝스러운 연설을 하며 그 선물들을 전달했다.
　"정말로 행복해. 아빠만 여기 계신다면 더 바랄 게 없을 텐데. 딱 한 가지가 부족해." 베스는 기쁨으로 가슴이 벅찬 듯 숨을 내쉬며 말했다. 잠깐이지만 흥분했던 베스를 쉬게 해주려고 조는 서재로 데리고 갔다. 그리고 베스가 기운을 차릴 수 있도록 '융프라우'가 보낸 맛있는 포도를 줬다.
　"나도 같은 생각이야." 조는 그렇게 바라던 《운디네와 진트람》이 들어 있는 주머니를 탁 치며 말했다.

"나도 마찬가지야." 에이미는 조의 말에 맞장구를 치며 성모 마리아와 아기 예수의 판화를 세세히 살폈다. 예쁜 액자 속에 든 그 판화는 엄마가 준 것이었다.

"물론 나도." 메그는 난생처음 입어보는 실크 드레스의 은빛 주름을 어루만지며 말했다. 로런스 씨가 꼭 주고 싶다고 해서 받은 선물이었다.

"나라고 다를 수 있겠니!" 마치 부인은 남편의 편지에서 베스의 미소 띤 얼굴로 시선을 옮기며 감사한 듯 말했다. 그리고 딸들이 가슴에 달아준, 밤색과 짙은 갈색 털로 만든 회색과 금빛의 브로치를 어루만졌다.

이따금 이 무미건조한 세상에 벌어지기도 하는 동화 같은 일들은 사람들의 가슴에 굉장한 위로가 되기도 한다. 다들 딱 '한 가지'만 더 있으면 정말 행복하겠다고 말하고 삼십 분쯤 지났을 때 정말 그 '한 가지'가 그들에게 찾아왔다. 로리가 응접실 문을 열고 아주 조용히 머리를 내밀었다. 차라리 공중제비를 돌거나 아메리카 원주민 함성이라도 지르는 게 나았을 뻔했다. 애써 흥분을 감추며 미심쩍게 들떠서는 이상한 목소리로 숨넘어갈 듯 "마치 가족에게 온 또 하나의 크리스마스 선물입니다"라고 말했을 뿐인데 마치 가족은 다들 벌떡 일어섰다.

로리가 그 말을 하고서 얼른 비켜서자 그 자리에는 눈밑까지 감싼 키 큰 남자가 또 다른 키 큰 남자의 팔에 의지해 모습을 드러냈다. 그 남자는 뭔가 말하려 했으나 그러지 못했다. 마치 가족이 우르르 몰려들었고 모두가 이게 무슨 일인가 싶은 생각에 아무 말도 하지 못하는 시간이 몇 분 계속됐다. 마치 씨는 딸들에게 에워싸여 보이지 않았다. 조는 창피하게도 기절할 뻔해서 도자기 찬장 옆에 있던 로리의 도움을 받아야 했다. 브룩 선생님은 완전히 실수로 메그에게 키스를 하고 횡설수설 변명을 늘어놓았다. 언제나 품위 있는 에이미는 의자에서 굴러 떨어져서는 일어서지 못하고 아버지의 장화를 끌어안고 엉엉 울었는데 그 모습이 더없이 감동적이었다. 그래도 가장 먼저 정신을 차린 마치 부인이 손을 들고 경고하듯 말했다. "쉿! 베스가 자고 있어!"

하지만 이미 늦었다. 서재 문이 활짝 열리더니 진홍색 실내복을 입은 아이가 나타난 것이다. 기쁨이 연약한 사지에 기운을 불어넣기라도 했는지 베스는 곧장 달려와 아버지의 품에 안겼다. 그 후 어떤 일들이 일어났는지는 신경 쓰지 않아도 된다. 사랑이 넘쳐흐르는 동안 지나간 시간 속의 아픔은 눈물로 씻겨나갔고 현재의 행복만 남았으니까.

전혀 낭만적이지 않을지 모르겠지만, 커다란 칠면조 요리를 든 채로 문 뒤에서 훌쩍이는 해나를 발견하고 다들 한바탕 웃고 겨우 제정신으로 돌아왔다. 부엌에서 달려 나오던 해나는 감동적인 장면에 칠면조 요리를 내려놓는 것을 깜빡했던 것이다. 웃음이 잦아들자 마치 부인은 남편을 헌신적으로 보살펴준 브룩 선생님에게 고맙다는 인사를 했고 그 말에 브룩 선생님은 마치 씨가 쉬어야 한다는 사실이 떠올라 부랴부랴 로리를 데리고 돌아갔다. 그 후 두 환자는 가족들의 성화에 휴식을 취하기 위해 큰 의자에 함께 앉아 이야기를 나누며 쉬었다.

마치 씨는 자신이 얼마나 가족들을 놀라게 해주고 싶었는지, 날씨가 좋아지자 그 점을 이용해 어떻게 의사에게서 집에 가도 된다는 허락을 받아냈는지 들려줬다. 또 브룩이 자신에게 얼마나 헌신적이었는지, 여러모로 봐서 그가 얼마나 존경할 만한 반듯한 청년인지도 이야기했다. 그 대목에서 마치 씨는 잠깐 이야기를 멈추고 난롯불을 마구 들쑤시고 있는 메그를 한번 슬쩍 살핀 후 생각을 묻는 듯 눈썹을 치켜올리며 아내를 바라봤다. 그 순간 왜 마치 부인이 상냥하게 고개를 끄덕이고는 불쑥 뭐 좀 먹지 않겠냐고 물었는지는 독자의 상상에 맡기고자 한다. 그 얼굴을 본 조는 그게 어떤 의미인지 이해하고 울적한 마음으로 포도주와 쇠고기 수프를 가지러 갔다. 조는 문을 쾅 닫으며 혼자 중얼거렸다. "난 갈색 눈을 한 존경할 만한 청년이라고는 다 싫어!"

그날처럼 훌륭한 크리스마스 만찬은 한 번도 없었다. 해나는 속을 채운 칠면조를 노릇노릇하게 구워 보기 좋게 장식을 해 먹음직스럽게 내놨다. 건포도 푸딩도 입에서 사르르 녹았고 젤리도 마찬가지여서 에이미는 꿀단지 속에 빠진 파리처럼 정신없이 단맛을 즐기고 있었다. 모든 음식이 잘된 건 신의 은총이라고 해나가 말했다.
"마음이 너무나 산란해서, 음, 푸딩을 굽거나, 칠면조를 식탁보로 싸거나 그 속에 건포도를 넣지 않은 것만으로도 천만다행이지 뭐예요."

로런스 씨와 로리, 브룩 선생님도 함께 저녁을 먹었다. 조는 우울한 눈길로 브룩 선생님을 노려봤고 로리는 그 모습을 무한정 즐겼다. 테이블 상석에 나란히 놓인 안락의자 두 개에 베스와 아빠가 앉아 칠면조 고기와 과일을 천천히 먹었다. 그들은 건강을 위해 건배하고, 이야기를 나누고, 노래도 하고, 흔히 말하듯 '추억에 잠기며' 즐겁게 보냈다. 썰매 타기가 계획돼 있었지만 자매들이 아버지 곁을 떠나려고 하지 않아 손님들은 일찍 떠났다. 저녁노을이 내려앉자 행복한 마치 가족은 난롯가에 둘러앉았다.

"딱 일 년 전만 해도 음울하게 크리스마스를 보낼 생각으로 다들 괴로웠는데. 기억해?" 갖가지 긴긴 이야기를 나누다가 이어진 짧은 침묵을 깨고 조가 물었다.

"그래도 전체적으로 즐거운 한 해였어!" 난롯불에 시선을 둔 채 메그가 브룩 씨를 품위 있게 대접한 자신이 뿌듯한 듯 미소를 지었다.

"난 꽤 힘든 한 해였어." 에이미가 생각에 잠긴 눈으로 반지에 불빛을 비춰보며 말했다.

"한 해가 다 끝나서 다행이에요. 아빠가 돌아오셨잖아요." 아버지의 무릎에 앉은 베스가 속삭였다.

"내 어린 순례자들에겐 꽤 힘든 여정이었지. 특히 후반부가 힘들었어. 하지만 다들 용감하게 버텼고 내 생각에 곧 짐들을 내려놓게 될 것 같구나." 마치 씨는 자신을 둘러싼 네 명의 어린 얼굴을 아버지의 마음으로 흐뭇하게 바라봤다.

"그걸 어떻게 아세요? 엄마가 말씀하셨어요?" 조가 물었다.

"그렇지 않아. 지푸라기를 보면 바람이 부는 방향을 알 수 있지. 난 오늘 몇 가지를 발견했단다."

"오, 그게 뭔지 말씀해주세요!" 마치 씨 옆에 앉은 메그가 말했다.

"여기 하나가 있다." 의자 팔걸이에 놓인 메그의 손을 들어 올리며 거칠어진 집게손가락, 손등에 남은 불에 덴 자국, 손바닥에 생긴 굳은살 두세 군데를 가리키며 말했다. "이 손이 하얗고 부드럽던 때를 난 기억한다. 넌 손을 하얗고 부드럽게 유지하기 위해 노력했지. 그때도 이 손은 예뻤다만 내 눈엔 지금이 훨씬 더 예쁘구나. 겉보기에는 이것들이 결점이지만 그 손에서 네 지난 이야기들을 읽었거든. 불에 덴 자국은 허영심이 사라지면서 만들어진 것이고 손바닥의 굳은살은 물집보다도 더 좋은 것을 얻었다는 뜻이지. 바늘로 찔려가면서 바느질한 옷들은 오랫동안 튼튼할 거다. 한 땀 한 땀 선의로 이루어져 있으니까. 사랑하는 내 딸, 메그, 나는 하얀 손이나 화려한 성공보다는 집안을 행복하게 유지하는 여자로서의 솜씨를 소중하게 여긴단다. 이 착하고 근면한 손을 잡을 수 있어서 자랑스럽구나. 그리고 이 손을 서둘러서 떠나보내지 않기를 바란다."

메그가 인내심을 갖고 노력한 시간들에 보상을 바랐다면 따뜻하게 잡아준 아버지의 손과 자신에게 지어준 만족한 미소면 충분했다.

"조 언니는요? 언니에게도 칭찬을 해주세요. 언니도 정말 열심히 노력했고 저에게도 아주아주 잘해줬거든요." 베스가 아버지의 귀에 대고 말했다.

마치 씨는 소리 내어 웃으며 까무잡잡한 얼굴에 전에 없이 온화한 표정을 지은 채 앞에 앉아 있는 키 큰 소녀를 바라봤다.

"머리를 곱슬곱슬 짧게 잘랐는데도 일 년 전 내가 떠날 때 있던 '아들 조'의 모습은 보이지 않는구나. 옷깃을 핀으로 세우고 장화 끈을 단정히 묶은 젊은 아가씨만 보여. 예전처럼 휘파람도 불지 않고 저속한 말도 하지 않고 깔개에 눕지도 않는구나. 간호하고 걱정하느라 지금은 얼굴이 다소 야위고 창백하지만 훨씬 부드러워진 것 같아 보기 좋아. 목소리도 좀더 낮아졌고. 뛰지 않고 조용히 움직이면서 엄마처럼 자기보다 어린 사람을 돌볼 줄도 아는 것 같아 기쁘다. 천방지축이던 그 딸이 그립기도 하지만 그 모습 대신 강인하고 누구에게든 도움이 되고 마음이 따뜻한 딸이 생긴다면 그 역시 만족스러운 일이지. 털을 깎아서 우리 검은 양을 정신 들게 한 건지는 모르겠지만 워싱턴을 아무리 뒤져도 착한 내 딸이 보내준 이십오 달러로 살 만한 아름다운 것은 없었단다."

아버지의 칭찬을 듣는 동안 조의 반짝이던 눈이 잠시 살짝 흐려졌고 야윈 얼굴이 난로 불빛에 붉어졌다. 그래도 그 칭찬을 들을 자격이 조금은 있는 것 같은 기분이 들었다.

"이젠 베스 언니 차례예요." 에이미는 자신의 차례가 돌아오길 기다리며 말했다.

"베스가 예전보다 덜 수줍어하지만 너무 많이 칭찬하면 부끄러워서 도망이라도 갈까 봐 걱정이구나." 자매들의 아버지는 쾌활하게 말했지만 하마터면 베스를 잃을 뻔했던 기억이 떠오르는지 베스를 꼭 끌어안았다. 그리고 딸의 뺨에 자신의 뺨을 맞대고는 부드럽게 말했다. "베스, 무사해서 다행이야. 이제는 아빠가 너를 지켜줄게. 오, 신이시여, 도와주소서."

잠깐 침묵이 흐른 후 아버지는 자신의 발치 작은 의자에 앉아 있는 에이미를 내려다봤다. 그리고 반짝이는 머리를 쓰다듬으며 말했다.

"에이미가 식사 시간에 칠면조 다리를 나르는 것을 봤다. 오후 내내 엄마 심부름을 하고 오늘 밤, 메그에게 자리를 양보했지. 착하고 참을성 있게 모든 사람의 시중을 들더구나. 짜증도 많이 내지 않았고 거울 앞에서 모양만 내지도 않았어. 예쁜 반지를 끼고도 반지 이야기는 않고. 그래서 에이미가 자신보다는 다른 사람을 더 많이 생각하는 법을 배웠다는 걸 알았지. 진흙으로 작은 인형을 빚을 때처럼 조심스럽게 자신의 성격을 만들어가고 있다는 것도 알게 됐고. 매우 기쁘구나. 에이미가 만든 우아한 작품도 퍽 자랑스러웠지만 자신과 다른 사람의 삶을 아름답게 만들어주는 재능을 가진 사랑스러운 내 딸이 훨씬 더 자랑스럽구나."

"무슨 생각을 하고 있니, 베스?" 에이미가 아버지에게 고맙다고 말하고 반지에 대해 이야기하고 있는 사이 조가 물었다.

"오늘 《천로역정》에서 무수한 역경을 겪은 크리스천과 희망이 일 년 내내 백합이 피어 있는 기쁨의 초원에 다다른 부분을 읽었어. 그곳에서 두 사람은 지금 우리처럼 행복하게 휴식을 취했지. 마지막 여행길에 오르기 전에 말이야." 베스는 아버지의 품에서 빠져나와 피아노로 천천히 걸어갔다. "이제 노래할 시간이에요. 난 늘 있던 자리가 좋아요. 순례자들이 듣던 양치기 소년의 노래를 불러볼게요. 아빠가 그 시를 좋아하셔서 제가 아빠를 위해 곡을 만들었어요."

그렇게 베스는 아끼는 피아노 앞에 앉아 건반을 두드리며 모두가 다시는 못 듣게 될 줄 알았던 달콤한 목소리로 반주에 맞춰 노래했다. 베스에게 어울리는 예스러운 찬송가였다.

아래에 있는 자는 떨어질까 두려워하지 않아도 되고
　미천한 자는 자만하지 않으며
겸손한 자는 항상
　주님의 길을 따르나니.

많든 적든
　내가 가진 것에 만족하네
아, 주여! 주께서 이런 나를 구원하시니
　저는 만족합니다.

순례의 길을 가는 자에게
　소유하는 것은 무거운 짐일 뿐
이곳에서 가진 것 없는 자, 내세에서 행복하리니
　영원토록 변치 않을 축복이도다!

23

해결사, 마치 할머니

다음 날, 여왕벌을 쫓아 몰려드는 벌 떼처럼 엄마와 딸들은 만사를 제치고 마치 씨 주변을 맴돌았고 새 환자는 극진한 보살핌 때문에 죽을 지경이었다. 베스가 앉은 소파 옆 큰 의자에 기대어 앉은 마치 씨 곁에 다른 세 딸도 옹기종기 모여 있었고 해나는 "주인을 몰래 들여다보려고" 이따금 고개를 내밀었다. 무엇 하나 부족하지 않은 행복한 순간이었다. 하지만 베스와 에이미를 제외한 사람들은 입 밖에 내어 말하지는 않았지만 뭔가가 부족함을 느꼈다. 마치 부부는 메그에게서 눈을 떼지 못하며 걱정스러운 표정으로 서로를 바라봤다. 조는 돌연 진지해져서는 브룩 선생님이 복도에 두고 간 우산에 대고 주먹을 휘두르기도 했다. 메그는 멍했고, 수줍은 듯 말이 없었다. 대문에서 벨이 울리면 깜짝 놀랐고 존의 이름이 언급되면 얼굴을 붉혔다. 에이미는 "아빠가 집으로 안전하게 돌아오신 이

후로 다들 뭔가를 기다리고 있는 것같이 안절부절못하는 모습이 이상해"라고 말했고 베스는 왜 옆집 이웃들이 평소처럼 달려오지 않는지 순진한 마음으로 궁금해하고 있었다.

어느 날 오후 로리가 지나가다가 창가에 서 있는 메그를 보고는 갑자기 극적인 기분에 사로잡힌 듯 눈 속에 한쪽 무릎을 꿇고는 가슴을 치고 머리칼을 쥐어뜯고 애원하듯 두 손을 모아 쥐었다. 마치 자비를 구걸하기라도 하는 모습이었다. 메그가 로리에게 정신 차리고 저리 가라고 말하자 로리는 눈물이라도 짜는 듯 손수건을 비틀고는 마치 참담한 절망에 사로잡힌 사람처럼 비틀비틀 모퉁이를 돌아서 갔다.

"도대체 저게 무슨 멍청이 같은 짓이니?" 메그가 모르는 척 애쓰며 웃었다.

"언니의 존이 앞으로 어떻게 할지를 보여주는 거잖아. 감동적이지 않아?" 조가 비꼬듯 대답했다.

"'나의 존'이라니. 적절하지도 않고 사실도 아니야." 하지만 메그는 그 말에 기분이 좋은 듯 잠시 머뭇거리며 말했다. "조, 나를 괴롭히지 마. 내가 그 사람에게는 관심이 '많이' 있진 않다고 말했잖아. 더 말할 것도 없지만 우리는 우정 어린 사이일 뿐이고 전처럼 지낼 거야."

"그럴 수 없어. 이미 말들이 오갔고, 내가 보기엔 로리의 장난에 언니는 변했어. 나도 느끼는데 엄마도 느끼셔. 예전의 언니가 아니야. 너무 멀게 느껴져. 언니를 괴롭힐 생각은 없고 그저 남자처럼 견딜 거야. 하지만 모든 게 결정됐으면 좋겠어. 기다리는 거 정말 싫어. 그러니 결정을 하려면 서둘러서 얼른 해버려." 조가 뿌루퉁하게 말했다.

"내 입장에서는 그분이 먼저 말을 꺼낼 때까지는 뭔가를 말할 수도, 할 수도 없어. 그런데 내가 너무 어리다고 아빠가 말씀하셨기 때문에 그분은 말을 꺼내지 않을 거야." 메그는 그 점에서는 아버지의 말에 동의할 수 없다는 듯 묘한 미소를 띤 채 몸을 숙여 바느질을 했다.

"브룩 선생님이 말을 꺼내면 언니는 무슨 말을 할지 몰라하면서 울거나 얼굴이 빨개지다가 결국 그 사람 마음대로 하게 두겠지. 단호하게 '아니요'라고 하지도 못하고."

"네가 생각하는 만큼 난 그렇게 어리석고 나약하지 않아. 어떻게 말할지 생각해뒀어. 나도 다 생각이 있다고. 나도 모르게 끌려가고 싶지 않거든. 무슨 일이 일어날지 모르니까 준비를 해두고 싶었어."

메그가 무의식적으로 잘난 체하는 모습에 조는 미소 짓지 않을 수 없었다. 그 모습은 메그의 뺨에 번지는 예쁜 색깔과 잘 어울렸다.

"무슨 말을 할 건지 나한테 말해주면 안 돼?" 조가 다소곳이 물었다.

"왜 안 되겠니. 너도 이제 열여섯 살이니 내가 믿고 비밀을 털어놓을 수 있는 나이지. 그리고 머지않아 내 경험이 너에게도 도움이 될 거야. 이런 종류의 문제로 말이야."

"이런 일은 겪고 싶지 않아. 다른 사람이 연애에 빠지는 걸 보는 건 재미있지만 내가 하면 바보 같은 느낌일 것 같아." 조는 생각만으로도 겁이 나는 듯했다.

"그렇지 않을 거야. 네가 누군가를 아주 많이 좋아하고 그 사람도 너를 좋아한다면." 그건 마치 메그가 자신에게 해주는 말인 듯했다. 메그는 여름날 황혼 녘에 함께 걷는 연인들이 자주 보이던 오솔길을 슬쩍 내다봤다.

"언니가 그 남자에게 분명하게 말할 거라고 생각했어." 조가 언니의 소박한 환상을 깨트리며 불쑥 말했다.

"아, 말해야지. 차분하고 단호하게. '고맙습니다 브룩 씨. 당신은 무척 친절하지만 전 아빠 말씀에 동의해요. 너무 어려서 지금으로서는 약혼할 수가 없어요. 그러니 더 이상 그런 말씀은 마시고 지금처럼 친구로 지내요.'"

"흠! 그 정도면 꽤 딱딱하고 냉정하네. 하지만 언니가 그렇게 말할 거라 생각지도 않고, 언니가 말한다 하더라도 그 사람은 물러서지 않을 거야. 책에서 본 것처럼 거절당한 연인이 계속해서 고백하면 언니는 그의 마음을 아프게 하지 않으려고 받아들일걸."

"아, 아니야! 난 결심했다고 그분에게 말하고 위엄 있게 방을 걸어 나갈 거야."

메그는 그렇게 말하며 일어나더니 위엄을 갖춘 퇴장을 연습하려고 했다. 그때 복도에서 발소리가 나자 메그는 얼른 자리로 돌아가 주어진 시간 안에 그 솔기를 마무리하는 데 인생이 걸리기라도 한 듯 바느질을 시작했다. 언니의 갑작스러운 변화에 조는 터져 나오는 웃음을 간신히 참았다. 누군가 조심스럽게 문을 두드렸고 조는 어두운 얼굴로 문을 열었다. 결코 환영한다고는 할 수 없는 표정이었다.

"안녕하세요, 제 우산을 가지러 왔어요. 음, 그러니까, 아버지가 오늘은 어떠신지 궁금하기도 하고요." 브룩 씨는 살짝 당황하며 말했다. 마음을 감추지 못하는 두 자매의 얼굴 사이에서 그의 시선이 방황했다.

"우산은 잘 계세요. 아빠는 선반에 있고요. 가서 아빠를 가지고 올게요. 우산에게는 선생님이 왔다고 전할게요." 조는 아버지와 우산을 뒤죽박죽 섞어 이야기하며 슬그머니 방을 나갔다. 메그에게 거절의 의사를 전하고 위엄을 뽐낼 기회를 준 것이다. 하지만 조가 나가자마자 메그는 문 쪽으로 옆 걸음질 치며 웅얼거렸다.

"엄마가 당신을 보고 싶어 하실 거예요. 앉아 계세요. 엄마를 모시고 올게요."

"가지 마세요. 제가 무서운가요, 마거릿?"

브룩 씨가 상처를 입은 것 같아 보이자 메그는 자신이 너무 무례하게 굴었다는 생각이 들었다. 그리고 이마에 내려온 곱슬머리까지 빨개졌다. 브룩 씨가 자신을 마거릿이라고 부른 적이 한 번도 없었기 때문이다. 그에게서 그렇게 불리는 게 얼마나 자연스럽고 달콤한지를 깨닫고 메그는 놀랐다. 다정하고 편안하게 보이고 싶었던 메그는 신뢰를 담아 손을 내밀고 고마운 마음을 전했다.

"아빠를 친절하게 돌봐주신 분을 제가 어떻게 무서워할 수 있겠어요? 고마움의 마음을 전하고 싶을 뿐이에요."

"어떻게 하실지 알려드릴까요?" 브룩 씨는 자신의 커다란 두 손으로 메그의 작은 손을 덥석 잡더니 갈색 눈에 사랑을 가득 담아 메그를 내려다봤다. 메그의 심장이 요동치기 시작했고 달아나고 싶은 마음과 그의 말을 듣고 싶은 마음 사이에서 오르가락했다.

"아, 아니에요, 하지 마세요. 듣지 않는 편이 낫겠어요." 메그는 손을 빼내려 했다. 듣지 않겠다고 해놓고도 무슨 말을 들을지 벌써 겁에 질린 얼굴이었다.

"당신을 곤란하게 하지 않을게요. 그저 당신이 저에게 조금이라도 관심이 있는지 알고 싶을 뿐이에요. 메그, 당신을 사랑해요." 브룩 씨가 부드럽게 말했다.

침착하고 예의 바르게 자신의 생각을 말해야 하는 순간이었지만 메그는 하지 못했다. 준비했던 모든 말을 잊고 고개를 떨어트리고는 "모르겠어요"라고 나지막하게 말했다. 그런데 그 소리가 어찌나 작았는지 브룩 씨는 그 바보 같은 대답을 듣기 위해 몸을 숙여야 했다.

브룩 씨는 이 정도 힘들 만한 가치가 있는 일이라고 생각하는 것 같았다. 꽤 만족한 듯 혼자 미소 지었기 때문이다. 그는 고맙다는 듯 그 통통한 손을 꼭 잡고 최선을 다해 설득했다. "한번 답을 찾아볼래요? 난 너무 알고 싶어요. 마지막에 내 마음이 보상받을 수 있을지 알기 전까지는 아무 일도 할 수가 없어요."

"전 너무 어려요." 메그는 머뭇거리며 말했다. 왜 이렇게 가슴이 뛰는지, 아니, 그러니까 즐거운 이 마음은 뭔지 궁금했다.

"기다릴게요. 그동안 저를 좋아하는 법을 배울 수도 있어요. 힘들까요?"

"배우기로 마음먹으면 힘들지 않을 테지만—"

"제발 그렇게 마음먹어줘요, 메그. 저는 가르치는 걸 무척 좋아해요. 그리고 이건 독일어보다 쉽답니다." 존이 메그의 말에 불쑥 끼어들며 나머지 한 손도 잡았다. 그래서 존이 몸을 숙여 메그의 얼굴을 들여다볼 때 메그는 얼굴을 가릴 수가 없었다.

브룩 씨는 간청하는 어조로 말하고 있었지만 메그가 수줍어하는 그의 얼굴을 살짝 훔쳐보니 눈은 부드러울 뿐 아니라 즐거워 보였고 승리를 확신하는 듯한 만족스러운 미소마저 띠고 있었다. 그 모습에 메그는 갑자기 초조해지면서 남자의 마음을 사로잡는 법에 대해 애니 모팻이 했던 바보 같은 조언이 떠올랐다. 그 순간 가슴속에 잠자고 있던 사랑의 힘이 갑자기 깨어나면서 메그를 사로잡았다. 메그는 어찌할 바를 모를 만큼 흥분되고 낯선 기분이 드는가 싶더니 변덕스러운 충동으로 손을 빼며 토라진 듯 말했다. "배우지 않겠어요. 혼자 있고 싶으니 이제 그만 돌아가주세요."

가엾은 브룩 씨는 상상 속 아름다운 성이 무너져 내리는 소리를 귓가에서 들은 듯한 표정이 됐다. 그런 기분의 메그를 한 번도 본 적 없었기 때문인데 그 모습은 그를 다소 당황스럽게 했다.

"진심인가요?" 메그가 저쪽으로 걸어가자 초조하게 그 뒤를 따라가며 브룩 씨가 물었다.

"네, 진심이에요. 그런 일들로 신경 쓰고 싶지 않아요. 아빠도 그럴 필요 없다고 하셨어요. 너무 이른 일이라 그러지 않는 게 좋겠어요."

"머지않아 당신이 마음을 바꾸리라고 기대해도 될까요? 당신이 시간을 충분히 가질 때까지 아무 말 않고 기다릴게요. 저를 가지고 놀지 마세요, 메그. 당신이 그럴 사람은 아니라고 생각해요."

"나에 대해서 생각하지 마세요. 당신이 그러지 않았으면 좋겠어요." 메그는 연인의 인내심과 자신의 힘을 시험하면서 짓궂게도 만족을 얻고 있었다.

브룩 씨는 이제 심각하고 창백해져 메그가 동경하는 소설 속 주인공과 흡사했다. 하지만 그는 소설 속 주인공처럼 이마를 치지도, 방 안을 쿵쿵거리며 돌아다니지도 않았다. 그저 안타깝고도 다정한 눈길로 메그를 바라보며 서 있을 뿐이었다. 그 모습에 메그는 자신도 모르게 마음이 누그러지고 말았다. 이 흥미로운 순간에 마치 할머니가 다리를 절며 들어오지 않았다면 무슨 일이 일어났을지는 아무도 알 수 없으리라.

그 노부인은 조카를 보고 싶은 마음을 억누를 수가 없었다. 산책을 하다가 로리를 만난 마치 할머니는 마치 씨가 도착했다는 소식을 듣고 그를 보기 위해 곧장 마차를 타고 달려온 것이다. 마치 가족들은 모두 집 뒤편에서 바빴기 때문에 노부인은 그들을 놀라게 해줄 요량으로 조용히 집으로 들어왔다. 노부인이 두 사람을 깜짝 놀라게 한 건 확실했다. 메그는 유령이라도 본 듯 화들짝 놀랐고 브룩 씨는 서재로 황급히 사라졌다.

"이런! 이게 다 무슨 일이냐?" 창백한 얼굴의 젊은 신사가 사라지는 것을 본 노부인이 새빨갛게 얼굴이 달아오른 젊은 아가씨를 향해 지팡이를 탕탕 두드리며 소리쳤다.

"아빠의 친구분이에요. 할머니를 이렇게 뵈니 너무 놀랍네요!"

메그는 이제 곧 잔소리가 쏟아질 것을 직감하고는 더듬거리며 말했다.

"그렇겠지." 마치 할머니가 의자에 앉으며 대꾸했다. "그래, 아버지의 친구가 뭐라고 했기에 네 얼굴이 그렇게 작약처럼 새빨간 거냐? 분명히 무슨 일이 있었던 게지. 무슨 일이 있었는지 내 꼭 알아야겠다!" 그리고 또 한 번 지팡이를 탕 내리쳤다.

"그냥 대화를 나누고 있었어요. 브룩 씨가 우산을 가지러 왔거든요." 메그는 브룩 씨와 우산이 무사히 이 집을 나갈 수 있기를 바라며 말했다.

"브룩? 그 녀석의 가정교사 말이냐? 아! 이제 알겠구나. 모두 알겠어. 조가 네 아비의 편지를 읽다가 뒤섞여서 실수했을 때 내가 어떻게 된 건지 물어서 알아낸 적이 있지. 설마 청혼을 받아들인 건 아니겠지?" 마치 할머니가 아연실색 소리쳤다.

"쉿, 그 사람이 들어요! 엄마를 불러드릴까요?" 몹시 곤란해진 메그가 말했다.

"잠깐만 기다려봐라. 내 너에게 할 말이 있는데 당장 그 말을 해야 속이 시원하겠구나. 이 쿡인가 뭔가 하는 남자랑 결혼할 생각인 거니? 만약 그럴 생각이라면 난 너에게는 단 한 푼도 물려주지 않을 테니 알아서 해라. 잘 기억하고 분별력 있게 행동해라." 노부인은 강경하게 말했다.

사실 마치 할머니는 세상에서 가장 온순한 사람에게서도 반발심을 불러일으키는 놀라운 재능을 갖고 있었고, 그걸 즐기기도 했다. 아무리 착한 사람이라도 고집은 있게 마련이다. 특히 사랑에 빠진 젊은 사람의 경우라면 더 그럴 것이다. 만약 마치 할머니가 메그에게 존 브룩의 청혼을 받아들이라고 메그에게 애원했다면 메그는 아마도 생각도 할 수 없는 일이라고 잘라 말했을 것이다. 그런데 그를 좋아하지 말라고 단호하게 지시를 받았으니 메그는 좋아해야겠다고 바로 마음을 먹었다. 고집뿐 아니라 좋아하는 마음도 결정을 쉽게 만드는 법. 이미 브룩에게 관심이 많았던 메그는 더욱 결연하게 노부인에게 맞섰다.

"저는 제가 좋아하는 사람과 결혼할 거예요, 마치 할머니. 그러니 할머니는 할머니가 좋아하시는 사람에게 돈을 남기세요." 메그는 확고하게 고개를 끄덕이며 말했다.

"오만한 것 같으니! 내 충고를 그런 식으로 받아들여? 머잖아 후회하게 될 거다. 오두막에서 사랑 타령하는 일이 얼마나 부질없는 짓인지 알게 될 거야."

"큰 집에서 사랑 없이 사는 것보다 불행한 일은 없을 거예요." 메그가 반박했다.

마치 할머니는 안경을 쓰고 메그를 올려다봤다. 메그에게 이런 면이 있는 줄 몰랐기 때문이다. 메그 역시 자기가 이럴 줄을 몰랐다.

자신이 매우 용감하고 독립적인 사람으로 느껴졌다. 존을 지켰고, 자신이 원한다면 그를 사랑할 수 있는 권리를 주장한 것이 너무 기뻤다. 마치 할머니는 자신이 잘못 시작했음을 깨달았다. 그래서 잠시 쉰 후 최선을 다해 온화한 목소리로 다시 시작했다. "자, 메그, 사랑하는 내 조카 손녀야, 합리적으로 생각해서 내 조언을 받아들이렴. 난 네가 처음부터 잘못 시작해서 네 인생 전체를 망치는 걸 보고 싶지 않단다. 결혼을 잘 해서 가족에게 보탬이 되렴. 부자와 결혼하는 것이 네 의무란다. 명심해야 할 거다."

"아빠와 엄마는 그렇게 생각하지 않으세요. 존이 가난하지만 두 분 다 존을 좋아하세요."

"네 엄마 아빠는 아기들보다도 세상 물정을 모르는 사람들이야."

"그래서 다행이에요." 메그가 결연히 말했다.

마치 할머니는 무시하고 설교를 이어갔다. "이 루크인지 뭔지 하는 작자는 가난한 데다 부자 친척도 없어. 안 그러니?"

"없어요. 하지만 마음 따뜻한 친구들이 많아요."

"친구에 기대서는 세상을 살아갈 수가 없어. 한번 살아보렴. 그들이 얼마나 차갑게 변하는지 알게 될 테니. 번듯한 직업은 있니?"

"아직은 없어요. 하지만 로런스 씨가 도와줄 거예요."

"그건 오래가지 않아. 제임스 로런스가 얼마나 변덕 많은 노인네인데. 그 노인네한테 기댈 생각 마라. 그래, 넌 돈도, 사회적 지위도, 직업도 없는 남자와 결국 결혼을 할 모양이구나. 지금 일하는 것보다 더 혹독히 일해야 할 거다. 내 말을 들으면 평생이 편안할 텐데. 메그, 난 네가 좀 똑똑한 줄 알았다."

"반평생을 기다려도 존보다 좋은 사람은 만날 수 없어요! 존은 착하고 현명해요. 재능도 많고요. 일하려는 의지도 강해서 분명히 잘될 거예요. 또 활기 넘치고 용감한 사람이죠. 모두가 그를 좋아하고 존경해요. 그런 사람이 저처럼 가난하고 어리고 어리석은 사람을 좋아해준다고 생각하면 너무나 자랑스러워요." 진지하게 말하는 메그는 그 어느 때보다도 예뻐 보였다.

"그 작자는 네게 부자 친척이 있다는 걸 아는 거야. 그가 너를 좋아하는 이유임이 분명하다."

"할머니, 어떻게 그런 말씀을 하실 수 있죠? 존은 그렇게 비열한 사람이 아니에요. 그런 말씀하실 거면 더 이상 할머니 말씀을 듣지 않겠어요." 메그는 분노에 차서 소리쳤다. 할머니의 의심이 부당하다는 사실 말고는 아무 생각도 나지 않았다. "저의 존은 돈을 보고 결혼하지 않아요. 저와 다르지 않죠. 우리 두 사람은 열심히 일할 거예요. 기다릴 거고요. 저는 가난이 두렵지 않아요. 지금까지도 충분히 행복했으니까요. 저는 그 사람과 함께여야 해요. 왜냐하면 그가 저를 사랑하니까요. 그리고 저도—"

메그는 거기서 멈췄다. 문득 아직 결정을 내리지 못했고, 바로 조금 전에 '자신의 존'에게 가버리라고 했으며, 존이 자신의 이 모순된 말을 듣고 있을 수도 있다는 생각이 들었기 때문이다.

마치 할머니는 굉장히 화가 났다. 예쁜 조카 손녀에게 좋은 짝을 찾아줄 생각을 하고 있었기 때문이다. 이 손녀의 젊고 행복한 얼굴에서 뭔가를 본 외로운 노부인은 슬프고도 불쾌했다.

"그럼 이 일에서 난 완전히 손을 떼겠다! 넌 아주 외고집쟁이구나. 이 바보짓으로 넌 생각보다 많은 것을 잃었다는 걸 알아두렴. 아니, 좀더 이야기를 해야겠다. 너에게 몹시 실망이다. 지금 너희 아빠를 만날 기분이 아니구나. 결혼할 때 나에게서 아무것도 기대하지 마라. 너의 부르크 씨인지 뭔지 하는 치의 친구들이 잘해줄 텐데. 안 그러니? 난 이제 너와는 영원히 끝이다."

그러더니 마치 할머니는 메그의 면전에서 문을 쾅 닫고는 마차를 타고 가버렸다. 할머니가 메그에게서 모든 용기를 다 가져가버린 것만 같았다. 혼자 남겨진 메그는 웃어야 할지 울어야 할지 정하지 못한 채로 서 있었다. 그때 브룩 씨가 들어와 메그를 확 잡아당겼다. 그리고 단숨에 쏟아내듯 말했다. "메그, 엿듣지 않을 수가 없었어요. 내 편을 들어줘서 고마워요. 그리고 당신이 나를 조금은 좋아한다는 걸 확인시켜준 할머니께도 고맙네요."

"할머니가 당신에 대해 함부로 말하기 전에는 저도 얼마나 당신을 좋아하는지 몰랐어요." 메그가 말했다.

"이제 전 돌아갈 필요가 없는 거죠. 여기 있으면서 행복해도 되나요?"

뼈아픈 거절의 말을 하고 위엄 있게 걸어 나갈 더없는 기회가 또 한 번 온 것이다. 하지만 메그는 그럴 생각을 못 하고 조의 눈에는 평생 놀림거리가 될 만큼 가녀린 목소리로 속삭였다. "네, 존." 그러고는 브룩 씨의 양복 조끼에 얼굴을 묻었다.

마치 할머니가 떠나고 십오 분쯤 뒤 조가 가만가만 계단을 내려와 응접실 문 앞에서 잠깐 멈춰 섰다. 안에서 아무 소리도 들리지 않자 조는 만족스러운 표정으로 고개를 끄덕이고 미소를 지으며 혼잣말을 했다. "계획한 대로 언니가 그를 돌려보냈구나. 모든 일이 정리된 거야. 들어가서 무슨 일이 있었는지 들으면서 실컷 웃어야겠어."

하지만 가엾은 조는 웃을 수가 없었다. 응접실 안에 펼쳐진 광경에 입구에서 그만 얼음이 돼서는 입을 떡 벌린 채 동그란 눈으로 바라볼 뿐이었다. 적을 무너뜨린 것을 기뻐하고 미풍양속을 해치는 연인을 추방한 강한 의지의 언니를 칭찬해주려고 들어간 조에게 그 적이 소파에 평온하게 앉아 있고 의지 강한 언니가 한 조각 자존심도 없이 굴욕적인 표정을 한 채 그의 무릎에 앉아 있는 모습은 가히 충격이었다. 조는 차가운 물이 갑자기 온몸에 쏟아지기라도 한 듯 짧게 숨을 내쉬었다. 예상치 못한 반전에 숨이 멎을 것 같았기 때문이다. 이상한 소리가 들리자 두 연인은 고개를 돌려 조를 봤다. 메그는 자랑스럽기도 하고 부끄럽기도 한 표정으로 벌떡 일어났지만 조가 '그 남자'라고 부르는 그는 호탕하게 웃었다. 그리고 경악을 금치 못하고 있는 조에게 입을 맞추며 태연하게 말했다. "처제, 우리를 축하해줘!"

그 말은 상처에 모욕까지 더해주었다. 또한 전적으로 너무한 처사였다! 조는 아무 말도 못하고 두 손만 아무렇게나 마구 흔들어 보이다가 그냥 사라져버렸다. 위층으로 달려 올라간 조는 방으로 와락 뛰어들면서 비극적인 외침으로 환자들을 놀라게 했다. "누구 얼른 내려가보세요! 존 브룩이 어떤 엄청난 짓을 했는지. 그런데 메그 언니는 좋아하고 있다고요!"

마치 부부는 황급히 방을 나갔고 조는 침대에 몸을 던지고는 격렬하게 소리치며 베스와 에이미에게 그 끔찍한 소식을 전했다. 그런데 어린 두 소녀는 그 사건을 굉장히 기분 좋고 재미있는 일로 여겼기에 조는 그들에게서 아무런 위안을 얻지 못했다. 결국 조는 다락방으로 피난을 가 생쥐들에게 자신의 고민을 털어놓았다.

그날 오후 응접실에서 무슨 일이 일어났는지는 아무도 모르지만 많은 대화가 오갔다. 평소 조용하던 브룩 씨가 온 마음을 다해 열정적으로 차근차근 앞으로의 계획을 이야기하며 구혼했고 그 모습에 다들 놀랐다. 결국 그는 자신이 원하는 대로 일이 진행될 수 있도록 모두를 설득했다.

차 마시는 시간의 종이 울렸지만 브룩 씨는 메그를 위해 계획하고 있는 천국에 대한 설명을 이어갔다. 그는 자랑스럽게 메그를 데리고 식사 자리에 나타났다. 두 사람 모두 매우 행복해 보였기 때문에 조는 더 이상 질투하거나 절망할 마음이 생기지 않았다. 에이미는 메그에게 헌신하는 존의 모습과 메그의 품위 있는 모습에 깊은 감명을 받았다. 베스는 멀리서 두 사람을 향해 환하게 웃었다. 마치 부부는 흡족한 눈길로 젊은 한 쌍을 바라봤는데 마치 할머니 표현대로 그들을 '아기들보다도 세상 물정을 모르는' 사람들이라고 부를 만했다. 다들 많이 먹지는 않았지만 몹시 행복해 보였고 마치 가에서 첫 번째로 사랑이 시작된 그 낡은 방은 놀랍도록 환하게 빛나는 듯했다.

"'이제 즐거운 일은 일어나지 않는다'는 말은 못 하겠지, 메그 언니?" 에이미는 구상하고 있는 스케치에서 두 연인을 어떤 식으로 배치할까 고민하며 말했다.

"응, 절대 못 하지. 그 말을 한 후 얼마나 많은 일들이 일어났는지! 일 년은 된 것 같은데." 버터 바른 빵 같은 일상의 일들은 전혀 생각하지 못한 채 단꿈에 젖은 메그가 대답했다.

"이번에는 기쁨이 슬픔에게 다가오는구나. 변화가 시작된 것 같아." 마치 부인이 말했다. "대부분의 가족들에게 온갖 사건들로 꽉 찬 한 해를 보내는 그런 일들이 이따금 생기게 마련이지. 올해는 사건이 많았지만 결국 마무리는 잘되는구나."

"내년의 끝은 더 좋기를 기대해요." 조가 중얼거렸다. 조는 메그가 낯선 이에게 흠뻑 빠져 있는 모습을 눈앞에서 보는 게 몹시도 힘든 일임을 알게 됐다. 몇몇 사람을 온 마음을 다해 사랑하는 조로서는 그들의 애정을 어떤 식으로든 잃거나 조금이라도 빼앗기는 일은 지극히 끔찍했다.

"삼 년째 되는 해 연말은 꼭 더 좋을 겁니다. 제가 계획한 대로 살아간다면 반드시 그렇게 될 겁니다." 브룩 씨가 메그를 향해 미소 지으며 말했다. 이제 그에게 불가능이란 없는 듯 보였다.

"기다리기에 너무 긴 것 같지 않아요?" 결혼식이 보고 싶어서 마음이 급한 에이미가 물었다.

"준비가 되기까지는 배워둬야 할 게 아주 많아. 내가 보기엔 짧은 시간이야." 달콤하고도 진지한 얼굴로 메그가 다 답했다. 한 번도 본 적 없는 표정이었다.

"당신은 기다리기만 하면 돼요. 모든 건 내가 알아서 할 테니." 존이 메그에게 냅킨을 집어주는 것으로 자신의 일을 시작했다. 그런 존의 표정에 조는 고개를 내저었다. 그때 앞문이 쾅 닫히는 소리가 들렸고 조는 내심 안심하며 중얼거렸다. "로리가 오는구나. 이제 좀 정상적인 대화를 할 수 있겠군."

하지만 그건 조의 오해였다. 기운 넘치게 성큼성큼 들어오는 로리의 품에는 '존 브룩 부인'에게 줄 멋진 신부 꽃다발이 안겨 있었다. 로리는 이 모든 일들이 자신의 뛰어난 계획하에 이루어졌다는 착각에 빠져 있는 듯했다.

"브룩 선생님이 모두 뜻대로 해내실 줄 알았어요. 언제나 그렇게 하시니까요. 뭔가 해내겠다고 마음을 먹으면 하늘이 무너져도 이뤄 내시거든요." 로리는 꽃다발과 축하 인사를 선사하며 말했다.

"찬사 정말 고마워. 미래를 위한 좋은 징조라고 받아들이지. 그리고 이 자리에서 당장 내 결혼식에 자네를 초대하도록 하겠네." 지구 상 모든 인류에게, 심지어 자신의 장난꾸러기 학생에게마저도 너그러워진 브룩 씨가 대답했다.

"지구 끝에 있더라도 꼭 참석할게요. 결혼식 때 조의 얼굴을 보는 것만으로도 먼 길을 올 만한 가치가 있죠. 아가씨는 전혀 즐거워 보이지 않는군요. 무슨 일이시죠?" 모두가 로런스 씨를 맞이하기 위해 자리를 옮겼고 로리는 조를 따라 구석 자리로 가면서 물었다.

"난 저 두 사람을 찬성하지 않지만 참기로 했어. 결혼을 반대하는 말은 하지 않을 거야." 조가 엄숙하게 말했다. "내가 메그 언니를 놓아주는 게 얼마나 힘든지 넌 모를 거야." 조의 목소리가 약간 떨렸다.

"놓아주는 게 아니야. 반으로 나누는 거지." 로리가 위로하듯 말했다.

"이제 예전으로는 절대 돌아갈 수 없어. 난 가장 사랑하는 친구를 잃었어." 조가 한숨을 쉬었다.

"어쨌든 너한테는 내가 있잖아. 썩 마음에 들지는 않겠지만 내가 곁에 있을게, 조. 하루도 빠짐없이 평생. 약속할게!" 로리는 진심이었다.

"네가 그럴 거라는 거 알아. 그 점은 정말 고맙게 생각해. 넌 언제나 내게 큰 힘이 돼, 테디." 조가 고마움을 담아 손을 맞잡고 흔들었다.

"그러니 너무 낙담하지 마. 이렇게 좋은 친구도 있으니. 모두 괜찮을 거야. 메그는 행복해 보이잖아. 브룩 선생님은 부지런히 일해서 곧 정착할 거야. 할아버지께서도 도와주실 테니까. 메그가 가정을 이루고 사는 모습을 보면 아주 즐거울 거야. 메그가 결혼한 다음에 우리도 멋지게 지내자. 나도 곧 대학을 졸업할 거고, 그러면 우리는 외국으로 가거나 여행을 다니자. 위로가 되지 않니?"

"좀 위로가 되는 것 같아. 하지만 삼 년 후에 무슨 일이 일어날지는 아무도 모르지." 조가 생각에 잠겨 말했다.

"그러게 말이야! 미래를 볼 수 있어서 우리 모두 어디에 있을지 알고 싶지 않아? 난 알고 싶어." 로리가 말했다.

"난 그러고 싶지 않아. 슬픈 일을 볼 수도 있으니까. 지금은 다들 행복해 보이지만 더 행복해지지 않을 수도 있잖아." 하지만 천천히 방 안을 돌아보는 조의 두 눈이 앞으로 좋은 일만 일어나리라는 기대로 환해졌다.

마치 부부는 조용히 함께 앉아 이십 년 전에 첫 장을 열었던 자신들의 연애를 곱씹어 추억하고 있었다. 에이미는 자신들만의 아름다운 세상에 앉아 있는 두 연인을 그렸다. 하지만 두 사람의 얼굴에 드리운 그 빛의 우아함은 어린 예술가가 감히 흉내 낼 수가 없었다. 베스는 침대에 누운 채로 할아버지 친구와 즐겁게 이야기를 나눴다. 할아버지는 자신을 평화로운 길로 이끌어주는 힘을 느끼는 듯 베스의 손을 잡고 있었다. 조는 가장 좋아하는 낮은 의자에 앉아 빈둥거렸다. 진지하고 조용한 얼굴이 조에게는 가장 잘 어울렸다. 로리는 조의 의자 등에 기대어 조의 곱슬한 머리 높이까지 턱을 가져가서 다정한 미소를 지은 채 두 사람의 모습이 비친 긴 유리잔 속 조를 향해 고개를 끄덕였다.

메그와 조, 베스, 에이미의 이야기는 이렇게 막을 내린다. 그 막이 다시 오를지 어떨지는 《작은 아씨들》이라고 하는 가정극의 1막을 여러분이 얼마나 환영해주는지에 달려 있다.

작은 아씨들

1판 1쇄 인쇄 2020년 2월 3일
1판 1쇄 발행 2020년 2월 12일

지은이 루이자 메이 올컷
옮긴이 최지현
펴낸이 김영곤
펴낸곳 ㈜북이십일 아르테

아르테클래식본부 본부장 장미희
클래식라이브러리팀 팀장 권은경
책임편집 권은경 클래식라이브러리팀 최윤지
디자인 석윤이
마케팅 이득재 오수미 박수진
영업본부장 한충희 문학영업팀 김한성 이광호
제작 이영민 권경민

출판등록 2000년 5월 6일 제406-2003-061호
주소 (10881) 경기도 파주시 회동길 201(문발동)
대표전화 031-955-2100
팩스 031-955-2151

ISBN 978-89-509-8611-7 03840
　　　978-89-509-8613-1 03840(세트)

아르테는 ㈜북이십일의 문학 브랜드입니다.

㈜북이십일 경계를 허무는 콘텐츠 리더

네이버오디오클립/ 팟캐스트
[김태훈의 책보다 여행],
유튜브 [클래식 클라우드]를 검색하세요.
네이버포스트 post.naver.com/classic_cloud
페이스북 www.facebook.com/21classiccloud
인스타그램 www.instagram.com/classic_cloud21

○ 책값은 뒤표지에 있습니다.
○ 이 책 내용의 일부 또는 전부를 재사용하려면
반드시 ㈜북이십일의 동의를 얻어야 합니다.
○ 잘못 만들어진 책은 구입하신 서점에서
교환해드립니다.